수레바퀴 Ⅲ

수레바퀴 Ⅲ

발행일	2019년 6월 25일		
지은이	정 신 안		
펴낸이	손 형 국		
펴낸곳	(주)북랩		
편집인	선일영	편집	오경진, 강대건, 최예은, 최승헌, 김경무
디자인	이현수, 김민하, 한수희, 김윤주, 허지혜	제작	박기성, 황동현, 구성우, 장홍석
마케팅	김회란, 박진관, 조하라		
출판등록	2004. 12. 1(제2012-000051호)		
주소	서울시 금천구 가산디지털 1로 168, 우림라이온스밸리 B동 B113, 114호		
홈페이지	www.book.co.kr		
전화번호	(02)2026-5777	팩스	(02)2026-5747

ISBN	979-11-6299-724-6 04810 (종이책)	979-11-6299-725-3 05810 (전자책)
	979-11-6299-113-8 04810 (세트)	

이 도서의 국립중앙도서관 출판예정도서목록(CIP)은 서지정보유통지원시스템 홈페이지(http://seoji.nl.go.kr)와
국가자료공동목록시스템(http://www.nl.go.kr/kolisnet)에서 이용하실 수 있습니다.
(CIP제어번호: CIP2019024324)

(주)북랩 성공출판의 파트너

북랩 홈페이지와 패밀리 사이트에서 다양한 출판 솔루션을 만나 보세요!

홈페이지 book.co.kr • **블로그** blog.naver.com/essaybook • **원고모집** book@book.co.kr

정신안 에세이

모든 영혼에게 바치는 위로와 공감의 헌사

저마다의 짐을 지고 굴러가는

수레바퀴

III

북랩 book Lab

책을 읽었다. 세계 최고의 피아니스트이자 홀로코스트 생존자인 알리스 헤르츠 좀머를 다룬 책. 제2차 세계대전 당시 테레진이라는 유대인 수용소에서 그는 사랑하는 가족을 잃어버렸으나, 재소자들을 위해 콘서트를 열었고 비밀리에 어린이를 교습했다.

알리스는 평온한 환경에서 성장했다. 그는 피아니스트로서 출중한 경력을 쌓았고 체코 필하모니와도 자주 협연했다. 그때 세상이 미쳐갔다. 1939년 초, 체코 군대, 정부, 대통령 등은 영국으로 탈출했다. 1943년 7월, 알리스와 남편, 아들 라피는 테레진 수용소로 추방된다. 그곳은 히틀러의 대외용 선전 장소였다. 1945년 5월 8일 소련군이 테레진 수용소를 해방시켜 알리스와 라피는 프라하로 돌아갔다. 1949년 알리스와 라피는 이스라엘로 이민을 떠나간다. 그는 마흔다섯에 히브리어를 배워야 했다. 알리는 돈을 벌면서 아들을 키웠다. 라피는 첼리스트로 성공했다. 여든세 살, 아들과 가까이 살기 위해 런던으로 이주했다. 그 후 라피는 예순다섯 살에 돌연사했다.

1938년 서른넷의 알리스는 행복했다. 아들을 출산했고 사랑하는 남편과 성실한 제자들, 음악가로서의 유명한 커리어를 쌓고 있었다. 하지만 1942년 초 테레진으로 체코에 거주하던 유대인이 추방되었고 그 안에 어머니가 끼어 있었다. 1943년 7월 3일에는 알리스 가족이 테레진으로 추방되었고, 부부는 헤어졌다. 그곳에서 알리스는 음악회에 참여했다. 일 년 후 어느 날은 베토벤 곡을 연주했다. 한 나치 병사가 "부인과 아들은 전쟁이 끝날 때까지 테레진에서 지내실 겁니다. 안전하실 겁니다."라고 말하곤 사라졌다. 그는 그 병사가 구해줄 것으로 믿었다.

알리스는 브람스, 리스트, 쇼팽 등 거장들의 제자들에게 음악을 배웠다.

체코인들은 베네시 대통령을 사랑했고, 우러러봤다. 마사리크의 후계자인 그가 어떻게 스탈린과 타협할 수 있었을까? 이런 혼돈과 죽음이 한창인 와중에 소련 비밀경찰은 미할 마레시(체코의 저널리스트)를 체포했다. 그는 알리스 연주를 좋아했다.

남편이 아우슈비츠로 이송되기 전날, 그는 강조했다. 게슈타포가 어떤 제의를 하든 절대로 자원하지 말라고. 믿지 말라고. 약속하라고. 그래서 알리스는 살았다. 전쟁 후 남편의 친구는 그가 쓰던 깡통 숟가락을 가져다주며 그의 남편이 한 최고의 충고를 입에 담았다. 그것은 '사랑은 서로 마주보는 게 아니라 함께 같은 방향을 바라

보는데 있다(생텍쥐페리)'는 것이었다.

83세에 유방암을 수술받아 치유했고 104세까지 대학에서 매주 세 번씩 강의를 들었다. 그는 정규 교육이 장수의 핵심 요소로 확신했다.

오랜 세월 알리스는 자신이 연주했던 이 영원한 작곡가들의 삶에서 개인적으로 영감을 얻었다. 피아노 교사들이 제자들과 나눠야 될 가장 중요한 레슨이 무엇이냐고 묻는 질문에 알리스는 '일을 사랑하기'라고 대답했다.

알리스는 말했다. '내가 107세라는 걸 믿을 수가 없어요. 내가 얼마나 독립적이고, 스스로 생각할 자유를 누리는지 알아요? 오늘 아침에 깨어나서 정말 행복해요.'라고.

나는 알리스의 치열한 삶에 감동받았다. 음악으로 어려움을 극복하고 자신의 삶을 개척한 것이 대단했다. 죽음 앞에서 그는 음악으로 자신을 세웠고, 아들을 교육시켰으며, 107세까지 독립적인 삶을 살았던 것이었다.

요즘 우리나라도 알리스의 시대처럼 정치적으로 미쳐 있다. 한국은 지금 리더십 공백 상태가 지속되는 중이다. 모든 국민들이 경제와 금융을 무기로 '사드(고고도 미사일 방어 체계)'와 '소녀상' 문제를 해결하겠답시고 정치적 세력을 만들어 집권하고자 했다. 역사를 돌이켜 보면 임진왜란은 일본이 명나라에 쳐들어가려 하니 길 좀 빌려달라 했고, 병자호란은 후금이 형제의 맹약에서 군신의 의로 개악하자 해서였다. 이 당시 서인파가 정변을 일으켜 광해군을 폐위시켰고 북인을 제거했다. 그 결과 정부가 무능한 상태에서 외적의 침입을 받는 형국이 되었다.

1894년 청일 전쟁, 1904년 러일 전쟁 등도 조선에 대한 지배권을 쥐기 위한 전쟁이었다. 이 전쟁이 우리나라에서 벌어졌기 때문에 피해가 컸고, 결국 그 패권 다툼 끝에 한국은 일본의 식민지가 되었다. 청일 전쟁 당시 임오군란으로 인해 개화파와 수구파의 싸움이 본격화되자 청이 내정 간섭을 시도했고, 이는 외세의 침입을 본격화하는 계기가 되었다. 그리고 청일 전쟁에서 일본이 승리해 조선 안에서 일본의 영향력이 강해지자 고종은 러시아의 힘을 빌려보기로 결정했다. 러시아는 남하 정책을 추진하며 만주와 한국을 노리고 있었고, 같은 곳을 노리는 일본과 세력 다툼을 하다가 결국 전쟁을 일으켰다. 그리고 이 전쟁에서마저 승리한 일본은 한국의 외교권을 빼앗았고, 결국 한국을 집어삼켰다.

1945년 8월 15일. 광복이 되자 전 세계가 공산주의와 민주주의로 갈렸다. 그 결과 북한은 소련이, 남한은 미군이 관리하기로 했다. 그리고 5년 뒤인 1950년 6월 25일, 북한이 갑자기 남한에 쳐들어왔고. 국제 연합군이 남한을 지원했으나 중공군의 개입으로 통일을 하지 못한 채 휴전 협정을 맺었다. 이 전쟁의 결과로 국토는 황폐해졌고 문화재가 사라졌으며 가족들은 헤어졌다. 이때도 정치·경제적 불안과 친일 세력 문제, 정부 지출의 60%가 적자, 물가 상승, 한반도를 태평양지역 방위선에서 제외한다는 미군의 발표가 빌미가 되어 전쟁이 일어났다.

그런데 지금 또다시 패권 다툼과 이권 다툼으로 나라가 미쳐 가고 있는 것이다. 박근혜 정권의 몰락으로 서로 패권을 잡겠다고 싸우고 있는 것은 나라를 다시 침몰시키는 짓이다. 촛불 시위로 정권을 잡겠다는 집단들이 합세해서 나라가 더욱더 죽어가고 있는 것이다. 중국과 일본은 폭격기를 동원해서 인근 지역을 침범했고, 언론은 언론대로 패권 다툼에 편승해서 국민들을 분열시키려 한다. 꼭 임오군란이나 병자호란, 혹은 인조반정을 일으켜 권력을 독점하겠다는 식의 변란을 만들어 내고 있는 것이다.

나는 정치에 별 관심이 없다. 그러나 잠이 오지 않았다. 나라가 어떻게 될지 걱정됐다. 그동안 한국은 너무 잘 살았던 것이다. 오천 년 역사 이래 이렇게 국민이 잘 먹고 잘 산 적은 없었다. 그 때문에 우리 모두가 흥청망청 살아온 것을 반성해야 한다. 조금만 더우면 덥다고 에어컨을 켜서 시가지를 에어컨 바람으로 얼게 했다. 조금 추우면 춥다며 난방을 켰고, 런닝 바람으로 살고 보자는 주의로 살았다. 십 년 전부터 나는 대중목욕탕에 가면 겁이 났다. 황금으로 도배를 한 황금 온천이 있단다. 나는 가보지 못했지만 황금 온천이라는 단어를 들으면 로마시대가 생각났다. 로마는 목욕탕 같은 사치와 향락으로 인해 망했다는 설을 들었다. 나는 우리도 사치스러움으로 인해 망할 수 있는 것이 아닐까를 생각했다.

오늘, 또다시 온 세상이 미쳤다. 친박, 비박, 친노, 비노… 그들은 패거리를 만들고 패거리에게 돈을 지불하며 갈등과 분열을 조장하며, 촛불 시위에 동참해서 변란을 일으키라고 하고 있다. 게다가 외부에서는 한국과 중국, 일본이 힘겨루기를 하고 있는 것이다. 열강의 각축장 한가운데 있는 한반도이지만, 정작 정치권에서는 아무도 관심을 가지지 않는다. 그들끼리 물고 뜯느라 무슨 일이 벌어지고 있는지도 모른다. 정치인은 필요 없다. 그들은 쓰레기일 뿐이다. 전쟁이 발발하면 체코의 대통령 베네시처럼 제일 먼저 비행기를 타고 망명할 놈들이다.

지금의 국가적 혼란 상태는 박 대통령이 초래한 것이다. 그는 최소한의 책임을 가지고 국정 공백을 빨리 수습해서 나라가 더 이상 추락하지 않도록 해야 한다. 그것이 대통령이 가져야 할 마땅한 자세이고 책임이라 생각한다. 나는 지금 한 여성으로서 말할 수 없는 분노를, 그리고 참을 수 없는 울분을 보내는 것이다.

나는 마음이 심란하면 책을 읽는다. 책을 읽으면서 나를 달래고 어지러운 세상에서 벗어나고자 노력한다. 정치나 경제는 모두가 전문가가 할 일이라고 생각하며.

책을 읽으면서 내용을 요약한다. 머릿속에 깊게 새겨두고 나를 성찰해서 깨달음의 길 위에 서 보자는 것이다.

오쇼 라즈니쉬의 『탄트라 더없는 깨달음』.

내가 즐겨 읽는 책이다. 마음의 갈등이 생기면 읽고 또 읽는다. 그러면 무엇인가 이해가 될 듯하다가 다시 무슨 말인지 이해할 수 없게 된다.

나는 이 책을 통해 탄트라가 지식의 습득을 강요하거나 억지로 교육시키지 않고, 본인 스스로 내면에 일어나는 어떤 감성을 따라 지식을 습득하는 방식이라 이해했다. 아마 나와 내 아이들의 경우, 조선 시대부터 이어진 유교적 교육 철학이 지배적이었을 것이었다. 하지만 그런 교육철학은 이 시대에 맞지 않을 것이다. 어떤 교육 철학이 이 시대에 적합한 것인지 찾아내는 건 전문가들의 일이겠지만, 적어도 어른들의 욕심과 집착으로 어린이들에게 교육을 강요해서는 아니 될 것이다. 자연적인 질서, 내면에서 일어나는 자연스런 감응으로 있는 그대로를 보는, 그런 모습이 되는 게 좋을 것 같다

*

2017. 1. 11. 안녕하세요. 옆집인데요. 오늘 저녁 시간 되시면 신년회 식사 어떠세요? 세꼬시 집 개발했습니다. 남편은 6시쯤 도착 예정이랍니다. by. 키로 즈님.

우리는 테니스를 치고 돌아와서 샤워를 했고, TV를 보면서 뭘 먹을지에 대해 고민하고 있었다. 그때 앞의 핸드폰 문자를 보았다. 나는 즉시 전화했다. 시간은 6시 15분이었다.

- 키로(키로는 강아지 이름이다) 엄마예요? 우리 밥 먹을 수 있는데요.
- 그럼 한길 옆에 조선면옥 쪽 라인의 끝 건물 지하에 있는 세꼬시 집에서 만

나요.

- 그래요.

우리는 서둘렀다. 날씨가 추워 두꺼운 옷을 걸치고 아파트 단지를 벗어나려 할 때 키로네를 만났다. 서로 악수하며 인사를 했다. 세꼬시 집으로 갔다. 그곳은 예전에 곰하우스였던 집이다. 그때는 맥주와 스크린 영상 음악을 하던 곳이고, 테니스 멤버들이 즐기던 곳이었으며, 비싸서 멤버들이 한동안 가지 않았던 곳이기도 했다.

세꼬시 집은 홀이 깔끔했다. 주인 여자는 친절했고, 키로네를 보고 "정 박사님."이라며 깍듯이 대접했다. 키로네는 우리를 옆집에 사는 사람으로 소개했다. 세꼬시 집 주인 여자는 우리를 방으로 안내했다. 그곳도 깨끗하고 깔끔했다. 정 박사가 주문했다. 세꼬시가 한 상 차려졌다. 우리는 이것저것 말하고 즐겼다. 그의 부인은 약사였다.

- 이번에 막내딸이 대학에 입학했다고요? 축하해요.

- 공부를 억수로 못했는데 대학에 합격해서 시아버지가 좋아해요. 시댁에서 시누이와 시아버지가 입학금을 보내주었는데 국립이라 내고도 남아요.

- 시댁이 따뜻해서 좋네요. 정말 고마운 일이네요. 키로네가 복이 많네요.

- 시국이 불안정하니 걱정이 큽니다.

- 이번에 삼성 이익이 9조 2천억이었어요.

- 아이고 다행입니다.

- 우리 삼성 망하면 나라 망할 거예요. 특검은 삼성 오너를 구속시켜 자기들
  권력 다툼에 이용하려 하는 것 같은데 큰일입니다. 대우조선도 그런 꼴인데.
- 그래도 삼성전자의 기술과 대우조선의 기술은 최고잖아요.
- 조선 기술이 아무리 뛰어나도 수주가 없잖아요? 대우조선 경영진은 다 잡
  혀갔고, 수주가 오더라도 그것을 보증하는 기관이 없어요. 한국은행이나 국
  가 기관에서 보증을 해줘야 수주할 수 있는데 정부 기관이 자기에게 불똥
  튈까 봐 도장을 안 찍어줘서 수주가 다른 나라로 가버립니다.

정말 미칠 일이었다. 박근혜 정권은 몰락도 했지만 자기네식 청소
(부정부패에 관한)로 일할 사람들을 모두 감옥으로 보냈다. 어리석은
자들의 소행으로 나라 꼴이 더 엉망이 되고 있는 것이다. 사람들은
보수당을 지지하며 그들을 찬양했지만, 나는 보수이기는 하나 정말
그들의 어리석은 행태를 보면서 말할 수 없는 분통이 터졌다. 그들
은 일할 만한 사람들을 모조리 감옥으로 보냈다. 정권 내내 그랬다.
털어서 먼지 안 나는 사람들이 어디 있느냐고 하면서 사업자들은
괴로워했다.

- 사실 선박을 만들 때 쓰는 독을 이용합니다. 물을 넣었다 빼는 방식이라 시
  간과 돈이 많이 드는데, 우리는 육지에서 작업을 하고 해상에서 조립하는
  기술이 뛰어납니다. 독보적 기술입니다. 그런데 대우조선 관리자들이 모두
  감옥으로 들어가서 기술자들이 해외로 갑니다. 해외에선 많으면 임금을 열
  배 더 준다 합니다. 그것도 10년 계획으로. 그래서 일본과 중국으로 많이 가

고, 내 아는 사람들도 갔어요.

- 이제는 사드 배치 사건으로 중국이 화장품 등을 수출 못 하게 하고 모든 것을 차단하니 걱정입니다. 그래도 지금 이때를 우리가 너무 지나친 낭비와 오만한 생활을 해왔다고 반성하는 시기로 만들어야 하는데….
- 일단 우리나라에서 전쟁이 일어나지 않으면 좋겠어요. 여러 가지 지표가 하락하고 어렵지만 극복할 수 있도록….
- 정치계 사람들이 모두 쓰레기이고 권력만 탐하니 걱정입니다.
- 설마 히틀러 같은 정치가는 없겠지요? 유대인을 악으로 지정해서 이분법으로 나라를 선동하는?
- 나는 노무현 정권도 싫었어요. 강남 부자는 악이고 가난한 자는 선으로 보는 이분법을 사용해서 국민을 선동하는 것은 완전히 공산당과 같았어요.

다시 장어국이 들어왔다. 멸치조림, 김치, 어묵 조림과 밥이 들어왔다. 커다란 투가리에 담긴 걸죽한 장어국이 되직했다. 나는 작은 접시에 떠서 국을 먹고 소주를 한잔 했다. 밥을 국에 말아 떠먹었다. 오랫동안 정 박사의 말은 계속되었다. 외국에서 오랫동안 공부한 일, 직장에서 발령이 나지 않아 부인 약국의 셔터맨 했던 일 등을 말했다. 그는 지금도 출장 일이 많았다. 교수로서의 역할도 있고 회사 실무진들의 초청으로 강연도 많이 했다.

어느 해에 그는 캐나다에 초빙되었다. 그는 그곳에 사는 친구인 의사 부부를 만나고 싶었지만 친구만 나와서 식사하고 헤어졌다. 그날 저녁 휴대전화로 문자가 왔다. 그 친구 부인이었다. 부인은 제발 자기 좀 만나보고 떠나라고 했다. 정 박사는 밤중에 택시를 타고 그 집을 찾아갔다. 부인은 식탁에 소주를 나열해 놓고 기다렸다. 그곳에서 소주를 먹었다. 남편은 조금 있다가 방에 가서 곯아떨어졌다. 그때 부인은 말했다. "한국에 가서 제발 우리 좀 콜 해달라."고. 캐나다에서의 삶은 빈곤했다. 그들의 월급은 6만 달러였다. 그것으로 세금 내고 생활하는 것은 쉽지 않았다. 부부가 캐나다로 이민 오고 8년이 지났을 때였다. 그 부인은 정 박사에게 콜을 해달라고 재차 청했다. 그러면 전부 청산하고 한국으로 들어오겠다고. 남편은 어떻게 할 거냐 묻자 자기가 술을 먹여서라도 사인을 하겠다고 했단다.

그 후 정 박사는 그가 아는 친구들을 동원해서 병원 자리를 알아보았다. 삼성의료원 자리도 물색했다. 하지만 그곳에서 못하겠다는 답을 들었단다. 친구도 그 당시 연봉을 일억이천 받고 있었는데 세금을 내면 별거 아니라고. 결국 다른 곳을 물색했다. 그의 후배가 경영하는 시골 요양원으로. 연봉 이억에 생활필수품 모두를 지원하겠다는 조건이었다. 그렇게 캐나다에 살던 친구 부부는 초청되었고, 지금 시골에서 잘 살고 있으며, 한국에 온 지가 10년이 되었단다. 지금은 낚시를 즐기며 산다고. 그리고 아직은 한국이 살만하다는 것이었다. 의사 일도 좋은 편이라는 것이다. 외국에서의 의사는 어렵고 힘들며, 경제생활이 쉽지 않음을 설명했다. 그곳에서 우리는 다음을 기약하고 늦게 일어서서 집으로 돌아왔다.

나이가 들수록 친구는 귀하고 중요한 사람이었다. 나를 이해하고 친구를 이해하며 속이 상했다면 속이 상했다는 것을 나눌 수 있는 사람이 필요했다. 우리는 어찌하다 보니 작은 모임이 되어갔다.

12월에 만두를 해먹은 뒤, 예술의 전도자인 친구 ㅂ이 박물관 만남을 주선했다. 그날은 새해 둘째 목요일로 서울 중앙박물관을 탐방하게 됐다. 나는 친구들에게 새해 선물로 강화도 쌀을 조금씩 주기로 했다. 가끔 남편 친구들이 골프 치고 나서 쌀을 선물한 것을 본받아 해보고 싶었다. 가장 작은 것이 4kg이었다. 친구가 네 명이니 16kg이었다. 양쪽에 8kg씩 들면 되었다.

우리는 친구 ㄱ의 차를 타고 함께 박물관으로 갔다. 주차장에서 ㅂ이 기다렸다. ㅂ과 합류한 뒤 박물관으로 들어갔다. 사람은 많았다. 청소년, 어린이, 유아원 등 방학을 맞이해 학생들이 무더기로 왔다. 선생님들의 인솔로 온 학생들도 많았다. 세계유산인 백제 역사 유적지구 해설사가 설명했다. 그 해설사를 따라가며 출토된 여러 종류의 유물을 관람했다. 옻칠 갑옷, 기와를 조립해서 만든 수도관, 망치와 공이, 괭이 등이 나무로 만들어졌다는 것, 왕흥사지 목탑 사리구, 익산 미륵사지 석탑 사리구, 부여 왕흥사지 승방터에서 출토된 치미, 금제 왕관 꾸미개, 은제 관 꾸미개 등을 해설사로부터 열심히 들었다. 덕분에 유적지구인 공주, 부여, 익산을 다시 한번 되돌아보는 시간을 가졌다. 해설이 끝나자마자 우리는 그곳을 떠났다.

　우리는 방금 전까지 열심히 공부한 사람들이라 배고프다고 서로
말했다. 식당은 불편할 것이고 휴게소가 있다면 그곳에서 먹을 수
있을 것이라 생각한 나는 김밥과 집에 있는 먹거리를 조금 챙겨갔
다. 그래야 시간도 절약하고 친구들의 이바구 시간도 길어질 것이라
생각했다. 그 결과 우리는 어린이 휴게소로 갔다. 그리고 작은 책상
과 걸상을 차지했다. 사람들은 적당히 있었다. 애기들, 어린이, 선생
님, 학부모 등이 있었다. 그곳에서 내가 가져간 김밥과 커피로 배고
픔을 달랬다. 어느 정도 배를 채우니 사람들이 몰려왔다. 우리는 한
글 박물관 휴게소로 옮겼다. 그 박물관에는 사람이 없었다.

　유리를 통해 바깥을 볼 수 있었다. 창으로 들어오는 풍경은 아름
다웠다. 나무와 바람과 햇빛이 찬란했다. 마른 가지 덤불이 구릉지
를 만들었고, 구릉지 위로 건너편 박물관 지붕이 구름과 함께 붙어
있었다. 마저 먹던 이물개와 커피숍에서 사 온 커피를 먹으며 이야
기를 했다. 별명이 깨소금인 친구가 말했다.

　- 나는 요즘 시동생이 미워 죽겠어. 동서네로 가지 않고 우리 집으로 오는 거
　　야. 얼마나 오랫동안 계속 오는지 모르겠어.

　그 친구의 말을 들으면 들을수록 그 시동생이 미워져서 내 속까지
부글부글 끓었다. 그 친구는 평생을 나와 이웃에서 살았다. 그 친구
는 착했다. 평생을 시댁 뒷바라지를 했다. 시댁 식구들은 그런 내 친

구를 괴롭혔다. 그는 항상 속상해서 나에게 털어놓았다. 나는 그가 불쌍했다.

그는 시집을 일찍 갔다. 애기도 일찍 낳아서 키웠다. 내가 시골로 시어머니 생신상을 차려주고 서울로 오는 날, 그도 시골에 제사를 지내고 서울에 오는 길이었다. 그 때문인지는 몰라도 같은 고속버스를 타게 됐다. 우리는 여고 동창이었다. 우연히 만난 우리는 반가워했다. 아마 15년~16년 만의 만남이었을 것이다. 우리는 서로 연락하며 살자 했다. 하지만 서로가 바빠서 연락이 끊어졌다. 어느 날 그가 생각났다. 그런데 연락처를 주고받지도 못했다. 그의 남편은 국회의원 출마자였다. 그 친구의 남편이 가진 취미는 국회의원에 출마하는 일이었다. 붙는 것은 아무래도 좋은 사람 같았다. 매번 출마했고, 득표율은 매년 미미했다. 나는 그의 남편 이름을 공중전화 박스에 있는 전화번호부에서 찾았다. 우리 지역에 같은 이름의 사람이 네 명 있었다. 나는 그 네 명을 하나하나 찾아서 확인했다. 그리고 찾아냈다. 우리 집 앞 도로 건너에 살았다.

삼십 년 전 우리는 그렇게 만났다. 그 친구는 이목구비가 뚜렷했다. 살결은 하얗고 몸은 자그마했다. 오밀조밀한 얼굴이 짜임새 있게 잘 짜여있고 예뻐서 사람들이 다시 한번 쳐다보곤 했다. 여고 시절, 60명의 학생이 학급에 앉아 있으면 선생님이나 동급생들의 눈에는 반드시 그가 들어왔다. 그는 예쁜 애로 통했다. 소문에 그는 어느 남자에게 잡혀갔다고 했다. 어느 날 나는 그에게 물었다.

- 야, 너 어떤 남자에게 잡혀가서 결혼했다던데?
- 그건 아니고…. 여고를 졸업하니까 지금 남편이 매일 집 대문에서 딸을 달
  라고 했어. 나는 너무너무 싫어서 피해만 다녔는데, 어찌어찌해서 결혼하게
  되었어. 그리고 오랜 세월이 흘러갔어. 어느 날 엄마한테 물었어. 왜 나를
  ㅅ 서방에게 시집보냈냐고. 어떤 스님이 당신 딸이 수명이 짧으니 나이 많
  은 사람에게 시집보내라고 했대. 그래서 그랬다고.

그 후 오랜 세월이 지나 남편이 심근경색으로 다 죽어갔다. 시골
에서 아산 병원으로 옮겨서 간신히 살았다. 2인 병실에서 간호하고
있는데, 앞쪽 할머니가 친구보고 남편을 잘 모시라고 말하면서 당신
은 남편 덕에 목숨을 부지하고 있는 것이라 했단다. 어느 해 우리 남
편의 생일이 돌아왔다. 잔치를 벌였다. 주변 친척과 식구들이 한바
탕 먹고 놀고 갔다. 음식이 남아 있었다. 그때 그 친구도 불렀다. 음
식을 차리고, 와인을 곁들였다. 다른 친구들은 와인을 즐겼는데 그
는 먹지 못했다. 그런가 보다 했다. 그와는 자주 모였고, 만두를 해
서 먹을 때 소주를 곁들였다. 먹어보라 했다. 그는 잘 먹었다. 자기
가 그렇게 잘 먹는 줄 몰랐다고. 그는 나보다 술을 잘 먹는 체질이었
다. 우리는 남편과 맥주 먹으러 갈 때도 그와 옆에 살았던 친구 ㅇ이
랑 함께 불렀다. ㅇ은 술이 쎘다. 나는 술이 약했다. 먹어보니 그 친
구도 쎈 편이었다. 그 친구 남편은 술을 못했다. 우리는 그의 남편
몰래 술을 마시는 날을 만들었다.
어느 날 점심을 먹자고 전화했다.

- 우리 집에 시어머니가 오셨어.

- 그래? 다음에 먹자.

- 시어머니 가셨니?

- 아니.

- 한 달 넘었는데?

- 시어머니 가셨니?

- 아니.

- 두 달도 더 넘었는데?

- 야, 시어머니가 육 개월 넘으니까 가시더라? 우리 남편 미워 죽겠다. 글쎄 어머니가 가신다니까 더 있다 가라고 붙잡는 거야.

친구와 남편의 나이 차이는 열셋이었다. 남편 아래로 시누이와 시동생, 위로 시숙과 형님 합해서 여덟 명이 있었다. 그는 그들의 시종이 되었다. 남편은 그들 시댁 사람들과 한패였다. 그가 고통을 호소할 때마다, 나는 속이 부글부글 끓었다. 어느 해 시어머니가 그 친구 집에서 기거할 때, 그의 일곱 살배기 아들이 한강에서 얼음지치기를 하다가 빠져 죽었다. 그 사건은 그를 오랜 슬픔에 빠지도록 만들었다. 그 후 그는 천주교 신자가 되어 기도했고, 기도를 통해 자신의 슬픔을 극복했다. 그리고 기도한 대가로 막내아들을 새로 얻었고, 희망과 꿈으로 평안한 생활을 가질 수 있었다. 뜸하던 그의 시어머니는 그가 막내아들을 얻자 다시 친구 집을 자주 드나들었고 때론 같이 살았다. 맏이보다 둘째가 편하다면서. 시어머니는 서울로 와서 사는 기간이 길었다.

게다가 방학이 오면 큰집에서 애 둘을 서울에 있는 작은집으로 보냈다. 자기는 두 살, 세 살짜리 업고, 안고 있어야 하는데 큰집에서 초등생들을 보냈다. 그는 한 달 내내 그 아이들을 데리고 지지고 볶고 했다. 그 집 큰 형님의 행동을 들으면 나는 속이 끓었다. 그 형님이 그렇게 얌체일 수가 없었다. 시어머니도 서울로 보내고, 자기 새끼들도 서울로 보내버리니 말이다. 그 형님은 나이 어린 동서를 이용하는 달인인 것이다.

봄날이 왔다. 그의 아파트는 벚꽃으로 만개했다. 꽃을 따라 길을 걷다 보니 그의 집 앞에 왔다. 나는 그의 집을 찾았다. 현관문을 들어서니 벽에 벽지가 붙어 있었다.

- 웬 금연? 너네 애 아빠 담배 안 피우잖아?
- 우리 집 중국 손님이 와서. 먼 친척이 중국에서 왔어. 큰 시숙 집에 조금 있었는데, 우리 집으로 보냈어. 그래서 지금 3개월째 우리 집에서 지내고 있어. 담배를 너무 피워서 막내아들이 벽에 금연이라고 붙였어.

그 중국 손님은 가져온 약초를 친척 친구들에게 팔아야 했다. 그렇게 돈을 만들어서 간신히 중국으로 갔다고. ㅂ은 그동안 중국 손님 밥 해먹이고, 모든 허드렛일을 다 해주었다고 했다. 그리고 그의 남편은 그런 것이 당연하다고 생각했다. 남편은 어머니가 집에 6개월 넘게 있었는데도 어머니가 가신다고 일어나면 더 있다 가시라고 했다. ㅂ은 속으로 미쳐 죽었다. 중국 손님이 돌아간 지 일 년 넘었을 때, 편지가 왔다. 자기를 초청해 달라고. 친구는 부아가 났다. 그는 남편 모르게 그 편지를 몰래 숨겨서 버렸다고 했다. 나는 잘 했다고 박수를 쳤다. 나는 친구가 안쓰러웠다. 시댁 식구는 나이 어린 꼬마 신부를 데려다가 능구렁이처럼 평생을 부려먹고 종살이를 시켰다.

십 년 후, 나이가 들어 시어머니는 그네 집을 거쳐서 돌아가셨다. 얼마 지나지 않아 이번엔 큰 시숙이 암에 걸렸다. 시숙은 항암 치료차 서울로 왔고 아산 병원에서 치료받았다. 시숙은 십 년 동안 항암 치료를 받았고, 치료를 위해 그네 집에서 기숙하고는 했다. 수시로 시숙은 서울행을 감행했다. 남편은 그런 형을 애달파 했다. 그러나 시중은 내 친구가 해야 했다. 친구의 남편은 운전을 못했다. 결국 그가 환자를 모시고 아산 병원을 들락거려야 했다. 시댁의 모든 환자들은 그 친구의 손을 거쳤다. 그러던 큰 시숙이 십 년 후 죽었다. 이제는 그의 남편이 나이 들어 힘들어했다. 아니, 내 친구도 병원을 들락거렸다. 암 수술도 받았다. 아픈 곳이 여기저기 생겼다. 그런데 큰 시숙이 떠나자 이번엔 막내 시동생이 더불어 살기 시작했다. 친구가 복장이 터지는 소리를 했다. 나는 그가 이야기할 때 온몸에 힘이 들어갔다. 삼십 년을 당하지만 매번 마찬가지로 속이 상했다.

막내 시동생도 보통 얌채가 아니었다. 삼십 년 전, ㅂ의 남편이 국회의원 후보 시절, 차는 있는데 남편은 운전을 못 했다. 그러자 막내 시동생이 그 차를 자기 차처럼 사용했다. 차를 사용하지만 자동차

세는 내지 않았다. 남편의 차였기 때문에 ㅂ이 지불했다. 친구는 그런 현실에 속이 상해서 나에게 하소연했다.

- 친구야, 속상해하지 말고 네가 운전을 배워라. 운전을 배워서 네가 차를 쓰라고.
- 내가 그걸 어떻게 배우냐?
- 무조건 자동차 학원에 등록하라고. 모든 것이 해결될 거야.

그는 아무 말이 없었다. 그때부터 나는 일주일에 한 번씩 그에게 물었다.

- 너 자동차 학원 등록했니?
- 아니.
- 등록해서 차를 사용하라고.
- 너 자동차 학원 등록했어?
- 아니.

그렇게 세월은 흘러갔다. 그러던 어느 날, 친구는 운전을 하게 되었다. 그러면서 그는 남편의 새로운 시종이 되었다. 남편은 어디 조금만 갈 일에도 그를 대동했다. 어느 때부턴가 그의 남편 친구들은 남편에게 ㅂ을 동반하라고 강요했다. ㅂ은 예쁘고, 어리고, 젊으며, 순종형으로 모두에게 환영받는 사람이었다. 나는 그의 말을 들으면

들을수록 몸에서 나쁜 감정이 치밀어올랐다. 늙은것들이 어린 신부를 농락하고 있다는 느낌이 들었다. 친구가 좋아서 하는 일에 대고 왜 그러고 사냐면서 나는 분통을 터뜨렸다.

그렇게 세월은 흘러 이제는 자주 만나지 못했다. 우연히 시장에서 만나면 그는 말했다.

- 나 속상해 죽겠어. 옆에 사는 형님(시누이)이 "나 입맛이 없어서 밥그릇 가지고 작은 올케네 집에서 먹으려고 왔어."라는 거야. 그런 일이 수시로 생기더니 이제는 우리랑 같이 살고 싶다네?
- 끔찍하다. 밥이 문제냐?
- 아예 눌러살려는 거야, 글쎄.

그 뒤, 그의 괴로운 소리는 만날 기회가 없어서 오랫동안 듣지 못했다. 이번 박물관 탐방에서 그를 다시 만났고, 그의 시동생이 함께 살면서 그의 분통이 또 시작되었다. 시동생은 능력 있는 사람이었다. 현대에 다니면서 요직을 맡고 있고 월급도 많았다. 시동생의 부인은 한동안 주식을 했다. 거기에 재테크가 뛰어났다. 시동생의 부인인 동서는 막내며느리로, 가족 행사를 멀리했다. 아주 시대를 등한시했다. 가족들은 그 며느리를 얄궂다고 생각하고 미워했다. 그러거나 말거나 그들은 거리를 두고 살았다. 그 시동생이 영국으로 파견을 갔다. 그때 시동생 가족들은 따라가지 않았다. 오랫동안 근무했는데 막내며느리는 아이들이 특별전형 입학을 위해 잠시 영국에 머물러야 할 때만 시동생이 있는 곳으로 애들을 보냈다. 그 후 애들은 특별전형으로 한의학을 전공했다. 귀국한 시동생은 울산에서 근무했고 쭉 타지역이나 해외에서 근무를 했다. 막내 동서는 시동생에게서 돈만 챙겼다. 남편이 와도 밥을 해주지 않았다. 나이가 들어 퇴직이 가까워질 때쯤, 막내 동서는 시동생과 이혼을 하고 싶어 했다. 그는 남편에게 돈만 요구했다. ㅂ의 이야기를 들으면서 나는 내장이 울렁대며 속이 치밀어 올랐다. 그런 소리를 듣고 나는 "시동생한테 이제 더 이상 막내 동서에게 돈을 주지 말라고 말해!"라고 했다. 그렇지 않아도 누나들이 막내 동서에게 돈 주지 말라고 남동생에게 간곡히 말했지만 소용이 없다 했다. 나는 이 이야기를 십년 전부터 들어왔다.

그런데 이번에 그 시동생이 퇴직하며 현대로부터 퇴직금 십억을 받았다 했다. 그리고 그 돈을 몽땅 자기 부인에게 가져다주었다고. 나는 미쳐 죽을 일이라고 했다. 그런데 그렇게까지 헌신한 시동생이 자기 집인 압구정동에 가면 그 여자는 여행 가고 없다고 한다. 한번 가면 한 달 넘게 있다가 온다고. 그나마 다행인 건 시동생이 아직 울산에 일이 있어서 다니고 있다는 것이다. 그곳에서 시동생이 성당 신부와 면담을 구하고 상담한단다. 그런데 신부가 시동생에게 바보라고 말했다고. 그리고 신부가 잠시 부인과 동떨어 지내보라 권했다고 했다. 그래서 주말쯤, 아니면 목요일이 되면 ㅂ의 집으로 여행 가방을 들고 들어온단다. 그가 오면 친구는 온몸이 오그라들면서 싫다고 했다. 몇 개월째 시동생은 형네 집으로 오는데, 자기 남편은 오고 있는 동생을 기다린다고 한다. 자기 마누라가 죽든 말든 늙은 남편은 심심하고 말벗이 필요한 것이었다.

나는 그 집의 내막을 들으면 들을수록 온몸에 참을 수 없는 분노가 일어났다. 친구들은 말했다.

- 너 복 받을 껴.
- 그래서 잘 살잖아.
- 너 역시 마음이 착한 겨.
- 그래도 언제까지 함께 살 수는 없잖아. 그러니 한마디 해야 해.
- 마누라가 있고 새끼가 있는데 왜 너네가 책임지냐?
- 그러잖아도 2월쯤에 한마디 할겨. "삼촌 이거는 아니잖아요?"라고 할 겨.

제각각 한마디씩 하고 우리는 서둘렀다. 우리의 모임은 자기가 가진 고통이나 즐거움을 나누는 길이 되었다. 이제 애기를 돌보러, 시어머니가 계신 병원으로, 식구가 먹을 저녁 준비하러… 각자의 역할을 찾아 우리는 헤어졌다. 늘그막이 친구들을 만나서, 예술 공부도 하고, 그들의 애환을 들어주며 맞장구치는 것이 행복이었다.

나는 이제 글 쓰는 것이 즐거워졌다. 내 말을 마구 쏟아놓으면 속이 시원하고 개운했다. 글을 쓰다 보면 무엇인가 나를 되돌아보는 경우도 분명 생겼다. 단지 내가 쓰는 글이 생산적이었으면 좋겠다는 생각이 든다. 글 쓰는 작업을 하다 보면 순간순간을 카메라에 담고 싶어진다. 금방 쓸 수 없는 사실을 사진으로 찍어놓으면 다시 글을 쓸 때 기억하기 좋을 것 같아서이다. 다른 사람들의 이야기도 주의 깊게 생각하는 것이다.

나이가 들수록 몸속에서 분노가 강하게 일어난다. 왜 그럴까? 나는 여자이다. 이제 나이도 육십 대 중반이 넘었다. 짙고 검은 녹물이 내장에서 부글부글 끓듯이 잠재해있다가 나와 대립하는 사건이 터지면 그 검은 물이 솟구쳐 올라와서 온 세상을 덮쳐버리는 격이다. '왜 그런 칠흑 같은 검은 덩어리가 몸속을 지배하고 있는 것일까?', '파란 하늘이나 붉고 아름다운 꽃이 몸속을 지배하고 있을 수 없는 것일까?', '어떤 사건이 일어나면 그곳에 검은 덩어리 대신에 푸른 하늘을, 아니면 붉은 장미를 쏟아놓을 수 있으면 얼마나 좋을 것인가?'를 생각했다.

*

이번 겨울은 몹시 따뜻하다. 겨울이 겨울답지 못한 것도 여러 가지 사회적 무리를 빚는다. 옷과 난방기 등 겨울 장사하는 사람들에게 큰 타격을 입힐 것이라 한다. 모든 것이 순리대로 움직여주는 것도 축복인 것이다. 소한이 지나면서 갑자기 영하 10℃로 떨어져서 오히려 다행으로 여겼다. 산행은 할 수 없어서 남편과 나는 우면산을 걸어갔다. 날씨는 매서웠다. 입김이 나고 얼굴과 손이 시렸다. 두 시간 걸어가면 야트막한 정상에 이른다. 날씨가 추우니 서울 시가지가 선명했다. 하늘은 파랬다. 왼쪽으로 보이는 아파트와 아파트 사이에 있는 한강도 파랬다. 한강 위 다리 네 개가 이어져 있는 것처럼 보였다. 동작대교 쪽은 갈색 숲이 한강과 이어졌다. 나무 사이로 보이는 아파트는 한 폭의 그림이었다. 내 눈 밑에 있는 우면산 나무들은 가지들이 엉켜서 가시나무새 형태의 섬유로 조직된 직물처럼 보였다. 배경이 흙이어서 더 아름다웠다. 우면산 끝에 붙은, 넓고 크며 둥근 초록색 이중 원판 위에 검은 원통을 올려놓은 예술의 전당. 그 예술의 전당 지붕 밑 원통 기둥이 이 산을 장식했다. 길 건너에는 거대한 유리 아파트와 회색 아파트가 즐비했다. 한강 근처까지 눈을 집중하면 한가운데 커다란 돌기둥 같은 원기둥 수십 개가 하늘을 향해 솟은 건물이 있는데, 그 건물은 수십 개의 기둥보다 더 두꺼운 원기둥이 하나가 그 건물 자체를 지배하면서 우뚝 솟아 있었다. 그곳이 바로 우리나라의 법을 수호하는 법원이었다. 그 뒤로 다시 작은 아파트가 한강과 접해 있고, 한강을 지나면 작은 아파트를 둘러싼 남산과 그 뒤로 보이는 북한산, 인수봉이 보였다. 각 봉우리의 꼭대기에는 눈이 쌓여 있었다. 정말로 서울시가 아름다웠다. 예술적으로 조밀한 아파트가 그림이 되었다. 우리는 차를 한잔하고 내려왔다. 예술의 전당 마당에 대형 스크린에서 오페라가 나왔다. 그곳에서 음악 잔치를 했다. 그 앞에서 애기들이 스케이트를 탔다. 모두가 즐거워했다. 나는 우리 손자들을 데리고 와야겠다고 생각하면서 그곳을 떠났다.

이튿날은 우리가 손자 보는 날이었다. 우리는 손자들을 데리고 스케이트장으로 갔다. 큰애 웅이는 무엇을 해볼까 하면 항상 아직 준비가 안 됐다 한다. 둘째 예는 무조건 난 할 수 있다 말한다. 언젠가 과천 스케이트장에 갔다가 되돌아온 적이 있었다. 주차를 했다. 날씨는 찼다. 영하 10℃이니, 해가 떠서 온도가 좀 높아질 터였다. 매표소에서 표를 끊었다. 예는 발이 작아서 가장 작은 사이즈를 신겨도 스케이트가 컸다. 웅이와 나, 예, 남편 모두가 스케이트를 신었다.

우리는 얼음 빙판으로 들어갔다. 웅이가 씩씩하게 벽을 붙들고 서 있었다. 예는 얼음 위에서 미끄러져 발이 꼬였다. 몇 번 꼬이고 넘어지려는 몸을 내가 붙잡았다. 예가 갑자기 주춤하면서 빙판 밖으로 나갔다. 도망갔다. 무서운 모양이었다. 남편이 예를 의자에 앉혔다. 나는 웅이를 붙들고 유리 벽면을 손으로 집고 걸으라 했다. 빙판 사각면 주위를 스케이트를 신고 걸음마 연습하듯이 계속 걸었다. 웅이가 미끄러지면 손을 잡아주었다. 그때 어떤 꼬마 여자애가 우리에게로 왔다.

- 너 몇 살이야?

- 열 살 요.

- 언제 배웠어?

- 작년에요.

- 너 잘 탄다. 누구에게 배웠어?

- 안 배웠어요. 처음에는 저도 이렇게 붙들고 돌았어요. 그러다가 탔어요.

- 그랬구나. 웅아 너도 이렇게 옆으로 밀면서 걸어. 오! 그래, 그렇게. 잘한다.

- 오! 훌륭해. 그래. 이렇게 삼각으로 발 모양을 만들어. 그러면 미끄럽지 않아. 그래 그렇게. 멈추지? 그거야 그거.

- 할미, 나 서 있을 수 있어.

- 그래, 그래. 그거야.

우리는 계속 미끄럽게 발을 옮기면서 걸었고, 멈춰서 미끄러지지 않는 연습을 했다. 나는 어렸을 때 시골 냇가에서 스케이트를 탔다. 잘 타지는 못해도 타원형 빙판을 둥글게 돌면서 스케이트를 남동생과 함께 탔고, 가끔 아버지가 오셔서 스케이트 날도 갈아주고, 맛있는 호떡과 어묵도 사주셨다. 그것은 나의 아름다운 추억과 꿈으로 남아 있다. 요즘 아이들은 너무 어릴 때부터 어린이집에서 집단생활을 하며 자라는 것이 나는 못마땅하다. 모두가 직장에 다니거나, 그게 아니면 아이들을 홀로 집에서 키우는 것이 힘들어서 애기 엄마들이 우울증에 시달린다는 것이다. 무엇이 옳은지는 알 수 없지만, 그렇게 건물 안에만 갇혀 있는 것이 안타까워서 나는 애들에게 다양한 스포츠를 즐기게 하고 싶었다. 다행히 웅이가 빨리 적응해 갔다.

- 할미! 나 이것이 재미있어.

- 오, 그래 다행이다. 우리 다음에 또 타러 오자꾸나.

- 시간이 다 됐어요. 빨리 나오세요.

우리는 빙판을 나왔다. 나와서 빙판 위의 그림을 사진으로 찍었다. 헬멧을 쓴 웅과 예가 스케이트를 탄 모습이 오랜 세월 후에 그들의 어린 추억을 자극하는 자극제가 되길 바라면서….

애들은 배가 고팠다.

- 뭘 먹을래?

- 짜장면.

- 넌?

- 탕수육.

- 하부는 짬뽕 먹어.

- 너 짜장과 짬뽕 같이 먹고 싶어서지?

- 응.

- 그래. 맛있는 거 먹자.

오늘 웅은 훌륭했다. 집으로 와서 우리는 탕수육, 짜장, 짬뽕, 군만두를 시켜 먹었다. 먹으면서 웅이가 말했다.

- 할머니, 엄마한테 절대로 말하지 마.

- 응, 그래.

- 어제 엄마가 술을 너무 많이 먹어서 목욕탕에서 잤어.

- 아이고 저런.

- 아빠가 아무리 깨워도 일어나지 않았어. 아빠와 예도 그냥 잤어. 나는 아빠

랑 엄마를 한참 보다가 잤어.

- 그랬구나. 그것들 미쳤다 미쳤어. 할머니랑 살면 가만 안 놔두는데…. 그냥
  몽둥이로 10대는 때리는데….

웅의 말을 들으니 속이 떨렸다. "그것들이 왜 그런다냐?"를 수없이
외쳤다.

이튿날 나는 큰딸에게 문자 보냈다. 나도 바쁘고 그 애도 바쁘면
감정이 사그라지고, 지나가면 그를 다시 다그치거나 혼낼 수 없을 것
이라서.

- 잊어버릴까 봐 문자 보낸다. 어제 네 아들 웅이가 말하더라. 엄마한테 절대
  로 말하면 안 된다면서. 엄마가 술을 많이 먹고 목욕탕에서 잤다고. 아빠가
  엄마를 깨웠는데 못 일어났다고. 나중에는 아빠가 할 수 없이 잤다고. 애가
  밤새 엄마가 어찌 될까 걱정했던 모양이다. 자기는 술 먹은 엄마와 아빠를
  보고 있다가 늦게 잤다고. 그래, 네 아들은 지금 천사이다. 사춘기가 되면
  천사가 악마로 변할 수 있단다. 네 행동을 기억해 두었다가 악동 짓을 할 때
  다 써먹을 수 있는 것이다. 그것을 알아 두어라. 부모 역할은 쉽지 않은 것이
  다. 아마 우리처럼 살기도 어려울 것이다. 사춘기에 천사가 악마로 바뀌는
  건 쉬운 일이다. 명심해라. 내가 네 아들에게 그랬다. 엄마가 할머니랑 살면
  종아리를 10대는 때려주었을 거라고. 얘야, 이거는 아니지! 이번에 웅이가
  우리 집에 왔는데, 제 옷을 내동댕이치더라. 옛날엔 제 옷을 잘 접어서 입고
  가기 좋게 구석에 모아 놓더니. 신발도 할아버지처럼 나란히 놓았는데, 이

번에는 갑자기 내동댕이치더라. 그래서 내가 달랬다. 악동은 금방 따라 하며 찾아온다. 네 탓임을 명심해라. 오늘 나도 신경 써서 너에게 문자 보내는 것이다. 그렇잖으면 모두가 사라질 것이니까. 손자들 때문에 이민 간 할머니들 많다고 들었다. 애들 신경 좀 쓰고 행동을 하라고. 이제는 애기들 밥보다 이런 일에 대한 주의가 더 중요한 때인 것을 명심했으면 좋겠다. 나는 너와 영원히 어울리며 행복하게 살고 싶다.

큰딸이 나에게 문자 보냈다.

- 엄마 이야기 듣고, 뭐라고 할 말이 없네요~ 우선 집에서 마신 것도 아니고 성당 전체 모임이라 애들 가족들도 다 왔었고. 웅이 아빠가 항상 야근이다 회식이다 해서 계속 늦어서 나 힘들었다고. 그래서 그날 애들은 자기가 봐줄 테니 선후배들이랑 이야기 많이 하고 즐기라 했어요. 게다가 그날 아침 애들 데리고 뒷산 한 바퀴 돌고 집에 와서 애들 씻기고, 청소하고, 맛있는 거 해주고, 빨래를 했더니 녹초가 되었어요. 그리고 성당 모임에 갔고. 그곳에서 술도 많이 먹지 않았는데 집에 와서 쓰러져서 그렇게 됐어요. 뭐 아무튼 상황은 그랬어요. 그리고 내가 웅이한테 물어봤어요. "내가 부족하고 나쁜 엄마지? 엄마가 미안하다." 그랬더니 엄마는 너무 좋은 엄마라고 하더라고요. 자기 생각해서 조금 먹어라. 있다가 먹어라. 좋은 것으로 영양가 있는 걸로 먹자. 하는데 자기가 좀 말을 안 들어서 자기가 뚱뚱해진 거라고 하더라고요. 그리고 나한테 엄마도 엄마가 처음인데 힘들겠지. 자기도 예원이 처음 동생 생겼을 때 힘들었다면서 앞으로 나도 엄마 많이 도와줄게 합디

다. 결론은 적당히 술 마시고, 다 같이 행복하게 살자 했으니 그렇게 하도록
할게요~

- 그랬구나. 그래. 착한 아들 끝까지 잘 지켜라. 너는 너대로 왕같이 살면 된
다. 그런데 너 아들 잘 두었다. 그게 어디 초등학교 입학생과의 대화냐? 무
슨 20대 대학생과 한 대화 같구나. 어쩌면 그렇게 깊은 생각을 가졌다냐?
엄마도 엄마가 처음이라 힘들겠다니? 기가 막힌다. 만 일곱 살짜리가… 하
여튼 아들 하나는 잘 두었구나.

*

하늘이 무너지는 것 같았다. 오랫동안
쓰던 글이 편집을 잘못 눌러서 작성한 모든 문서가 까맣게 다 사라
졌던 것이다. 컴퓨터는 마우스 작동이 아주 필요한, 중요한 기계이
지만 잘못 누르면 사라지는… 지금 그 현상이 일어났던 것이다. 온
몸에 기운이 빠지고 숨이 막히며 더 이상 아무것도 할 수 없는. 그
런데 어찌어찌해서 그 많은 문구를 회생시켰다. 갑자기 기쁨이 쏟아
지면서 죽은 것이 살아온 듯한 기쁨이 일어났다. 죽음과 삶이 함께
잠시 작동했던 것이다. 이럴 때는 잠시 모든 것을 쉬고 조용히 책을
읽으려고 한다.

언젠가 딸아이가 테니스를 치다가 엄마 친구인 정운이 아줌마를
만났다고 했다. 그 아줌마는 아직도 테니스를 잘 친다고. 자기도 그

아줌마랑 그날 함께 공을 쳤다고 말했다. 나는 반가웠다. 그는 삼십 년 전에 나와 함께 공을 친 멤버였다. 나는 그 멤버의 전화번호를 확인해서 문자를 보냈다. 내가 정숙이라고. 그는 누군지를 모르겠다고 했고, 나는 그때 함께 공치던 멤버를 나열했다. 그러자 알겠다고, 너무 깜짝 놀랐다고 했다. 함께 공을 친 그 젊은이가 내 딸이라니 놀랍다고. 그때 우리는 친했던 김숙이와 언제 날을 잡아서 만나자 했다. 그날이 오늘이었다. 어떻게 변했을까?

점심 약속을 했다. 강남 백화점 꼭대기 전문 식당가 휴게소에서 만나기로. 십 분 일찍 나가서 에스컬레이터 입구 의자에 앉아서 기다렸다. 사람은 붐볐다. 거의 여성들이었다. 조금 있다가 회색 난방에 회색 털 외투를 입고 김숙이가 나타났다. 사람이 많아서 식당을 정해야 할 것 같았다. 일식집 쪽으로 갔다. 2~3만 원이면 괜찮을 것이라 생각했다. 곧 정은 씨도 왔다. 자리를 잡았다. 메뉴판을 보았다. 김숙은 우동도 좋다고. 정식은 68,000원. 다른 곳에선 25,000원이면 특정식이 나오는데 저녁도 아니고 말이 안 되었다. 다시 찾았다. 모듬 회 스시로 알고 그것도 38,000원이었다. 그것에 새우튀김이 19,000원이라 두 개 시켰다. 모듬 스시는 작은 그릇에 회와 야채를 섞은 비빔밥 같았다. 그것도 1인분 분량이었다. 어이가 없었다. 속이 상했다. 다시 새우튀김이 나왔다. 새우 5마리였다. 진짜 웃겼다. 이렇게 조금? 다시 메뉴판을 보았다. 적당한 특정식 메뉴가 19,000원이라 적혀 있어서 시키려 했더니 안 된다고 했다. 나는 어이가 없어서 시킬 수 없었다. 의자도 간격이 좁아서 최대한 당겨 앉아야 사람이 지나갈 수 있었다. 밥 먹다가 몇 번을 일어섰다가 앉았는지 모른다. 나는 화가 나서 참을 수가 없었다. 꼭 이렇게 하면서 식당을 운영해야만 하는 것인가? 주문을 고민하다가 그만두었다. 짜증이 났다. 육만 원짜리 음식에 대한 분노가 일어났다. 대충 먹고 일어서자고 말했다. 다른 곳을 찾는 것이 나을 것 같았다. 카드 결제를 하고 그 식당을 빠져나왔다.

카페로 가서 커피와 단팥빵으로 마음을 달랬다. 나는 원시인이라서 그런지 실제로 음식보다 가격이 비싸고 허술하면 속이 상하고 분노가 일었다. 이런 것도 늙은이의 태도가 아닐 텐데…. 다른 때 같으면 먹을 것을 따로 챙겨 가는데, 이번에는 어찌하다가 그냥 갔던 것이 낭패를 봤다. 내가 평소처럼 먹을 것을 챙겨갔다면 모든 것이 순리대로 잘 풀려서 즐거운 이바구를 했을 것이다. 그래도 커피와 달콤한 빵이 그런대로 만족을 주었다.

정운 씨는 계속 운동을 한 것이 훌륭하다고, 몸 관리도 잘하고 건강함이 제일 아니냐고 했다. 김숙은 언젠가 나랑 테니스를 치다가 발뒤꿈치 아킬레스 건이 끊어진 뒤로 테니스를 접었고, 요즘은 걷기 운동만 한다고 했다. 헬스장에서 너무 열심히 뛰는 운동을 하다가 무릎을 다쳐서 일 년은 고생했다는 말도 덧붙였다. 침 맞고 치료를 했지만 소용이 없었다고. 결국은 자기가 조금씩 걸어서 운동으로 치료해서 극복했단다. 팔도 어깨 근육 파열로 고생했는데 그것도 자기가 조금씩 근육 운동으로 극복했다고. 나는 계속 테니스를 치고 있고, 우리 모두 건강한 것 자체가 성공이라면서 스스로 자축을 했다.

삼십 년 전의 나는 아마 정운 씨 눈에 그들 레벨에 어울리지 않는 부족한 인물로 등장했을 것이다. 그곳에 사는 테니스 멤버는 모두 높은 레벨에 어울리는 사람들이었다. 강남의 한복판에 살고 있었으니 말이다. 나는 오로지 아이들 교육을 위해서 가장 작은 아파트, 그것도 친정 고모에게 부탁해서 우리 이름으로 아파트를 샀지만, 정확히는 고모의 집에 세 들어 사는 격이었다. 게다가 남편 봉급의 얼마를 떼어 시댁 생활비에 보태야 했다. 우리의 삶은 팍팍했다. 남편이 받는 고급 공무원 월급은 일반 회사의 삼 분의 일 정도였다.

그 당시 정운 씨는 시댁으로부터 먹을 음식 일체를 배달받았다. 시아버지가 양키 시장에서 장사를 했고, 그곳에서 햄이나 소시지 등 그들이 즐기는 음식 종류를 전달받았다. 김숙의 친정 부모는 유능한 사업가였다. 두 분이 모두 서울대를 졸업했다던가? 아무튼 오고가는 그 무엇이 있었던 것 같았다. 그들의 씀씀이는 우리와 달랐다. 어쩌다 정운 씨 집에 갔다. 집은 우리 집 평수의 두 배를 넘었고, 모든 식구들의 스키 장비가 거실에 장식되어 있었다. 그의 테니스 모자는 빨, 주, 노, 초, 파, 남, 보로 선반에 일렬로 쌓여 있었다. 내가 보는 그의 집은 부유하고 풍요로웠다. 그는 둥근 원형 얼굴에 웃음이 가득하고 선한 마음을 가진 강원도 여자였다. 마음이 부드러워서 말하기가 좋았다. 그때 나는 그에게 주택 청약금 삼천만 원쯤을 이자를 주는 것으로 하고 빌렸다. 그 청약금으로 상봉동 아파트를 분양받을 수 있었다.

김숙은 대나무 같은 여자였다. 조금도 굽힐 줄 몰랐다. 그는 반듯하지 않으면 부러지는 성격이었다. 그는 바른 사람이었다. 그러나 테니스 회원 중에는 수양버들처럼 휘청대는 사람들도 있었다. 둘이 맞붙으면 소리가 났고 부러지고 휘감기면서 덩어리가 시끄러웠다.

멤버들은 젊고 혈기 넘치는 삼십 대였다. 에너지가 상승하고 열기가 솟으면 터지면서 분열되고, 그렇게 분열되었다가 다시 합쳐지기를 반복했다. 테니스공을 치는 스타일도 제각각이었다. 공의 구질이 각자의 성격에 따라 변해갔다. 네 명이 팀을 짰고, 네 명씩 게임에 임했다. 그리고 두 명씩 한 팀이 되어 게임했다. 선공인 팀이 상대방 쪽에 서브를 넣으면 서브를 받는 쪽이 그 공을 요리한다. 욕심이 많은 사람은 그 공을 세게 받아서 네트 위를 지나 상대방 쪽으로 보낸다. 왼쪽, 오른쪽, 뒤쪽 라인으로 보내서 상대방이 그 공을 받을 수 없도록 하는 것이 게임의 원칙이다. 서로 공을 치고받으면 공 속에 여러 사건이 생겼다. 그 안에 상대방의 심리 작전이 보였고, 우리 팀의 심리 현상도 나타났다. 상대 쪽이 욕심이 많아서 이겨야만 만족하는 것을 보면 게임할 맛이 사라졌다. 나는 공평한 것을 좋아했다. 비등비등한 게임으로 스코어가 2:2, 4:4, 5:5로 진행되다가 마지막에 승부가 나는 게임이 좋다. 그러면 운동도 적당히 즐기면서 오래 게임을 하게 되고, 다음 주자들에게 코트를 넘겨줄 수 있어서 좋았다. 그 다음 적당히 쉬고 다음 타임에 들어가서 게임을 하면 되었다.

그러나 욕심이 많은 사람은 꼭 게임에서 이겨야 했다. 그는 편을 가를 때도 이길 수 있는 사람 편에 서고 만다. 그는 상대방에게 무지막지하게 공격을 해댄다. 몸이나 발을 공격해서 상대방을 당황하게 만든다. 그는 오로지 이겨야 하는 것이다. 그가 나와 같은 편일 때, 그는 우수한 공격자가 되어 신이 난다. 그래야 이길 테니까. 그가 상대편이 되면 우리 팀은 기를 쓰면서 되받는다. 스코어 점수가 2:2, 4:2, 5:2까지 올라가서 마지막 게임이 되어도 무지막지하게 공격해서 이길라 하면 나는 그에게 요구한다.

- 같이 가자. 같이 가자. 일찍 가서 끝나면 집에 가야 하잖아. 코트를 다음 팀에게 일찍 주면 재미없잖아.

그래도 결국 욕심 많은 자는 이겨버리고 만다. 그는 그런 사람이다. 나와 한 팀이었던 회원은 그를 욕한다.

- 어이고 욕심쟁이.

"그렇게 이겨서 좋으냐?"라며 내 귀속에다가 그의 욕을 하고 만다. 그렇게 게임이 끝나면 모든 것이 끝나고 만다. 다음 팀이 이어서 게임을 시작한다. 게임의 법칙이나 게임의 진행은 젊어서나 늙어서나 전부 같을 것이다. 상대방과의 접전을 펼칠 때, 공의 구질이 비슷하면 재미있다. 공이 직선적이라 신나게 상대방을 공격하면 상대방 역시 신나게 받으면서 오고가는 맛이 있고 통쾌하다. 결국 누군가 실수할 때까지 공을 주고받는다. 결국 누군가 실수할 수밖에 없는 게임이다. 그 게임은 져도 통쾌하고 즐겁다.

그러나 상대방의 공이 뒤로 넘어오고, 옆으로 돌아가고, 슬라이스로 칼질하듯 공 면을 긁어대면서 상대방에게 공격하는 구질은 이상하게 속을 비틀어 댄다. 그런 사람끼리 한 편이 되었을 때, 공격을 받는 팀 입장에선 정말 재미가 없다. 그들의 공은 사람을 약 올리면서 괴롭히는 공이 된다. 운동도 안 되고 마음에서 일어나는 그 못된 감정이 엄청 속을 상하게 만든다. 옆구리로 빼고, 살짝 네트 위로 넘겨서 결코 받을 수 없는. 그래도 우리는 그들을 능력자로 인정해야만 하는. 그렇지만 한 팀으로 게임 하고 싶지 않다.

우리는 날마다 그렇게 속을 썩이면서 날마다 만나고 팀을 짜서 공을 쳤다. 그렇게 삼십 년 이상 공을 쳤고 공의 달인이 되어간 것이다. 삼십 년 전의 그 테니스 멤버를 만나니 그 당시 게임에서 일어났던 일을 말했고, 그 멤버가 왜 쪼개졌는지를 말했다. 정운 씨는 우리 팀에서 다른 팀을 구성했다. 그는 볼 욕심이 많았던 것이다. 그는 열심히 공을 쳤고, 레슨을 했으며, 더 잘 치는 또 다른 팀을 구성했다. 그 당시 우리 팀은 초보자들로 구성되어 있었고 열댓 명 정도였다. 나름 열심히 게임에 임했고, 각자 게임을 위해 레슨을 받고 공을 주고받는 스트로크 연습을 많이 했다. 다양한 공을 받을 수 있어야 게임에서 지지 않았다. 나는 옆집 아줌마 황 씨와 열심히 난타를 쳐서 실력을 높이려고 애썼다. 나는 집에서 대학원 공부에 열중했고, 코트에서는 공치는 데 심혈을 기울였다. 반년이 지나서부터 같은 멤버라 하더라도 실력 차가 많이 생겼다. 잘 치는 사람들은 못 치는 자를 꺼렸다. 그들은 열심히 치지도 않으면서 게임에만 참가했다. 못

하는 자가 게임에 들어오면 게임이 망가졌다. 불편한 심기가 일어났다. 못하는 자 때문에 게임이 재미없어졌고, 잘하는 사람들은 못하는 자를 피하고 싶은 마음이 강했다. 반면 나는 그냥 게임 자체가 즐거웠다. 공부하다가 운동하러 가는 것은 정말 좋은 기분을 들게 했다.

어느 날부터 잘 치는 몇 명이 자기들끼리 조를 짜서 근처 체육 선생을 초빙해서 게임을 했다. 나는 그들이 부러웠다. 그들은 휴일에도 날을 잡아서 학교 운동장까지 활용하며 볼을 쳤다. 그들은 자연스럽게 우리 팀에서 떨어져 나갔다. 그들은 잘 치는 멤버로 구성됐고, 실력 있는 남자들, 체육선생들을 영입해서 볼을 쳤다. 비가 오면 실내 체육관을 빌려서 치고 즐겼다. 나는 코트 사용비가 엄청 비싸서 엄두가 나지 않았다. 나는 아이들 레슨비를 감당하기도 벅찼다. 내 코트 사용비도 쉽게 생각할 수 없었다. 그들은 좋겠구나 하고 생각했고, 그들은 서서히 내 눈에서 멀어져갔다. 그들은 우리 코트로 공치러 오지 않았다. 정운 씨 말에 의하면, 그 당시 자기들도 그 코트를 사용했는데 자기네를 쫓아낸 이는 그 코트를 임대한 고 사장이 아니라 고 사장의 부인이었다고 한다. 자기들이 체육선생들과 공치는 것을 샘냈고 시기하며 질투했다고. 우리는 당시 삼십 대였는데, 고 사장의 부인은 육십이 넘은 사람이었단다. 그런데 육십 넘은 사람이 샘을 내는 걸 알았고, 자기들은 결국 건너편 아파트 코트로 옮겨가서 쳤다고.

나도 생각났다. 어느 날 그 건너편 코트로 나를 데리고 가서 한

번 볼을 쳤던 기억이. 그런데 그곳에서도 사건이 많았다고 한다. 늦게 합류한 멤버 하나가 체육선생과 바람이 났다고. 그 남편이 경찰 형사계라 뒤를 밟아서 문제가 커졌단다. 그 내막이 너무 길어 오늘 다 말할 수가 없다고.

- 그래. 우리 중에 멤버 하나, 죽은 이재옥이가 생각난다. 그때 그 애가 39살이었는데…. 우리는 지금 잘 산 거야. 지금까지 잘 살았으니 성공한 거라고. 더구나 남편도 건강하고.
- 너네 남편 뭐해?
- 놀지.
- 너네 남편은?
- 우리 남편도 놀아.
- 맞아 지금은 각자 잘 놀면 되는 거야.
- 정운 씨는 남편하고 뭐 하고 놀아?
- 남편은 골프치고, 나는 테니스하고.
- 김숙 씨는?
- 아킬레스 끊어지고 테니스는 그만두고, 걸어요. 우리는. 걷는 게 제일 좋대요.
- 나는 남편이 퇴직하고 그 후에 골프와 테니스에 영입시켜서 계속 함께 해요. 그런데 골프는 돈만 많이 들고 재미가 없어요.
- 남자들은 퇴직하면 직장동료들을 따로 만나지 않고 운동하다가 만나잖아요. 매일 눌눌하게, 늘어진 시간으로 일상을 지내면 사람이 나태해지는데,

골프는 사람들과 약속을 하고, 시간을 맞추려면 아무래도 긴장도 하고… 새로운 만남으로 환경을 변화할 수 있는 것이 좋은 듯합니다.

- 정운 씨 딸이 공부 잘했는데, 어느 학교 갔어요?

- 한 번도 우등상을 놓치지 않았고 졸업할 때도 혼자 상을 받았어요. 그런데 학교 운이 없더라고요. 그래서 중앙대 갔어요.

- 결혼은?

- 내가 테니스장에서 고대 체대 나온 사람 소개해줘서 결혼했어요.

- 아이고 잘 했네요.

- 애기가 안 생겨서 이번에 차병원에 갔어요. 임신 6개월 되었어요.

- 잘 됐네요.

- 우리 손자는 이번에 학교 입학해요.

- 아이고, 놀라라.

- 김숙 씨 집은?

- 작은애는 올해 결혼할 예정이고 큰애는 고대 직원인데, 기다려야지요.

- 정운 씨, 아들은?

- 강남 쪽에 헬스장을 차렸어요.

- 돈 많이 들었겠네요.

- 조그만 한 것이라 한 2억쯤? 잘 돼서 한 달에 300만 원씩 갚고 있어요. 결혼한 뒤에도 함께 살다가 내보내 달라고 해서 내보냈더니 둘이 너무도 많이 싸워서 큰일이에요. 그래서 다시 데리고 있어 볼까도 생각하는데….

- 김숙 씨 시어머니 괜찮으셔요?

- 네. 지금 요양원에 계시는데 적응을 너무나 잘 하십니다.

- 어떻게 요양원을 가셨을까요?

- 어쩔 도리가 없는 거지요. 병원에 가면, 지나가는 간호사에게 사랑합니다 하고 말해요. 어이가 없지요. 평생 돌봐 온 며느리들한테는 그런 소리 한 번 안 하면서….

- 정운 씨 시어머니는 ?

- 말 마요. 그 시어머니 때문에 돈을 얼마나 잃어버렸다고요. 시어머니는 손으로 수저만 들어요. 오전에는 국가보조 요양사가, 오후에는 자기네가 쓰는 파출부가 와서 밥을 차려놓고 가고, 휴일은 돌아가면서 식사 준비를 해놓고 보살펴요. 우리 친정엄마는 강원도에서 혼자 밥하고 모든 것을 다하고 사는데….

- 정운 씨, 결혼 어떻게 했어요?

- 강원도에서 남편이 학사 장교로 근무할 때 연애했어요.

- 아이고, 잘했네요, 성공했네요.

- 강원도 여자가 얼마나 좋은데요. 나는 남편 때문에 속상해서 죽겠어요.

- 뭘요?

- 직장 다닐 때 돈이 모여서 건물 사놓은 것, 오피스텔, 아파트, 상가 등 퇴직하고 나서 내 이름이 소용없다면서 모두 팔았어요.

- 그 돈으로 뭐 하려고?

- 모두 백화점에 퍼다 주었어요.

- 무슨?

- 자스민 회원이구나!

- 그게 뭐유?

- 자스민 회원은 특별 손님으로 룸서비스, 커피 등 특별대우를 받습니다.
- 그래요?
- 그 회원을 유지하려면 일 년 동안 백화점에 쓰는 돈이 5,000만 원 이상이
  어야 합니다.
- 퇴직하고 한 8년 동안 잘 갖다바치더라구요. 미쳤지요. 내가 골프 안 친
  게 다행이에요. 이제 애들도 나가고 했으니 아무래도 작은 곳으로 옮겨야
  겠어요.
- 나도 애들 결혼시키고 나면 25평으로 옮겨서 죽을 때까지 살려고요.

　이제 모두 서서히 가구의 크기를 줄이면서 살려고 했다. 이미 생
활의 고통을 받고 사는 사람들이 많이 생겨났다고. 지점장 했던 친
구가 십 년 전에 퇴직했고, 그 친구가 뭐 좀 하려고 사업을 벌였다가
안 돼서 돈을 까먹었다. 그 아들이 장가를 가고 집 얻어주고 하면서
퇴직금과 사는 집이 날아갔다. 집을 팔아 변두리 작은 곳으로 이사
를 했다. 그 지점장 친구는 노상 주차장에서 주차관리를 하면서 살
아가야 했다. 우리는 아직도 애들의 뒷바라지를 해주어야 하며, 살
아계신 부모를 부양해야 하는 처지이다. 우리의 직장생활은 끝난 지
오래다. 그런데도 어디선가 계속 돈을 만들어서 지출해야 하는 한
다. 우리 세대는 그래서 불행한 세대인 것이라고 말한 뒤, 다음을 기
약하고 헤어졌다.
　그래도 우리는 죽지 않았고 아프지 않으니 성공이라면서.

　　　　　　　*

　　　　　　1978년 3월 말. 새 학기, 새 학년의 시작인 3월은 숨 가쁘게 바쁘다. 일 분도 허용하기 힘든 시간이다. 학생들 신상 카드 작성이 제일 시급하다. 학생들의 가정상황을 파악하고 학생들의 생활 태도를 점검해야 하기 때문이다. 담임으로서 학생들의 모든 것을 이해해야 했다. 출석부를 다시 기재하고 번호대로 학생의 이름과 학생의 얼굴을 함께 기억하는 것이 중요하다. 60명의 학생들은 3월이 지나면 저절로 남았다. 어느 놈은 공부를 잘했고, 어느 놈은 공부를 싫어하며, 장난꾸러기와 얌전한 놈이 누구인지를 알게 되는 시기였다. 나는 수시로 우리 반에 들려 학생들의 동태를 파악하고, 그들이 반 전체를 흐트러지는 일이 없도록 조심시켰다. 한 번 반이 흐트러지면 소란이 퍼져 반 전체가 공부에 소홀해지는 경우가 많다. 때문에 개구쟁이 학생들을 가끔 벌도 세우고, 종아리도 때려준다. 그 학생들이 무엇을 잘못했는지 알게 해주면서. 지각생도 철저히 단속한다. 학기 초에 기틀을 잡아 우리 반 학생들이 다른 반 학생들보다 학력이 떨어지지 않도록 조용한 학습 분위기를 만들어 주는 것이다.

　　이 시기에 담임선생들은 바빠서 눈코 뜰 새가 없는데도 윗분인 교장, 교감, 학과장들은 우리들을 다그친다. 그들의 잔소리는 끊임이 없는 것이다. 계속 교육청에서 내려오는 문서처리를 독려하며 각 담임들을 들들 볶아댄다. 나는 짜증스럽게 온몸을 뒤틀면서 윗분들을 피해가며 교무일과 학급 일을 돌본다. 그래도 시간은 잘도 흘러 간다. 아침이 되면 출근하고 곧 하루의 끝인 퇴근이 되는 것이다. 학교 일은 우습게도 모든 시간이 수업 시간대로 판이 짜여 있다는 듯이 잘 돌아가는 것이다. 어쩌다 보면 금세 휴일이 돌아오곤 한다. 4월 중순. 추웠던 날씨가 이제 제법 따뜻했다. 바쁜 시기도 이제 차츰 사그라들었다. 교실에 들어가면 학생들의 이름을 제법 떠올릴 수 있었다. 떠드는 학생들의 이름은 곧바로 부를 수 있었다. 장난꾸러기 학생도 이름이 생각나서 지적할 수 있었다. 그런데 무엇을 잘못 먹었는지 복통이 일어났다. 약을 먹고 쉬어야 했다. 좀 일찍 퇴근을 해서 하숙집에서 쉬었다. 약을 먹고 나니 이런저런 생각이 났다. 한 친구가 내 약혼 사진을 보더니 심통이 일어났는지 내 속을 쑤셔 놓았다.

- 얘, 네 신랑감보다 네가 한참 누나 같구나. 머리를 올렸으니 더욱 그렇네. 여자가 누나 같으니 좀 그렇구나. 아무래도 여자는 귀여운 맛이 나야지. 그래야 남자가 여자를 사랑하고 싶은 마음이 생길걸?

그 친구는 나와 아주 친한 친구로 평생을 함께한 친구였다. 가장 상처를 주는 것은 어쩌면 가장 가까운 사람일지도 모른다는 생각을 했다. 속상하고 상처받았던 일을 생각하면 그 친구가 얼마나 얄미웠는지 모른다. 역시 내가 모르는 부분이 그 친구에게 있음을 다시 알았다. 그는 역시 어려운 친구였다고 생각했다.

다음 날부터는 또다시 바빠졌다. 몸이 덜 회복되었지만 장학 시찰이 돌아와서 학교는 다시 어수선하게 바빠졌다. 교장 선생님, 교감 선생님이 각각의 학급 담임들에게 지시하는 사항들이 더 많아졌다. 그들은 학생들의 용모단정을 외쳤다. 교복, 모자, 머리, 손톱 등을 깨끗이 하라고. 교실 환경 미화를 위해 각각의 학년을 환경 심사로 등수를 매길 것이며, 학습 방법에 대해 각 교과 선생들이 연구하라고 소리쳤다. 장학 시찰은 학교 등급을 매기고, 교장이나 교감, 일반 선생들이 승진하는 계기를 마련해 줄 것이다. 그쪽에 집착이 강한 사람들은 윗분을 향해 보이지 않는 선심 작전으로 충성을 보냈고, 그것을 시기·질투하며 서로 갈등을 일으켰다. 그 당시 여자 선생님은 3~4명 정도였다. 나는 여자라서 남성들의 보이지 않는 승진 싸움에 들어가지 않는 사람이었다. 그들의 갈등과 교차하는 싸움들이 어떻게 진행되는지 몰랐다.

가끔 학부형이 3학년 담임들을 초청해서 저녁을 샀다. 3학년은 입시생이기 때문에 학교나 학부모 모두가 공부에 심혈을 기울였다. 식사 자리에서 술이 돌자 남자 선생들의 불평이 오고갔다. 교육부 장관상을 어떤 선생님이 받아야 하는데 다른 선생이 받았다든가. 추천장이 엉뚱하게 일 열심히 하지 않은 사람, 아니 교장에게 아부한 사람이 추천받았다고. 3학년 담임 중 여성은 나 혼자였다. 그들의 말에 나는 관심이 없었다. 저녁 식사가 끝나고 우리 학급 학생 학부형이 환경미화 찬조금을 봉투로 주었다. 나는 처음 받는 일이었다. 우리 학급은 가난한 학생이 많았다. 학생들은 대부분 가난한 농부의 아들이었다.

이튿날 반장을 통해서 환경 미화하도록 어제 받은 봉투를 주었다. 미화부장과 함께 여럿에게 도우라고 했다. 화분도 사서 진열하라고. 새로운 청소 도구가 진열되었다. 빗자루, 밀대, 걸레, 쓰레기통, 새 주전자가 놓였다. 교실 뒤쪽의 그림과 글들이 새롭게 단장했다. 시간은 열흘 넘게 걸렸지만 교실이 깨끗해져서 기분이 좋았다. 아이들도 교실이 더 밝아지고 분위기가 새로워졌음을 깨달았다. 나는 "모두 교과목에 충실해서 좋은 학교에 들어가라."고 강조했다.

그 남자에게 편지가 왔다. 여러 가지 생각이 밀려왔다. 무엇을 써야 할지 생각이 나지 않았다. 그와의 만남은 길지 않았다. 소개팅으로 만났고, 많은 추억이 있지도 않았다. 단지 정서적으로 맞을 것 같았고, 심성이 진실하고 곧은 것이 내 마음에 들었다. 좋은 대학을 나왔다고, 고시에 붙었다고 하는 사람들은 거드름을 피우면서 상대방을 얕잡아 보는 경우가 많은데 그는 그렇지 않았다. 그는 곧고 바르게 보였다. 상대방을 배려했다. 자기중심적이고 이기적인 면을 보이지 않았다. 자신의 솔직함을 보였다. 허세를 부리지 않았다. 남성적인 강인함을 보여서 여성을 옥박지르지 않을 것 같은…. 여하튼 그래서 우리는 약혼을 했던 거 같았다. 바르고, 깨끗하며, 반듯한 성격의 소유자. 그런데 나는 무슨 소리를 해야 할지를 모르겠다. 무엇인가 헛소리를 할 것 같은? 차라리 안 하느니만 못한 소리가 될 것이라는 생각?

하지만 편지는 써야 했다. 일기장에는 이렇게 적혀 있었다. 기쁘게 해주고 싶고, 끓어오는 젊음의 기쁨을 전달하고 싶고, 아니면 미래의 꿈을 펴주고 싶다고.

4월의 마지막 주쯤 학교 행사로 소풍을 갈 예정이었다. 학생들은 그 소풍을 기다리고 기다렸다. 선생들도 수업을 쉬니까 기다렸다. 드디어 소풍 가는 날. 모든 사람들은 아침부터 설렜고 분주했다. 학생들은 정렬로 줄을 맞추고, 교장 선생님의 훈계를 듣고, 학년대로 소풍을 떠났다. 차를 타고 떠나갈 때 신문을 펼쳤다. 신문에는 온갖 사건이 적혀 있었다. 그중에서도 간사한 미국 정계의 모습이 못마땅했다. 월맹, 쿠바를 비롯한 북괴에 중공까지…. 미국이 이기적인 도전을 통해 자국의 국익만을 도모했다는 사실. 나는 피가 거꾸로 솟아 분노가 일어났다. 미국은 의리가 없었다. 동시에 우리나라가 약소국임을 시인해야 했다. 약자이기에 참을 수밖에 없다는 것이 분통 터졌다. 내가 이렇게 관심도 없는 정치적 일들에 감정이 솟구치는데, 정치 관계자들은 얼마나 그들의 에너지를 분출하며 정치계에 집중하겠는가? 그에 비해 학교생활은 평탄한 편이다. 무슨 이익 단체가 아니기 때문이다. 그런데도 자신의 이기심을 충족하기 위해 선생들은 동료를 괴롭혔다. 나는 그런 선생들이 정말 미웠다. 그러고 싶을까? 묻고 싶었다. 그러나 그들은 아무렇지도 않았다. '인간집단은 그런 것인가 보다.' 하고 생각했다.

오늘은 학교를 지키는 일직이었다. 온종일 텅 빈 교무실을 지켰다. 이것저것 정리할 서류 등을 마무리했다. 아이들 시험지도 등사판에 긁어서 다음날 소사가 프린트하도록 조치했다. 학교생활이 익숙하면 익숙할수록 짜증이 났다. 평생 그날이 그날 같은 일상만 이어진 다는 생각? 좀 색다른 생활이 있기를 바라는 생각이었다. 처음에는 나름 반듯한 교육적 사명을 가지고 있었고, 애들을 가르쳐주고 싶다는 마음으로 학습에 임했다. 그러나 학교에 적응하면 할수록 부정적인 면이 더 크게 나타났다. 학생들을 교육하는 것보다 교육청에서 요구하는 서류나 그들의 업적 요구에 부응해야 한다는 것이 짜증 났다. 그래서 학창시절 학생들은 교육자가 되는 것을 싫어하지 않았나. 학교에 처음 입학하는 여덟 살부터 이십 년 넘게 대학, 혹은 그 이상의 학교생활을 하니, 오랫동안 지속된 생활로부터 탈피하고 싶어 타 직업을 선호했던 것은 아닐까. 아마 나도 그런 기회가 있었다면 그랬을 것이다. 이런저런 생각을 하다 보면 그래도 시간은 흘러 갔다. 조금 한가하니 친구들 생각이 났다. 손영숙, 이영숙, 임희숙, 김창식, 조순귀, 백경옥, 고인숙, 현임, 혜영, 기중, 정열, 인순, 수자… 몇몇 친구들에게 편지를 했다. 짧은 시간에 여러 사람과 소통할 수 있는 것으로는 편지가 가장 좋았다. 그것은 가장 적은 비용으로 소통할 수 있는 효율적인 수단이었다.

오늘은 시를 읽고 싶었다. 저렴한 문고판을 샀다. 『가람 문선』, 『보리피리』, 『릴케 시선』, 『슬픈 목가』, 『헤세 시선』, 『삼중당 문고』가 각각 200원씩이었다. 많이 살 수 있어서 좋았다. 내가 번 돈으로 내가 필요한 것을 사니 정말 기뻤다.

입시생인 3학년은 야간 학습을 해야 했다. 나는 담임으로서 최선을 했다. 우리 반 학생들이 뒤떨어지지 않도록 아이들을 독려했다.

학생들은 다행히 나를 잘 따랐다. 아침부터 하루 종일 수업을 하고, 야간 지도를 하고, 자율 학습을 10시 30분까지 감독하는 것은 힘이 들었다. 중간에 어느 학부형이 빵과 우유, 크림 등을 사서 나에게 보냈다. 힘들었지만 그 학부형의 위로 덕분에 힘이 났다. 서로 힘들 때 위로하는 것은 중요했다. 하숙집으로 돌아왔다. 씻고 잠자리에 들었지만 쉽게 잠들지 못했다. 시집 하나를 펼쳤다.

> 유리에 차고 슬픈 것이 어른거린다.
> 열없이 붙어 서서 입김을 흐리우니
> 길들은 양 언 날개를 파닥거린다.
> 지우고 보고 지우고 보아도
> 새까만 밤이 밀려나가고 밀려와 부딪치고.
> 물먹은 별이, 반짝, 보석처럼 박힌다.
>
> - 정지용의 유리창1 중에서 -

야간 지도는 계속되었다. 학생들은 각자 부족한 부분을 채우려고 애썼다. 더러는 시끄러운 장난을 쳤지만 손짓으로 조용히 하라고 경고했다. 계속 시끄럽게 교실을 흔들면 그 녀석의 머리를 손으로 누르면서 입단속을 시켰다. 잠자는 녀석들은 수돗가로 보내서 세수를 하라고 타일렀다. 교실이 조용해지면 나는 교탁에 앉아 책을 읽었다. 가람 이병기 문선을 읽었다. 그곳에는 그가 문필가로서 친분이 두텁고 함께 지내는 사람들의 사생활이 기록되어 있었다. 나는 그들에게 호기심이 생겼다. 그중에서도 특히 이광수의 작품을 통해 애국적 사랑, 민족적 사랑을 칭찬했다. 그런데 그의 허영숙 사랑을 보면서, 거국적 사랑이 좀 개인적 사랑으로 제한되었음을 느꼈다. 그리고 그의 한계점이 감정으로부터 초월하지 못한 것임을 느꼈다. 야간 학습 시간에 짬을 내서 책을 읽을 수 있어서 즐거웠다. 책을 보면 생동감이 생겼다. 딱딱하고 근엄한 학교생활은 마치 바위를 짊어지고 사는 것 같았다. 나는 새 봄에 솟아오르는 파릇한 새싹이 우리 마음에 들어오는 것처럼 살고 싶었다. 그러나 그곳엔 암울한 회색빛만 존재했다. 푸른색 잔디는 보이지 않았다. 책을 읽고 나서야 내 마음에 푸른색 빛이 들어왔다. 회색의 우중충한 빛이 샛노란, 아니면 초록빛으로 바뀌었다. 그것은 분명 분홍으로도 바뀔 것이었다. 가슴이 뛰었다. 뭔가 새 기운이 솟을 것 같은. 피곤하지 않았다. 책을 읽는 것 자체가 나를 변화시켰다. 제발 이런 시간과 이런 마음이 항상 깃들기를 바랐다.

퇴근길에 학부형을 만났다. 그분을 만나면 나는 참 기분이 좋아졌다. 그는 항상 앞치마를 두른 채 나를 만나면 반갑게 맞이해 준다. 그는 항상 밝은 표정이었다. 그의 체구는 삐쩍 말라 나무젓가락 같았다. 얼굴에는 항상 웃음기를 머금은 상태였다. 그는 열심히 일했다. 바느질을 해서 아들을 키웠다. 그 아들이 우리 반 학생이었다. 그를 보면 나는 안쓰러웠다. 그리고 푼돈을 벌어 살림을 하는 그가 존경스러웠다. 손은 항상 물기를 먹은 손이었다. 마른일을 할 때 외는, 손이 붉게 물들어 있었고 허드렛일에 젖어 있었다. 나를 보면 그는 상냥한 말씨로 인사를 했고. 엉거주춤 내 손을 잡아끌었다. 그의 손과 그의 옷자락이 내 옷자락에 스칠 때, 그는 분명 뜨거운 인정을 나에게 보냈다. 말할 수 없는 따뜻한 인정이 내게 스며들면서 나는 많은 생각을 했다. 그에 대한 연민과 주변의 따뜻함을 느꼈다. 이런 것이 사랑이었고, 그런 것이 나를 행복하게 했다.

*

1978년 4월 28일. 봄비가 내렸다. 퇴근길이 초록 잎들로 선명했다. 새로 심은 회양목이 오랜만에 내리는 단비로 살아나고 있었다. 돌 틈에 낀 철쭉꽃은 진분홍색으로 자신을 예쁘게 드러냈다. 이럴 때 여성들은 사진을 한 방 찍고 싶은 마음일 것이다. 길가의 버드나무는 잎을 펼쳤다. 솜털이 보송보송 깔려있는 연초록 잎이 신기했다. 퇴근하고 책을 읽었다. 하지만 책은 내 눈에 들어오지 않았다. 책과 나는 함께 자고 말았다. 꿈을 꾸었다. 그 남자가 꿈속에 나타났다. 나는 손을 흔들었다. 그도 흔들었다. 나는 몸을 떨며 위험 속에서 벗어나려고 몸부림을 쳤다. 그는 나를 구출하려고 손을 잡고 실랑이를 했다. 어둠 속은 깊고 깊었다. 몸이 균형을 잃어버리고 구렁텅이에 빠져들어 갔다. 빠지지 않으려고 안간힘을 썼다. 그 남자는 날 끌어안고 어떻게든 날 꺼내려고 안간힘을 쏟았다. 밤새 우리는 그렇게 꿈속에서 허우적거렸다. 눈을 떴다. 아침이었다. 나는 부지런히 책을 챙겨서 학교로 출근했다.

나는 바빴다. 교무일지, 학급일지, 출석 체크, 교육청 일 등이 쌓여 있었다. 교무실에 나이 어린 여선생은 나 하나였다. 교장과 교감은 시찰 오다가 나를 골렸다. 그 당시 교감 선생님은 내 친구의 아버지였다. 그는 나를 딸처럼 여겼다. 매사 조용히 어려운 일들을 도와주었다. 교감 선생은 물었다.

- 그 남자한테 편지가 안 오느냐?
- 그 남자한테 면회를 갔느냐?
- 지금 한창 연애해야 한다.
- 나에게 주소 좀 가르쳐 달라. 위로 편지를 보내겠다.
- 왜 편지가 안 오느냐?
- 면회를 왜 가지 않느냐?

나는 교무실을 빠져나왔다. 선생들은 내가 귓불이 빨개졌다고 골렸다. 나는 운동장을 한 바퀴 돌았다. 저기 운동장 너머 넓게 펼쳐진 들 위로 희미한 안개가 펼쳐져 있었다. 하늘과 들이 맞붙었다. 넓어서 좋았다. 내 마음도 넓어지고 있었다. 수업의 끝을 알리는 종이 울렸다. 다음 수업을 위해서 내 자리로 돌아갔다.

1978년 5월 3일. 하숙집을 벗어났다. 오월은 바쁜 달이 될 터였다. 먼저 부모님을 찾았다. 아버지를 위한 티셔츠와 엄마를 위한 블라우스를 샀다. 어버이날 대비로 미리 사서 드렸다. 두 분 모두가 좋아했다. 엄마가 딸이 왔다고 거하게 음식을 차려주었다. 나는 신나게 먹어치웠다. 그리고 밤에 탈이 생겼다. 서서히 배가 아파왔다. 속이 거북했다. 뱃속이 메슥거렸다. 엄마는 활명수와 알약을 갖다 주었다. 나는 그 약을 먹었다. 그래도 좀처럼 몸은 나아지지 않았다. 밤새 진통이 왔다. 엄마가 손끝을 땄다. 검은 피가 솟았다. 배를 문지르며 계속 마사지를 했다. 영 나을 기미가 보이지 않았다. 밤이 깊어갈수록 더욱 심해졌다. 땀은 계속 흘렀다. 통증에 시달리며 일어나 앉았다가 눕다가를 반복했다. 괴로웠다. 그렇게 밤을 지새웠다. 새벽 6시가 되어서야 몸이 식었고 통증이 가라앉았다. 다행이었다. 그리고 잠이 들었다.

내 또래인 고모가 왔다. 아버지의 사촌 동생이었다. 우리는 어렸을 때부터 함께 지냈다. 방학이 되면 만났고, 고모네 오빠와 언니네 집을 탐방하며 즐겼다. 이제 성장하여 고모는 초등학교 교사였고, 나는 중등학교 교사가 된 것이다. 고모는 나를 따라 하는 것을 좋아했다. 고모의 집은 시골이었고, 나는 중소도시에 살았다. 그래서 고모는 도시에 사는 나를 항상 관찰했다. 내가 어렸을 때 자전거를 타면, 그도 시골에서 자전거를 배워 탔다. 내가 겨울에 스케이트를 배워 타면, 그도 배워 탔다. 대학생이 되어 내가 기타를 배우며 쳤다. 그 다음 해, 그는 기타를 나보다 더 잘 쳤고 노래까지 불렀다. 그는 샘이 많았고, 나를 능가할 능력도 있었다. 그는 그곳에 있는 고등학교에서 유일하게 예비고사에 붙었고 대학까지 간 사람이었다. 그는 그 대학교에서 장학생으로 졸업했다. 그러나 예비고사에 임하는 선생님이 부족하여 독학을 해야 했다. 그는 혼자 읍에 유일하게 있는 피아노로 독학했다. 교육 대학 입학을 위해서. 집에서 읍까지는 십 리가 넘었다. 그는 날마다 십 리가 넘는 거리를 오고갔다. 그 덕분에 어엿한 선생님이 된 것이다. 그는 스스로가 자랑스러웠다. 그런데 이제 혼기가 찼고 나처럼 곁에 남자가 있기를 바랐다. 그러나 쉽지 않은 일이었다. 주말이 되면 고모는 우리 집으로 왔다. 우리는 함께 잠자고, 먹고 했다. 월요일 새벽에 우리는 각자의 학교로 출근했고, 그 학교 근처에서 하숙이나 자취를 하다가 토요일에 만났다. 이번에도 그랬다. 고모는 여러 가지 심통이 생겼다. 나이 든 처녀의 심통이었다. 그는 남자를 만나야 한다는 강박관념이 강했다. 그런데 잘 되지 않았다. 그래서 그는 그쪽으로 집착이 생겼고, 잘 되지 않음에 성질이 났다.

고모는 키가 작았으나 매사를 야무지게 처리했다. 드라마에 나오는 똑순이 같았다. 나는 가깝게 살았고, 너무 가까워서 그에 대한 평가를 하지 않았다. 어쩌다 내 친구들이 남자들과 미팅을 주선하면 고모는 나를 따라가서 함께 미팅을 했다. 어느 날, 친구는 전화로 말했다. 제발 고모를 데리고 오지 말라고. 짝이 안 맞는다고. 나는 고모를 빼고 혼자 미팅 가기가 힘들었다. 늘 붙어있는데 어떻게 빼고 가겠는가. 선생이 되고부터 고모는 내 뒤에 더 밀착해서 따라다녔다. 주위 사람들은 고모의 화장이 너무 짙다고 했다. 그럼에도 그는 화장을 열심히 했다. 그는 스스로 피부가 까맣다고 한탄했다. 그는 흰색 톤을 두껍게 발랐다. 그것이 사람들에게 자연스럽지 않은 모습으로 보였던 것이다.

　나에게 약혼자가 생겨서 고모는 속이 타는 것이었다. 주변 사람들에게 남자를 소개해 달라고. 그러나 사람이 없었다. 고모네 학교 동료 교사들은 고모에게 호의적으로 신호를 보내는 것 같았다. 하지만 고모는 일체 그쪽으로 생각하지 않았다. 그는 교사를 싫어했다. 그래도 중등교사는 가능성이 있어 보였다. 어쩌다가 내 남자 친구들과 만났을 때 호의적인 분위기를 풍겼다. 그런데 상대편 남자가 원하지를 않았다. 쌍방이 좋은 관계를 갖는 것은 쉽지 않았다. 나도 그랬다. 적당히 그 남자가 괜찮을 것 같다는 마음을 가지고 있었는데, 그 남자와 약혼까지 했다는 것이 기적으로 여겨졌다. 물론 그 남자가 나를 선택해 준 것이기도 하지만…. 고모는 하소연했다. 나이가 들었다고. 이제 초조한 마음이 일어나고 있었다. 괴로움을 밤새 토로했다. 도와줄 수 없어서 안타까웠다. 그는 신경이 날카로워졌다. 답답한 심정이 폭발할 위기 상태가 되었다. 우리는 관상쟁이를 찾았다. 그런 것이 심리 상담을 하기엔 적당해 보였다. 몇 시간을 기다렸다. 복채를 냈다. 비쌌다. 몇 분간 고작 몇 마디 했다. 신통치 않았다. 돈이 아까웠다. 오히려 더욱 답답하고 회의가 일었다. 그곳의 말로는 음력 4, 5, 6월에 고모 신랑감이 나타난다고. 우리는 그곳을 떠나 집으로 왔고, 다시 출근 준비로 바빴다.

*

2017년 1월 셋째 주 토요일. 오늘은 예술의 전당에서 예술 공부를 하는 날이다. 친구 ㅂ은 예술에 조예가 깊다. 삼십 년 이상을 미술관에서 봉사했다. 그는 예술의 달인이었다. 여고 동창들에게 자신이 가진 예술 지식을 모두 보여주고 싶어 했다. 그러나 우리 동기들은 그것에 대해 관심이 없었다. 그는 그것이 안타까웠다. 그는 아침 일찍 음악실을 예약했다. 먹을 것을 싸서 들고 왔고, 동기들에게 먹이고 보여주고 설명했다. 예술과는 거리가 먼 나에게도 그의 소리가 들리기 시작했다. 아직 멀고 먼 예술적 소통이기는 하나 음악을 통해서, 아니면 미술과 건축을 통해서 역사를 이해할 수 있었다. 나는 그가 음악을 틀어놓고 작곡가를 설명하면 그렇게 재미있을 수가 없었다. 그런데 그 음악과 작곡가를 다시 기억하고 즐기려 하면 이미 전부 잊어버려서 머릿속은 텅 비어버렸다. 이럴 때 내 머릿속에는 낭패라는 어휘만 떠올랐다. 너무도 쉽게 잊는 것 정말 괴로웠다. 나는 메모를 하든지 다시 컴퓨터로 옮겨서 남겨두고 싶었다.

슈만(1810~1856)의 아버지는 학식이 많은 서점 주인이었다. 어머니는 뛰어난 피아니스트였다. 슈만의 사춘기 시절, 아버지가 돌아가셨다. 어머니는 라이프치히 법대에서 법률을 공부하라 했다. 그는 그곳에서 법률공부를 했다. 하지만 그는 피아노 공부를 하고 싶어 했다. 결국 그는 프리드리히 비크 교수에게 피아노 레슨을 받았다. 그

때쯤 비크의 딸 클라라가 피아니스트로서 탁월한 재능을 보였다. 때문에 나이가 많은 슈만은 연습을 많이 했다. 음악가가 되겠다는 결심을 했다. 그런데 넷째 손가락 인대가 나가는 손가락 부상을 입었다. 그는 피아노 연주자의 꿈을 접었다. 할 수 없이 작곡과 음악 평론에 전념했다. 그는 에르네스티네 폰 프리켄과 사랑에 빠졌고 그와 약혼했다. 약혼 후 그가 사생아인 것을 알고 파혼했다. 그 당시는 가부장적인 시대였기에 사생아를 약혼자로 받아들일 수 없었다. 세월이 흐른 어느 날, 클라라의 성숙한 모습에 슈만은 반했다. 클라라와 결혼하기를 바랐다. 그러나 클라라의 아버지는 반대했다. 슈만의 집안은 정신질환이 있었고 아버지가 죽었으며 가난해서 안 된다고. 1830년 슈만은 법정 투쟁을 해서라도 결혼을 하겠다고 했다. 여자가 20세를 넘기면 결혼할 권한을 가질 수 있었다. 결국 법정 투쟁에서 승리를 했고, 1840년에 두 사람은 결혼했다. 슈만에게 그녀는 자기의 뮤즈였다. 여인의 사랑을 작곡했다.

슈만은 글도 잘 썼다. 그는 음악 잡지를 창간했다. 그는 새 인재를 발견하고 소개했다. 이 잡지를 통해 예술가의 속물근성도 비판했다. 그는 필명을 두 가지 사용했다. 하나는 외향적이고 활동적인 성격인 플로레스탄(서두르는 정열가)이라는 이름이었고, 다른 하나는 몽상적이고, 우울하며, 내성적인 성격인 오이제비우스(우울한 몽상가)였다. 그는 잡지에서 브람스, 쇼팽, 등의 재능 있는 인재를 소개했다. 그는 음악을 듣는 것에 뛰어났다. 음악을 듣고 그것을 자신의 특기인 글쓰기를 통해 세상에 알렸다. 모차르트의 재능을 보면서 신을 저주하고 싶다는 기분을 느낀 살리에르처럼, 신은 대부분의 음악가에게 잘 듣는 것만을 주었다. 작곡하는 재능은 주지 않았다. 그래서 그들은 신을 원망했다. 하지만 슈만에게는 글을 쓰는 재능을 주었고, 동시에 작곡하는 재능을 주었다. 그는 1840년에 가곡만 썼다. 그리고 1841년에 그는 교향곡만 썼다. 1842년에는 협주곡만 썼다. 슈만은 연가곡, 여인의 사랑과 생애, 시인의 사랑 등 연가곡과 피아노곡을 쏟아냈다. 독일은 가곡으로 유명했다.

독일은 로마문명의 전달이 라인강으로 인해 차단되어 별다른 문화 발달을 이루지 못했다. 프랑스의 태양왕 루이 14세의 할아버지가 낭트 칙령으로 구교와 신교를 화해시키고 종교의 자유를 주었는데, 그것을 루이14세가 파괴했다. 그때 위그노인 신교가 내쫓겼다. 그들 중에는 금속 공예 전문가가 많았고, 루이 14세 때 스위스와 독일로 30만 명 이상이 이주했다. 독일은 언제고 그들을 환영했다. 베를린 안에 그들을 위한 교회도 지어주었다. '불란서 교회'를. 신교도들은 그곳에서 그들의 재주를 펼칠 수 있었다. 그때부터(1680년) 독일은 발전하기 시작했다. 시작은 늦었지만 다른 나라보다 더 빠른 속도로 발전했다. 그리고 더 많이 가져보자고 1차 세계 대전을 일으켰다. 하지만 세계 대전에서 패배하며 많은 빚을 졌다. 승전을 통해 빚을 탕감하고자 다시 전쟁을 일으켰다. 그것이 2차 세계 대전. 히틀러로 인한 것이었다.

슈만은 독일 라인강을 따라 기적을 일으킨 뒤셀도르프로 이주했다. 그의 아이는 총 8명이었으나 그에겐 제대로 된 직장이 없었다.

생활을 위해 그곳에서 지휘자의 자리를 얻었다. 그는 그곳에서 안락하게 생활하려 했다. 하지만 그는 사회성이 부족했다. 단원들과 화합하지 못했다. 결국 그 자리를 떠났다. 슈만의 작품은 클라라가 대신 지휘자를 맡아서 지휘했다. 그의 부인은 직장 생활도 잘했다. 슈만은 생활인으로서도, 직장인으로서도 부족했다. 부인은 피아니스트로, 그리고 지휘자로 계속 유명해져 갔다. 슈만은 그런 부인의 성공을 못 견뎌 했다. 결국 슈만은 작곡 쪽으로 노력하고자 했다. 집에서는 애들 8명 때문에 작곡하기 힘들었다. 그들은 시끄러웠고 슈만의 심적 고통을 일으켰다. 그는 애들이 싫었다. 애들과 슈만 사이에는 충돌이 생겼고, 그것으로 인해 그는 우울증이 생겼다. 그는 라인강에서 죽으려 했다. 그 후 그는 정신병원에 2년 동안 입원했다. 그때 브람스가 슈만을 도와주었다. 아마 어머니의 따뜻함을 브람스가 닮지 않았나 생각했다. 그는 클라라도 많이 도와주었다. 음악 동지로서.

ㅂ의 권유로 슈만 교향곡 3번, 라인을 영상으로 보고, 들었다. 독일의 젖줄인 라인강 변의 정경을 잘 나타내고 있으며, 슈만 특유의 맑은 색감을 유감없이 느낄 수 있는 곡이었다. 제1악장은 마치 라인강의 도도한 물결같이 활기차게. 제2악장은 온화한 기운을 머금고 느긋하게. 제3악장은 빠르지 않고 부드럽고 상냥하게. 제4악장은 장엄한 의식의 반주처럼 빠르지 않게. 4악장은 퀼른의 대성당에서 열린 추기경 즉위식에서 영감을 얻어 완성되었다. 때문에 장엄한 화음과 종교적 승화를 구현했을 것이었다.

우리는 휴식했다. 떡을 먹었다. 음료도 먹었다. 이웃 감상실에서 오페라가 들려왔다. 나는 잠시 쉬러 복도로 나갔다. 옆방에 오고가는 사람들은 나보다 나이가 많았다. 물론 나보다 나이가 적은 이들도 있었다. 소설 속에 나오는 헤어스타일이 보였다. 긴 머리를 오른쪽 목 근처에서 하나로 묶었다. 앞머리는 이마를 가리고 머리카락을 길게 늘어뜨렸다가 목 근처에서 함께 묶었다. 특이했다. 그 옆방에는 나이 든 남성들도 있었다. 좀 더 고급스러운 음악을 틀어 한층 격이 높은 음악 감상실 같았다. 하지만 나는 그런 쪽이 취향이 아니었다. 나는 쉽고 편안하고 즐거움이 가득한 음악이기를 바랐다. 옆방에서는 음악이지만 이해할 수 없는 고음의 소프라노만 들려왔다. 먼저 질려서 나가떨어질 것 같았다. 나는 이제 수행하듯 음악을 듣는 것은 피하고 싶었다. 들으면 즐거워지고 음악을 쫓게 되는? 그런 음악을 듣고 싶었다. 다시 커피를 한잔하고 우리는 의자에 앉았다.

라흐마니노프(1873~1943)는 러시아의 피아니스트이자 작곡가이다. 1917년에 전쟁이 발발했고, 주변 모든 것이 파괴된 모습을 음악으로 표현했다. 1897년 페테르스부르크에서 교향곡 제1번을 초연한 후 평판이 좋지 않아 창작을 하지 않았으나 이후 드레스덴으로 옮겨 다시 작곡에 전념했다. 시대적으로 니콜라이 2세의 처형으로 러시아의 군주제가 붕괴되었다. 그 후 스탈린의 대학살을 겪었다. 다시 미국으로 건너가 자유로운 창작 활동과 피아노 연주를 했다.

그는 작곡을 할 때 그가 살았던 시골 고모 집을 떠올렸다. 그곳은 평화로운 농촌 마을이었다. 넓은 평원에서 농부는 씨를 뿌리고, 밭에서는 새싹이 돋아나고, 아름다운 새가 지저귀고, 봄의 축제가 떠 오르는…. 노래하고 춤추며 합창하는 농부들. 아름다운 꽃으로 장식된 옷을 입고 모두가 손잡고 춤추며, 합창하고, 축제를 축하하는. 그는 그 추억을 통해 영감을 얻어 작곡했다. 그것은 러시아의 에너지였다. 그는 러시아의 에너지, 조국의 에너지를 그리워했다. 1892년 고모를 위해 작곡했고, 어느 날 교회의 종소리가 울릴 때 그 소리에 영감을 얻어 작곡하기도 했으며, 죽음으로 가는 그림을 보고 영감을 얻어 작곡도 했다.

미국은 그에게 마음의 평화를 주었지만, 러시아와 달리 황금 만능주의가 팽배한 곳이었다. 그곳에서 그는 러시아인과 모였다. 러시아인과 함께 휴가를 갔다. 휴가 가서 그들의 로망인 장작 패기를 하고, 러시아식 음식으로 러시아 문화를 즐겼다. 그의 곡은 혁명집단들이 금지곡으로 지정했다. 당시 러시아에는 자유가 없고 희생만을 강요했기 때문이다.

그는 생계를 위해 많은 연주를 했다. 그래서 손가락이 약해졌다. 그는 노후 대책으로 스위스 루체른 호숫가에 자기 집을 짓고 그곳에서 작곡을 했다. 넓은 호수와 높은 산을 보며 평화와 죽음에 대한 영감을 얻으면서. 음악은 위안을 줘야한다고 생각했고, 마음속에 있는 것을 끄집어내려고 애썼다. 그렇게 찾기 시작한 새로운 음악은 그에게 거부 현상을 일으켰으나, 그는 음악의 기본은 같다고 생각했다. 그때 시대적으로 시끄러운 변화가 일어났다. 그리고 그는 기억을 잃어버리는 병에 걸렸다. 그는 기억을 찾기 위해 연습에 집착했고, 그 결과 손가락 근육이 파열되었다. 그는 조국 러시아를 그리워했다. 나의 러시아, 나의 조국을 계속 외쳤다.

거기까지 했을 때, 우리는 음악실을 다음 사람들에게 비워주어야했다. 친구 ㅎ이 밥을 사주겠다고 했고, 우리는 곤드레밥 집으로 이동했다. 신랑에게 밥 차려주어야 하는 사람, 손자를 어린이집에서데리고 와 돌봐야 하는 친구, 결혼식장에 가는 사람 등이 빠졌다.밥을 사겠다는 친구는 섭섭하다고 했고, 친한 친구들이 모두 가버린 탓에 나의 마음도 허했다. 남은 사람들은 친구이기는 하나 자주연락하지 않아서 엄청 친하지는 않은, 총동창회 모임에서만 보는 이들이었다. 아픈 사람들이 많아서 모이기도 힘들지만. 그래서 이렇게모인 모두와 친해져야 한다고 생각했다.

점심 시간은 훌쩍 넘은 상태였다. 이미 두 시가 넘었으니. 남은 친구는 아홉 명. 곤드레밥을 시켰다. 그중 두 명은 비빔밥. 각자의 이야기가 시작되었다. 아픈 이야기, 독일 쾰른 성당에 갔는데 별 감응이 없었다는 이야기, 스페인 바르셀로나로 공부하러 간 아들 이야기등등…. 시간은 그래도 후딱 갔다. 중간에 숙대 팀이 먼저 일어났고,남은 사람들은 끈질기게 4시까지 앉아 있다가 헤어졌다. 밖에 나오니 눈이 펑펑 쏟아졌다. 모두가 지하철역에서 헤어졌다. 남은 사람들은 늦게까지 앉아 이야기하는 것을 좋아했다. 친구라는 것은 할일 없이 오래 머물며 대면하고, 서로를 쳐다보면서 부담 없이 오랫동안 함께 앉아 있는 것일지도 모른다. 그것은 서로를 위로하고 치유가 되는 것이었다. 나는 내가 한 일들을 빨리 적어 놓으려고 애썼다.

머릿속에 오랫동안 남겨둘 수 없고, 기억 속에서 꺼낼 수도 없어서이다. 예전에는 예술품을 감상하거나 여행지를 다녀와 어떤 흥분되는 영감을 얻으면 그것을 오래 간직하며 즐길 수 있었는데, 지금은 잊기 전에 어딘가 보관했다가 다시 기억하며 즐길 수밖에 없었다. 그래서 나는 너무 바빴다. 내 기억을 빨리 쏟아놓을 수가 없기 때문이다.

*

오늘 아침에 음식물 쓰레기와 일반 쓰레기를 버리려고 현관문을 나섰다. 유리창이 있는 복도이지만 날씨는 매서웠다. 아파트 건물 현관을 나섰다. 바닥은 미끄러웠다. 눈이 녹지 않았다. 언덕에 남은 눈과 햇빛이 찬란했다. 건너편 아파트 빌딩에 사다리차가 드르륵 소리를 내면서 이삿짐을 옮겼다. 구정을 쇠기 전에 이사할 모양이었다. 쓰레기를 통에 넣고 하늘을 쳐다보았다. 하늘은 맑고 투명했다. 찬란한 햇살이 봄을 느끼게 했다. 봄 냄새가 나뭇가지 사이에서 흘러나오고 있었다. 현관으로 들어올 때 핸드폰 소리가 났다. 나는 얼른 들었다. 내가 존경하는 김 교수님이었다.

- 안녕하세요?

- 정 박사 안녕하신가?

　우리 교수님은 팔십이시다. 그는 자기 제자에게 항상 박사 호칭을 붙이며 존칭해주신다.

- 정 박사가 보내준 화과자로 아침을 맛있게 먹었어요. 이렇게 항상 생각해 주어서 고맙네요.
- 무슨 말씀을요. 교수님 건강은 어떠십니까?
- 비슷비슷. 고만고만해요. 나쁜 것은 없고 혈압도 괜찮아요. 나는 모르는데, 집 식구들이 머리에 떨림증이 있다고 해요. 인터넷 검사를 해보니 생명에 지장이 있다고는 하지 않더군요.
- 제 친구 남편도 손 떨림 증상이 있어요.
- 나이 먹으면 손이 떨리는 현상이 나타나요. 같은 동료 중에 그런 사람이 있어요. 양쪽 손이 떨려서 수저 잡기가 어려워요. 그는 주먹을 쥐고 걸어요. 나는 왼손이 떨려. 내 스스로 생각을 해볼 때, 많이 느끼지는 않는데 기억력이 떨어져요. 이름이 생각나지 않아요.
- 그것은 우리도 그래요, 교수님. 자연 현상일 거예요. 이 아무개 하면 성만 생각나든지 이름 끝 자만 생각나든지 합니다. 그러다 우연히 그 이름이 다 생각납니다.
- 모두가 똑같아요.
- 3명이 모여서 이름이 생각나지 않다가 하나씩 맞춰가며 이름을 맞추면 그 것이 재미있다고 기쁜 마음으로 받아들여요.

- 그래요, 교수님, 그렇게 살면 좋은 것이에요.

- 모임은 자주 가시나요?

- 요즘 시끄러운 세상이라 나는 듣기도 싫고 그래요. 별로 흥미도 없는데 나를 끌어들이려고 해요. 앉으면 정치 얘기를 해요. 얘기해서 자기와 맞지 않으면 시비를 걸어서 시끄러워져요. 그렇잖으면 종교 얘기로 시끄러워요.

- 교수님 만나서 정치와 종교 이야기는 빼야겠네요. 잘못하면 감정만 사나워지고 싸움만 생길 테니. 사모님은 건강하세요?

- 몸은 허약한데 고만고만해요.

- 그러면 됐어요. 나이 들어 부부가 함께 있는 것이 가장 행복한 것이에요. 교수님은 사모님이 계셔서 성공한 인생이에요. 우리 친구들 남편은 거의 삼분의 일이 갔어요. 남편들이 술 마시고, 담배 피우고, 스트레스받아서 그렇게 빨리 가는 것 같아요. 직업적으로 기자, 정치인, 건축가 등이 스트레스를 많이 받는 사람들 같아요. 교수님 산책은 좀 하십니까?

- 눈이 오면 못 가고, 보문산을 날마다 한 시간씩 다녀요.

- 잘하셨어요. 취미는 무엇이에요?

- 12대 할아버지가 임진왜란 때 장군이었는데 2년 동안 한문으로 쓴 문집을 한글로 번역했어요. 이제 모두 다 번역하고 편집해서 출판하려고요. 한문도 모르는데, 꽤 많은 시간을 몰두했어요. 그 문집을 출판사에 맡기면 돼요.

- 애쓰셨네요, 교수님. 사모님의 취미는 무엇이에요?

- 책 읽는 것이 취미요. 운동하고 책 읽고, 또 운동하고 책 읽어요. 사나흘 되면 책을 한 권씩 떼요.

- 눈은 괜찮으신가 봐요? 돋보기 끼고 보시나요?

- 눈에 백내장이 있는데 병원에 가면 1년 뒤에 오라고…. 일 년 후 갔더니 이 번에는 2년 후 오라고 해요. 병이 빨리 진행이 안 돼서 그런가 봐요.

- 교수님도 돋보기를 끼고 책 보셔요?

- 가까운 것이 침침하긴 하지만 일단 보여요. 아주 어두울 때는 잘 보이지 않지만.

- 학회 활동은 계속하시나요?

- 전에는 한 달에 서너 번씩 다니다가, 언젠가부터 두 달에 한 번, 올해부터는 정리하고 조용히 살기로 했어요. 그것이 좋은 것 같아요.

- 그래요, 교수님. 저도 서서히 죽음을 준비해야 된다고 생각해요.

- 내가 알기로 노자나 소크라테스, 아니면 성 프란체스카, 붓다의 제자나 모하멧의 제자들, 그중에서도 깨달은 사람들은 죽음을 축복의 자리로 여기며 즐겼다고 하더라구요. 그들은 죽을 때 웃음을 참을 수 없어 했어요. 프란체스카가 하도 웃어서 그의 제자들이 그만 웃으라고, 창피하다고 했지만 그는 참을 수 없어서 웃으며 죽었다고 했어요. 저도 행복에 젖은 채 웃으면서 죽음을 맞고 싶어요. 아버지가 59세에 돌아가셨으니 지금도 덤으로 살고 있잖아요. 언제고 죽음이 온다 해도 웃으면서 맞으려구요.

- 그렇잖아도 강 선생이 한 번 교수님과 함께 식사 좀 하자 했어요. 작년 7월인가 8월쯤 강 선생을 만났는데, 남편인 고 박사가 이제 자리를 잡았기에 강 선생이 강사로 뛰어도 마음이 안정된다고 했어요. 그동안 고 박사가 경제적인 힘이 없어서 강 선생이 평생 고생을 했는데 다행이죠.

- 강 선생, 몸이 가냘프고 허약해 보이는데 잘 버티고 인내하는 것이 **훌륭해** 요.

- 그래요. 그는 지혜가 있고 똑똑해요, 시댁 식구나 친정 식구 모두를 잘 보살
  피고, 혼자서 살림을 잘 꾸려왔어요. 정말 훌륭해요. 다음에 언제 강 선생
  과 함께 만나서 식사해요. 교수님.
- 그래요. 고마워요.

                              *

　　　　나는 지금 어머니의 말을 끊임없이
들어주고 있다. 내가 컴퓨터를 치고 있음에도 어머니는 자기 말
을 계속하고 있다. 이번 주에 구정이 돌아온다고 남동생이 시골에서
우리 집으로 모셔왔다. 어머니는 말한다.

- 이웃집 사는 아이가 시집을 간다 해서 이불 꿰매 주고, 찰밥도 얻어먹고, 연탄
  집을 했는데… 그 아가 그만 헤어져서 저녁에 남부럽다고 이사를 갔잖냐?
- 나는 그 아가 생각 안 난다고.
- 그 옆집 실집에도 너와 비슷한 애가 있었다. 그런데 주택복권을 타서 시집
  가는 걸 그만뒀다. 그러더니 집이 망했다. 그네 오빠들은 모두 깡패였잖아.

　아침부터 운동을 하고 힘을 썼더니 눈이 감기고 연속극을 못 보겠
어서 그만 작은 방으로 왔다.

- 내 생각에도 일을 오래 하는 사람이 오래 사는 거 같어. 보니께 그려.
- 두부 포장이 오래가는 거 같어.
- 2주 되도 괜찮대?
- 하나도 안 버려. 그거 다 공짜가 아녀.

그는 몸을 흔들면서 손을 만지작거렸다.

- 작은아버지는 허리를 수술하더니 몸이 펴졌어. 마음이 편해서 그런지 몸이
  좋아졌어. 그 건너 배형이 알지? 목욕탕 하잖아. 돈 잘 벌어. 복덕방도 하고
  세무서 일보고 부자가 되서 여기저기 땅 사고 집 지어서 언니와 동생들 다
  그 막내 쫑마리 때문에 잘 살아. 작은아버지가 그 집 조합장 돈을 빌려 가
  서 돈을 주지 않고 이자도 안 주어서, 아버지에게 돈 받아달라고 했지. 작은
  아버지가 아버지에게 불려 와서 빨리 갚으라 해서 갚았다는구나. 연애해서
  그렇게 돈을 잘 벌구나. 구청 엄마가 골고루 먹으니 건강하구나. 작은아버
  지가 더러 전화해. 일 년에 두어 번씩 해. 편하게 살아서 오래 살겄어. 팔십
  이 다 되어 가는데, 하나도 안 늙었어. 그 손자 하나가 이혼해서 집에서 회
  사 다닌다잖아. 의처증 걸려서 두들겨 패서 못 산다잖아. 아이고 무서워. 제
  복인데 어쩐다냐? 저번에 그것들 집(엄마 막내딸)에 있는디 집구석이 깨끗해
  서 뭐 흘리지도 못해. 하도 깨끗하게 지랄을 떨어서 신경이 쓰여.
- 너무 지랄을 떨어도 나빠야.
- 옛날에 끈임이(엄마 막내 여동생)가 애들이 방학했다구 부산에서 올라왔어.
  우리 집에서 하루 잤어. 그 다음 날 언니네 짐순이한테 가서 며칠 있다가 오

겠다고 갔어. 가더니만 하룻밤을 자고 그냥 왔어. 며칠 있다 온다더니 왜 그 새 왔냐고 했더니 "형부가 쓸고 닦고, 언니가 쓸고 닦고, 둘이 하두 쓸어 붙 여대니까 돌아왔다."고. 우리 집 뒷방에서 밥 먹고 자고, 또 밥 먹고 자고, 졸 다가 다시 자고. 누가 쓸어 붙일 놈도 없으니. 씻고, 털고, 닦아서 구찮게 할 일이 없구나. 이번에 그 끈임이가 나에게 전화해서 칭찬을 다 하더라.

내 이모이자 막둥이 이모인 끈임은 가족 중에서 악동으로 이름이 났다. 그는 매사 제멋대로, 제가 하고 싶은 대로 하는, 그야말로 천 방지축(하늘 방향이 어디고, 땅의 축이 어디인지 모르는)인 자이다.

- 그것이 하두 못 산다 해서 내(엄마)가 홍명상가에 돈을 얻어 가게를 빌려주 었어. 뭐라도 해서 먹고 살으라고. 그런데 망해서 부산으로 갔구나. 부산에 서도 먹고 살 수가 없어서 내가 쌀을 머리에 이고 3번이나 갔구나. 한 번은 외할머니를 데리고 쌀을 머리에 이고 갔구나. 머리에 인 쌀이 무거워서 할 머니보고 길에 앉아 있으라 했고, 쌀을 길 저만치 갖다 놓고 다시 와서 할머 니를 데려가고 다시 그렇게 몇 번씩 이모네를 찾아갔구나. 돈을 아껴서 차 를 안 탔구나. 그때는 왜 그리 못 살았는지…. 그 끈임이가 이번에 신랑 죽고 언니가 생각났던지 칭찬을 하더라구나. 우리 언니 착하다고. 그 애 남편(이 모 신랑) 생전에 돈 꾸어서 가게 차려 주었는데, 돈 버는 그 신랑이 죽었는데 돈 달라고도 하지 않는다고. 우리 언니가 착하다고. 끈임이가 신랑죽고 나 서 밑이 빠지고 아퍼 죽겠어서 병원에 갔드니만, 애기 보까지 들어내서 대 수술을 해야 한다드라. 수술을 먼 날짜로 예약했는데 몸이 대단해져서 다

시 수술 예약을 가까운 날짜로 했다는구만. 그래서 이월 초사흘 날 수술 날
짜를 잡았다는구나.

- 그럼 누가 병원에 왔다 갔다 해줘요?

- 지가 왔다 갔다 하구나. 원남에 있는 절에다 지 신랑을 제사 안 지내게 모시
려 했더니만, 그 큰아들이 엄마한테 뭐라 했다는구나. 아버지가 평생 돈만
벌다 가셨는데 장사비도 안 줄라한다고. 끈임이 신랑이 다쳤을 때 자전거
가 사람 위로 지나갔다는구나. 자전거 주인이 보험을 들어서 보험을 탈 수
있다는데, 보험회사에서 나이가 많다고 주지 않으려 한다는구나. 시간이
갈수록 조금도 안 주려고 한다는구나. 그래서 내가 그랬다. 너 남을 못살게
굴고, 속 아프게 하면 못 쓴다구. 속 아프게 하지마라고.

- 그려. 우리 엄마 훌륭해, 훌륭해.

- 동네 사람들이 지금도 그래. 이 나이(89세)에 이렇게 치매 없이 똘똘이 사는
사람이 없다고. 나는 늙은이라 말 안 하지. 늙었어도 똑똑하게 살기 어렵구
나. 남한테, 동지 간에 좋은 일 하고 살다 보니 이렇게 오래 사는가 보구나.
요즘은 경로당도 안 간다. 똑똑하게 생긴 젊은것들끼리 모인다. 저희들끼리
모여서 짝을 맞춰 헤헤거리며, 화투만 치는 것이 꼴 보기 싫어 안 간다.

- 예전에는 잘 갔잖아요?

- 요시는 겨울이라 사람이 많다. 다섯이 그들끼리 앉아서 한다. 그래서 안 부
른다. 늙으면 할 수 없어. 그래도 경로당 덕을 많이 봤으니까 내가 죽으면 남
동생에게 100만 원 주라 했어.

경로당에서 누구 죽으면 3만 원씩 내놓는다.

- 이번에 당숙 누가 죽었는데, 사촌인 영각이네가 안 왔어. 물었지. 왜 안 왔

냐고. 당숙 아들이 영각이네 아버지 죽었는데 왔더라고. 거기까지 와서 봉투를 안 냈더란다. 미친놈 그러면서 지 어미 죽었을 때 안 왔다고 지랄을 하더란다. 그럼 안 되지. 당숙 8촌 언니가 똘똘했는데, 이번에 치매가 왔어. 그의 신랑은 병원에 누워 있다. 90세야. 그 집 돈이 꽤 있는데, 그 집 큰아들이 모두 가져갔어. 통장, 땅, 모두 자기 것으로 돌려놓고, 그 동생은 사고가 나서 2년을 꼼짝도 못 하고 병원에 누워있는데 큰아들은 장교로 돈도 많이 벌었다는군. 그런데 해마다 와서 이 땅 이전하고 다른 땅 이전하고… 제 앞으로 말이야. 강남에 집도 사서 세를 받아먹고 산다는데, 그놈도 지 아버지 닮아서 그렇다고 그 집 작은엄마가 말하더라. 그 작은엄마가 그 집 아버지가 큰집으로, 자기네 시아버지가 죽고 그랬다더라. 욕심을 부려 자기네한테 하나도 주지 않았다고. 그러더니만 그 집 작은아들이 자기 짝 났다고 불쌍하다고 하더라 그런 겨. 자기가 한 업을 그대로 받는 겨. 죽어서 받는 것이 아녀. 살아서 모두 받고 가는 겨. 심천 이모가 도안에서 살았을 때 하두 못 살아서 쌀 가지고 거에 쫓아갔잖아? 살면서 하두 돌아다녀서 내가 오래 사나 봐. 우리 집이 하두 춥고, 썰렁해서, 몸이 차서, 옷을 한번 못 벗고 잤잖아. 근데 여기서 옷을 다 벗고 따뜻하게 잠을 다 자보네. 올겨울에 동네 어떤 노 씨가 자기네 집 좀 놀러오라 해서 그 집을 간신히 찾았어. 주먹만한 딸기를 냉장고에서 꺼내서, 나하고 같이 간 이에게 주었어. 딸이 사 온 거라고. 먹는데 물컹해서 상한 느낌이 났지만 성의를 생각해서 뱉지를 못했어. 그렇잖아도 배탈이 나서 한 달 동안 죽만 먹었는데 께끄름해 죽겠는데 안 먹을 수도 없어서 먹었지. 그것을 먹고 집으로 왔어. 이튿날 배가 살살 아파서 배 아픈 약을 먹었어. 정이 드니까 그 노 씨가 87세인데 심심하니까 자주 오라고 해. 가면 국수를 두 번이나 삶아주더구나. 그런 친구가 있으니 다행이구나. 그래서 나도 그 신세를 갚고자 했구나. 막내가 연구소에서 배추와 무를 한 자루 가져왔구나. 그것을 그 친구들을 무와 배추를 골고루 나누어 주었구나. 나누어 주고, 남는 건 노인정에 갖다줬구나. 막내딸은 고모 닮았구나. 돈 쓰기 좋아하고, 날마다 입은 옷 날마다 빨래를 돌리는구나. 기어이 빨아서 빨래를 부셔놓는구나. 내 것도 두어 번 빨래통에 빨더니만 다 뜯어버렸더구나. 모두 다 내 옷을 버렸어. 내가 이렇게 정신도 멀쩡하고 팍 죽을까 모르겠다. 다리만 아프지 다른 데는 멀쩡하구나.

- 외할아버지와 외할머니 몇 살에 돌아가셨지?

- 할아버지가 86세. 할머니가 92세. 내 옆집 길자 씨 땅 팔아서 1억 2천만을 만들어 큰딸네 집으로 갔어. 큰 사위가 돈을 잘 번다고 했어. 그런데 알고 보니 집 짓는데 왔다 갔다 하는 일꾼이었어. 큰 사위가 건축업에서 일을 해서 밥 먹고 사는 거였어. 길자 씨가 가져간 돈을 업자에게 맡겼어. 그런데 그 돈을 떼먹고 도망가버렸다는구나. 돈을 주지 않았다는구나. 그 업자가 집이 5채라 해서, 그 집에 좀 데려다 달라 했는데 돈을 안 주는구나. 물론 업자한테 돈을 놓아서 이자를 뜯어먹었구나. 설령 받았어도 사위가 암이 걸려서 일을 못 하니 다 썼겠구나. 길자 씨 딸네 집에서 10원 한 장도 구경을 못 했구나. 딱해 죽겠구나. 누가 길자 씨한테 전화를 했구나. 길자 씨가 딸네 아파트 작은방에서 밥을 각각 따로 끓여 먹는다고 하는구나. 밥이 되어서 못 먹겠다는구나, 식구들과는. 전화만 하면 그렇게 울드라는구나. 여기서는 맛있게 돈도 있고 잘도 해 먹었는데. 딸네 집에서 구박받고, 돈을 구경할 수가 없다는구나. 딸이 전화 받을 때는 "전화하지 마세요. 가고 싶어

해요." 한다는구나. 길자 씨 작은 사위는 연구소에 다녔다. 웬만큼 살만하다고 하더구나. 그런데 작은딸이 자기 집에 오지 못하게 하는구나. 그래서 안 간다는구나.

우리 친정은 제사를 지내지 않았다. 장남인 동생이 암으로 죽고, 곧이어 아버지가 돌아가셨다. 조금 있다가 작은 동생이 장남이 되었고, 거기서 낳은 조카도 죽은 것이다. 그 후 남동생은 중국 지사장으로 갔다. 친정엄마는 명절날 장녀인 우리 집에 오면 그렇게 울 수가 없었다. 어머니는 어느 해 결단을 내렸다. 모든 제사를 절로 옮겼다. 그리고 거기서 몇 년 스님을 수발하며 모셨다. 그는 제사가 필요 없음을 알았다. 가정집에서 지내는 제사보다 그곳에서 지내는 것이 훨씬 훌륭하고, 고인들이 제삿밥을 잘 드시는 것이라 생각했다. 어머니는 말했다. "제사할 필요가 없다."고. 매달 24일에 절에서 떡을 한 말씩 하고, 온갖 것도 푸짐하게 차려서 합동 제사를 아주 잘한다고. 그것도 한 달에 한 번씩. 그곳에서 지내고 나서 어머니는 마음 편하게 산다. 이제는 당신이 죽을 것을 미리 생각해서 당신과 당신의 아들이 죽으면 그 절에서 제삿밥을 먹게 해달라고 평생 모은 돈을 잘라서 갖다 줬다. 지금 우리 집에 오셔서 "네 것도 사위와 함께 했어야 했는데…" 하고 후회하고 있는 것이다. 나는 걱정 마시라고, 우리는 우리가 알아서 한다고 했다. 그는 당신 집 손자가 모두 손녀이고, 우리 집 외손자도 모두 여자라고 그리 생각하는 것이었다.

- 요새 제사는 필요 없어. 내 자식이 힘들고 대근하는 거 싫어하잖아.

- 그래도 제사를 중심으로 가족이 모이고 맛있는 거 먹으면 행복인 거잖아요.

- 그렇기는 혀. 짐순이(엄마 넷째 동생)가 남편 죽고 제사를 지내는데 큰집, 작은 집 다 모였다. 큰집은 큰엄마가 죽었는데 아들은 기독교 신자라 제사를 안 지내고, 작은집 시동생도 죽고 기독교라 제사를 안 지낸다. 그들이 모두 오고, 그 집의 딸과 사위들도 모두가 제사 지내러 온다고. 자기네 아들, 며느리, 딸네까지 제사와 명절을 자기네 집으로 와서 짐순이가 죽겠다는구나. 자기네 산소도 모두가 깎지 않으려고 한다는구나. 어느 날 청량리 고모(아버지의 동생)가 시골에 왔다는구나. 의사 아들이 데려왔는데 살아서는 엄마가 싫다고 야단이었는데, 지금은 치매에 걸려서 엄마가 보고 싶다고 그렇게 울어 쌌단다. 의사 아들이 묘소에 데리고 가서 그곳에서도 그렇게 울어 댔다고. 실컷 울고서 동생네로 갔단다. 올케가 보니 허리가 땅에 닿아서 말할 수가 없다는구나. 마침 그 밑에 남동생이 없어서 다행이구나. 만약에 그가 있었으면 청량리 고모 쫓겨날 뻔했구나.

결국 우리 엄마가 그 올케(내 작은 엄마)를 야단을 쳤다고 했다. 누이를 쫓아내면 못쓴다고. 누이와 남동생은 사이가 평생 좋았다. 그런데 고모부가 그 지역에 돈을 벌어 사 놓은 땅에서 문제가 생겼다. 나이 든 고모부의 아들이 그곳에 묘목을 심어놓았는데, 우리 작은 아버지가 그곳의 묘목을 캐내고 그곳에 파를 심어서 팔았다. 둘은 싸움이 붙었다. 고모 아들과 고모 동생(아들의 외삼촌)이 박 터지게 싸움을 했다. 자연 고모를 미워했고 눈에 쌍심지를 박은 것이다. 원래 고모 아들은 착했다. 그런데 작은아버지는 악동에다 욕심이 많았다. 자기 땅도 많은데 왜 거기다가 파를 심어 고모 아들을 괴롭히느냐고. 성질이 못됐다고. 아버지 땅도 작은아버지가 몽땅 가져갔다고. 우리 엄마는 시동생의 행실이 어렸을 때부터 못됐다 했다. 아버지가 일곱 살 때 할머니가 돌아가셨다. 새 할머니로 부잣집 고명딸을 데리고 왔다. 그 할머니가 아들 둘에 딸 하나를 낳았다. 우리 엄마가 시집갔을 때 작은아버지는 열두 살이었다. 그 밑에 죽은 삼촌은 일곱 살이었다. 그들은 날마다 동네에 가서 쌈질을 했다. 동네가 시끄러우면 작은아버지가 애들을 때리거나 해코지를 했기 때문이었다.

- 아이고 내가 다리가 아파도 고모 데려다가 밥이나 한번 해 먹이고 싶구나. 고모가 딱하구나. 데려왔으면 좋겠구나. 동생이 징그럽겠구나. 아이고 딱하구나 딱하지. 자기 몸이나 추스르지. 고모도 걷지를 못해. 나보다 나이도 어린데 작대기를 짚고 다녀. 그건 못 얻어먹어서 그렇구나. 작은아버지가 못됐구나. 못됐어. 누이를 그러면 못 쓰는구나. 고모는 건달이구나. 시골에 와서 내가 뜯어서 말린 취나물을 주니까 "언니 이거 어떻게 해?" 묻더구나. "삶아서 무쳐 먹어, 작은 아씨!" 했구나. 그랬더니 고모가 "나 못해서 못 먹어. 언니는 엄마한테 잘해서 이렇게 건강해!" 하더구나. 어느 날 제사를 지냈구나. 네 동생 호영이가 조기를 안 먹더구나. "왜 조기를 안 먹었냐?" 했더니 "엄마, 지금 조기가 많아서 덜 먹어도 돼요. 그런데 조기를 보면 할머니가 생각나요." 하더구나. 조기를 보면 할머니가 우리 집에 오시면 엄마가

냄비에 생마늘 잎을 깔고 조기를 넣어 양념해서 자작자작 끓여서 할머니 밥상을 차렸지. 그리고 팥을 도구 통에 더덕더덕 갈아서 맛있게 팥밥을 해서 할머니를 드렸지. 그때처럼 먹고 싶다는 생각이 난다더구나. 내가 지금 다리가 아파서 청량리 고모를 만날 수 없구나. 고모 데려다가 밥 한 끼 해주고 싶구나. 남동생 하나 있는 것이 지네 집에 왔으면 밥이나 한 끼 해줘야지, 악동 동생이 밖으로 나가서 그나마 집으로 들어갔다는구나. 올케한테 지가 집에 있으면 집에 못 들어오게 하라고 그런다는구나.

원래는 누나 동생 하며 사이좋게 살았다. 청량리 고모부는 건설회사에 다녔다. 서울역 지하철을 고모부가 소장하면서 놓았다. 건설업계에서는 유명했다. 시골에서 올라오는 처남에게 맛있는 거 잘 사주고 용돈도 듬뿍 주었다. 고모는 돈을 쓸 때 매우 짰다. 집안 사람은 고모가 소금이라 말했다. 집안끼리 모임을 가져도 돈이 들까 봐 나오지 않았다. 그래서 그는 소금으로 통했다. 큰아들이 회사를 다녔고, 작은아들은 의사가 됐다. 하지만 그들을 집안 모임에 참석시키지 않았다. 그 위로 두 딸이 있었다. 숙대 나온 큰딸은 목사와 결혼해서 호주에서 살고, 작은딸은 SBS 방송사 다니는 사람과 결혼했다. 작은딸은 약사였다. 그가 먼저 10년 전에 미국 뉴욕으로 가서 애들을 키우며 약사를 했다. 지금은 그 남편이 퇴직해 뉴욕으로 갔고, 그녀는 여전히 약사를 하며 살고 있다. 작은딸은 일 년에 한 번씩 한국에 온다 했다. 문제는 고모부가 퇴직하고 바로 돌아가셨다는 것이다. 술고래였던 고모부는 담배도 많이 피웠다. 허드렛일을 하는 노동자를 일 시키려면 술과 담배로 서로 소통했던 것이 몸에 무리가 가서 일찍 세상을 떠나게 된 것이다. 고모부는 외국 건설업무도 많이 했다. 고모부가 벌어다 준 돈을 짠순이 고모가 손에 움켜쥐고 집과 땅을 사서 모았고, 이자 놀이도 많이 했다. 고모부가 퇴직해서 시골에 가서 살고 싶다 했다. 고모는 그곳에 땅을 샀다. 그 땅을 작은아버지가 관리했다. 그리고는 모든 것을 자기 마음대로 했다. 고모부의 땅이 작은아버지의 땅이 되었다. 고모부가 세상을 떠난 지 오래되었다. 작은아버지도 일흔아홉 살 노인이 되었다.

고모 큰아들이 오십이 넘어 아버지가 물려준 땅에 묘목을 심었다. 자기도 시골 가서 살 생각을 했기 때문이다. 그런데 작은아버지는 조카가 심은 묘목을 파서 버렸다. 그곳에 파를 심어서 장에 가져다 팔았다. 작은아버지와 고모의 아들이 그것으로 싸우기 시작했다. 결국 외삼촌과 조카의 싸움은 동네의 웃음거리가 되어갔다. 우리 엄마는 말했다.

- 작은아버지가 못됐구나. 자기 땅이 많은데도 조카네 땅을 평생 부쳐 먹었으면, 조카에게 줘야 하는데 왜 그러는지 모르겠구나. 그 서방님은 어렸을 때부터 욕심이 많았구나. 누이가 그렇게 몸이 망가져서 갔는데 그 야단을 친다는구나. 아이고 딱하지. 밥이나 한 끼 맛있게 해먹이고 싶구나. 치매에 걸려서 말할 수가 없다는구나. 걷질 못해서, 지게 작대기에 의지해서 다닌다는구나. 아마 의사 며느리라 못 얻어먹어서 그렇구나. 작은아버지가 못됐구나. 하나밖에 없는 누이를 그러다니.

- 엄마. 그럼 청량리 고모 만나고 싶어?

- 그럼 나야 좋지. 그러나 네가 힘들어서 어쩐다냐?

- 아니 만나고 싶냐고.

- 그럼, 그럼.

- 알았어.

나는 고모 아들에게 문자 보냈다.

- 현준아, 어머니 모시느라 수고한다. 언젠가 휴가 차 외숙모랑 콘도 모시고
  가려 했는데 고모가 아파서 못 갔지? 치매가 심하시다 들었다. 지금 서울에
  외숙모가 오셨는데, 고모가 딱하다고, 외숙모가 보고 싶다고 하셔서 문자를
  보내는 거야. 혹 시간이 있을 때 어머니를 우리 집에 모시고 오면 어떨까 해
  서 문자 보낸다. 돌아가시기 전에 한 번 만나게 해드리려고. 시간 없으면 할
  수 없고.

- 네. 편하신 시간 알려주시면 찾아뵙겠습니다. 감사합니다.

- 오늘은 어떨지? 시간 나는 대로 우리 집에서 고모가 외숙모랑 함께 주무시
  게 해도 되고.

- 오늘은 좀 어려울 듯합니다. 다른 날은 어떤가요?

- 내일도 괜찮고, 아무 때라도.

- 언제까지 계실 건가요?

- 설 쇠면서 있을 거니까. 마지막 휴일에 형이 모셔다 줄 것 같은데? 시간 있
  을 때 아무 때나 만나게 하면 좋겠네.

- 제가 어제 저녁에 올라왔습니다. 편하신 시간 아무 때나 연락을 주시면 모시고 가겠습니다. 그리고 주무시고 오시는 것은 힘들 듯합니다. 편하신 시간에 잠시 만나면 좋을 듯합니다. 감사합니다.
- 그럼 지금 오셨다가 가면 좋겠네
- 네. 그럼 준비하고 찾아뵙겠습니다. 3시 전후 도착하면 전화 드리겠습니다.

문자가 온 시간은 1시 반이었다. 그때 나는 막 먹을 것을 모두 준비했고, 식구들과 점심 식사를 끝냈기 때문에 엄마랑 찜질방으로 가려 했었다. 그렇지만 고모를 기다려야 하는 것이었다. 마침 그날은 설날이었다. 새해 설날을 위해 엄마가 왔고, 제사는 지내지 않지만 당신이 설날에 먹었던 소울푸드를 그리워했다. 아니 육십이 넘으면서 내 남편도 제사음식을 그리워했다. 나는 아침부터 그 음식을 만들었다. 우선 동태전, 동그랑땡, 두부 부침, 새우튀김, 오징어튀김 등으로 대충 전류를 만들어서 채반에 가득 채웠다. 그다음 도라지 대형 팩을 샀다. 반을 갈라서 들기름에 볶아 들깨를 듬뿍 넣고 갖은 양념으로 볶았다. 나머지 반은 식초와 설탕, 고춧가루, 고추장에 버무렸다. 그다음 숙주나물, 시금치나물을 무쳤다. 그러면 대충 노인들의 제사음식이 마무리 됐다. 젊은이들의 음식인 불고기를 재웠다. 누구든 오면 술과 함께 먹으면 되었다.

거의 오후 세 시가 넘어갔을 때, 현준이가 우리 아파트 현관에 왔음을 알렸다. 잠바를 걸치고 현관으로 나갔다. 보이지 않았다. 아무래도 다른 쪽 출구로 온 것 같았다. 나는 다른 출구를 복도를 따라 뛰어갔다. 복도 중간에서 만났다. 고모는 나를 보자 "너, 영숙이구나?" 했다. 고모는 나를 알아봤다. 치매가 심해서 아무도 몰라보는데 나를 알아본 것이었다. 몸체는 구부정했다. 붉은 자캣에 지팡이를 들고 아들의 손을 잡고 걸어서 왔던 것이다. 우리 집으로 들어와서 엄마를 만났다. "아이고." 언니를 찾으며 둘이 손잡고 울었다. 울고 울었다. 거실로 왔다. 나는 커피와 음료, 곶감을 상차림으로 내놓았다. 조금 있다가 남동생이 딸 둘을 데리고 들어왔다. 배가 고프다고. 다시 큰 상을 폈다. 부침개를 올려주었다. 이번엔 딸 내외가 시댁에 미리 성묘 갔다가 우리 집으로 왔다. 집은 손님으로 가득 찼다. 다시 상을 폈다. 오곡밥을 했다. 밥을 퍼서 돌렸다. 전과 나물을 올렸다. 김치와 상추, 깻잎에 불고기로 상차림 했다. 푸짐해 보였다. 각자 기호에 따라, 콜라, 사이다, 소주, 맥주, 막걸리로 즐겼다. 현준이는 재미가 났다. 청년들은 산부인과에 있는 현준에게 물을 것이 많았다. 그들은 모두가 여성이었다. 그의 병원에서 일어났던 트라우마와 괴롭던 일들을 쏟아냈다. 애들은 애들대로 이야기가 터져 나왔다. 주거니 받거니 하면서 즐거운 저녁 시간을 보냈다.

고모는 모두가 노래를 부르라 했고, 밤새워 놀아보자 했다. 고모에게 있을 수 없는 일이었다. 고모는 젊어서 돈에 대한 애착이 많았다. 돈을 애지중지 잘도 모았다. 돈을 모으느라 친척들이 만나자 해도 돈을 쓸까 봐 만나지 않았다. 대흥동 고모, 그러니까 청량리 고모의 언니였다. 그 고모가 죽기 전에 동생이 보고 싶어서 몇 번을 불렀다. 부를 때마다 청량리 고모는 핑계를 대며 오지 않았다. 엄마는 막내 고모를 그래서 미워했다. 보고 싶어 했는데 오지를 않았다고. 우리 집에서 모두가 모여 잔치가 벌어졌으니 엄마는 즐겁고 행복했다. 도중에 나에게 전화가 왔다. 현준이 형이었다. 현준이 형, 태환은 전화에다 대고 화를 냈다. 왜 누나는 자기에게 어머니를 모셔다 달라 하지 않았냐고. 자기가 형인데 자기에게 해야 되는 것이 아니냐고. 나는 말을 못 했다. 단지 현준네 집에 고모가 있어서 그랬다고. 자기는 섭섭하다고 했다. 연락하지 않은 것이. 미안하다고. 다음부터 하겠다고 했다. 어느 해던가, 태환이 보고 가족 모임에 어머니를 모셔다 달라 했더니, 모든 식구가 밥을 다~먹고 식당에서 떠날 때쯤 고모를 모시고 온 적이 있었다. 나는 그때 속상했다. 그 뒤로 나는 태환이를 약속 못 지키는 사람으로 내 머릿속에 저장했다. 아마 그 때문이리라고 생각했다.

대부분 떠났다. 남동생네만 잠자고 설 쇠고 갈 사람들이었다. 엄마는 고모가 밥을 맛있게 먹더라, 다른 사람들이 남긴 밥을 모두 갖다 먹더라고. 전도 잘 먹고, 나물도 그렇게 잘 먹더라고. 밥 한번 먹이고 싶었는데 잘 됐다고. 네가 애 많이 썼다고. 우리 딸 내외 다 정년퇴직했는데 이래도 되는 것인지 걱정도 많아졌다. 현준이는 천 원짜리 지폐 백장을 봉투에 준비해서 엄마를 주었다. 노인정에서 화투를 치라고. 그동안 만 원짜리, 오만 원짜리만 쓰다가 천 원짜리를 이렇게 많이 쓰려니 경험이 없어서 머리가 혼란스럽다고 했다. 그는 아이들에게도 세뱃돈이라고 열 장, 스무 장을 돌렸다. 나는 현준이나, 태환이에게 치매 걸린 어머니를 잘 모셔서 훌륭하다고 했다. 나

같으면 양로원에 보냈을 거라고, 너희들 정말 훌륭하다고 했다. 그러자 현준이 고모가 온갖 쓰레기를 다 주워온다고 했다. 쓰레기를 현준이 차 밑에 갔다 놓았다가, 전능동 자기 집에 가져간다고. 오는 날도 전날에 갖다 놓은 박스가 없어졌다고 난리였단다. 현준이가 적당히 쓰레기를 몰래 버리는데, 버린 쓰레기 박스를 다시 찾는데 한나절이 걸렸다고. 그 쓰레기 박스를 찾아 전능동에 갖다 놓고 오느라 늦었다고.

다시 시간이 있어서 내가 컴퓨터를 켜자 엄마가 당신의 얘기를 쏟아낸다. 내가 말하는 얘기는 들리지 않는다.

- 네가 준 조기가 두어 마리 냉장고에 있어. 어린 마늘잎 넣어서 자작자작 지져서 먹든지, 아니면 튀겨서 먹든지. 오늘은 뭘 먹을까를 생각해. 그런 것 생각하느라고 치매가 안 걸리는 거 같아. 그리고 고민도 해. '오늘 뭘 좀 해 먹기는 해야 하는데?' 하면서.

- 애들을 때려서 부려먹어야 한다드라. 옆집 영자 씨 평생 식모살이로 애들을 키웠는데 사리를 모른다고 한탄 하드라. 심천 네 이모부 술을 하두 먹고 실수해서 동네 밖으로 나오지 말게 한다는구나. 그래도 내가 동네 남자들이 술 먹으면 선미 아비(이모부) 만나면 술 한 잔씩 주라고 돈을 준단다. 그랬더니 동네 남자들이 두어 번 주었는데 안 받아먹더라는구나. 일하다 말고 술 먹고 와서 싸우거나 하지 않는구나.

- 그래도 팔십이 넘어서까지 농사를 지으니 돈을 버는 거잖아요. 훌륭한 거여요.

- 농부는 일하다 죽는 거야. 이모부 아들이 막걸리를 두어 말 사다가 냉장고에 넣어둔다는구나. 그리고 소 제때에 밥 주고 집에서 나오지 말고 술은 집에서 먹으시라 한다는구나. 나가기만 하면 술 먹고 싸우니까. 우째 그리 쌈을 해대는지 모르겠구나. 난 잡곡밥이 좋구나. 하얀 밥은 싱거워서 싫구나. 고년이(당신 막내딸) 소꼬리를 사 와서 고아 먹으라 했는데, 고년이 집으로 다시 가져갔구나. 고년 집에서 폭 고아 먹었구나. 난 한 때만 먹었구나. 그것들이 더 잘 먹었구나. 고년이 병원에 갔다가 삼겹살을 사 왔구나. 상추가 있기에 맛있게 먹었구나. 야! 나 피창이 먹고 접구나. 생전 어디가 피창이 없더구나.

- 피창?

- 응.

- 피창이 뭐유?

- 어? 피창이라.

- 그럼 피가 섞인 것? 피? 엄마 이 동네는 그래도 강남인데, 피창은 없겠네요. 이 동네 슈퍼에 피 같은 것은 팔지 않는 것 같은데요?

- 그려. 그러기는 하겠구먼. 그렇잖아도 호영네(남자 동생) 동네 가서 피창을 사서 누이 집으로 가자 했더니 차가 밀려서 안 된다 하더구나. 그네 동네는 있겠구먼.

잠시 엄마는 숨을 골랐다. "너 공부하거라." 했다. 손가락을 펴서 하나, 둘, 셋… 열, 스물, 스물하나… 서른 하나… 마흔 하나… 쉰. 그렇게 대여섯 번을 세서 손가락과 맞췄다. 다시 누워서 일어났다가 누웠다를 스무 번 했다. 또다시 발을 쭉 뻗어서 발가락을 오므렸다 폈다를 수없이 했다. 숨을 고르고 다시 말을 하기 시작했다.

- 이장네는 그 어머니가 화장실을 수없이 왔다 갔다 하는구나. 아들을 화장실에 수도 없이 데리고 다니면서 부려먹더구나. 그러면 안 되는구나. 나도 여기에 있으면 안 되는구나. 네가 있응게. 왜 그리 어린양이 나는지 아픈 곳이 많더구나. 빨리 설 쇠고 가야겠구나. 나가 혼자 있어야 되는구나. 그래야 정신이 차려지고 치매가 안 걸리는구나.

어머니의 에고가 없어져서일까? 아니면 나를 대할 때 자신의 에고를 드러내지 않아서일까? 어쨌든 우리는 서로 편안하고 평화롭다. 한 때, 나는 어머니가 싫었다. 어머니가 밉고 불편했다. 어렸을 때는 평생을 고생하며 나를 키웠고 교육하려 애쓴 것에 나는 감사했고, 효도하고자 최선을 다했다. 그 다음 남동생에게 모든 것을 희생했고 며느리를 자기네 기둥으로 인정하며 최선을 다했다. 그러나 어머니가 기대한 만큼 동생의 가족은 잘 살지 못했다. 그들은 분열했고 쪼개졌으며 모든 것은 파괴됐다. 어머니가 주었던 재산을 모두 탕진했고, 그들에겐 빚더미만 남겨졌다. 남은 것은 딸 셋과 빚뿐이었다. 그리고 그 모든 것은 내 책임이 되었다. 그 당시 어머니는 욕심이 많았고, 무엇이든 나에게서 뜯어다가 동생에게 붙이기를 바랐다. 모두가 살기 힘든 시기였다. 나도 힘들고, 어머니도 힘들고, 동생도 힘들었다. 어머니의 욕심은 또 다른 욕심을 불렀다. 나는 그런 어머니의 욕심을 보면 정이 뚝 떨어졌다. 어느 날 여동생이 엄마네 냉장고가 고장 났다고 했다. "그래? 그럼 내가 사야지 뭐." 우리는 시골 전열기 판매점으로 갔다. 내가 예산으로 잡은 돈은 백만 원쯤이었다. 그곳에서 냉장고를 사려 했더니 여동생은 커다랗고 용량이 많이 드는 것으로 주문했다. 다시 동생은 부엌 가스레인지가 고장 났다고 했다. 결국 다시 그것을 첨가해서 샀다. 그렇게 주문해서 시골집으로 갔다. 그러자 엄마는 냉장고가 너무 큰 것이라고 야단을 쳐댔다. 동생은 커야 한다고 소리쳤다. 어머니는 냉장고에 넣을 달걀이 없다느니, 고기가 없다느니, 없는 것을 모두 채우기를 바랐다. 나는 그때 속이 너무 상했다. 내 월급의 삼 개월 치가 몽땅 들어갔다. '내가 무슨 봉인가?'를 속으로 외쳤다. 동생이고 뭐고 간에 모두가 싫었다. 모두 나를 등쳐 먹을 놈들로 여겼다. 나는 아무 소리도 안 했다.

번번이 어머니는 내 속을 긁었다. 필요한 돈을 요구했다. 구체적으로는 말하지 않지만 뭐가 있으면 좋겠다느니, 하면서 은근히 압박을 가했다. 그의 요구 조건은 그가 바란 만큼이 아니었다. 항상 30%를 더 얹어야 그의 마음에 들었다. 요구 조건에만 맞추면 나에게 상처가 났다. 결국 상처가 나지 않도록 나 스스로 30%를 더 올려서 준비했다. 그런 일은 시어머니도 같았다. 내 딸의 결혼식에 참석했을 때였다. 나는 시어머니에게 차비로 30만 원을 주었다. 시어머니는 말했다. 이왕 주려면 50만 원을 달라고. 나는 아이가 없었다. 다른 시어머니가 잔돈을 모아 500만 원을 결혼식 때 가져왔다는 소리를 들었기에 더욱 화가 났다. 어느 때부터인가 나는 친정엄마나 시어머니나 모두 이기심으로 가득 찬, 똑같은 사람이라 생각했다.

친정엄마의 이기심은 나를 더 힘들게 했다. 적어도 친정엄마는 친정엄마다워야 한다는 것이 내 안에 깔려 있어서 더욱 속이 상하고 상처를 받았다. 팔십 중반을 넘어 팔십 끝자락에 가까워지자 친정엄마의 욕심이 다소 수그러졌다. 맛있는 것을 사 가도 노인정으로 보냈다. 자기에게 필요한 것만 적당히 받았다. 다행이었다. 그리고 당신이 이제 죽어야 함을 강조했다. 속마음은 모르지만, 죽음을 받아들여서 스스로 자신을 내려놓으려 애쓰는 것은 좋아 보였다. 막내 여동생은 엄마를 협박했다. 언니가 늙었으니 언니네 집에 있을 생각은 하지도 말라고. 아프고 치매 걸리면 당장 요양원으로 가라고. 그러면 엄마는 말한다. "이년아, 아무 데도 안 간다."고. 본인이 알아서 요양원으로 갈 거라고.

다시 엄마는 숨 고르기를 끝내고 말을 이었다.

- 야, 내가 눈이 안 보인다. 그래도 난 병원 안 갈란다. 눈을 휘적거려 놓으면, 보던 것도 안 보일 테니까. 다만 돋보기를 썼으면 좋겠다.
- 그러셔. 조금 있다가 안경 맞추러 갑시다. 어서 서둘러서 세수하시고 옷 입으셔요. 차 막히기 전에 갔다 오게요.

조금 있다가 엄마를 찾았다.

- 옷 입으셨어요? 안경점에 가게요.

- 아니다. 나 안 갈란다.

- 아니 또 왜요? 가고 싶다며?

- 아니다. 외할아버지가 생각난다. 정말 우리 아버지 생각이 절로 나네. 내가
  부엌에서 물을 불 때는 씻는다고, 뜨겁게 데워서 갔다 줬는데 노인네가 "싫
  다. 싫어. 이따가 씻을란다." 하더구나. 나는 "아이고 아버지. 그러면 다 식어
  서 다시 덥혀야 하는데 그냥 씻으시죠." 했구만 노인네가 안 씻으신다는구
  나. 불씨가 죽어서 못 데운다고 해도 안 씻는다고 해서 노인네가 몹시도 밉
  더구나. 그런데 오늘 아버지 생각이 절로 나는구나. 현남이 엄마가 어디서
  사는지 죽었는지 모르는구나.

현남이 엄마는 나 어렸을 함께 이웃에 오랫동안 함께 살았던 사람
이었다. 현남이는 내 동갑내기였다. 그 집에는 딸이 많았고 아들이
없었다. 왜 갑자기 현남이 엄마가 생각났는지는 모른다. 엄마는 시
공을 넘나들면서 생각나는 대로 말을 했다. 현남이네랑 헤어진 지
는 오십 년이 넘었다.

- 대준이 엄마가 생각나는구나. 그 엄마를 만났으면 좋겠구나. 그런데 그 엄
  마 일찍 죽었다는구나. 그 남편도 죽었고. 두 내우가 몽땅 죽었다는구나. 나
  는 그 집에서 돈을 빌려서 썼구나. 얼마나 고마운지 모르는구나. 이자를 받
  아도 고마웠구나. 그때는 왜 그리 돈이 없는지. 대준이네만 돈이 많았구나.
  돈이 필요하면 돈을 꾸러 그 집으로 갔구나. 나는 그 집 고추 다듬어주고,
  설거지도 했구나. 그러면 돈을 꾸어줬구나. 그 집 고추 많이 다듬어 줬구나.

대준이 엄마 집에 가면 탑시기나 먼지가 많았구나. 발로 썩썩 밀면서 다녔구나. 그래도 돈이 많았구나. 너무 깔끔하면 돈이 안 생긴다고 했구나.

대준이네 집은 내가 5, 6학년 때쯤 이사 간 동네에서 이웃에 살던 집이었다. 엄마는 초가집에서 돈을 억척같이 모아 넓은 기와집을 사서 이사 갔다. 그곳은 전 동네보다 시내에 가까웠다. 대준이네 집 아저씨는 도청 건설과에 다녔고 돈이 많았다. 이사 간 동네 사람들은 전에 살던 동네보다 더 교육적이고 교육열도 강했다. 집주인들 중 교육자인 분이 많았다. 아이들도 서울로 유학시켰다.

- 신안동에서 찬이 엄마만 살았다고 하는구나. 닭집도 내외가 모두 죽었다는구나. 동중학교 뒤 송 씨 댁만 살았다고 하는구나. 영자네도 모두 죽었다는구나. 소제동 사람들도 모두가 죽었다는구나. 네 막내 이모만 살았구나. 내가 볼 때 손빨래하는 이만 살았구나. 나보고 사람들이 손빨래한다고, 극성맞다고, 어찌 손빨래를 하느냐고 했구나. 너네 사돈도 세탁기에다 빨래를 안 해서 지금까지 건강하게 살았구나. 극성맞은 이 모두가 살았구나. 아들딸 신세만 안 지면 된다는구나. 요즘은 시골이나 도시나 사람이 없구나. 집들이 다 사람이 없구나. 하나 아니면 둘이 사니까 모두가 집에 사람이 없구나.
거기서 엄마는 잠깐 말을 멈췄다가 이내 입을 열었다.
- 애들을 많이 안 낳아서 애들이 없구나. 학교들도 다 망했어. 이원 의평 앞 학교가 다 망했다. 학교에 밥 해주는 이가 다른 데로 갔어. 너네 할아버지 묘 잘 깎았어. 어느 날 막내 사위가 와서 너네 밭 어떻게 생겼냐고 해서 갔

어. 다른 묘보다 떼도 잘 살고, 산소가 어쩌면 그렇게 좋으냐고 하더구나. 사돈댁이 손자 데리고 와서 부스러기 풀을 다 뽑고 해서 일등 묘야, 일등 묘. 산만 좋으면 뭐해. 다 소용없구나. 멧돼지가 묘를 파서 묘가 다 허물어졌구나. 돼지가 모든 묘를 파 재껴서 묘가 다 허물어졌고, 떼가 다 죽었구나.

우리 시아버지 묘는 외갓집 땅에 있었다. 동네 옆구리 쪽 산 끝자락에 시아버지 묘가 있었다. 외할아버지는 땅 부자였다. 내가 시집 간 시댁은 북한이 고향이었다. 만약 시아버지가 돌아가시면 묻힐 곳이 없었다. 삼십 년 전 할아버지가 계실 때, 나는 할아버지에게 오십만 원을 주면서 우리 시부모 모실 묘지 땅을 달라 했다. 그 후 할아버지가 돌아가실 때 외삼촌들에게 꼭 외손녀 영숙이 땅을 남겨 주라 하고 돌아가셨다. 나는 둘째 외삼촌 땅 중 절반을 받았다. 크기는 200평쯤 됐다. 한쪽에 시아버지 묘를 만들었다. 동네 어귀 남서쪽 끝에 있었다. 명절 때마다 사람을 시켜 우리 엄마는 사돈네 묘를 잘 다듬게 했다. 결국 어머니가 사돈네 묘지기가 되었다. 시어머니는 명절이 되면 깎은 묘에서 다시 풀이 돋아오는 것을 골라냈다. 그곳에서 당신의 기쁨과 슬픔을 찾았다. 시어머니는 독점하는 것을 좋아했다. 가장 좋은 것과 가장 비싼 것을 선호했고, 자기 것만이 최고라 주장했다. 나는 시어머니의 그런 태도가 못마땅했다. 그렇게 좋고 최고의 것을 주장한다면 집안일도 그렇게 해야 하는 것이 아닌가를 묻고 싶었다. 어디다가 최고의 가치를 두는가 말이다. 옷, 신발, 참기름, 고춧가루, 쌀, 과일 등에서 최고를 따진다. 내가 살기 힘들어

가계수표를 끊어 이십만 원(한 달 치 월급)을 명절에 갖다주면 모든 식구를 대동하여 보신탕집으로 간다. 그곳에서 보신탕으로 모든 돈을 소비하고 오면서 "네가 준 돈으로 고기를 먹으니 눈이 훤하게 보이더구나." 하며 집으로 돌아온다. 그때 나는 집 안 청소를 하고 방바닥 물걸레질을 하고 있었다. 나는 속으로 생각했다. 정말 철없는 양반이라고. 아들 한 달 치 월급을 어떻게 한 때에 다 먹어 치우냐고.

그 다음 명절에 그는 최고급품으로 제사상을 차렸다. 나는 집에서 돈을 아껴야 한 달을 버텼다. 그래야 빚이 생기지 않았다. 나는 할 수 없이 정부미를 먹어야 했다. 정부미는 14,000원. 일반미는 50,000원. 오만 원은 한 달 치 월급의 사 분의 일에 해당되는 것이다. 나는 그렇게 정부미를 십 년 이상 먹었다. 내가 정부미를 먹을 때 시어머니는 새 햅쌀, 그것도 최고급품을 고집했고 쌀집에 주문했다.

'철없는 양반 또 시작이구나.'

어쩌다 사과나 배가 상자로 들어와도 제사상에 올리지 않았다. 다시 시장을 돌며 최고급품을 찾아서 상차림을 했다. 나는 속으로 욕했다. 당신은 해도 너무한다고. 당신이 손에 쥔 돈은 아들과 며느리가 낸 제사 비용이었다. 그는 마치 은행에서 돈을 찍어내듯 신나게 돈을 썼다. 그에게 남겨지는 돈은 없었을 것이다. 그 후 오랜 세월이 지나가서 시아버지도 칠십이 넘어 돌아가시게 되었다. 모두 월급쟁이인 아들들이 매달 보내주는 생활비는 손에서 흘러나갔을 것이다. 자식은 자식 대로 돈을 모으는 것이 쉽지 않았다. 그나마 내가 부탁한 외할아버지가 남겨준 땅에 시아버지 묘가 만들어진 것이다. 나는 그 땅을 보면 신기했다. 어찌 이런 인연이 있을까 생각했다. 외할아버지는 김 씨였다. 우리 아버지 성은 정 씨이고. 둘이 사돈이 된 것이고, 내가 다시 시집을 가서 백 씨와 사돈지간이 된 것이다. 백 씨가 건너 사돈네, 김 씨 땅에 인연을 맺은 것이다. 내가 어렸을 때 이 땅은 구릉지 언덕배기였다. 나무로 꽉 찼고, 그곳에 보라색 도라지를 심었다. 그 주변에 산소가 있었다. 넓은 들이 확 트여 있고 저 멀리에 높은 산이 솟아 있다. 외할머니 집 마루에 누워 엄마가 보고 싶어 울었던, 그때 해가 넘어가던 그 산이 웅장하게 서 있는 것이다. 이것저것 생각하면 그곳은 정말 추억과 우주와 별세계를 기억하게 하는 곳이다. 그 산소 때문에 시어머니가 괴팍한 자기만의 못된 생각으로 가족을 괴롭게 했다는 생각도 들었다.

묘를 두고 온갖 일을 벌이는 그의 생각이 가족의 분란을 일으켰다. 벌초를 해야 한다고 온 가족을 소집하고 벌초 비를 걷었다. 벌초를 하면 힘들다고 야단이 나고, 못하겠다고, 하다가 다쳤다고 했다. 아버지 산소를 썼으니 동네 노인정에 돈을 내야 한다고도 말했다. 그는 자기주장을 관철하려고 다시 돈을 걷었다. 아들들은 IMF 시대인데 돈이 어디 있느냐고 했다. 결국 모든 것은 돈과의 전쟁이 되었다. 싸움 끝에 큰아들인 우리가 책임지겠다고 했고, 그 후 돈 주고 사람을 시키고 벌초를 했다. 친정엄마가 보살펴주고 있는 것이다. 엄마는 묘지에 신경 썼다. 사돈이 별나니까 일하는 사람에게 잔디를 일찍 깎지 말라고. 아주 잘 깎으라고. 우리 딸을 사돈이 괴롭힐까 봐. 그리고 나는 시어머니를 욕했다. 그렇게 최고급품에 신경 쓰면 당신이 최고급 명당을 마련해야 하는 것이 아니냐고. 쓸데없는 것에 자기 욕심만을 채운다고. 실질적으로 유용한 것은 하나도 하지 못하면서 자기만족을 엉뚱한 것, 비경제적인 것에서 채운다고. 모든 시어머니와 며느리는 서로 맞지 않는 것임을 나는 잘 안다. 당장 내 자식들도 그렇다는 것을 안다. 그렇지만 인정할 수 있는 것은 인정해야만 하는 것이다.

- 야, 피창은 없겠지?

피창이라? 그게 뭘까? 나는 생각해 봤다. 혹 순대가 아닐까? 나는 다시 물었다.

- 엄마, 피창이 아니라 순대 아니요?
- 그래 맞구나. 그거로구나. 왜 그리 생각이 안 나는지?

나는 초등학교 쪽 가게로 달려갔다. 아이들이 좋아하는 튀김, 김밥, 순대, 떡볶이가 그곳에 있었다. 한 무더기를 골고루 사 왔다. 점심으로 아주 제격이었다. 어머니는 맛있다는 말을 연발 하면서 드셨다.

- 아이고, 강남에도 순대가 있었네! 떡볶이도 맛나네! 내가 그 음식이 텔레비전에 나오면 그것이 먹고 싶었구나.

- 엄마, 할머니 금방 안 돌아가신다. 저렇게 먹고 싶은 것이 있으니까요.

- 그렇기는 그렇겠다.

- 시골 가면 못 먹으니 많이 드셔요. 튀김도 먹고, 순대도 먹고, 떡볶이도 많이많이 잡수셔요.

- 어느 날 시골 약국에서 약을 탔구나. 약값이 오만 원이나 드는구나. 그런데 약봉지에 약이 비는구나. 다른 날 가서 다시 또 약을 탔구나. 그래서 약사에게 말을 했지. "약봉지에 약이 한두 알씩 모자란다."고. 그랬더니 약사가 기계가 하는 거라 그럴 일 없다고 하는구나. 나는 '기계라도 실수할 때가 왜 없겠나.'를 생각했구나. 그런데 약사는 우리 집에서는 절대로 그럴 일 없다면서 나를 야단하는구나. 허기사 무슨 증표가 있어야재. 다음 달에 나는 두 달 치 모자란 약봉지를 모여서 고스란히 그 약국으로 가져갔구나. 약사는 "어? 왜 안 들어갔지?" 하더구나. 보라고, 내가 거짓말을 하겠냐고. 빈 봉지에 빨간 약이 부족한 것 4개를 가져갔구나. 껍질이 있어서 보증이 되는구나. 그러자 "더러 빠질 때가 있어요." 하더구나. 그래야지. 흘러서 내버릴망정, 그리 말을 해야 옳은 게 이니겠느냐?

- 아이고, 우리 어머니 똑똑하시는군요. 똑똑해.

- 금요일 병원 주사가 싸다고 하는구나. 금요일 저녁 7시까지 1,500원이라는구나. 휴일은 똑같이 맞아도 4,500원, 토요일은 1만 원이라는구나. 약값도 휴일마다 다르다는구나. 이번에 약사가 미안하던지 50,000원 약값을 15,000원에 해주더구나. 나 이득을 봤구나. 약값이 쌌구나. 심장약은 서울서만 온다는구나. 심장약이 없어서 집으로 부쳐줄 때는 5,000원을 더 주어서 부치는 값을 내야 하는구나. 내가 다리가 많이 아파죽겠구나. 호영이

에게 너무 늦어서 어떻게 할까 했더니만 병원에 그냥 가보자고 하는구나. 그랬더니만 월요일부터 금요일까지 저녁 7시까지 한다는구나. 어느 때 점심에 소망병원을 갔구나. 점심시간에 간호원과 의사선상님이 우유와 빵으로 점심을 먹더구나.. 그 의사 선생님이 이원 시내에 있는 땅을 다 샀다는구나. 저렇게 점심도 잘 못 먹으면서 돈을 모았구나. 그런데 그 의사 선생님, 애기도 없다는구나.

- 너네도 절에 갔다가 죽으면 제사 지내게 하면 좋겠구나. 평생 제삿밥 얻어 먹고 제사 지내주는데 20만 원이구나. 요즘은 모두가 그렇게 하는구나. 너네도 딸만 있으니 그렇게 하거라. 나는 10년 전에 호영이가 중국에 갔고 손주가 모두 딸이니, 절에다 모든 조상님을 모셨더니 좋더구나. 신경도 안 쓰고 좋더구나. 처음에는 작은아버지가 뭐라 하더구나. 지금은 모두가 편하구나. 이번에 나와 호영이까지 다 죽으면 제사 지내 달라고 미리 돈을 냈구나. 이때 네 것도 할 걸 그랬구나.

- 엄마 내 걱정은 말아요. 나는 내가 알아서 할게요. 엄마는 정 씨 집이나 챙기세요. 나는 백 씨 집에서 할게요.

- 막내 이모가 신랑이 죽고서 마음이 급해서 죽겠구나. 이모부가 죽고 나서 절에 갔다 모시겠다 했더니 장가 안 간 큰아들이 첫 제사도 안 지내고 절에 갔다 놓는다고 뭐라 한다는구나. 아무래도 첫 제사를 지내고 절에 이모부를 모시려나 보더구나. 신당동 이모가 마음이 급하구나. 이제까지 이모네 제사가 많았구나. 이모부가 큰아들이라 선조들이 많았구나. 아들들이 모두 성하지 못하구나. 아프고, 이혼하고. 이모가 나이가 많으니 자기가 하던 제사를 절로 옮기고 싶구나. 자기가 죽기 전에 해야 한다고 맘이 급하구나. 이

모 돈을 창순이(큰딸)가 모두 관리하구나. 그런데 창순이는 짠돌이구나. 창순이가 알아서 더 싼 절에 조상님을 모신다고 난리를 내더구나. 그렇게 일 년이 넘었구나. 서울 근처에 그렇게 싼 곳이 없더구나. 제일 싸다고 해도 30만 원이 넘더구나. 원남 절은 우리네 친척이고, 아주 진실하게 모든 것을 처리해주며 20만 원만 받으니, 그렇게 싼 곳이 없더구나. 창순이가 비싸니 싸니 하며 떠들더니 그만한 곳이 없으니, 다시 원남으로 온다는구나.

- 나는 이만치 살면 되었구나. 죽거들랑 나를 홱 집어던져 버리거나. 한쪽에 적당히 묻어놓아라. 제사 지내지 마라. 49제도 500만 원이나 하더구나. 이미 내가 절에 모두 돈 주고 다 했으니, 아무것도 하지 말거라. 제사 지내지 않아도 아무 탈이 없느니라. 그대로 하면 모든 것이 좋은 거구나. 그래, 끈임(막내 이모)이랑, 짐순(네째 이모)이랑 얼른 나같이 하려고 하는구나. 그것들이 우리 언니는 아는 것도 많다는구나. 배운 것도 없으면서. 제사를 지내든 안 지내든 1년에 한 번은 크게 혼을 부르며 그 절에서 지내는구나. 그렇게 한 번이라도 제사를 지내주니까 딱 좋구나. 저범과 수저를 갖다 놓고, 혼을 부르며 스님이 제사를 지내는구나. 우리 스님이 제사는 잘 지내는구나. 아침저녁으로 평생을 지내는구나. 그 스님도 불심으로 살아가는구나. 어떤 이가 지나가다가 나를 보더니 당신은 원남 절댁이 맞다고 하는구나. 그 절하고 할머니하고 운 때가 맞는다는구나. 우리는 제사를 그 절에 맡겨서 제사를 안 지낸다고 했구나. 그 사람이 "잘하셨어요. 그 절하고 운이 맞네요." 하더구나. 내가 생각해도 오래전에 그렇게 한 것이 아주 잘해 놓은 것 같구나. 아버지 돌아가신 지 30년이 되었구나. 할아버지, 할머니, 인영(내 큰 남동생)이까지 돈 들여서 49제까지 모두 다 지내줬다. 날랑은 49제 그만두거라. 하

지 말라고. 이만치 살았으면 되었구나. 이만치 살기가 어렵구나. 외할아버
지는 49제를 지내주었구나. 할아버지는 돈만 모았지 돈을 안 쓰고 돌아가
셨잖냐? 큰 스님 모셔서 크게 했구나. 돈 좀 써야 한다고 생각했구나. 외할
머니는 92세에 돌아가셨구나. 92살 살기 어렵구나. 외할머니가 그 나이에
는 모든 것을 하지 마라 하는구나. 움직이기도 싫다 하는구나. 내가 이제 할
머니를 이해하는구나. 내 나이도 죽을 때가 되었구나. 할머니처럼. 나도 움
직이기도 싫구나.

컴퓨터를 보는 내 귀에 엄마의 말이 이어졌다.

- 끈임(막내 이모)이가 신랑에게 전깃불도 못 쓰게 지랄하더구나. 한 푼을 아껴
서 돈을 모았구나. 이번에 제 신랑이 죽어갈 때 지가 잘 먹였다고 하는구나.
그년은 억척을 떨면서 돈을 모았고, 돈만 아는 억척같은 년이구나. 용풍(이모
신랑)이가 죽을 때 장어를 좋아해서 장어만 구워 먹였다는구나. 큰아들이
아버지는 돈만 벌었다면서 잘 먹어야 한다면서 사서 먹였다는구나. 끈임(막
내 이모)이 보고 너네 시댁 큰집에 잘 하라고 했구나. 그랬더니, 끈임이가 우
리 살림이 어려워서 라면도 못 먹을 때, 라면도 안 사줬다고 그럴 수 없다는
구나. 너네가 지금은 잘 사니까 도와주는 게 옳은 거라고 했구나. 노인 복지
관에서 나에게 설 쇠라고 닭발을 가져왔구나. 나는 그 사람들에게 말했구
나. 나는 괜찮으니 못사는 사람들을 잘 도와주라고 했구나. 거기서 가져온
닭발은 경로당으로 가져갔구나. 거기서 안주로 만들어서 술 한 잔씩 하라
했구나. 닭발 요리를 해서 나에게 주더구나. 왜 그리 매운지 못 먹겠더구나.

옆집 영자 씨도 닭발을 받았구나. 그는 거기서 만든 닭발은 함께 먹고 자기 것은 집으로 가져갔구나. 사람들이 영자 씨를 깍쟁이라고, 징그럽다고, 욕 하더구나. 신당동 이모(둘째 이모)는 전화비가 많이 나와서 창순(이모 딸)이한테 혼났다는구나. 이모가 시골 심천에 작은 집에다 전화를 오래, 하루 종일을 수시로 했다는구나. 그 작은 집은 못 사는구나. 그 작은집 아들을 서울로 데려왔구나. 그 작은집 아들이 공부를 하다말다 했다는구나. 기하(이모 아들)에게 작은집 아들 좀 취직시켜보라고 했다는구나. 그랬더니 기하가 나도 밥 먹기 힘들다면서 못한다고 하더구나. 기하도 이미 퇴직해서 2년 동안 놀아봤다는구나. 기하가 62세가 되는구나. 아이고, 젊기는 한데 어디든 쓰질 않는다는구나. 그래도 기하가 벌어야 한다고 하는구나. 그것들도 돈을 악착같이 벌어보려 하는구나. 그것들도 김기호(외할아버지) 자손이라면서 그 자손들 물을 먹어서 야무지다고 하더구나. 영란(내 막내 여동생)이 옆집 할머니가 영란이 집으로 놀러 왔구나. 그것들은 모두 출근하고 나 혼자 있었구나. 그 할머니는 딸이 5명, 아들이 4명이었다는구나. 46살 아들만 못 여위고 모두 잘 여위였다는구나. 큰딸은 인천에 사는데, 땅 장사를 한다는구나. 여기서 집 한 채 사서 놓고, 저기서 살고, 저기다 사놓고 여기서 살고 한다는구나. 아들 넷 중에 둘이 죽었다는구나. 나머지는 모두 여의였고, 며느리하고 산다는구나. 며느리는 식당을 한다는구나.

어느 날 엄마는 아파서 죽겠다고 했다. 그 주에 우리는 모든 가족이 모여 새해맞이 여행을 하기로 약속한 상태였다. 미리 양평에 콘도 예약을 했었다. 엄마가 속이 따갑고 아프다고 해서 출근한 아들이 시간을 내서 미리 콘도로 함께 갈 겸해서 막내 여동생의 안성 전원주택에다 모셔다 놓은 것이었다. 그곳에서 옆집 할머니가 놀러 오셔서 말동무가 되었을 때를 당신이 말하는 것이었다. 지금도 당신은 쉬지 않고 말하고 있었다. 내가 화장실을 갔다 와서 다시 컴퓨터를 켜면 당신은 또다시 계속 말을 흘렸다. 내가 하는 소리는 듣지를 못했다. 당신의 말만을 계속 쏟고, 또 쏟았다. 대단한 기억력이었다. 나 같으면 잊어서 말할 수 없을 터였다. 내가 받아서 컴퓨터로 쓸 수도 없었다. 이미 지나가 버리는 것이었다. 나는 노트를 폈다. 당신의 이야기를 기록했다. 그래야 따라잡을 수 있었다. 자동차 속력보다 당신의 말이 더 빨랐다. 아침 시간에 당신이 좋아하는 연속극도 안 보고 싶다 했다. 혼자 말하는 것이 그렇게 즐겁단다. 내가 들어주니까 연속극도 보기 싫다고 했다. 인간의 본능은 말하는 것인가? 말을 하면 즐거우니까 말이다. 노인 혼자서는 추워서 방을 나갈 수 없고, 텔레비전과 놀다가 설 쇠러 우리 집으로 와서 나에게 하고 싶은 당신의 말을 계속 쏟아놓았다. 몇 날 며칠이 되는 동안 수없는 말을 수없이 쏟아내고 있는 것이다.

- 이순이(엄마네 작은집, 외할아버지 동생네) 엄마도 고향에서 산소를 파고 오지 않는구나. 죽은 작은아버지를 인천 납골당에 넣었다는구나. 그것도 5년이 되면 끝이라는구나. 신당동 이모네도 이모부 유골을 납골당에 넣었는데, 이제 치운다고 하더구나. 납골당에 있는 제 아버지를 관리하는데, 5년간 15만 ~20만 원이 든다는구나. 아들인 귀하가 딸들인 동생들에게 그 비용을 걷는

다고 하는구나. 그래서 이모가 화가 났구나. 이모가 귀하 보고 "네 이놈! 그 관리비도 못 내면 네 아버지 갖다 버리라!"고 호통을 쳤다는구나. 그까짓 비용을 딸들에게 걷느냐면서. 그러느니 아버지를 버려 버리라고 난리를 쳤다는구나.

- 영기네(엄마의 큰 남동생, 나의 큰 외삼촌)도 이번에 죽은 외숙모를 나라에서 관리하는 납골당에 넣었다는구나. 나라에서 관리해서 싸다는구나. 영인이(영기 막내동생)가 공부를 못 해서 저기 시골 영동에 있는 농시 짓는 학교에 다니질 않았느냐? 그 애가 석유 기름 넣는 주유소에서 일을 했구나. 그 애가 하도 성실해서 주유소 사장이 청주에 다시 주유소를 차려주고 거기서 사장을 시켜주었구나. 그런데 그놈의 마누라가 글쎄 벤츠를 타고 다닌다는구나. 그러니까 둘째 외숙모가 그러더구나. "아마 형님이 있으면 그년 맞아 죽었을 거야."라고 하더구나. 그 망할 년이 대학교 2년제 나왔다고 제 신랑 등쳐먹고 사는 년이 아니고 무엇이겠느냐? 망할 년이 돌아다니면서 지랄을 하는구나.

- 그 영인이 놈이(주유소 다니는) 제 엄마 죽고 제일 지랄을 하는구나. 제 누나가 죽어가는 제 엄마를 10년 넘게 수발했는데, 당장 엄마 아파트에서 떠나라고 지랄을 한다는구나. 미자(외숙모의 큰딸)가 이혼하고 지금까지 회사 다니며 폐가 나쁜 엄마를 돌봐왔건만 왜 그리 지랄을 하는지 모르겠다는구나. 아들인 그 놈에게 이원 땅 다 주고, 홍명상가도 사 주고, 집도 사 줬는데, 그렇게 지랄을 해댄다는구나. 착한 미자가 제 맘 같은 줄 알았더니, 남동생 셋이 엄마 아파트에 목을 멘다는구나. 재산에 눈이 멀어서 누나를 구박한다는구나. 저들은 모두 다 대학도 다녔으면서 그런다는구나. 둘째 아들 영춘

이도 서울에다 집도 사줬다는구나.

- 내 머리가 어떻게 하면 윙윙하며 아프구나. 또 아프고, 또 아프고 하는구나. 그래서 병원에 가면 노환이라고 약도 안 주는구나. 옆자리에 앉은 남자가 55세라는구나. 어머니가 자기 아들이 노환이 왔다고 하는구나. 늙으나 젊으나 약도 많이 안 주는구나. 그래서 약도 못 탔다는구나. 시방은 애들도 바람병이 들어온다는구나.

- 너의 작은아버지(아버지 동생) 못됐구나. 할머니 살아있을 때 아마 할머니가 청량리 고모에게 돈 좀 줬든지 했겠지. 그래서 지금 그 아들과 싸우면서 청량리 누이를 그렇게 욕하고 저들끼리 싸우는구나. 할아버지 살아있을 때 할머니가 할아버지한테 십 원 한 장을 안 주더구나. 농사짓고 들어온 돈을 할머니가 움켜쥐고 할아버지에게 돈을 안 줬구나. 그리고 나(큰며느리이자 나의 엄마)를 보면 맨날 돈이 없다고 야단이더구나. 어쩌다 할아버지가 큰아들인 남편에게 농사 진 쌀을 좀 주려 하면, 모든 식구 배때기를 긁어놓아 속을 시끄럽게 하는구나. 당신네 새집 살 때도 내가 땅 사라고 붙인 돈을 썼구나. 아버지 땅을 사라고 붙인 돈으로 작은아버지 땅을 샀더구나. 할머니와 작은아버지 욕심이 끝이 없구나. 그 할머니 줄기인 작은아버지가 못 됐구나. 너도 알다시피 작은 부인을 몇 번이나 만났구나. 이번에 암으로 죽은 그 작은 부인이 식모살이를 했단다. 식모살이하면서 날마다 2만 원씩을 뺏었다는구나. 그것도 바보 병신이구나. 달라고 해서 줬다는구나. 그 작은 부인이 병들어 아프고 나서 죽어가니까 그 작은 부인 피붙이인 아들과 딸을 불러서 병원비를 치르게 했단다. 실컷 부려먹고 죽으려 하니 그랬다는구나.

- 청량리 고모도 지독하구나. 언니인 미도 아파트 고모가 몸이 시원찮을 때

한 번은 청량리 고모가 온다고 하더구나. 그 청량리 고모가 사과를 사 왔는데, 굴밤만 하더구나. 하도 알이 작아 며느리 보기 미안하더란다. 그래서 며느리 없을 때 몽땅 경로당으로 가져갔다는구나. 이모라는 것이 먹을 만한 것을 사다 주지 못했다는구나. 그래도 미도 큰고모가 죽을 때 한번 보고 싶어 했는데…. 그렇게 청량리 고모가 핑계를 대고 오지를 않았다는구나. 끝내 보질 못하고 큰고모가 죽었구나. 정란이(미도 고모 막내딸)는 엄마가 맨날 외숙모(우리 엄마)만 있으면 된다고 했다는구나. 그리고 고모가 날마다 나를 보고 싶어 했다는구나. 죽으면서….

- 청량리 고모가 금괴에 돈을 넣어 놓았다는구나. 그렇게 먹지 않고, 쓰지 않고, 오로지 돈만 모아서 금괴에 넣어놓았다는구나. 몸이 먹지 못해서 오그라들었나 보더라. 이제는 치매도 심해서 사람을 알아보지 못한다는구나. 지난해 네가 콘도에 함께 데려가려 했잖나? 몸이 아파서 못 데려갔구나.

- 어느 해 미도 고모네 집에 갔구나. 고모 며느리가 해물탕을 끓인다고 하더구나. 저희들끼리 다 먹고 모두 나가버렸더구나. 그래서 고모랑 나랑 밥을 먹으려고 식당으로 갔구나. 저희들끼리 모두 다 먹고 국물만 남았더구나. 먹을 게 없더구나. 우리는 할 수 없이 경로당으로 갔구나. 거기서 시래기 장을 끓여서 먹었구나. 그것들이(고모네 아들 며느리) 손님이 와도 집안 어른이니 뭐라도 따로 남겨줘야 했건만 그럴 줄을 모르는구나. 저들 입만 생각해서 먹더구나. 고모는 손님이 오면 경로당에서 시래기 장을 끓여 먹이더구나.

나는 생각했다. 왜 그런 일이 일어났을까에 대해서. 그것은 고모의 잘못이 컸다. 당신이 자식을 그렇게 키웠기 때문이다. 고모는 큰

아들을 경기고와 서울대학에 보내려 애썼다. 과외 공부를 많이 시켜서 최고의 교수로 만들었다. 그러나 인성적인 교육은 시키지 못한 것이었다. 무조건 우리 아들, 교수 아들, 최고 아들인 것으로 치부했다. 그에 걸맞게 아들은 부잣집 딸을 얻어서 결혼했고, 고모는 며느리를 아들과 똑같은 사람으로 인정하고 훌륭한 며느리라고 강조했다. 그리고 결국 당신은 대접을 받지 못한 처지가 되고 말았다. 인간으로 성장시키려면 그에 맞는 호통이 있어야 하지 않았을까 생각했다. 잘난 교수인 그 고모의 아들은 그야말로 자기만을 아는 이였다. 오랫동안 그를 고모의 의식대로 서로 교접하며 교류했다. 그는 교만하고, 제멋대로인데다 자기중심적 인물이었다. 남을 배려하는 마음이 조금도 없는, 그래서 상대방이 상처받아 속상하지만 그것을 알지 못하는 답답한 인간이었다. 고모의 죽음 이후로 우리는 멀어졌고, 자연스레 보면 인사하고 안 보면 안 보는 대로 각자 자유롭게 살아가게 되었다. 고모가 있을 때는 어떠한 형태로든 일 년에 한 두어 번씩 만나면서 살았는데.

- 신당동 이모가 그랬구나. 형부(우리 아버지)도 좋았고, 애들(우리 형제들)도 매사 명랑하고 시원하니 무엇이고 다 그렇게 좋다고. 언니는 속 끓일 게 없다고 하더구나. 그런데 끈임이(막내 이모)는 맨날 오만상으로 찌푸리고 상을 안 핀다는구나. 신당동 이모가 제 아들 결혼 날 잡아놓고도 그렇게 얼굴을 찌푸렸다는구나. 그것이 상을 찌그리니 식구들이 맘 편히 밥을 먹을 수나 있겠냐? 밥을 못 먹는구나. 그거라도 조금 사는 거 죽을 먹어도 상을 펴야 마

음 편하게 먹는구나. 내가 끈임이에게 물었구나. "넌 왜 그리 얼굴이 성질나서 있는 얼굴상이냐?"고. 끈임이는 "아닌데? 아녀, 언니." 하더구나. 이제 그런 상으로 굳어져서 얼굴상이 펴지지 않는구나.

- 너네 외할아버지 징그럽게 살았구나. 그때는 우리 시대와는 달랐구나. 외할아버지는 새벽이 되면 농사 지으려고 일꾼들 깨워 일으키려고 엄청 꽥꽥거렸구나. 일거리, 자식 일로 걱정이 많았구나. 나는 할아버지처럼 속 안 썩여. 너도 속 썩이지 마라. 너는 네 인생이고, 나는 내 인생이야. 네 딸도 지 인생이고.

- 상진(둘째 외삼촌)이가 그러더라. 이제 자기 아들을 키워준 장모님이 애쓴 것을 알겠다고. 그때는 그것을 몰랐다고. 정말 장모님이 애 많이 썼다 하더라. 자기가 손자 둘을 보는데 얼마나 힘든지 모른다고. 이놈들이 스위치를 눌러 온 방 불을 켰다 껐다, 다시 켰다 껐다를 반복하면 삼촌이 다칠까 봐 따라다니는데 힘이 든다고. 그놈들이 밖으로 나가자 하면 나가야 되고, 그놈들이 또 "할아버지는 요기. 할머니는 여기. 나는 여기."라고 가리키며 앉으라고 한다는구나. 제 나이가 이제 칠십 중반을 넘어섰는데 힘이 많이 들겠구나. 그래도 벌초할 때 외숙모가 제 손자 먹을 밥을 따로 해왔구나.

- 나는 사람들이 제 씨가 있다고 생각한다.

- 나는(우리 엄마) 대준이네(이웃집 살던 아줌마) 고추를 많이 다듬어 주었구나. 그가 돈을 잘 빌려줘서 고마워서 그랬구나. 그런데 그가 죽었구나. 내가 갈비탕이라도 사주려고 했는데…. 그의 옆집이었던 닭집 아줌마도 죽었구나. 앞집에 석헌이네도 죽었고, 아버지 친구 상옥이네 아줌마도 죽었고. 모두가 죽었구나. 나도 너무 오래 살아서 걱정이 크구나. 징그럽게도 오래 살면 안

되는구나.

- 네 친할아버지가 술을 무척 좋아했다. 할아버지가 술을 좋아해서 장날은 술 태백이가 돼서 돌아오시더구나. 장날이 되면 신이 나서 새하얀 두루마기를 걸치고 장으로 가시더구나. 장에서 술을 먹고 싸움이 벌어졌다는구나. 새하얀 옷이 먹칠이 돼서 돌아오시더구나. 어느 때는 술 먹은 할아버지를 너의 작은아버지가 리어카에 실어왔다. 싸움이 커지면 동생에게 목침을 던져버려 동생이 피투성이가 되더구나. 술을 먹으면 왜 그리 싸워댔는지 알 수가 없구나. 술 많이 먹으면 일찍 죽는구나. 그래서 할아버지 칠십 넘어 바로 죽었구나. 술 안 드시는 외할아버지는 86세까지 살았는데. 그런 외할아버지가 나에게 말하더구나. "나이 먹으면 모두 싫어한다. 그러니 어디고 나가지 말라. 경로당도 나가는 게 아니다. 내 나이를 알고 살아라. 그러면 실수하고 싸울 일이 없다."고 하시더구나.

- 남자가 여자들보다 일찍 죽는구나. 우리 동네(시골 농촌)는 남자가 없고 맨 여자 늙은이만 남았구나.

- 어렸을 때 인영(내 죽은 남자 동생)이랑 너랑 싸웠지. 아버지가 인영이 보고 "나가서 막대기를 해오너라." 하고 시켰다. 인영이가 해온 막대기로 아버지가 인영이를 때렸지. 누나에게 대드냐면서, 그러면 안 되는 것이라면서 종아리를 때렸구나. 그런데 그 막대기가 뚝 부러지면서 애가 기절했다. 그때 아버지가 혼이 났다. 그 뒤에 아버지는 애들을 때리지 못하더구나. 그런데 우리 애들은 크면서 싸우는 일이 없었구나.

- 이제 소꿉친구들을 만날 수가 없구나. 상옥 엄마(아버지 친구의 아내)가 그렇게 죽을지 몰랐구나. 맨날 만나면 시댁 욕을 하고 당신 며느리를 미워했구

나. 그래도 죽어서는 아들, 며느리, 손자만 돈을 주고, 딸들한테는 주지 않았구나. 딸들도 주고 갔어야 하는데. 언젠가 상옥 엄마가 판암동 아파트 9층에 살았을 때, 홍 씨와 석헌이 엄마와 뭣 좀 사가지고 갔구나. 그때 처음으로 상옥이네 집에서 잤구나. 그 다음 영란(막내딸)이와 고기를 사서 가지고 갔구나. 상옥 아줌마가 오랫동안 부엌에 있더구나. 무슨 음식을 푸짐하게 해서 그렇게 오래 걸리는 것인가를 걱정하는데 밥상이 들어왔다. 먹을 게 없더구나. 찍어 먹을 게 된장뿐이더구나. 먹던 된장을 투가리에 데워서 시간이 걸렸던 것이더구나. 된장찌개가 졸아서 짜서 먹을 수가 없었지. 사람도 있고 하니 내가 사간 고기로 음식을 장만하면 될 텐데 아껴서 못했구나. 그가 그렇게 지독하게 산 사람이구나. 이제 함께 잤던 친구들이 모두 죽었구나.

상옥 아줌마 남편은 우리 아버지와 같은 직장에 있었다. 둘이 아주 친한 짝으로 소문이 났다. 아버지가 가는 곳에 아저씨가 있었다. 아버지는 일등 기관사였다. 아버지는 기계과를 졸업해서 기계에 관한 기술자였다. 아저씨가 아버지에게 많이 배웠다. 노는 것도 둘이 함께 했다. 놀음 투전도 둘이 짝을 이루어 기차 시간에 맞추어 즐겼다. 둘이 월급도 많이 탕진했다. 완전히 단짝이었고, 뗄 수 없는 사람들이었다. 어렸을 때의 기억이 났다. 아버지는 하얀 원피스를 사서 내게 입혔고, 새 신을 신고 기관사들이 있는 바로 뒷칸에 나를 앉혔다. 외할머니네 기차역에 도착하자 나를 그 아저씨가 내려주었다. 그래서 이모에게 인계해준 기억이 났다. 아마 아버지가 부탁했을 것이다. 그 기차는 객차가 아니었다. 화물차였고, 그 역에서 쉬면 안 됐다. 아버지와 아저씨의 사인으로 내가 그곳에 도착할 수 있었다. 그렇게 친한 친구였는데 아버지가 너무 일찍 돌아가셨다. 술과 담배를 즐긴 것이 탈이었을 것이다. 59세에 가셨으니 그 아저씨는 삼십 년을 혼자 외롭게 사셨을 것이었다.

– 시골 앞집 할머니가 유원지에서 이사 왔구나. 그 할머니에게 아들 둘이 있구나. 신랑은 청춘 때 죽었구나. 큰아들은 천안 철도회사 다니는구나. 작은 아들은 카메라 만드는 회사에 다닌다는구나. 처음에는 셋이 살다가 방 한 칸씩 얻어서 나가 장가를 갔다는구나. 큰아들이 장가를 가서 손자 낳고 잘 산다는구나. 이 할머니는 간시미 깡통 공장에 다니는구나. 며느리한테 갈 때 준다고 냄비 사고, 그릇 사고, 해서 모아 두는구나. 어느 날 아들이 오라 해서 아들 집으로 갔구나. 그 할머니는 자기가 사 모은 냄비와 그릇을 모두 가져갔구나. 그 귀한 그릇을 며느리가 마루 밑으로 쑥 밀어넣었다는구나. 할머니는 가져간 돈을 큰아들한테 다 주었다는구나. 그 할머니가 가던 날 부터 갑자기 손자가 아프다더구나. 한 달 내내 손자가 아프니까 그 할머니가 그만 아들 집에서 나와버렸구나. 이부자리도 없고 아무것도 없었다고 하는구나. 그래서 우리 집에서 자라고 했다. 그 할머니는 우리 집에서 자고 갔다. 그렇게 간시미 공장을 다니면서 다시 방을 외상으로 얻어서 이불 한 채와 베개를 내가 주었다. 그리고 돈 벌면 새것 사서 쓰라고 했다. 그 할머니 엄청 고생을 많이 했구나. 에이고, 아들 따라가는 게 아닌데…. 아들 다 줘 버리고, 남은 게 없으니 왜 따라갔는지 모른다고. 예쁜 그릇 사서 놓은 것을

다 버려버렸다고 후회하는 것이 여간 안쓰럽지가 않다.

- 아이고, 그년이 미친년(막내딸)이야. 저 발닦이 좋은 거 다 버리고, 또 사고, 또 사고하더구나. 이번에 그년이 버려서 가져온 것도 보들보들하니 면으로 돼서 좋더구나. 그년은 제 입던 옷이나 영문(막내 사위)이 입던 옷들은 다 가져와가 나에게 입히더구나. 그년은 돈 다 써버리는구나. 그년이 돈 번다 해도 지가 다 써버리는구나. 나같이 돈 모으는 사람이 없구나. 그년(막내딸)하고 중국을 가면 사 먹지, 택시 타지… 돈이 남아나질 않는구나. 그년이랑 나랑은 다르구나. 내 배에서 나왔는데 다르더구나. 그년 집에 가면 손가락만 빨아야 되는구나. 그년은 먹던 음식도 모두 버리는구나. 그래야 모든 것이 깨끗하다는구나. 이번에도 그랬구나. 시골에서 내가 지져 먹었던 고등어를 가져왔다(겨울 콘도로 놀러 가기 위해서 막내딸 집으로 모셔옴). 아까워서 가져왔는데 두 번 데우더니 냄새난다고 버리더구나. 아깝더구나.

- 그년(막내딸)은 툭 하면 버리라고 하는구나. 우리 집에 와서도 버리라고 지랄을 떠는구나. 그리고 엄마같이 안 산다면서 나를 야단치는구나. 나도 지지 않는다. 그년 보고 "이년아, 나같이 안 산다면서 너는 왜 나한테 돈을 자주 꿔 가느냐"고 했다. 나같이 살아야 돈이 남는 거라고. 먹고 접은 거 다 먹고 살아봐라. 돈 씨알도 안 남는다고. 지저분한 거 다 버리고 다시 사고, 또다시 사면 돈이 씨알도 안 남는 것이라고. 그년(막내딸)은 지랄도 드럽게 하는구나. 여기 쓸고, 저기 쓸고, 묵은 거 다 버리고, 우리 집에 발닦이도 다섯 개나 갖다 놓았구나. 그래도 내가 쓰기는 잘 쓴다. 그년이 저 쓰던 거, 시누이 쓰던 거, 다 갖다 놓았구나. 시계도 쓰던 거 갖다 놓았구나. 그래서 금방 고장 나고, 또다시 금방 고장 나는구나. 그년 동서가 교회에서 가져온 시계는

경로당에 갖다 놓았구나.

- 끈임이(엄마 막내 동생)가 신랑이 죽었을 때 도장을 받았구나. 그전에 돈을 둘이 나누어 가져서 신랑 것과 끈임이 것으로 나누어 놓았더구나. 그런데 신랑이 죽어서 자기 통장으로 모아 놓았더구나. 돈도 있는데 저 아들이 월급타면 용돈을 받아낸다는구나. 그래서 끈임이에게 그래서는 안 되는 거라고 야단을 쳤구나. 그 아들이 말단 공무원으로 제 식구 먹이기도 바쁜데 무슨 돈을 받아오냐고 야단을 쳤구나. 제 돈도 몇억이나 모였을 건데. 그년이 원체 지독한 년이다. 그래서 내가 그랬구나. 애들 돈 좀 미리 나누어 주라고. 네년도 죽을 거라고.

- 너 딸이(내 막내딸) 그래도 네가 작년에 쫓아내서(시집을 안 가서 쫓아낸 일) 사람이 되었구나. 나가 살아 봐서 철이 들기는 들은 거구나. 그것이 나가 봐서 내 집이 좋은 거를 아는구나. 그래서 사람은 젊어서 고생을 해봐야 하는구나. 후은이(엄마네 손녀딸)가 지네 엄마에게 용돈을 찔끔찔끔 준다고 하는구나. 그것이 불쌍하구나.

우리 어머니는 장하시다. 모든 재산이 다 날아갔었다. 삼십년 전 아들이 암으로 죽을 때 의료보험이 없어서 치료비로 많이 썼다. 그 다음 폐암으로 아버지가 가시면서 퇴직금을 치료비로 썼을 것이다. 그래도 어머니가 하숙을 하고 여인숙을 해서 번 돈으로 애들 학비 내고 집 두 채까지 남겼다. 그것을 둘째 남동생이 사업해서 날려 먹고, 며느리가 날려 먹고, 간신히 한 채가 남았다. 그것을 월세 나오는 아파트로 변경했는데, 몇 년 동안 삼십만 원씩을 잘 받아서 생활비로 썼다. 그러다가 아주 악덕 세입자가 세를 주지 않고 관리비를 내지 않은 채 오랫동안 기거해서, 법적으로 쫓아냈는데 집값이 거의 다 들어가 버렸다. 결국 내가 책임지고 매달 삼십만 원씩 생활비를 드렸다. 그 돈을 수십 년 모아서 일억을 모았다. 정말 기가 찰 일이었다. 한 푼도 안 쓰고 돈 모으는데 자기를 희생했던 것이다. 그래서 막내딸이 물건을 너무 버린다고 욕했던 것이다.

- 영문이(막내 사위)가 집을 팔자고 난리를 쳐서 통장을 못 보여준다고 하는구나. 영란이(막내딸)가 영문이보다 억세. 야, 사람들이 영란이 보고 어떻게 그렇게 활달하게 잘 컸냐고 하더구나. 앞집 이장이 만든 단북장(청국장)도 고것이 30개를 팔아줬다는구나. 고것이 다 팔아줬단다. 우선 만든 것 다 팔아줘서 좋구나.

- 우리 큰 사위(내 남편)가 훌륭하니까 작은 사위 영문이가 뻐팅기지 않고 잘 따라와 줘서 고맙구나. 짐순이(넷째 이모)가 속으로 이모저모를 확인해보니까 둘째 사위도 두말없이 따라다니고, 모두 편하게 해주는 것이야. 그래서 짐순이가 언니는 사위들을 제일로 잘 얻었다고 하는구나. 짐순이 사위들은 잔치 때나 무슨 일 때도 보지를 못 했구나. 저들 처갓집 잔치에서도 보질 못 했구나.

- 이번에 성묘 때 동생들과 조카들한테 돈을 받아서 돈이 많아졌구나. 영기(큰 외삼촌의 큰아들)가 와서 물려받은 밭을 내가 농사 지을 사람과 연결해 주었더니 고맙다고 20만 원 주고 가더구나. 말하자면 소개비를 받은 거구나. 고것들 어미(큰외삼촌 부인)는 소개해줘도 평생 돈 한 푼이 안 주더구나. 모두

저 잘나서 되는 줄 알더구나. 영기가 벌초할 때 다시 5만 원 주고 가더구나. 벌초 때 갑진이(엄마 막내 남동생)가 10만 원 주고 가고. 상진이(엄마 둘째 남동생) 아들들이 5만 원씩, 영각이(엄마네 사촌 동생 아들)도 대학 다닐 때 밥 해줬다고 돈 5만 원과 우유팩을 한 아름 사 왔구나. 지들이 알아서 주었구나. 그래서 내가 추석에 30만 원을 벌었구나. 소개비까지 하면 50만 원이 되는구나. 그 돈 다 쓰기 전에 상진이 손자들 2만 원씩 주었구나. 다른 애기들한테도 2만 원씩 돌렸구나. 미자가(큰외삼촌 딸) 포도 사서 냉장고에 넣어두었구나. 상진이가 어죽 사 먹으라고 3만 원 주고 가는구나. 다른 누나나 친척들은 갑진이가 짜다고 욕하는구나. 그런데 나는 일절 말 안 했다. 나한테는 솔직히 한다고 하는구나. 그래서 갑진이 욕을 못 하는구나.

- 너는 항상 집에 오는 사람들을 편하게 해라. 그래야 집에 복이 온다. 우리 할미(엄마의 친할머니, 나의 외증조모)가 우리 집 오는 사람들에게 항상 밥을 주고 했구나. 지나가는 거지도 불러서 물 한 모금씩이라도 먹여서 보냈구나. 먹을 게 원체 없으니까 밥 먹을 때 숟가락 하나만 더 놓으면 된다고 했구나. 그 할매가 화롯불에 지나가는 거지들 옷에 붙은 이를 다 잡아주었구나. 그래서 우리가 잘 산다고 말하더구나.

- 끈임이(막내 이모)가 만나면 툴툴대서 뭐라 했다. 너는 어째 사람을 만나면 인사도 없이 툴툴거리냐고. 고것이 자기는 안 그런다고 하는구나. 그런 것도 버릇이 되어 그렇게 되는 것이구나. 그래서 그랬구나. 영란이(막내딸) 같이 맨날 웃고 시끄럽게 크게 웃어보라고. 그것도 습관이라고. 고것이 깜짝 놀라며, 아무래도 그런 것 같다고 하더구나.

- 고것이(막내딸) 억세고 시원찮은 수건을 시골로 모두 다 가지고 왔구나. 좋으

113

나 싫으나 모두 다 버리면 어쩌냐고 했다.

- 시방 약을 먹으면 안 되겠구나. 약을 먹으면 한참을 안 아파야 되는데, 그게 아니구나. 서울 네 집만 오면 더 아프구나. 더 아파 죽겠구나. 네가 있어서 의지가 되니 더 아프구나. 내가 의지를 안 하려고 하는데도 의지를 하게 되는구나. 그리고 유독 다리가 아프구나. 나는 빨리 설을 쇠면 시골집으로 내려가야겠구나. 이렇게 따뜻하고 편하고 좋지만, 다리는 더 아프고 머리골도 더 아프구나. 혼자 고독하게 있으면 나 혼자 이기려고 애쓰니까 다리가 덜 아픈가 보구나.

- 가난한 사람들이 공부는 더 잘하는구나. 땅 몽땅 팔아서 딸의 집으로 간 영자 씨는 일억이천을 가져갔다는구나. 그 집 손자들이 하나는 연대 다니고, 다른 하나도 좋은 대학 다니는데 모두 장학생이라는구나. 애들이 그렇게 공부를 잘한다는구나. 그런데 그 딸한테 가져간 돈을 하나도 못 받아서 돈을 구경을 못 한다는구나. 딸이 한 밥이 너무 되서 먹을 수가 없다는구나. 그래서 밥을 따로 해 먹는다는구나. 구석쟁이 방에서 혼자 해 먹는 밥이 어떻겠는가? 반찬이 있어 뭐가 있어? 영자 씨가 불쌍하구나. 여기서 편히 살지, 돈 가지고 왜 딸네로 갔을까.

- 내가 이만하면 되는구나. 이만치 살기가 어렵구나. 내가 돈을 실컷 만져봤구나. 일억을 모아서 만져봤으면 되었구나. 나는 이것이 행복인 줄 안다. 대학 들어간 손자들 모두에게 백만 원씩을 주었구나. 내가 아파트 살았으면 하나도 못 모았을 것이다. 영각이 엄마(엄마 사촌 동생 올케)가 연금 70만 원에 아들과 딸이 부쳐주는 용돈 해서 월 100만 원을 받는다더구나. 그런데 그 돈을 한 달에 다 쓰고 남는 게 없다는구나. 영각이 엄마가 두통약, 다리 아

플 때 먹는 약을 사 왔다. 그가 내게 용돈을 주는구나. 나도 돈이 있는데 그 것을 받으면 안 돼서 용돈을 받지 않았다.

- 에이 징글징글하게도 약밥이 사 먹고 싶더라구나. 읍내 병원에 갔다가 떡집에 들러 약밥과 인절미를 샀다. 다리가 아파서 간신히 떡집을 들러 샀지. 손에 들고 택시를 불러 탔다. 집에 와서 택시에서 내렸는데, 지팡이와 약봉지만 챙겼구나. 먹고 싶었던 떡이 든 봉지는 택시에 두고 내렸구나. 얼마나 서운한지 모르겠다. 오후 늦게 택시 기사가 전화로 떡 봉지 이야기를 하더구나. 그래서 기사 아저씨 먹으라 했다. 먹고 싶은 것 다 먹고 살 수 없는 것이구나.

- 먹고 탁 죽는 약이 있으면 좋겠구나. 호영(당신 아들)네 애들은 공부시켰으니 지들 알아서 시집갈 거고. 늙은 내가 나서는 것도 얼마나 우습겠니. 나를 지들이 모시고 갈 거고, 거북하게 늙은이를 앞세우는 것도 꼴사납고. 사람들이 다 그런 거구나. 모두 다 알아서, 저들이 잘 살면 되는 거구나. 우리 아들, 딸들 그만하면 되는 거구나. 이제 다 웬만치 기반을 잡아서 괜찮구나.

- 황영문(막내 사위)이가 얌전한데 고것(막내딸)이 억세구나. 돌아다니니까 억세지더구나. 나는 이제 죽으러 갈 데밖에 없구나. 내 딸(당신 큰딸)만한 이를 본 적이 없구나. 미도 고모 부르고 싶다 하면, 불러서 콘도 데리고 갔지. 그리고 그 해 미도 고모가 죽었구나. 청량리 고모가 보고 싶다 하니 또 불러서 콘도에 함께 데리고 가려 했지.

- 네가 삼십 년 전에 반포 아파트에 살 때 너는 전세를 살았지. 그때 네가 나에게 조그만 아파트를 전세 끼고 700만 원이면 살 수 있다고 사보라고 했다. 내가 이사 올 일도 없고 아버지도 죽었고, 내가 그것을 왜 사냐고 했지. 내가 얼마나 산다고. 곧 죽을 거라 했다. 그런데 내가 삼십 년을 더 살았구나.

- 반포동에 살 때 진현이가 막 학교를 입학했다. 네가 고기를 사주면서 애들이랑 고기를 구워 먹으라 했지. 그리고 진현이가 잘못하면 때려주라고 했다. 너는 학교 간다고 바빴다. 그때 나는 혼자 몸뚱이만 있어 오라 하면 오고, 가라 하면 갔구나.

- 돈이 있는데도 돈이 없다고 하면 이 집구석에서 돈이 도망을 간다는구나. 마음을 바로 써야 하는구나. 욕심을 부리면 안 되는구나. 내 형제(외가 형제)가 팔남매가 되다 보니 살기가 팍팍 했다. 동생들 뒤치다꺼리로 바빴지. 모두 우리 집에서 학교를 다녔으니까. 그런데 네 아버지가 노름을 좋아했다. 직장 사람들을 만나면 심심하다면서 노름을 하더구나. 월급 때가 되면 판이 커지더구나. 객차 시간이 남으면 심심풀이 노름이 또 커지더구나. 철도청 다니는 사람들이 모두 다 노름을 하더구나. 네 아버지가 하도 노름을 해서 내가 도망을 갔지. 저기 금산사 올뚜기(우리 집에 셋방 사는 사람) 집으로 도망을 갔다. 노름판이 아주 심하고 남자들이 눈이 뒤집힐 때가 있더구나. 아버지 친구인 김강섭이란 사람이 있었는데, 노름에 빠진 아버지를 아들이 찾아다니다가 아버지 앞에서 약을 먹고 자살을 했다더구나. 그 아들이 고등학교에 다니고 있었는데 그만 죽었지. 그 뒤에 그 김 씨는 노름을 안 했다는구나.

- 우리 옆집에 사는 백헌이 아저씨는 노름을 안 했다. 그래도 가난해서 보리밥으로 연명했지. 그 집 아줌마도 이제 죽었구나. 나랑 친하고 마음이 맞았는데. 그 아줌마가 큰며느리 얻어서 마음고생을 많이 했구다. 그 아줌마는 며느리에게 말을 안 하더구나. 그 아줌마 손자가 둘이고 대학도 모두 나왔는데, 하나도 여위지를 못했구나. 그 며느리가 살림을 못 한다고 그 아줌마

가 한탄을 했지. 그 며느리는 조금 먹다가 날짜가 지났다고 음식을 전부 버린다더구나. 버리기 전에 냉동실에 넣던지 하면 되는 것을. 그 아들이 진해 장교로 살았다. 그 아줌마가 며느리 집으로 가서 보면 너무 헐헐하게 살아서 저축이 안되는 것 같더란다. 퇴직하면 뭘 먹고 살까 했다는구나. 결국 지금 그 며느리가 수건 공장 다니면서 먹고 살고 있다는구나. 그 아줌마는 집세 받는 게 있어서 걱정을 안 했구나. 그런데 그 아줌마는 아픈 곳을 수술을 했단다. 다리 아파서 다리 수술, 팔이 아파서 팔 수술. 자기 돈이 있으니 여기저기 수술하다가 죽었구나. 그 아줌마 둘째 아들이 수도 공사 다녔는데, 이제는 빗자루 장사하고 산다는구나. 수명이 기니까. 그 집 딸들이 잘 안 되는구나. 둘째 딸이 은행을 다녀서 용돈도 많이 주었는데, 시집가서 그만 식물인간이 되었다는구나. 공부도 잘했는데. 누가 와도 모른다는구나. 그 집 큰딸은 시집가서 애기를 못 낳는다더구나. 그래서 딸을 얻어다 키웠단다. 그런데 그 딸이 속을 썩였고, 속 썩이다가 죽었다고 한다. 그 아줌마는 며느리가 살림을 거꾸로 한다고 했다. 진해서 장교로 제대할 것을 생각하면 돈을 알뜰히 모았어야 한다고 걱정했지.

- 돈을 모으는 것이 쉬운 일이 아니구나. 공부도 어렵지만 돈 모으는 것도 공부하는 것마냥 힘이 드는구나. 돈 모으는 것도 씨가 있는 것 같다. 밭과 씨가 좋아야 농사가 잘 되잖냐? 내 생각에 외할머니 씨가 그렇다. 징그럽게 돈을 안 쓰고 모아놓는 씨 같구나. 돈만 모았지 외할아버지를 위해 돈을 쓰질 않았다. 장에 갔다 배고파도 밥을 못 사 먹고 죽었다. 외할아버지가. 지갑에 돈은 두둑하게 있는데 말이다. 나중에 사기꾼에게 빼앗기고, 무슨 활명수 얻어먹고 잠들어서 돈과 금반지를 다 빼앗겼다는구나.

- 끈임이(막내 이모)가 잔치를 한다는구나. 그 징그러운 년이 잔치를 한다는 게 있을 수 없는 일이구나. 언니가 죽으면 못하니까 빨리해야 한다는구나. 너한테 신세를 많이 져서 잔치를 한다는구나. 그래서 내가 그랬다. 날이 따뜻해지면 그 애가 골프 치고 할 일이 많아서 바쁘다고. 내가 너(큰딸)의 시간을 맞춰야 한다고 했다.

어느 해, 나는 어머니가 나이가 들어서 죽을 수 있겠다고 생각했다. 나도 인생의 전환점이 왔을 때였고, 인생을 정리해야 하는 시기라 생각했다. 그해 엄마에게 물었다. 팔순도 되고 이제 만나고 싶은 사람들을 만나서 밥이라도 먹으면 좋겠다고. 엄마가 만나고 싶은 사람이 누구인가를 물었다. 그러자 엄마는 당신의 남은 형제들이라 했다. 그 후 나는 엄마의 형제 모두를 콘도로 초청했다. 그곳에서 1박 2일 잔치를 했다. 시골 사람들이 서울로 집합했다. 동생 가족을 비롯해 온 사람들을 모두 차 3대에 옮겨 태워서 홍천 콘도로 갔다. 가는 길에는 점심을 사서 먹고, 가서는 저녁으로 불고기를 먹었다. 떡 한 말 하고, 과일 한 박스 하고, 불고기를 재웠고, 밑반찬과 밥을 했다. 사람이 많으니 신문을 깔고 밥을 먹었다. 외갓집 식구가 모처럼 만에 모두 모였다. 모두 즐거워했다. 이모, 외삼촌, 외숙모, 사촌네 외숙모까지. 돌아가셔서 참가 못 한 이모부가 많았다. 큰외삼촌도 죽었다. 참가한 사람들은 밤새워 이야기했다. 한 이야기, 오래된 이야기를 밤을 새워가며 했다. 그들 중 특히 이모끼리는 만나지를 못했다. 만나면 돈이 들어서. 돈이 아까워서. 형제간에 친숙한 사람도 있지만 그렇지 못한 사람도 있었다. 그래도 그때는 좋은 만남이 되었다. 그 후 서너 번 더 만남을 지속했다. 그리고 외국 여행도 두 번이나 단체로 갔다. 그렇게 가족 단결이 되었다. 그 후 둘째 외삼촌 칠순 잔치를 1박 2일로 일정을 잡아 맛있는 거 찾아 먹으며 즐겁게 보냈다. 어찌하다 보니 이별 잔치는 우리 어머니 88세까지 하게 되었다. 그 사이 넷째 이모가 한번 호텔을 잡아 1박 2일 거하게 냈던 것이 자극이 되어 끈임이 이모가 올해 자기도 내겠다고 한 것이다.

- 언젠가 우리 모임 때 싸움이 벌어졌구나. 끈임이와 사촌인 영각이 엄마(엄마 네 사촌 올케)가 싸움을 해대는구나. 끈임이가 제 아들 결혼식 때 영각이 엄 마가 안 왔다고 난리를 치는구나. 영각이 엄마는 가서 그 집에서 잤다고 난 리를 치고. 끈임이가 그럼 왜 부조 돈이 없는가를 묻고, 영각이 엄마는 모르 고 건너편 신부에게 냈다는구나. 그걸 가지고 둘은 만나면 싸웠구나. 둘 다 징그럽게 싸우는구나. 나중에는 내가 혼냈구나.

영각이 엄마는 사실 사연이 복잡했다. 엄마가 고모 집에 가면 처 녀로 사촌이 와 있었다. 집이 가난하여, 입을 줄이기 위해 도시 작 은아버지네 집에서 살림을 거들어주며 함께 살았다. 그때 우리 엄마 가 당신 시골에 사는 가난한 사촌 동생을 소개해서 결혼을 시켰다. 결국 우리 엄마가 영각이 엄마를 데리고 들어온 격이 되었다. 가난 한 사촌 동생을 우리 아버지가 철도국 허드렛일하는데 취직을 시켰 다. 그 후 정식 공무원이 되어 그의 아들 영각이를 대학, 대학원까지 보냈다. 한창 애들이 커갈 때 영각이 엄마가 바람이 났다. 시골에서는 모두가 알아챘다. 친척들은 손가락질을 했다.

- 다시 옛날을 생각해서 엄마가 혼냈다. 어쩌? 사촌 시누이들이 바람난 것을 다 알아도 아무도 말 못 했어. 애들 낳고, 그대로 나가버리면 어쩔까 했지. 그동안 어떻게 바람피우면서 잘 넘어갔으니. 이제 남편이 죽었응게. 애들도 다 잘 살고. 그래서 "네가 나가서 살든, 들어와서 살든, 내 상관할 것 없어. 이젠 나가버려도 걱정이 없구나. 내가 사촌이라고 서로 결혼시켜 가지고 여기까지 살면 됐구나. 그런데 이것들이 사촌이 되가지고 서로 싸우면 되겠냐? 그것도 시누이하고." 그렇게 야단을 쳤구나.
- 일이 생겨 시골에 모이면 그 아들인 영각이가 우유니, 두유니 사 오고, 꼭 용돈을 주고 가는구나. 그러면 따라온 제 어미가 아들 보고 잘한다고 하는구나.
- 묘지를 깎으려면 돈을 걷어야 하는구나. 뫼가 원체 많구나. 외갓집 묘가. 외삼촌들이 종갓집이라 묘가 더 많구나. 그 동네 가까운 아저씨가 있는데, 자기가 5대가 되어 시사로 올렸구나. 그런데 그 아저씨가 시사를 내놓고 못한다고 하는구나. 그래서 내가 그 아저씨에게 욕을 해댔구나. 그 아저씨와 내가 6촌 간이지. 그 동네에서 나는 양철 집 큰딸로 통한다. 누군가 가서 말했구나. 양철집 큰딸이 말하길, 자기 대에서는 시사를 이제까지 지냈으니, 자기가 죽을 때까지는 해야 옳은 것이라고. 이랬다저랬다 하는 것은 옳지 않은 것이라고. 큰동생과 큰 올케가 다 죽었다고 이 집안이 다 죽은 줄 아느냐고. 내가 얘기해 놓으라고 했다. 그런 인간은 한바탕 혼구녕을 내줘야 한

다고 했구나.

- 이제 제사도 모두 내놓고 하는구나. 그렇잖으면 조카들에게 다 넘기고자 하는구나. 모두를 시사로 올려 가는구나. 외할아버지 외할머니 그거 하나인데, 하다가 모두 그만두는 거야.

- 계순이(아버지 사촌 동생, 엄마의 사촌 시누이) 올케언니(계순이 큰오빠 부인)가 고생이 많았구나. 그 올케가 시부모 뼈아프게 모셨구나. 그 작은 어머니(계순이 엄마)가 성격이 엄청 까탈스럽구나. 그 아줌마(올케)가 어디를 못 나섰구나. 그 아줌마가 나서기 전에 노인들이 나서서 잔치집을 못 가봤구나. 그 아줌마 어려서 부모가 일찍 죽어서 고생을 많이 했구나. 그 아줌마 오빠가 여관을 했는데, 노다지 여관 빨래만 하다가 시집을 왔구나. 결혼해서 시동생, 시누이 뒤치다꺼리만 했구나. 그 후 죽을 때까지 시어머니, 시아버지 뒤치다꺼리했는데, 이제 늘그막이 살려 하니 남편이 치매에 걸려서 죽을 때까지 뒤치다꺼리하며 죽겠구나. 아이고, 그 올케 불쌍해 죽겠구나. 그러니까 사람이 어려서 호강해야 시집가서도 호강한다는 말이 딱 맞구나.

- 계순 할머니네가 옥천에 살 때구나. 그때 한강 맨션 할머니(아버지 당숙네)가 죽었구나. 그때 한강 맨션 아줌마(당숙네 큰 며느리)와 계순 올케언니가 함께 옥천으로 왔구나. 며느리들이 모두 죽은 할머니네로 가서 일을 도우려고 떠나려 했구나. 그때 계순이 엄마가 "이것들아, 죽은데 가지 말고 오이즙 좀 해 놓고 가거라."라고 소리를 치더구나. 나는 그때 그 작은엄마 꼬라지도 보기 싫더구나. 어찌 죽음 앞에서 자기 먹을 것을 챙기느냐 말이다. 결국 그 아줌마가 오이즙을 해놓고 갔느니라. 거기서 일하면서도 수시로 와서 오이즙을 매번 챙겼느니라. 죽은 당숙 어른보다 자기 먼저 챙기라는 말이 나는

듣기 싫더구나.

- 계순이 어머니가 솜씨 좋고 일을 잘하는데 까탈스럽구나. 우리 할머니(아버지 새엄마)랑 둘이 제일로 그렇구나. 바느질 솜씨도 좋고, 떡도 잘하고, 매사 일을 잘하는 거나, 그래서 목소리도 크고, 일 못 하면 떵떵거리며 며느리에게 호통을 치는구나.

- 인생이 짧구나. 너네도 살날이 많지 않구나. 돈 있는 거 쓰면서 살아야 하는구나. 정년퇴직을 해서 그래도 걱정이 되는구나.

- 승현이가 맨날 울었다는구나. 네가 시집을 안 간다고 쫓아낸 것에 마음의 상처를 받았나 보구나. 저녁마다 울어서 동생으로서 할 말이 없었다는구나. 그렇게 안하무인으로 하는 행동이 부드러워질 거라는구나. 술 먹고 그렇게 자주 울었다는구나. 지가 고생을 해봐야 부모 중한 것을 알지. 이제 학원 선생도 잘한다는구나.

나는 내 딸을 작년 일 년간 집 밖으로 내보냈다. 딸이 말하길 내쫓긴 것이라고. 직장도 없었다. 36년간을 빈둥빈둥 놀면서 하루 종일 TV만 보고 거실에서 누워 있었다. 처음 대학을 졸업해서는 취직을 위해 시험공부도 했고, 어쩌다 허접한 일에 합격을 하면 다니다가 말았다. 그렇게 몇 번 하다 그만두었다. 그래서 시집을 보내려 애썼다. 남자들은 커리어 우먼을 찾았고, 우리 딸은 그런 남자를 입으로 박살 냈다. 연애도 안 하고, 선을 보면 상대인 남자를 공격했다. 그런 세월이 십 년이 넘었다. 이제 거실 소파와 딸이 철썩 붙어서 TV 중독자로 변했다. 나는 그 애를 보면 속에서 천불이 났다. 거기에 퇴직한 아빠랑 짝짜꿍이 맞아 저녁마다 술과 이바구로 날을 지샜다. 나는 그 둘이 미웠다. 딸아이는 손 하나 까딱 안 했다. 빨래, 청소, 음식 등…. 딸은 그냥 집에 기거하는 왕 손님일 뿐이었다. 어느 날 이것은 아니라고. 무슨 일을 해야 했다. 북경대학을 졸업한 조카가 취직을 해서 한국으로 왔다. 동생들과 작당을 해서 방 한 칸을 얻어서 내보내기로 작정했다. 나는 그때 보증금 천에 월세 66만 원짜리 원룸으로 작은딸을 내보냈다. 그때를 두고 어머니는 당신 손자와 통화하면서 언니에 대해 말하는 것이었다.

- 언니보고 술 어지간히 먹으라고 했다. 많이 먹지 말라고. 함께 술 먹으면서 언니를 달래라고 했다. 사람이 실수를 하면 안 된다고 했다. 그래도 네가 고놈(내 딸)을 내보냈더니 직장을 잡았구나. 여기저기 알아보고, 몇 번의 시행착오를 가져서 이제는 학원 수학 선생으로 자리 잡았구나. 고것이 애들(큰딸의 애기)과 잘 놀더구나. 그래서인지 학원에서도 애들이 잘 따라서 인기가 좋다는구나. 너 아주 잘했다. 딸을 내보낸 것은 아주 잘했어. 돈을 벌어야 방세를 내니까 어쩔 거야. 취직을 해야지.
- 영인이(큰외숙모 막내아들)가 주유소 10년을 아주 착실히 다녀서 주유소 사장이 청주에 새로 주유소를 만들어서 월급쟁이 사장을 시켜줬다. 이번에 그 애가 왔구나. 저번에 지 엄마가 죽어서인지 추레하더구나. 힘이 빠져있더라. 그렇게 어미의 그늘이 큰 것이구나.
- 계순이 고모(아버지 사촌 동생)네 어머니가 손이 커서 돈 모아놓은 것이 없어 식구들이 고생했구나. 너네 할머니(아버지 새엄마)는 부잣집 딸인데도 짜고

돈을 아꼈다. 계순이 아버지가 형무소 부장으로 계셨지. 돈(월급)도 솔찬히 받았을 텐데, 그런데 그 할머니가 돈을 못 모으더구나. 해 먹는 걸 잘 해 먹더구나. 그때는 먹는 것도 줄여야 돈이 모이는 시대였다. 어느 날 땅(마당)이 넓어서 할아버지가 땅에 심은 배추를 뜯어다 먹으라 했다. 그때 나는 이제 막 결혼한 사람이라서 아무것도 모르는 사람이었지. 그래서 배추를 뜯어다가 먹었다. 그런데 그 작은 어머니가 나를 야단치더구나. 배추를 잘못 솎아서 먹었다고. 얼마나 혼을 내는지 정신이 없더구나. 그 할머니가 얼마나 꼼꼼하고, 세밀한지…. 다시는 그 배추를 뜯어다가 먹지 않았다.

- 너랑 얘기하니까 재미있구나. 텔레비전이랑 얘기하고 싶지가 않구나. 텔레비전을 안 보아도 되는구나. 너랑 얘기하려니까 텔레비전이 안 보인다니까? 너랑 얘기하고 싶어서. 너 테니스 안 치러 가냐? 너 나가면 나도 너네 아파트 복도 다섯 바퀴 돌고 오련다.

- 엄마 열쇠는?

- 여기 있지. 호주머니에 넣고 다니지. 내가 잘 단속하지 열쇠는.

- 아이고, 인제 속 썩이고 살 수가 없구나. 너도 살살 속 풀면서 살아라.

- 내가 낳아도 너를 참 잘 낳았구나. 너를 어렸을 때 잃어버렸으면 어떻게 했을꼬? 지금 생각하면 끔찍하구나. 나는 너를 찾았으니 망정이지. 옆집 아줌마 딸이 네 동갑네기인데 누가 데려가서 영영 잃어버렸구나. 언젠가 네 딸 진현이도 네가 대학원 다닐 때 잃어버렸잖냐. 고것이 할아버지 이름을 알아서 찾아왔지. 요즘은 애기들한테 모든 것을 다 가르쳐주어야 해.

- 엄마 목욕해야지요?

- 아니다. 큰 년들(당신 친 손녀딸) 오면 목욕하지 뭐.

- 네 방은 내가 올 때마다 책이 더 많아지는구나. 너는 아는 게 많아서 좋겠다. 아이고, 이렇게 깨알 같은 걸 어떻게 읽는다는 거여? 너는 늙어도 공부하는 게 신기하구나. 이제 진력날 때도 됐구만.
- 엄마, 농사 짓던 사람들도 진력이 나지만, 늙어서는 소일거리라면서 재미있어하잖아? 나도 그런 거여. 평생 책을 봤으니까 책이 재미있는 거라구. 그냥 할 일 없이 눈만 껌벅이는 거보다 나은 것이지.
- 그렇겠고만. 거시기 한강 맨션 아줌마(당숙)네도 두 내외가 다 아프잖아. 그 서방님이 그래도 잊지 않는구나. 그 서방님한테 부탁해서 그때 돈 150만 원 들여서 부탁해가지고 고것(막내딸)을 취직시킨 것이잖아. 지방대 나와서는 그때도 취직할 곳이 없었어. 도서관 관련 학과 나왔다 해서 서대문 도서관에 그 서방님이 말해주어 간신히 취직한 것이지. 얼마나 고맙던지, 그 서방님 양복 한 벌 비싼 거로 한 벌 해주었다. 그리고 다시 다른 시동생(사촌 시동생)한테 얘기해서 시집 간 거잖아. 그때도 나이가 서른을 훌쩍 넘어서 걱정했구나. 아버지도 죽었지, 못 여읠까봐 걱정이 많았다. 팔자가 있는가 벼. 늦게까지 시집 못 갔는데 가서 잘 사는 거 보면. 사위도 착하고. 그만치 살면 되는 거야. 더 욕심부리면 안 되는 거야.
- 예전에는 아들, 아들 했지만, 아들 있는 놈이나 딸만 있는 놈이나 모두 똑같아.
- 우리 승현이(내 막내딸)도 얼른 시집보내야 하는데…. 어느 신기 있는 아줌마가 그 애 테니스 열심히 치게 하래. 그곳에 남자가 있다고. 그리고 잘 살 거래. 요즘은 학원 수학 선생이 인기가 있다고.
- 이제 고놈(승현)이 제자리를 잡았어. 40세 전에만 가면 된다. 수학 선생 알

아준다 하더라. 좋다더구나. 취직 아주 잘 했다. 경력이 쌓이면 더 좋을 거고. 아이고, 잘 했구나. 잘 했어. 나가서 직장 얻고 마음 다스릴 줄 알게 되고. 우리 딸이 머리가 좋기는 좋아. 고걸(승현) 내보냈으니. 나가야 경험을 얻는 거야. 집에서 호강만 하면 안 되는 거야. 시골 사람들이, 아줌마는 보고 느낀 것이 많아서 배운 사람보다 더 잘 안다고 하는구나. 말 한마디 한마디가 다 옳은 소리라고. 대통령도 호강만 해서 아무것도 모른다잖아. 나가서 경험을 해봐야 사람이 되는 거여. 고생한 사람은 어디가 달라도 다른 거여. 네 딸이 이것은 대근해서 안 하고, 저것은 힘들어서 못 하고… 맨날 탓만 하지 안 하는 거야 고것들이. 그러면 안 되는 건데…. 무조건 다 해봐야 하는 거여. 그러려면 집에서 내쫓을 수밖에 없는 거야. 내 딸이 그것을 잘했구나.

- 영란이(막내딸)가 황영문(사위)에게 뭣 좀 해달라고 하면 해주는구나. 그래서 사위에게 고맙구나. 내가 뭣이든 지팡이를 짚고 어디든 간다는 게 어렵구나. 내가 못해도 나를 누구든 잡아가지는 못할 겨. 늙은이 잡아가야 써먹을 데가 없으니까. 거시기(농협 직원)가 노랑 연금 6만 원 나왔다고 하는구먼. 농협이 나 안 줘도 된다고 했다네? 젊은이 세금 까먹으면서 늙은이 보태주는 거 싫다고. 그런데도 5만 원씩 자동이체해놓았다고 하는구나. 고맙다고 했다. 다시 온 농협 직원에게 오랜만에 나왔다고 인사했구나. 그랬더니 그 직원이 애들 키우느라고, 애가 5학년이 되었다고 하는구나. 자동 납부된 돈이 10만 원이 되어서 병원비하고, 나이 먹은 사람들은 새로 무엇을 신청하면 세금과 병원비를 깎아준다고 하는구나.

- 청량리 고모가 오빠(우리 아버지)에게 끔찍하게 잘 했구나. 고모부는 아버지를 자기네 회사(건설회사)에 월급이 훨씬 많다고 하며 데려가려 했구나. 힘도

쓰고 애도 많이 썼구나. 그런데 아버지가 고집이 세서 안 갔구나. 아버지가 폐암으로 고생할 때 둥그런 포롱환 같은 약을 사 왔구나. 한 알에 100만 원이 넘는다고 했지. 하지만 그 비싼 약을 외국에서 사다 주었는데도 아버지는 죽었구나. 폐암이라 나을 병이 아니구나. 멀쩡해도 폐암은 죽는다는구나.

- 늙으면, 몸에서 찬 바람이 난데이.

- 아버지 아플 때 암만 돈이 없어도 네 아버지 산삼은 사서 먹였다. 가격이 150만 원 하더구나. 그때가 삼십 년 전이었으니 지금 돈으로 1,500만원은 했을 거다. 아는 아저씨가 얘기했는데, 산속에서 직접 캐는 산중 아저씨더구나. 만약 시장으로 나왔으면 속았겠지만, 산 사람이 캤으니까 속지는 않겠다 했다. 아버지는 이러니저러니 죽을 사람이니까 모든 것을 해줬구나. 모든 것을 다 해보고 죽는 것이 나도 그렇고, 아버지도 한이 없게 했구나.

- 인영이(내 동생)가 허탈하게 빨리 죽었구나. 그 후로 아버지가 죽을 때는 모든 돈이 들어도 모든 것을 다 해보고 죽어야 한다고 생각했다. 네 아버지 죽은 지가 삼십 년이 넘었구나. 그 사이 나는 돈 일억을 현찰로 모아봤고, 이렇게 좋은 세상 안 가본 데가 없구나. 네가 유럽, 동남아, 미국까지 안 가본 데가 없구나. 이렇게 좋은 세상을 오래 살았구나. 이제 더 좋은 세상을 바라면 안 되는구나.

- 내가 어디를 간다하면 잠이 안 오는구나. 조마조마해서 그렇구나.

- 엄마 그게 좋은 거야. 애들이 소풍 가게 되면 잠이 안 오잖아.

- 네 아버지가 너희들 데리고 잘 놀았어. 동물원에도 데려가고, 물에도 데려가고. 이것저것 맛있는 것도 사 먹이고.

- 왜 엄마는 안 갔어?

- 장사하니까 못 갔지. 아버지는 데려가고, 놀러 가고, 바람 쐬려고 했지. 내가 아버지보고 애들 데리고 다녀오라 했다. 아버지랑은 계에서 떡 해가지고 놀러 가곤 했다. 내 집에서 할 때는 잔치를 많이 했지. 세를 내서 하면 돈이 많이 드니까. 내 집에서 하면 음식만 장만하면 되었지. 옆집 아버지 친구 석헌이네는 돈이 없었다. 맨날. 그래서 술 한 잔을 못 샀구나. 상옥이 아버지(아버지 친구네)는 술을 잘 샀다. 돈을 쓸 줄 알았던 거지. 아버지 제사 때 고기 사고, 정종 사고 해서 왔다. 첫 제사에 와서 참석했지. 고맙더구나. 항상 친형제처럼 둘은 지냈지. 아버지가 죽고 혼자 오래 쓸쓸히 살았다. 게다가 삼십 년을 친구 없이 살아서 외로웠을 게다.

- 상옥이 엄마(아버지 친구네)가 애들이 어렸을 때, 아저씨 새엄마인 서모를 얻었구나. 그 시어머니에게 자식을 얻었는데, 그 후 그 시어머니가 죽었다. 그 결과 삼촌이 둘이나 되었지. 그 시댁 집에 집과 땅이 남겨졌구나. 상옥 엄마가 맏아들인데 두 삼촌들에게 재산을 좀 나눠줘야 하는데, 나누어주질 않는구나.

- 석헌이 집(아버지 친구 집)도 지금 그 아저씨가 남겨준 재산으로 석헌이가 사는구나. 애초에 젊어서 돈 좀 모았어야 했구나. 석헌이 자식들이 모두 대학을 나왔는데, 못 여위었구나. 하나도 못 여위었구나. 그 애들이 너무 뚱뚱하구나. 그래서 못 갔구나. 며칠 살 뺀다고 밥을 먹지 않는다는구나. 그러다가 다음날 배 고프다고 삼겹살을 몇 근씩 먹는다는구나. 그러니 살이 더 찌는구나. 며느리는 손이 커서 돈을 모을 수가 없다는구나.

- 영란이(막내딸)가 배짱이 크고 초년에 결혼해서 싸우고 서로 이혼한다고 난리가 났었다. 그때 못 살까 봐 걱정이 컸지. 그래도 영문이 하고 잘 살아서

다행이여. 그만치 살면 아주 잘 살고 있구나. 전원주택도 지었고, 반포에 집도 있고.

- 내가 늙으니 옷도 필요 없구나. 먹는 것이 제일이구나. 잘 먹는 이가 죽어서 때깔도 좋다는구나.

- 끈임(엄마의 막내 동생)이가 이번 초사흘이 빨리 지나가야 된다는구나. 신랑 죽고 밑이 다 빠지고, 애기 집이 엉망이 됐다는구나. 병원에 가니 이렇게 심한데 왜 병원을 안 왔냐고 의사한테 혼났다는구나. 수술 날짜가 없다는구나. 뒷날에 수술 날짜가 잡혔는데 너무 심해서 초사흘로 바꿨다는구나. 큰 아들이 제사는 걱정 말라는구나. 자기가 알아서 20만 원짜리 맞춰온다고 했다는구나. 죽은 아버지한테 엄청 잘했다는구나.

- 끈임이 시댁 큰집에 명절 때 닭 한 마리만 보내지 말고 돈도 좀 보내라고 했단다. 너네는 신랑이 돈 많이 벌어놓고 갔응게. 큰집은 큰 엄마가 화장품 팔아서 간신히 살잖은가. 큰집에 아들 하나 있는 거, 그것도 물에 빠져 죽었잖아. 큰 조카가. 그러니 홀로 얼마나 힘들 겠는가. 네(막내 동생)가 네 아들을 아니, 네 남편까지 기를 못 펴게 하며 살았구나. 그러니 네 아들이 짐순이(넷째 여동생)에게 이모 제발 울 엄마 좀 야단을 쳐 달라는구나. 그것들이 어미가 사납고 불편해서 그랬구나.

우리 엄마가 설 쇠러 왔는데, 온 손가락에 반창고를 붙이고 있었다. 나는 이상했다. 손가락이 왜 그렇게 됐는지를 몰랐다. 뚱뚱 부어서 엄마가 손가락을 잘못 썼던 것이다. 왜 그렇게 되었나를 물었다. 아무 말씀이 없었다. 차츰 실체가 드러났다. 당신 손톱이 길게 자란 꼴을 참을 수가 없었던 모양이다. 당신은 손톱깎이로 속 시원히 깎는다는 것이 손톱 밑 살점까지 깎아서 세균이 들어간 것이다. 이제 눈이 어두워서 손톱과 손톱 밑 살점이 구별되지 않았던 것이다. 남편은 부은 손톱에 후시딘 연고를 발라주고 테이프로 붙였다. 손이 따갑다고 했다. 이튿날 엄마는 나에게 말했다.

- 여기서 가만히 있으니까 손이 다 나았구나.

- 누나(청량리 고모)가 아파서 시골 동생(내 작은아버지) 집에 오면 다독거려줘야 하는데, 네 작은아버지는 못 됐구나. 네 작은아버지가 누나를 욕했구나. 그렇게 돈도 많고, 쓰지도 못하고, 다 늙어서 죽어가며 왔다고 욕했다는구나. 사람이 그러면 못 쓰는데. 게다가 너네 작은아버지 욕심이 하늘을 찌르는구나. 제 땅 놔두고 왜 청량리 고모의 땅을 넘보는지 모르겠다. 태환이(청량리 고모 아들)만 만나면 동네 사람들에게 술 처먹고 뒤지라고 소리치며 난리를 친다는구나. 태환이가 그래서 그 외삼촌과 척을 졌단다. 정말 네 작은아버지가 나쁜 놈이구나.

- 내가 시집살이 할 때 네 작은아버지는 학교 다니면서 흙투병이었다. 그리고 개망나니이기도 했다. 맨날 남을 해코지하며 학교를 다녔다. 애들끼리 싸우고, 서로 자기 애들 편을 들면서 부모도 싸웠다. 날마다 때리고, 싸우면서 분풀이는 며느리인 나한테 했다. 작은아들(엄마의 둘째 시동생, 죽었음)이 7살이었는데, 둘이 그렇게 벼락스러웠구나. 성질도 괴팍했다. 지금 좋아진 거야. 네 작은아버지가 지랄 문딩이었구나. 아이고, 그 시절이 징그럽구나. 징그러워. 그렇게 싸움을 날마다 하데? 그럼 할아버지도 시끄럽고 이렇게 야단,

저렇게 야단이었지. 동네에서 싸웠다 하면 네 작은아버지야. 그렇게 쌈을 잘하더구만, 그려.

- 네 아버지는 술을 곱게 마셨다. 절대 과하지 않게, 실수하지 않도록 마셨다. 그래서 사람들이 좋아했다. 그런데 네 할아버지는 주태백이었구나. 오일장마다 술을 실컷 먹었다. 술이 사람을 먹고 술이 사람을 잡았다. 네 작은아버지가 술 취한 할아버지를 시골 장터에서 리어카에 싣고 왔구나. 장에 갈 때 예쁘고 새하얗던 두루마기가 진흙에 물들어서 왔구나. 내가 그 옷을 빠느라고 죽을 뻔했지. 게다가 술 먹고 와서 또 싸웠단다. 정종 땅 때문에 시끄럽게 옳으니, 그르니 하며 싸웠어.

- 청량리 고모가 아들은 잘 두었구나. 자기 엄마가 치매에 걸려서 왔다 갔다 하는데도 요양원에 안 보내고 함께 살고 있으니. 그런데 청량리 고모부 별명이 벼락이었구나. 클 때 엄청 벼락을 떨어서 별명으로 되었다는구나. 커서는 점잖고 사람이 좋은데, 어렸을 때 그렇게 점잖게 있지를 못했다는구나.

- 네 아버지도 어렸을 때는 온 동네를 주름잡았다는구나. 신월동 아저씨(아버지 사촌), 한강 맨션 아저씨(아버지 육촌), 작은 집 아저씨(아버지 사촌) 모두 같은 또래였구나. 그런데 그 아저씨들을 모두 다 잡아서 대장을 했다는구나. 학교를 다니면서 아버지는 매일 집안일만 했단다. 그 후 도시로 입학시험을 보려고 모두 도시로 갔다고 한다. 도시에서 입학시험을 보았을 때, 그 동네 흥진 댁이 모든 학생이 다 도시에 있는 학교에 입학해도 판영이(우리 아버지)는 꼴이나 베던 장난꾸러기라 도시 학교에 못 들어갈 거라고 했다는구나. 아버지는 노래도 잘 했다. 신명이 나서 노래를 부르면 사람들이 구경을 했다나. 지게 작대기를 두드리면서 노래를 불렀다. 신이 나서 불렀다. 그런데

도시로 입학시험을 보러 갔던 학생들은 전부 떨어지고, 네 아버지만 붙었구나. 온 동네와 학교가 난리가 났지. 그 학교에 조선인이 세 명이었단다.

- 네 아버지의 엄마(내 친할머니)가 아버지 일곱 살 때 죽었구나. 어려서 아버지가 매일 울었단다. 이리 가서 울고, 저기 가서 울었다고. 새 할머니가 와서 어린 것을 날마다 껴안고 잤다고 하는구나. 어리고 하니까. 내가 네 새 할머니한테 잘해줬다. 어린 네 아버지를 잘 키워 줬다고. 내가 시집올 때 청량리 고모가 15살이었구나. 시집올 때 해온 농을 마당 멍석 위에 놓았다. 그 고모가 좋아서 농 주위를 뛰어다녔지. 그런데 할아버지한테 청량리 고모가 두드려 맞았다. 뛰어다녀서 심란하다고. 네 새 할머니는 무섭고 매서웠다. 그 할머니는 또래 동서 중에서 제일로 솜씨가 좋았다. 그런데 청량리 고모는 그 솜씨를 배우질 않았다. 자기는 엄마 같이 안 살 거라면서.

- 나는 시집살이가 심했다. 서울 신당동 이모 같으면 못 살았을 것이다. 네 외갓집은 농사 짓는 사람과 일꾼이 많았다. 밥 먹는 사람들 밥 해주기도 바빴을 정도로. 시댁에 오니 수저도 하나하나 네 수저, 내 수저가 있더구나. 어느 날 네 막내삼촌 수저가 없더구나. 어디서 빠졌는지 찾을 수가 없었지. 작은삼촌이 수저가 없어서 울었다. 거기는 각자 수저에 포를 해놓았었다. 한 타령으로 밥을 먹는데, 각자 식기 찾아야지, 수저, 젓가락 찾고, 국그릇, 물그릇 따로따로 찾아야 했다. 여간 힘든 것이 아니더구나. 외갓집은 모둠으로 갔다 놓으면, 더 먹을 사람은 더 갔다 먹으면 되었다. 여기는 일일이 각자 자기 그릇에 물 다시 떠다 주고, 국 다시 떠다 주었구나. 내가 제대로 밥을 먹은 때가 없구나.

다음 다음날이 구정이었다. 나는 시댁 시골에 가지 않은 지가 한참이 되었다. 시어머니가 올해 설을 쇠면 87세다. 시어머니는 욕심이 많다. 모든 것을 당신의 뜻에 맞게 당신 마음대로 해야 직성이 풀린다. 내 남편은 맏아들이다. 모든 제사를 자기가 하고 동생들과 함께 어울리는 것이 자연스럽다고 생각한다. 그러나 시어머니는 맏아들을 거부했다. 자기가 지낼 제사를 맏아들이 빼앗는 것처럼 생각한다. 맏아들 가족을 7년 전부터 내치기 시작했다. 가기만 하면 못 오게 거절했다. 어느 해는 집에 못 들어오게 해서 근처 호텔에서 자고 갔다. 시어머니는 문을 잠그고 다른 곳으로 가버렸다. 우리 식구는 시집을 들어가지 못했다. 그 후 나는 시댁을 방문하지 않았다. 서울에서 시골까지 대여섯 시간이나 걸리면서 갔는데. 그것도 바리바리 쌓아서 갔는데! 시어머니가 버선발로 뛰어나와 반겨도 시원찮을 판에! 그 후 나는 시집에 발길을 끊었다.

시어머니는 항상 모든 아들에게 제사비 20만 원을 요구했다. 아들 다섯이면 제사비만 100만원이었다. 당신은 그것이 욕심났다. 말하자면 명절이나 제사는 당신의 100만 원짜리 프로젝트였다. 나는 좋게 생각했다. 당신이 일을 하고 싶고, 매사를 관장하며, 아들과 며느리를 휘두르고, 대장이 하고 싶은 것이다. 나는 당신이 치매 안 걸리고 열심히 일하면서 씩씩하게 사는 것으로 만족했다. 다만 당신은 형제(당신의 아들)들을 이간질하여 형제들끼리 싸우게 만들었다. 시어머니가 자기를 중심으로 가족 구성을 만들려고 하다 보니, 형제는 형제가 아니었다. 어머니의 욕심이 집안을 쑥대밭으로 만들어가고 있는 것이었다. 다행히 시어머니는 재산이 없었고 모든 아들들에게 당신이 필요한 생활비를 받아냈다. 그러는 와중에 자식들도 하나둘 퇴직해 갔다. 몇몇 아들만 퇴직이 가까워오는 시기에 진입했다. 이제 만날 날도 별로 없었다. 그럼에도 당신은 계속 자기가 중심이 되어 가족이 움직이기를 바랐다.

이번 해는 시어머니가 둘째를 두고 닦달했다. 둘째 아들의 집에서 제사를 지내겠다고. 둘째는 안 된다고 했다. 시어머니는 성질이 났다. 내가 이제 나이가 들어 못하겠어서 그러는데, 네가 어떻게 나한테 이럴 수 있느냐고 따져 물었다. 둘째는 형님이 있는데 왜 내가 하느냐고 했다. 그래도 시어머니는 네가 하라고. 그렇게 둘은 몇 개월 동안 싸웠다. 싸우면서 어머니에게 말했다고 한다. 큰 형님이 제사 안 지내겠다고 확답을 하면 자기가 지내겠다고. 어머니는 돈은 자기가 챙기고, 제사는 둘째가 지내기를 바랐다. 그리고 둘째의 집으로 형제를 불러 그곳에서 음식을 해 먹게 해서 시댁에 형제, 손자, 증손자들이 찾아오는 번거로움을 피하고자 했던 것이다. 둘째 삼촌도 어머니에게 못을 박았다. 형이 제사 안 지내겠다고 하면 자신이 지내겠다고. 그러나 어머니는 그런 이야기를 맏아들인 남편에게 하지 않았다. 그저 둘째 아들에게 형을 헐 뜯었다. 큰 애비는 전화도 안 받고, 받으면 시큰둥하고, 당신을 반기지 않는다며 온갖 싫은 소리로 형을 헐뜯는다. 우리 집으로 전화하면 그동안 못한 이야기보따리를 한 시간 내내 남편에게 쏟아놓으며 말벗을 해놓고, 동생에게는 헐뜯는 것이었다. 그렇게 이간질해야 자신의 입지가 좋아지는 것인지? 나는 시어머니를 피해야 내가 선해지는 것임을 깨달았다.

그 양반은 만나면 온갖 술수로 사람을 괴롭혔다. 그는 비경제적인 일에 힘쓰면서 사람을 곪게 했다. 아들 다섯은 착했다. 어머니의 검은 마음을 몰랐다. 나는 단순하게 살고 싶었다. 온갖 것을 배배 꼬면서 술수를 쓰며 사는 것은 그만하고 싶었다. 정치판도 아닌데 왜 그리 힘들게 사는지 모르겠다. 시어머니는 매사 문제를 일으켰고, 그 문제를 두고두고 분쟁으로 만들어서 집안을 쑥대밭으로 만들어야 당신의 뜻을 관철하는 것으로 이해했다.

설이 다가오자 시어머니는 큰 소리를 냈다. 먼저 둘째가 제사를 지내려 하지 않는다고 온 집안에 공고를 하며 욕했다. 어느 날 시외삼촌의 숙모는 나에게 너네 둘째 며느리가 못됐다고 욕을 했다. 나는 계속 듣다가 둘째 며느리가 나쁜 사람이 아니라고 말했다. 그 사람은 착한 사람이라 했다. 다만 어머니가 그렇게 만들었다 했다. 시어머니가 자기 남동생에게 둘째 며느리 욕을 한 것이다. 제사를 안 지낸다고. 그렇게 설을 쇠고 출근한 둘째 동서가 전화를 했다.

- 어머니가 새벽 3시에 일어나서 두부를 부쳐놓았대요. 전날 만두에 돼지고기 7근을 넣어 소를 만들었어요. 저녁에 만두를 빚어서 먹고, 삼촌들이 술을 먹었고요. 이번에는 여기서 자지 말고 집으로 가라고 해서 집으로 가서 자고 제사 지내러 다시 갔어요. 제사 음식으로는 달걀 다섯 개에 두부, 산적

135

으로 했어요. 그리고 몇 가지 나물만 무쳤어요. 먹지도 않는 부침이가 없어서 편하고 좋았어요. 간소하고 좋더군요. 저는 어머니 말에 "예.", "예."만 했어요. 가만히 있으면 되더라고요. 어머니가 제사 지방도 미리 써놓으라면서 제사 때 아무도 오지 말라고, 혼자 지낸다고 했어요.

- 그럼 이번 설에 뭘 먹었어?

- 전날 만두 해서 먹고, 밑반찬이 많더라고요. 양미리, 상추, 멸치, 그것으로 먹었어요. 제사상에 미역국하고, 만두 삶아서 놓았어요. 편하더라고요.

- 내가 제사상을 그리 차렸으면 죽일 년이 됐을 거다 아마. 제사나 명절은 가족이 모이고 만나고 서로 즐거운 마음으로 가족이 단결하는 것이지. 만나면 헐뜯어서 형제를 괴롭힐 바에는 안 만나는 게 낫겠어. 계속 어머니는 제사 안 지낸다고 너(둘째 며느리)를 괴롭히는데 용케도 잘 참고 넘어갔네.

- 이번에는 승경 아빠(둘째 며느리의 남편)가 어머니에게 단단히 말했어요. "형이 제사 안 지낸다면 내가 하겠다."고. 그런데 어머니는 아무 말을 안 하셔요. 아니 왜 제사를 시아주버님께 가져가라 안 하시나 몰라요.

- 그것은 돈 때문이야, 돈. 한 번 제사하는데 드는 비용이 100만 원이라고. 그것 몇 번 하면 돈이 솔찮이 많아지잖아? 거기에 명절도 끼어 봐라.

- 다음 주 할아버지 제사 때도 휴가 내지 말고 오라 하더라고요. 할 일도 없는데, 퇴근하고 갈 겁니다. 형님도 저에게 부담 갖지 마시고, 수고비도 따로 주지 마셔요. 내가 부담스러우니까요.

- 알았어. 네가 부담스럽다니 어쩔 수 없구만. 셋째는 설 쇠러 왔어?

- 아니요. 수현이(셋째의 딸)가 유산기가 있어서 명절에 늦게 가야겠다고 전화가 왔어요. 그런데 어머니가 늦게 오려면 오지 말라고 했어요. 그랬더니 안

왔더라고요.

- 아직도 셋째 삼촌과 수현 엄마는 따로 사는 거야?

- 그렇지요.

- 참, 별난 집이네. 남편이 퇴직했으면 함께 살아야지. 둘이 합이 안 맞아서일
  까? 언제까지 그렇게 따로 살 것인지 연구 대상이구먼.

셋째 삼촌이 경찰 간부로 퇴직했다. 삼촌은 대전에 있는 작은 아
파트에서 살고, 부인은 아들을 데리고 서울에서 살고 있다. 시댁 식
구들은 이것을 이해할 수 없었다. 퇴직을 하면 함께 사는 것이 자연
스럽다고 생각했다. 그러나 둘은 떨어져 살고 있었다. 우리는 알 수
없는 일이라 생각했다.

- 형님 우리가 자꾸 늙어가니까 돈은 자식을 주면 안 되고 무덤까지 가져가
  야 한다는군요.

- 그래 맞아. 너는 아들만 둘이니 애들 사업한다고 집을 팔아서 주면 안 되는
  거야. 이 동네 우리 나이의 사람들이 저기 시골로 이사간다는구만. 아들, 딸
  이 시집가고 장가가면 집을 정리해야 빚을 탕감할 수 있으니까. 나머지 돈
  으로 작은 것을 얻어 시골로 이사 가는 거야. 이번에 어느 테니스 회원이 말
  하더군. 내 남편과 같은 지점장을 했던 아는 사람 아들이 사업하다가 망해
  서 감옥에 갔는데, 며느리가 시댁에 와서 "아버님 이렇게 따뜻한 방에서 살
  고 계시니 좋으십니까?"라고 묻더란다. 그 시아버지 말하길 "나라도 여기를
  지키고 있어야 아들이 감옥에서 나오면 이곳에서 잠을 재울 수 있지 않겠

냐."라고. 그 아저씨 지금 노상 주차장 하면서 살고 있어서 가슴이 아프다고 말했어. 우리들은 이제 모든 일이 쉽지 않은 시대를 살아야 하는 것이야. 너나 나나 자식에게 손 벌릴 일도 없고, 돈 줄 일도 없을 것이야. 정신 똑바로 차리고 건강하게 살자구.

*

설날 아침부터 바빴다. 남편과 친정엄마가 제사 음식을 소울푸드라면서 그리워했기에 미리 재료를 준비했고, 눈뜨자마자 음식을 만들었다. 시간이 지나면 내 몸이 음식 만드는 것을 거부할 것이라는 생각이 들었기 때문이다. 고사리나물을 들깨가루에 볶았다. 도라지나물의 반은 빨갛고 시큼달큼하게, 반은 기름에 달달 볶다가 들깨가루로 마무리했다. 시금치나물을 무치고, 숙주나물을 무쳤다. 동태전을 부치고, 두부전, 동그랑땡, 새우튀김, 오징어 튀김으로 채반을 가득 채웠다. 다시 불고기에 사골국물, 갈비탕까지 몇 솥을 만들어 놓았다. 오후가 되어 동생 가족이 왔다. 다시 청량리 고모 가족이 왔다. 청량리 고모는 나를 알아보았다. 다른 사람들은 가물가물하게 기억했다. 엄마와 고모는 손을 잡고 울었다. 못 볼 줄 알았다면서 울고 또 울었다. 한참을 서로 보고 말했다. 저녁 때 크게 한 상 차렸다. 그동안 만든 음식을 진열해 모든 사람들이 모여 맛있게 먹었다. 나중에 시집간 딸아이 가족이 시댁 갔다가 와서 합류했다. 상차림은 세 곳에서 이루어졌다. 모두 건배를 하며 즐겼다. 명절의 행복은 이런 것이었다. 만나고 싶은 사람들을 만나고, 맛있는 것을 여러 가족이 함께 먹으며, 서로 좋은 일을 축하 하고, 행복한 이야기로 웃음꽃을 피우는 것이 진정한 행복이라 생각 했다.

명절이 지나고 모두 제자리로 돌아갔다. 친정엄마는 시골로 갔다. 그러던 어느 날 전화가 왔다.

- 얘야 누가 있는고?
- 아니요.
- 내가 여지껏 모아두었던 돈을 호영(당신 아들)이에게 주려고 했다. 그런데 주면 안 되겠기에 너에게 전화를 한다. 내가 주면 아무래도 금방 없어질까 봐 못 주겠구나. 내가 통장을 만들어서 너를 줄 테니, 네가 나 죽으면 호영이를 주면 될 것 같다.
- 이번에 서울 신당동 이모네 아들 귀하가 직장을 퇴직했다. 친구들이 그 퇴 직금을 이용해서 사업을 하나 하자고 하는구나. 그래서 귀하가 시골을 돌 아다니면서도 친구를 안 만났다. 그런데 요즘 갑자기 귀하가 찻집을 차린다 는구나. 아무래도 고놈이 호영이를 끌어다가 사업자금을 함께 마련하려고 하는 것 같다. 며칠 전에 호영이가 "엄마 언제 5,000만 원을 줄 거야?"라고 묻더구나. 그래서 안 주겠다고 했다.
- 다시 이모한테 전화가 왔구나. 고놈이(이모 아들) 찻집을 차린다 해서 당장 나 가라고 했다고. 이혼하고 팔십 노모 집에 있는 것이 말이 되느냐고. 돈 다

털리고 다시 돌아올 것이 뻔해서 다시는 들어오지 못하게 단단히 말했다고 하는구나. 아무래도 호영이(당신 아들)가 고놈(이모 아들)한테 꼬드김을 받았을 것 같구나. 내가 그 돈을 힘들게 모았는데. 조금씩 적금을 만들어 목돈으로 만들었지. 목돈을 이자가 큰 곳에 넣었다. 그것을 1년에 한 번 이자를 모아 다시 목돈으로 만들었다. 내가 불을 아껴 추운 방에서 자면서 돈을 모았다. 이렇게 고생해서 아들을 주면 틀림없이 돈을 허비할 것이다. 돈은 낭비되고 아들도 망가지겠지. 남자들은 돈만 있으면 별짓을 하는구나. 고것들이 그런 작당을 한다고 생각하니 잠이 안 온다. 그래서 호영이에게 돈 5,000만 원 못 주겠다고 했다. 아침에 아들이 전화를 했구나. 엄마 아프다더니 어떠냐고. 그리고 돈 부쳤냐고도 묻더구나. 다시 돈 언제 빼가냐고 묻는구나. 고놈은 돈이 있으면 안 되겠구나. 내가 죽을 때까지 주면 안 될 것 같다. 아들에게 돈은 있으나 마나여. 그래서 절대 못 준다고 했다.

- 해숙이(신당동 이모 막내딸)가 다른 장사를 한다고 하는구나. 지금은 부산에서 딸하고 놀고 있잖아. 호텔 중국집 하면서 함께 돈을 넣고 요리를 했는데 그것이 잘못되어 돈만 날아갔구나. 창순이(신당동 이모 큰딸)가 돈이 없어서 장사를 안 하겠냐고. 고것(창순이)이 돈을 얼마나 잘 벌었냐고. 동대문에서 장사할 때 돈을 쓸어모았지. 그런데 나이 들어서 이제 일체 장사를 안 하는 것이 똑똑하구나. 다시 안 해 본 게 없구나. 모텔도 하고 또 뭣도 하고, 별에별 거 다 했구나. 고것이 앞으로는 남는데, 뒤로는 손해가 났다고 하더구나. 일 벌리면 심부름꾼 월급 주고, 집세 넣고, 이자 주면 내 몸뚱이 값도 안 나온다더라. 다 주면 아무것도 없다는구나. 사람이 욕심을 내면 돈이 다 도망가는구나. 아무래도 통장을 만들어서 너에게 주어야겠다.

- 나는 아들한테 항상 당하는구나. 삼십 년 전 고놈(호영)한테 사업한다고 7,000만원을 줘버렸지. 그것이 지금은 7억은 될 것이다.

*

오늘은 남편의 친구인 김 사장 부부를 만나는 날이다. 나는 저녁에 바빴다. 금요시장에 갔다. 맛있게 생긴 고등어 절임을 샀다. 남편이 좋아했기 때문이다. 다시 테니스장으로 갔다. 라켓 가방을 놓고 은행으로 뛰어갔다. 은행에서 송금할 돈을 송금하고 다시 건널목 너머에 있는 빵집으로 갔다. 빵집에서 흰 초코 케이크를 샀다. 어제 테니스 멤버인 딸이 중학교를 졸업했는데 마땅한 선물이 없어서, 졸업 선물을 케이크를 주고 싶었다. 날씨는 매서웠다. 나는 케이크를 들고 코트로 달려갔다. 두 번째 게임에 들어가려면 뛰어야 했다. 라커룸에 와서 두 번째 게임에 들어갔다. 맞바람에 대처해야 하는 우리 팀은 공을 세게 보내도 공이 나가지를 못했다. 상대편은 바람을 따라 공을 치니 약하게 쳐도 바람의 힘을 받아 라인 밖으로 나가는 것이 많았다. 춥지만 게임은 길어졌다. 게임 시간이 길게 늘어졌지만, 즐겁게 게임을 했다. 그러다 게임이 끝났다. 기다렸던 회원들이 교체해서 들어갔다. 우리 팀은 라커룸으로 들어왔다. 마침 퇴근하고 들어오는 귀자 씨에게 딸을 위한 케이크를 주었고, 졸업한 딸을 축하해줬다.

나는 가방을 싸며 저녁 약속 때문에 가야 한다고 말했다. 이때 같은 팀이었던 주희가 코트로 소리쳤다.

- 언니! 영숙 언니 저녁 약속 있다는데? 먼저 한 번만 치고 가면 안 될까?
- ……
- 응, 괜찮아. 다음에 치면 돼.

나는 코트장에서 집으로 돌아왔다. 나는 그들이 괘씸했다. 가끔이지만 나는 그런 일이 있으면 "그래, 먼저 치고 가."라고 했을 것이다. 아니 적어도 "그래. 그럼, 언니 먼저 쳐."라고 했을 것이고, 그러면 나는 괜찮다 하고 갔을 것이다. 그런데 아무도 양보하는 이가 없었다. 갈수록 멤버들은 메마르고, 이기적이며, 자기밖에 모르게 변했다. 우리가 매번 밥 사고 술을 사도 거드는 사람이 없었다. 더러 한 번씩 거들면서 사면, 우리도 숨 가쁘지 않고 여유롭게, 더 재미있게 즐길 수 있을 텐데…. 이런 때는 다른 생각을 하는 것이 좋을 것이다. 그들은 우리를 위해 즐겁게 운동을 해주는 사람이라고. 우리는 그들에게 혜택을 받고 있다고. 그래서 그들에게 맛있는 것을 사주는 것이 필요하다고.

남편과 나는 서둘렀다. 김 사장 부부와 약속한 음식점으로 갔다. 훌륭한 중국요리 집이었다. 우리는 서로 인사를 했다. 멀리 보이는 창 너머 네온사인이 화려했다. 요리가 나왔다. 처음에 고량주를 한 잔씩 받았다. 은은한 향기가 그윽했다. 맛있는 전체 요리가 나왔다.

해파리는 오랜만에 맛보았다. 이어서 걸죽한 게살 스프, 전복과 죽순이 섞인 요리, 표고버섯 섞인 요리, 새우, 빵에 넣어먹는 잡채 등 다양한 음식으로 입을 호사시켰다. 저녁으로 너무 많은 양을 먹어서 몸이 부대꼈다. 맛있는 요리를 남길 수도 없고, 그렇다고 싸갈 수도 없었기 때문이다. 오랜만에 만나도 별로 할만 한 이야기가 없는 것이 힘들었다. 다른 사람들은 할 말이 많아서 자기 말만 해대는 경우가 많은데, 이쪽 부부는 할 말이 없으니 이상했다. 거기서 두 시간을 보내고 우리는 헤어졌다. 왜 우리는 서로 할 말이 없는 것일까? 내가 하는 말들을 그들은 흡수하지 못하고, 그들이 하는 말은 내가 흡수하지 못했다. 우리의 관심사가 틀려서일까? 아니면 서로가 너무 체면을 차려서 교과서적인 말만을 해대서 그런가? 서로 충돌하고, 싫어서 싸우고, 아니면 좋아서 문제가 생기는 것들. 그래서 좋았다, 싫었다 하는 일이 생겨야 말이 부딪히고, 말에 굴곡이 생겨서 재미가 나는 것이 아닌가? 여하튼 우리는 만나면 말이 없어 심심했다.

내 사위 집안은 혈압이 높았다. 집안 내력 때문인지 사위의 혈압이 높아졌다. 나는 다른 특별한 약을 해주느니 운동을 해서 혈압을 낮추기를 바랐다. 그 후 나는 그쪽에 관심을 가지라고 레슨비를 주었다. 딸은 제 남편이 열심히 테니스를 치고 있고 이제 제법 즐거워한다고 말했다. 딸이 하는 여행사는 계속 힘들었다. 메르스 때문에 여행자가 없었고, 이번에는 사드 때문에 중국에서 태클을 걸어 오고가는 여행자가 줄었다. 이것저것 정치적으로 나라가 망가져서 일반인의 생활이 곤궁해졌고, 그 때문에 여행자가 줄었다. 딸은 여러 가지를 생각했다. 다시 공부해서 박사가 된다고 돈이 벌리는 것이 아니라 했다. 나도 그럴 것이라고 했다. 차라리 꾸준히 여행사 세일을 해서 대박 나기를 기다리는 것이 낫다고.

요즘은 세금 폭탄 시대였다. 정치인들은 조금 살만한 사람들을 조여서 세금을 걷었다. 세금을 걷어서 가난한 사람들에게 나누어주고, 노인에게 나누어주고, 표를 얻는데 혈안이 됐다. 사업하는 사람은 갈수록 죽을 맛이었다. 사업을 하고 싶지 않았다. 사업이 커지면 커질수록 세금이 눈덩이처럼 커졌다. 누가 사업을 늘리고 싶겠는가. 차라리 사업을 벌이지 않고 조용히 살고 싶은 것이었다. 사업자들은 생각했다. 애써서 돈 벌 때 나라가 도와준 것은 하나도 없었다고. 무슨 일을 벌일 때 오히려 일을 벌인다면서 세금만 떼어갔다고. 간신히 돈을 벌면 또 세금을 떼어갔다고. 이익이 없어 회사가 망할 때 국가가 도와주지 않는다고. 그랬다. 돈 버는데 도움주지는 못하면서 돈을 벌면 세금을 매겨 떼어갔다. 사업자들은 불만이 커졌다. 그것에 나도 동감이 갔다.

친정엄마 집 관리를 하면서 문제가 생겼다. 일반주택 2채를 엄마는 아들에게 주고 싶었다. 당신이 가장 애지중지한 100평짜리 기와집을 아들에게 넘겼다. 집이 커서 잘 팔리지도 않았다. 그런데 며느리는 그 집을 팔아서 자기가 써서 생긴 빚을 갚고 싶었다. 어느 날 그 집을 말도 없이 팔아서 써 버렸다. 그러면 온전히 살아야 했는데, 그전에 엄마가 사 준 49평짜리 아파트도 빚더미에 넘어갔고 애들은 친정집에 내팽개쳐졌다. 그네 남편(엄마 아들)은 중국에 팀장으로 가 있었고, 결국 아들의 집은 풍비박산 난 것이었다. 며느리는 바람이 났고, 아들은 중국에 있고 애들은 학교도 안 보냈고…. 결국 정 씨 집은 온통 구멍 투성이 집이 되었다. 그 후 엄마는 자기가 경영하던 여인숙을 팔아 작은 아파트를 샀다. 그 아파트에서 월세를 받아 생활비로 썼던 것이다. 그 아파트는 내가 관리하여 당신 통장으로 송금했다. 문제는 내가 아파트 관리를 소홀히 해서 문제가 커졌던 것이다. 그 당시 나는 바빴다. 대학 강의가 많았다. 시간 강사는 오라는 곳에 무조건 가야 했다. 월요일부터 금요일까지 강의가 꽉 찼다. 학교도 달랐다. 토요일과 일요일은 강의 준비에 바빴다. 인터넷 방송 강좌라 방송을 찍을 준비를 했고, 강의록을 프로젝트로 만들어야 했다. 방학은 강의할 책을 써야 하고, 논문 발표는 물론 논문을 학회지에 올려야 했다. 그래야 강의 시간을 받을 자격이 생겼다. 나는 그 당시 내가 아니었다. 시간이 없으니 나도 없었다. 그때 엄마 아파트에 사는 놈은 도둑놈이었다. 3년 동안 월세도 내지 않았고, 아파트 관리비도 내지 않았다. 그것을 후에 알았다. 나는 바쁘니까 돈이 들어왔으리라 생각하고 내 통장에서 엄마 생활비를 무조건 송금했던 것이다. 세입자는 영악했다. 나를 피하면서 살았다. 할 수 없이 법무사에게 수수료 100만 원을 주고 그놈을 법적으로 내쫓는데 일 년이 걸렸다. 세도 못 받고 관리비 500만 원을 내가 고스란히 물었다. 그때 그 관리소장도, 부동산 사장도 관리비에 딸린 이자는 안 내도 된다고 했다. 하지만 관리비 이자를 빼고 원금만 낸 것이 문제가 되었다. 이번 세입자 교체기에 이자가 50만 원이었던 것을 74만

원으로 올려서 내야 한다고.

나는 머리가 아팠다. 관리소에 가서 싸웠다. "관리소에서 3개월 이상이 되면 수도나 전기를 끊어서 제재를 하는 것이 아닌가? 그랬으면 이렇게 사단이 나고 내가 그놈한테 손해를 당하지 않았을 텐데!" 하고 관리소 소장과 나는 싸웠다. 소장은 소장이 옳다고. 나는 내가 옳다고. 돈도 돈이지만 그동안 손해난 것도 관리소 책임이라고. 부동산 사장은 내용 증명서를 내서 법으로 해결하라 했다. 남편은 빨리 돈을 주고 끝내라 했다. 시간 낭비, 돈 낭비라 했다. 양쪽에서 주는 심리적 압박감도 상당했다. 지금은 시간을 두고 계속 지켜보고 있다. 나 자신이 어떻게 처리할지 모른다. 어떻게 처리하는 것이 합리적인지 생각하고 있는 것이다. 새로 이자의 이자를 합쳐서 물어주는 것도 속상하고, 법으로 싸움질하는 것도 속상하고, 여러 가지로 속이 상했다. 남편은 이런 일이 없어지면 또 새로운 일이 복잡하게 생기는 게 인생인 거 같다고 했다. 그냥 복잡하게 붙들고 서로 싸우면서 있으면 새로운 복잡함이 천천히 다가오지 않을까 생각한다 했다. 남편은 나에게 그쪽은 그럼 알아서 하라고 했고, 나는 알겠다고 답했다.

남편은 강화도에 가고 싶다 했다. 그는 작은 빌라를 사 놓고 그곳에 갔다 오면 정신적 힐링이 되는 것이다. 우리는 반찬 몇 개를 챙겨 떠났다. 이번 겨울에 추워서 수도나 보일러가 안 터졌는지도 걱정이 되었다. 강화도 집에 도착했다. 춥고 썰렁했지만 입춘이 지난 2월이라 뭔가 기온이 다르다는 느낌이 났다. 먼저 수돗물을 틀었다. 물이 나왔다. 안도의 숨을 쉬었다. 보일러를 틀었다. 물이 따뜻해졌다. 우리는 배낭에 물을 챙겨 뒷산인 퇴모산으로 갔다. 산은 눈으로 덮여 있었다. 아이젠을 찼다. 큰길을 따라가다가 산으로 올랐다. 온통 산을 헤적거려서 엉망이 되었다. 뭔가 또 공사가 시작되었다. 짜증이 일어났다. 집터를 세우는지 또 무엇을 하려는지 산과 길이 섞였고 온통 파여서 산의 모습이 사라져가고 있었다. 한참을 지나 산을 몇 개 넘으니 산의 모습이 보였다. 오르고 내리고를 반복했다. 북쪽에 있는 호수는 모두 얼어서 흰 띠 모습을 했다. 남쪽 바다는 희미한 안개로 덮여 있었다. 시간이 흘러 계속 정상으로 향하면 어둠이 올 것 같았다. 다시 되돌아가기로 했다. 돌아가면서 남편은 말했다.

- 인동 어머니(시어머니)가 '내가 죄가 많다. 동생들이 다 네 덕에 먹고 사는데, 새해가 돼도 전화 한 번을 너에게 안 하는 거 같구나. 내가 교육을 잘못 시킨 것 같구나.'라고 말하셨어. 그런데 명천이(둘째 동생)가 말한 "형이 제사 안 지낸다면 내가 하겠다."고 했다는 말은 안 하더라고. "나도 제사 이제는 힘들어서 못 하겠으니 큰애 네가 해라."라는 소리도 안 하더라구. 오로지 둘째가 안 지내려고 한다는 말만 하더라구. "꼬마들이 오는 것이 싫어서, 귀찮아서 죽겠다. 제사 때 병풍도 안 하고 제사 음식도 안 했다. 두부에, 달걀에, 산적만 했다. 아무도 나물을 가지고 가지 않아서 냉장고에 두었는데, 생활비도 안 주는 넷째가 가져갔다. 그 애는 설 쇠러 오지도 않으면서 그것은 가져가네. 그 애 웃기는구나."라나.
- 오는 사람은 둘째와 막내뿐이겠네요. 어머니가 돌아가시면, 우리도 모두 엄

마(친정엄마)처럼 절로 제사를 옮기자고요. 우리는 딸만 있으니까. 엄마는 이십 년 전부터 절로 제사를 모셨지만 아무 탈이 없다고 했어요. 우리도 그러자고. 장사 치르고 남는 돈이 있으면 형제끼리 일 년에 한 번씩 만나는 돈으로 하면 되고. 없으면 우리가 내면 되는 것이지요.

그는 아무 말이 없었다. 그렇게 수긍할 것으로 보였다. 사실 제사라는 것이 조선시대 때 상인과 천인에게는 금지되었던 것으로, 만일 그들이 제사를 지내면 끌려가 곤장을 맞았다고 했다. 지금은 모두가 제사를 지냈다. 그것은 지금 의례적이고, 형식적인, 오히려 위계와 차별을 만드는 비본질적 형식으로 치우치고 있었다. 내가 결혼한후 시어머니는 제사라는 무기를 쥔 채 항상 갑으로서 행세했고, 가해자로서 행동했다. 맏며느리인 나는 평생 을이자 피해자일 뿐이었다. 그것은 시어머니의 독립적 제도권을 강조했다. 며느리들에게 자신만이 가질 수 있는 것이라며 권력처럼 행사했다. 그것은 모든 자식들이 복종해야 하는 것으로 시어머니의 권한이었다. 시어머니는 제사를 통해 자신을 왕처럼 높였다. 그는 조상을 모시는 유일한 사람이라는 이유로 자식들을 괴롭혔다. 물가 상승에 따라 제사 비용이 늘어나자 추가 비용을 요구했다.

제사 때 늦으면 늦는다고 혼이 났다. 내가 중등학교 교사였을 때, 나는 조퇴를 하고 제사 준비를 해야 했다. 그렇지 않으면 날벼락을 맞았다. 왜 늦게 오는가를 물었다. 제사를 지낸 아침상은 모두 뒤처리를 해야 했다. 그래서 나는 학생들이 기다리던 말던 지각을 해야 했다. 시어머니는 사회생활을 이해하지 못했다. 오로지 근무해서 월급만 당신에게 갖다 주기를 바랐다. 나는 시어머니를 이해할 수 없었고, 당신도 나를 이해할 수 없었다. 당신은 지금도 제사를 신같이 모시며 자식들을 괴롭혔다. 맏아들은 그쪽으로 범접을 못 하게 했다. 제사를 우리가 모셔 갈까 봐 오지 말고, 비용만 넉넉히 송금하라고 요구했다. 당신이 죽을 때까지 당신의 손으로 모든 것을 관장하며 아들들을 지배하는 것이 당신의 뜻이었다. 이제 사회에서는 제사 거부 운동이 일어나고 있었다. 사이트도 생겼다. 시어머니의 마지막 열망은 당신이 돌아가시면, 가족을 위해 사라질 것으로 보였다. 이 집안에 기독교를 믿는 며느리도 많았다.

산행을 끝내고 강화도 작은 빌라로 돌아왔다. 보일러를 세게 틀었다. 방안 기온은 영상 10℃. 그래도 추웠다. 옷을 잔뜩 껴입었다. 밖은 따뜻하다 생각했는데 오히려 방이 추웠다. 중국의 상주 날씨 같았다. 습기가 많아서일까? 중국 상주도 겨울에 추워서 창문을 열어야 오히려 따뜻한 느낌이 났었다. 이곳도 그랬다. 우선 배가 고팠다. 전기밥솥에 하얀 섬 쌀을 씻어서 안쳤다. 국으로는 생두부를 끓였다. 집에서 가져온 장아찌, 깻잎, 젓갈류, 김, 김치를 상에 올렸다. 맛있게 새로 해온 양념장에 뜨거운 두부를. 그리고 금방 한 뜨거운 햇쌀 밥까지. 우리는 정신없이 먹었다. 방이 차고 추우니 뜨거운 밥은 정말 맛있었다. 신 김치를 뜨거운 밥에 올려 감싸서 먹는 그 맛, 뜨거운 밥에 깻잎장아찌를 올려 젓가락으로 돌돌 말아서 먹는 그 맛은 정말 최고였다. 하지만 집안이 추워서, 방바닥에 발을 내려놓을 수 없을 정도로 추워서 밥맛이 나는 것이었다. 이곳은 극기 훈련 장소로 알맞았다. 서울 아파트에서 25~30℃로 뜨겁게 살았을 때와는 달랐다. 입맛도 달랐다. 생전 신김치는 먹지도 않았는데, 이곳에서는 그렇게 맛있을 수가 없었다. 어떤 친구네 아저씨가 라면을 끓여 신문을 깔고 베란다에서 창문을 열고 라면을 먹는다는 말을 이해할 수 있었다. 추운 곳에서 뜨거운 커피 맛이 일품이 되는 것처럼.

저녁을 먹은 후 시간이 오래되었지만 방은 좀처럼 따뜻해지지 않았다. 분명 어딘가 사달이 났을 터였다. 보일러 소리만 윙윙거렸다. 밤이 되었기에 결국 전기 메트를 깔고 자야 했다. 이불을 두껍게 덮고, 옷도 더 껴입고 자야 했다. 이튿날 아침. 그래도 또 새벽녘부터 배가 고팠다. 추운데? 그리고 어제 밥도 많이 먹었는데? 배는 왜 그리 빨리 고픈 걸까? 다시 전기밥솥에 쌀을 넣고 맛있는 밥을 했다. 어제와 같은 반찬이지만 똑같이 맛있었다. 이상했다. 우리 아파트에서는 입맛이 없다고 했을 것이다.

그날은 보일러 AS를 받기 힘들었다. 일요일이었기 때문이다. 남편은 당장 보일러를 고쳐야 했고, 나는 어차피 집을 비워두고 2~3주 후에 올 테니 그때 하고 싶었다. 둘의 의견충돌이 일어났다. 나는 남편의 성향을 이해할 수 없었고 남편은 내 의견을 받아들이기 힘들었다. 이 방에서 하루를 더 자는 것은 안 된다고 말했다. 감기에 걸릴 것이고 몸에 좋을 것이 없다고 강조했다. 남편은 일요일에 갔다가 월요일 아침에 다시 와서 보일러를 고치겠다고 했다. 나는 속이 부글부글 끓었다. 다시 오는 기간이 길어지는데 왜 굳이 다시 와서 고쳐놓아야 할까? 속으로 욕하면서도 "그럽시다." 하고 양보했다. 살아가면서 성향이 다르다는 것, 더 어느 것이 합리적이라는 관점에 가치를 두고 타협하는 것이 중요했다. 남편은 다른 남자들보다 그 점에서 훌륭했다. 그런데 이번에는 자기 소유에 대한 집착이 있어 보였다. 작년에 보일러 AS를 받았던 곳을 핸드폰에서 찾았다. 그리고 신속히 처리해달라고 간청했다. 다행히 오전에 와서 수리가 끝났다. 다음 날 아침에 다시 와서 수리하지 않아도 되었다. 얼마나 다행인지 몰랐다. 삶이란 항상 일이 생기고, 해결하고, 다시 생기며, 곤란을 겪어야 하고, 의견 충돌이 일어나고 싸우고, 조정하며 사는 것이 인생이지 않을까를 생각했다.

*

며칠 전 계순이 고모(아버지 사촌, 나보다 한 살 위)에게 핸드폰으로 전화를 했는데 받지 않아서 문자를 보냈다.

- 설 잘 쇠셨지요? 무소식이 희소식입니다. 아프지 마시고, 건강 잘 챙기시라고요.

며칠 후 그 고모에게 전화가 왔다. 고모는 목이 메었다. 분명 무슨 괴로운 일이 있는 것이다.

- 전화 배터리가 다 되어서 전화를 못 받았어. 설 때 엄마(우리 엄마) 왔었지?
한 번 봐야 되는데 못 보고 그냥 지났네.

- 걱정 마. 안 봐도 돼. 서로 편안하면 되는 거야.

- 그래. 넌 네 할 일을 다 하니까 좋아. 나는 정초부터 속상했어. 우리 집 차가
작지만 3대 아니겠니? 한 대는 상명이(고모 딸)가 시집가기 전에 돈 벌어서
사주고 간 것이고, 또 하나는 상명이 아빠 택배하는 차이고, 다른 하나는
20년 넘은 소나타야. 상명 아빠한테 소나타를 없애자고 해도 아까워서 없
애지를 못하는 거야. 그 차는 10년 전부터 일 년에 한두 번 탈까 말까 하면
서 붙잡고 있는데. 팔라고 해도 절대 팔지를 않는다고. 세금만 1년에 보험료
까지 130만 원씩 나가는데…. 속상해 죽겠다. 그 차는 상명이 아빠가 자기
친구 애들 결혼할 때 한 번, 장례식 갈 때 한 번, 일 년에 딱 두 번 타는데 왜
그걸 안 파는지 알 수가 없다. 그것도 무슨 자존심이라고. 남들 차 없다고 흉
볼까 봐 그러는지.

- 준이(고모 아들)와 상명이에게 "아버지한테 그 차 좀 팔라고 말 좀 해보라."
했더니 둘 다 아버지와는 대화가 안 된다면서 말을 듣지 않아. 상명이는 두
달 있으면 둘째 애기를 낳는데, 아버지랑 싸우면 눈밭에 가서 펄떡거리며
뛰어야 분통이 사그라져서 내가 살 수 있다고, 그래서 말할 수 없다고…. 저
번 달에 그 자동차세를 130만 원 내고 70만 원을 주며 생활하라고 갖다 주
더라고 상명이 아빠가. 그것으로 셋이서는 살 수가 없었어.

- 준이가 엄마는 불량 엄마라고 말했어. 결혼하라고 말하지 말고 전세비나
살 집을, 세를 얻게 해줘야 한다고 말했어. 남편이 우리 집에서 결혼해서 함

께 살면 되지 않느냐고 말했어. 준이는 자기는 그렇게 결혼할 수 없다고 했어. 상명 아빠는 요즘 세상을 몰라. 세상 물정을 모른다고. 자기네 사는 집에 여자만 데리고 와서 살면 된다고 생각해. 내가 복장이 터져서 살 수가 없는 거야. 뭘 알아야 소통이 되는데, 소통이 되지 않는 거야. 남자가 아니라 웬수를 만난 거야. 그래서 이 모양으로 내가 산다. 돈이 있었으면 예전에 이혼했을 거야. 그렇게 싸우고 나니 혈압이 높아지는 거야. 바로 병원에 갔지. 혈압이 148이 나온 거야.

- 그 나이에 그 정도면 괜찮은 거야, 고모. 외국에서는 60살이 넘어도 160까지는 약 안 먹어. 우리나라에서만 140을 넘으면 죽을 것처럼 의사들이 말한다고. 그것은 제약 회사와의 결탁이라고. 혈압약을 무조건 처방하고 다 혈압환자로 만들어 평생 혈압약을 먹이는 거라고. 모두 다 같은 통속의 농간이라고.

- 그래도 혈압으로 머리가 터지면 곤란해서 다시 병원에 가야 했지.

나는 고모의 분통이 사그라들도록 만들기 위해 애썼다. 남성들의 고집은 비슷하다고. 쓸데없는 고집이 많다고. 상명이 아빠만 그런 것이 아니라고. 나는 고모가 남성들의 버릇을 이해해서 자신만 힘든 게 아니라는 것을 강조했다. 인간이 나만 죽으면 슬프지만 모두가 죽으면 자연현상으로 이해할 수 있는 것처럼. 그때 고모의 감정이 어땠는지는 모른다. 그렇게 우리는 전화를 끊었다.

그날 저녁을 먹으면서 남편은 나에게 말했다. 고모랑 말하는 것은 전부 쓸데없는 이야기라고. 옆에 있던 작은딸은 상명이 엄마가 싫다고. 만나고 부딪히면 짜증이 난다고. 좋은 에너지가 안 나오고 나쁜 에너지를 보내는 사람이라고. 그래서 자기는 피하고 싶은 사람이라고. 나는 할 말이 없었다. 남편은 다시 "그 사람은 우리가 자기보다 좀 더 잘 산다고 불필요한 죄의식을 만들어내고 있다."고 말했다. 우리가 고모 집안을 못 살게 한 것도 아니고, 이전에는 항상 우리보다 잘 살았지 않았냐고. 그런데 지금 그들이 못 사는 것이 마치 우리가 어떤 행위를 해서 못 살게 한 것 같은 느낌을 주고 있다고. 그래서 우리가 죄의식을 가지게 만든다고. 여하튼 자주 만나면 안 된다는 생각을 하고 있다고 말했다.

남편이 어느 책에서 보았다. 오쇼가 힌두교에서 깨달은 사람들을 초청했을 때, 그곳으로 유명한 목사와 함께 갔다. 목사가 힌두교는 역시 신비롭다고 했다. 목사가 "우리는 죄인이니 무릎을 꿇읍시다." 했다. 그런데 오쇼는 서 있었다. 목사가 물었다. 왜 무릎을 꿇지 않느냐고. 오쇼가 "나는 죄인이 아니다. 신성한 신이 내 안에 있다. 그 신에게 감사하고, 감사기도를 드린다. 스스로 기도를 올린다. 왜 내가 죄인이냐? 당신하고 왔지만, 무릎 꿇고 빌 이유는 없다."고 말했다. 인간은 사람을, 아니 애기들을 죄인으로 만들어간다. 사람은 태어나면서 신성하기에 존중해야지 죄인으로 만들어서는 안 된다. 종교적으로 사람을 죄인으로 몰아가고 종국에는 지배하려는 종교 집단들이 많다. 또 자기보다 나은 사람, 잘 사는 사람들도 죄인으로 몰아가는 자세는 옳지 않다. 그렇게 몰아가는 사람들이 나쁘다. 절이나 기독교 신자들은 그들 스스로를 구속하고 예속하며 대중들을 죄인으로 몰아가는 것이다. 그런 것은 좋은 것이 아니다.

- 나는 애기들이 정확하다고 생각한다.

- 애기들이 싫어하면, 그것은 나쁜 사람인 거야.

- 애들은 애기들 나름대로 내가 알아서 한다고 말한다.

- 왜 애들이 상대방을 싫어하냐?

- 애기들이 좋아하면, 그 사람은 잘 살고 있는 거야.

- 애기들이 싫어하면, 그 사람은 뭔가 잘못 살고 있는 거라고.

- 애기들은 에고가 없는 것이라고.

우리는 밥을 먹으며 시끄러웠다. 서로의 의견이 충돌했고 다시 화합했으며, 다시 분열되었다. 테니스 게임 모임에 대해서 막내딸은 술에 취해 횡설수설 지껄였다. 여성 모임 아줌마들은 테니스 공치는 것이 목적이 아니라고. 그들은 다른 목적이 더 강하다고. 젊고 멋있는 남자에 더 집중한다고. 무슨 무슨 언니들이 다 똑같다고. 그 언니들은 젊은 남자가 공치러 오면 미장원에 들러서 멋 부리고 온다고. 본인은(내 작은딸) 다르다고. 겉모습은 여자지만 속마음은 남자라고. 나는 테니스 60, 70대랑 치면 된다고. 남자들에게 관심이 없다고. 자기는 젊은 남자를 추구하는 게 아니라고. 오로지 공치는 것을 추구한다고. 그런데 남자들은 남자를 추구하는 그런 여자들을 싫어한다고. 자기는 나이든 노 테니스 클럽에 가서 치다보면 젊은 남성들이 모이고 꼬이면서 커진다고. 여성이 자기 혼자라서 탈이 없다고. 자기는 어떤 남자를 꼬드기기 위해서 공치는 것이 아니라고. 남성멤버들도 자기를 안다고. 오늘 테니스 멤버들의 모임에서 언니가 삐졌다. 왜 삐졌는지 확실하지 않았다. 테니스 게임은 편을 먹고 잘 했다. 신나게 재미있게 쳐서 언니가 화를 풀었나 생각했다. 그런데 자기 차를 타고 올 때 폭언을 내뱉으며 본인을 닦달했다. 무엇인가 단단히 화가 난 것이었다. 아마도 자기 몰래 혼자 다른 모임에 가서 테니스를 친 것이 화가 나는 모양이었다.

- 너는 어쩌면 그렇게 내 뒤통수를 칠 수 있느냐? 나에게 말하고 쳐야 되는 게 아니냐. 나, 너와 함께 공칠 수 없어. 너 다음에 함께 나랑 대회 나갈 생 각 하지 마라.

둘째는 할 수 없이 중간에 내려 달라 해서, 차에서 내려 걸어왔다 고 했다.

둘째와 큰애는 지금 싸움 중이었다. 작은애 말을 들으면 작은애 말이 옳고, 큰애 말을 들으면 틀림없이 큰애 말이 옳을 것이다. 둘은 맞지 않는 부분이 많았다. 말로는 작은애가 항상 이겼다. 물론 맞는 부분도 많지만. 큰애는 매번 작은애한테 퍼붓고 다시 작은딸에게 구 걸하는 꼴이 되었다. 이번에도 그렇게 되지 않을까 생각했다. 생각 의 깊이는 작은애가 더 깊다고 할까? 큰애는 감정이 앞서고 자기식 대로 대처하다가 제 스스로 작은애에게 당하는 경우가 많았다. 나 는 둘이 싸우면 조절했고, 서로를 화해의 길로 이끌었다. 이제는 나 이도 들었고, 내가 항상 조절할 수 있는 일이 아니라고 생각했다. 내가 죽고 없어지면 영원히 이별을 하든 화해를 하든 그들이 만들어 낼 이치였다.

내 아는 친구의 딸 둘이 그렇게 싸웠다. 둘 다 서울대학교를 졸업했고 둘 다 전문직을 가졌다. 작은딸이 먼저 결혼하겠다 했다. 큰딸이 갑자기 자기가 먼저 해야 한다면서 말렸다. 그런데 작은딸은 애인이 이미 있었다. 결국 작은딸이 먼저 결혼했다. 결혼할 때 큰딸은 참석하지 않았다. 일 년 후, 큰딸이 결혼했다. 동생은 결혼식에 참석했다. 그러나 둘은 서로 만나지도 않고 살고 있었다. 그 딸들은 서로 시샘이 많았고, 보이지 않는 경쟁심과 이기심으로 인해 만날 수 없었다. 부모 입장에서 그것은 불행한 일이었다. 우리 주변에 이런 일은 많았다. 아주 가까운 가족들에게 이런 일이 벌어지고 있는 것이다. 남의 자식이 그렇다는 것은 우리 자식, 우리 새끼도 그렇다는 것이다. 나는 이들의 관계가 어떻게 다른 모습으로 이어질 것인가를 관찰해 보고 있는 것이다. 내 딸 둘은 지금 계속 보이지 않게 싸우면서도 만나서 테니스 게임을 했고, 남들 앞에서는 다정한 자매처럼 행동했다.

큰딸은 체면을 중시했다. 반면 작은딸은 제멋대로였다. 큰애 진현은 테니스 공치는 욕심이 많았다. 누구보다 잘 치기를 좋아했다. 대회에 나가서 우승도 몇 번 했다. 지금까지 진현이가 살아온 것 중 제일 잘 하는 것이 테니스 치는 것일 것이다. 진현이 속으로 으슥할 일인 것이다. 그에 비해 승현(작은딸)은 대회를 거절했고 시집을 못 갔다. 그저 테니스 레슨만 주구장창 다녔다. 승현이가 오랫동안 레슨을 하다가 여의도 테니스 클럽에 들어갔다. 그곳에는 젊은이들이 많았다. 그는 그곳에서 많은 찬밥 신세가 되었다. 클럽에 갔을 때, 오빠들은 자기들끼리 잘 치는 멤버로 조를 짜서 게임을 했다. 하루 종일 기다려도 한번 게임을 해줄까 말까 했다. 그러다 간신히 게임 한번 하고 돌아왔다. 승현이는 분통이 터졌다. 기다리는 시간에 비해 게임하는 시간은 짧았다. 그는 초보자였고, 오빠들은 숙련자였으니. 그 클럽에 여성들은 조금 있었다. 승현은 남성적인 성격을 가졌다. 그 클럽 여성들을 승현이가 무시했다. 그 여성들보다 레슨을 오래 한 승현이가 그래도 공을 잘 쳤다. 그 언니들이 승현이에게 도끼눈을 뜨고 요놈이 어떤 남자를 꼬시러 왔다고 쑥떡 거렸다. 승현은 그러거나 말거나 그들을 멀리했다. 어느 날 진현 언니를 데리고 그 클럽에 들어갔다. 언니는 그 클럽 언니들과 조화를 이루면서 그곳에서 잘 버텼다. 진현은 방송작가 언니, 모토라이 언니(모토라이 회사를 다님), 또 예전에 테니스 선수였던 언니 등과 잘 어울렸다. 그곳에서 과거 선수였던 언니와 짝을 이루어 대회에 나가 우승도 했다. 그 클럽에 다니던 언니가 결혼을 했고, 다른 언니들도 결혼을 했다. 그리고 모두가 뿔뿔이 헤어졌다. 진작부터 승현이는 그곳이 마음에 들지 않아 탈퇴한 상태였다. 승현이는 계속 레슨만 했다. 진현이는 애기를 낳고 키웠다. 둘째가 태어났다. 테니스를 치고 싶어 했다. 나는 둘째 손녀 예원이가 일 년을 넘으면 레슨비를 주겠다고 했다. 예원이가 태어난 지 일 년이 지난 후, 나는 진현이 레슨비를 주었다.

그 예원이가 올해로 다섯 살이 되었다. 진현이는 이제 테니스 숙

런자가 되었다. 어느 날 사위가 아파서 병원에 입원했다. 온 집안이 무질서해서 힘들었다. 그때 나는 생각했다. 모두가 건강할 수 있도록 미리 운동을 시키자. 그러면 나를 병원으로 오라 하지는 않겠다고. 그 후 사위와 딸들에게 테니스 레슨비를 주기로 했다. 건강을 지켜서 각자가 자신을 지켜보자는 뜻으로. 내가 운동을 시켰으니 그들이 클럽에서 휴일에 운동을 할 수 있도록 손자를 돌봐줘야 했다. 한 주는 우리가. 그 다음 주는 사돈네가. 그렇게 양쪽 집안 어른들이 손자들과 어울릴 수 있어서 좋았다. 이제는 진현과 승현은 어느 클럽이든 환영받는 사람이 되었다. 둘은 일 년에 한두 번씩 대회에 나갔고 우승도 했다. 테니스계에서는 이름으로 알려졌다. 젊은 여성 중에 그렇게 숙련된 자들은 드물었다. 그런데 진현은 승현을 견제했다. 항상 언니인 자신이 좀 더 잘 쳤는데, 이제 승현이가 더 잘 치는 것이 싫고, 경쟁자라는 마음이 들어 갈등이 생겼다.

승현이는 매사 제멋대로였다. 진현이는 승현이와 함께 공을 치려면 속이 부글부글 끓었다. 승현이는 마음에 들지 않는 회원이 들어오면 자기는 빠진다고 협박했다. 결국 그 회원을 받아들이지 못하고 승현이 식대로 인원이 조율되었다. 진현이는 그것이 못마땅했다. 승현이는 홀로 노는 것에 익숙했다. 어느 클럽이든 들어갔고 마음에 안 들면 탈퇴했다. 그는 물망울이 굴러가듯 제멋대로, 제맘대로 공을 쳤다.

반면 진현이는 인맥으로 공을 쳤다. 한번 인연을 맺으면 쭉 함께 공을 쳤다. 싫어도 쳐야 했다. 어머니 클럽에 가면 짜증을 냈다. 맨날 제일 못 치는 사람을 파트너로 주었기 때문이다. 못 치는 멤버들이 게임을 하는 곳에 진현이를 멤버로 넣었다. 그곳을 관장하는 사람은 80대 노인이었다. 그렇게 세 게임 이상을 하면 성질이 났다. 내가 여기에 봉사하러 왔는지 생각하게 했다. 적어도 두 번까지 그렇게 해줘도, 한 번 정도는 잘 치는 사람끼리 신나게 게임을 하게 해줘야 되는 것이 아닌지 생각했다고. 어느 때나 그 잘 치는 노인이 이기고 싶은 욕심으로 진현이와 파트너를 한다고. 그는 발리로 자기 앞에 오는 것만 친다고. 그러면 진현이만 뛰어다녀야 한다고. 이제는 내게 오는 것만 치고 그쪽으로 오는 것은 안 친다고 했다. 그래서 게임에서 졌다고. 그러자 그가 상대편으로 갔다고. 그런데 진현이 팀이 이겼다고. 진현이는 무조건 이기고 싶지는 않다고 했다. 적당히 조율을 해서 상대편이 지면 본인도 한 번 져준다고. 나는 말했다.

- 그것이야. 그거. 우리가 무조건 이기면 무슨 재미니? 적당히 즐기면서 서로 즐겁게 게임을 하는 것이 짱이지.

테니스 게임을 하다 보면 재미도 있지만 화가 날 때도 많다. 서로 공으로 대결할 때 계속 주고받는 것만큼 통쾌한 것이 없고. 치열한 접전이 되는 것이 즐겁다. 계속 주고받는 것이 이루어지다가 누군가가 실수할 때를 노리는 것, 그것이 공치는 재미일 것이다. 그런데 욕심이 과해서 상대방이 못 받도록 지나치게 옆으로 빼는 실수로 실점을 하는 경우가 더 많다. 공을 치면서 우리는 상대방의 마음을 읽을 수 있는 것이다. 자기 욕심으로 무조건 상대방의 옆구리를 찌르면 자기가 실수해서 모두 다 실점으로 이어진다. 그러면 그 게임은 15분 안에 다 끝나버린다. 그 사람 때문에 남은 세 명이 본격적으로 뭔가를 하기 전에 끝나버리면 정말 재미가 없어진다. 그런데 그 멤버가 들어와서 게임을 하면 평생 그런 게임으로 끝나고 마는 것이다.

　내가 게임에 임할 때 잡는 목표는 게임에서 승점 2점을 얻는 것이다. 한 게임은 먼저 6점을 따는 팀이 이긴다. 4명이 게임에 임하고 한 팀에 2명씩이다. 서브는 돌아가면서 넣는다. 나는 나이가 들어 내 짝인 젊은 애에게 먼저 서브를 넣게 한다. 그럴 경우 점수가 4:4가 되면 모든 사람이 두 번씩 서브를 넣게 된다. 네 사람 모두가 두 번씩 서브를 넣으면 웬만치 운동이 진행된 것이다. 적절히 몸도 풀린다. 시간도 20분을 넘기게 된다. 이 상태라면 어느 팀이든 이길 수 있는 것이고, 질 수도 있는 것이다. 그런데 팀의 스코어가 적당히 균형 잡혀서 막상막하라면 서로 이기려고 엄청 애쓰면서 재미가 쏠쏠해진다. 결국 점수는 5:5가 되고, 라스트 게임으로 승부를 짓게 된다. 다음 팀이 기다리고 있기 때문에 무한정 길어지면 안 되는 것이다. 5:5 타이까지 한 셈으로, 그 게임은 정말 재미있는 것이다. 시간도 45분~1시간 이상이 걸리니 모두가 지쳐 있게 되는 것이다. 그러나 그런 게임이 될 정도의 팀워크가 이루어지는 것은 어렵다. 멤버가 다양하고 실력도 차이가 많이 나기 때문이다. 사람들은 매번 그렇게 치고 싶어 하지만 말이다.

　그러다 보니 테니스 코트에서는 비인간적인 행동이 드러난다. 잘 치는 멤버끼리 치고 싶어 하고, 그런 사람들끼리 작당을 해서 다른 사람의 마음이 상해 멤버가 나가고, 다시 모이고 하는 어떤 흐름이 생겨나는 것이다. 테니스를 오래 쳤다는 것은 사람들이 드세고, 지구력이 있고, 인내가 있다고 설명할 수 있다. 나도 그런 편에 속할 것이다. 삼십 년을 넘게 공을 치고 있으니 말이다. 그래도 나는 인생의 선택에서 가장 잘 선택한 것 중 하나로 손꼽는다. 인생의 힘들고, 지겹고, 지치는 것을 극복할 수 있게 해준 것이 테니스였다. 테니스는 잘난 놈, 못난 놈 할 것 없이 평등하다. 그중에서 제일 즐기고 잘 치는 놈이 테니스계의 짱인 것이다. 이제는 아프지 않고 낙오자가 되지 않으면 성공인 것이다. 많은 멤버가 교체되었다. 숫자도 줄었다. 우선 무릎이 아파서 탈락하는 자가 많아졌다. 몇몇은 뒷꿈치 아킬레스가 끊어져서 탈락했고, 더러는 병으로 죽었다. 나는 이 나이까지 공을 계속 치고 있기 때문에 성공한 것이다.

지금 한창 진현(큰딸)과 승현(작은딸)이도 팀워크 문제를 겪고 있었다. 두 놈이 다른 성향으로 테니스를 치고 심리적 갈등을 겪으면서 욕하고, 질투하며, 상대방을 헐뜯고 있는 것이다. 내가 볼 때 둘 다 옳은 것이다. 검은색과 빨강색이 서로 엉겨 붙어서 각자에게 맞는 색깔로 다시 태어나야 했다. 그 시간이 길 수도 있을 것이었다. 그러나 오랜 세월이 지나면 그들은 서로 붙어서 언제 그랬냐는 듯이 친하게 지낼 것이다. 다만 그만큼 시간이 필요하고, 서로의 관점이 다르게 작용해 충돌이 일어나고 있을 뿐이다. 그 충돌로 인해서 상처를 입고, 상처를 입히기 때문에 당분간 떨어져야 한다는 것이다.

이번 목요일 모임에 둘(진현, 승현)은 어느 클럽에서 만나 함께 게임을 했다. 진현이가 승현이에게 삐져서 쌀쌀맞게 굴었다. 여럿이 있을 때는 체면 때문에 공격을 하지 않았다. 그러나 둘만 있으면 삐쳐서는 공격을 해댔다. 그 삐짐의 원인은 언니 몰래 다른 곳에 가서 테니스를 쳤다는 것이다. 클럽에 있을 때는 그래도 유연하게 아무 일 없는 것처럼 게임에 임했고 서로 재미있게 쳤다. 승현이는 언니가 이제 마음을 풀었다고 생각했다. 하지만 게임이 끝나고 집으로 올 때, 언니가 차를 타고 오면서 도끼눈을 뜨고 승현이를 공격했다. 승현이가 왜 다른 사람이 있을 때는 안 그러면서 그러냐고 물었다. 그러자 진현이 "야, 집안싸움을 딴 사람에게 보이는 게 좋으냐?"면서 소리쳤다. 승현은 무얼 잘못했는지 사실 몰랐다. 그 후 둘은 레슨을 하면서 서로 만났다. 다른 선생님에게 테니스 레슨을 받았지만, 같은 코트를 썼다. 게다가 시간대가 같았다. 그래서 만날 수밖에 없었다. 다른 때 같으면 서로 난타를 치고 운동을 함께 했을 테지만 언니가 삐져서 아는 체도 안 했다. 승현은 그래서 코트를 나왔다. 진현은 항상 양재 코트를 예약하고 자기를 불러 팀을 만들고 테니스 게임을 했다. 그런데 삐진 뒤부터 승현을 빼고 자기들끼리 재미있게 공을 쳤다. 승현은 처음에 서운했지만 이내 다른 클럽을 찾았다. 그 주는 몸을 풀기 위해 수영장을 찾기로 했다. 그래서 자유 수영장을 찾았다. 서초 스포츠센터에 자유 수영 시간을 찾아 그곳으로 운동을 갔다. 하루 종일 혼자 몸을 풀면서 놀았다. 그리고는 일요일에 언니를 만나 아무 일 없는 것처럼 클럽에서 공을 쳤다. 하루 종일 공을 친 뒤 게임이 끝나고 집으로 돌아와야 했다. 그때 진현이도 차가 없었다.

- 형우 오빠 벤츠 샀네요? 나 좀 데려다줄 수 있나요?

- 그래 바래다 줄게. 진현이랑.

- 어? 벤츠는 냄새가 다르네요. 어? 쿠션도 다르고요.

- 오! 형우 오빠 짱이네요. 오빠가 달라 보여요. 오빠 멋있네요.

- 야, 사는 게 재미없어졌다. 요새 뭐 재미있는 거 없니?

- 싱크로나이즈 할래요?

- 싱크로나이즈? 음악에 맞춰 수영하는 거? 내가 네 말을 알아듣는 게 다행
  이다. 오빠랑 하자고?

그때 진현이랑 형우가 빵 터지며 웃었다.

- 얼마나 재미있는데요.

그리고 형우는 진현이와 승현이를 집으로 데려다주고 갔다. 진현
이는 승현이처럼 그런 이야기를 못 했다. 그런 이야기를 하고 싶어도
못한다. 끼가 없어서. 잘 치는 사람들과 공은 같이 치고는 싶은데 그
렇게 할 수도 없었다. 자기의 체면 때문에 체면에 손상되는 소리를
진현이는 못 한다. 못 치는 사람도 체면 때문에 쳐주어야 하는 것이
다. 속은 부글부글 끓지만 체면을 중시해서 상대편이 약하면 세게도
못 치는 것이다. 진현은 늘 대인배로 보여야 하는 것이다. 그래서 속
이 썩어서 부글부글 끓는 것이다.

반면 승현은 눈치를 보지 않는다. 승현이는 "나는 잘 보이려고 태어난 것이 아니야. 화가 나면 나는 그대로 화를 내는 거야. 누가 견디고, 참아내는 것에는 관심 없어. 언니는 나를 보며 속이 상하고 있어. 왜냐하면 나는 지 맘대로 지랄을 떨거든. 그래도 사람들은 내 말을 들어주거든. 그런 것 자체가 언니는 싫은 거야. 6:0 대진표에 나는 안 들어가. 그렇지만 언니는 들어가 주지. 언니는 '왜 얘는 지 멋대로인데 사람들이 알아주고, 그대로 해주는지 모르겠다.' 그것이 속상한 거야."

- 석호(테니스 클럽 회원)는 좋으면 좋고, 싫으면 싫다는 것을 주장하는 애이다. 그동안 석호가 잘 생겨서 애인처럼(공을 칠 때) 생각했는데, 2017년부터 석호를 내주기로 했어. 더 이상 석호가 잘 생겨 보이지 않아요.
- 그럼 중근이(클럽회원)가 좋아?
- 네.
- 오유환은?
- 유환이 잘 치니까 내 거. 중근이는 잘 생겼으니 내 거.
- 너 욕심쟁이네.
- 멋지고 잘생긴 거는 내 거.
- 형우 오빠 좀 이제 놓아줘라.
- 그럼, 그럴까?
- 승현이 헛소리해서 재미있다.
- 회원들도 헛소리하면 안 되냐?

- 그건 아니지.

- 승현이는 예쁘고, 잘생긴 걸 좋아해.

- 나는 당연한 것을 당연하게 좋아하는 것이지.

- 오빠(형우)는 별로야?

- 네. 결혼한 오빠랑 결혼한 언니들은 별로 관심 없어요.

- 오빠를 들었다 놨다 하는구나.

- 중근이는 잘 생겼고, 그 옆에 내가 앉아야지? 뿡! 석호도 내 거. 여기 앉아.

- 나(석호) 좀 놓아줘라.

- 그럼 가.

강남(테니스 클럽 멤버) 오빠와 눈 왔을 때 만나서 공 쳤다고 한다. 서로 "눈은 괜찮아. 우리끼리 칠 수 있어."라고 다독이면서. 코트가 인조 잔디라 코트를 수정하며 쳤단다. 너무 좋아하면서.

- 내가 보면 남자들도 별거 없어. 내가 지금 열심히 꼬시고 있어. 오유환이 강동구에 살아. 그가 말하길 자기네 동네 엄청 좋대. 술병도 있고, 길거리에서 냄새도 나는데, 공치기는 엄청 좋다고. 사람들이 테니스 잘 치니까 이쪽 동네에서 부른 거지.

- 나는(승현) 혼자 살기 이전과 이후로 나뉘어. 혼자 살기 시작한 후에는 뭔가를 깨달은 거야. 다시 내 삶이 부활한 거지. 말하자면, 에고가 사라진 거야. 안 보이던 것이 보이고, 안 들리던 게 들리고. 사심이 이런 거지. 전에는 몰랐던 거야. 원래 있었던 현상을 지금은 알아채는 것. 전에는 이런저런 것을

모르고 그냥 살았던 거야. 그런데 혼자 살면서 분위기, 말투, 이런저런 것 등등에 예민해지면서 알아채지는 거야. 전에는 알지 못하던 것이 어떤 것인 지. 남들보다 빨리 형상이 나타나는 거야.

승현은 진현을 보고 "좀 감이 떨어진다. 혼자 안 살아 봐서 그렇 다. 무슨 일을 당하고 나서 알아채고, 그러고도 또 당한다."고 했다. 반대로 본인은 혼자 살아봤기에 무슨 일을 당하기 전에 잘 알아채 고, 그 문제를 해결하기 위해 필요한 것이 무엇인지 본능적으로 느 낀다고 했다.

- 내가 대전에서 볼일 보고 막차를 타고 올라올 때 공치자는 카톡이 올라왔 다. 그때 회장이 자기는 시골인 부천에 내려왔기 때문에 공칠 수 없다고 카 톡에 썼어. 그래서 오늘은 쉰다고. 그런데 다른 회원이 나오겠다고 했어. 4 시 30분까지. 나도 서울에 4시 30분까지 갈 수 있다고 하니까 또 한 멤버 가 자기도 갈 수 있다고 했지. 그래서 우리가 재미있게 쳤어.
- 이런저런 일이 생길 때 남성이 여성보다 모르는 것이 많은 것 같다. 남자들 은 여자의 내면에서 일어나는 이기심, 시기심, 또 다른 이상한 것들을 모르 는 경우가 많아.
- 아니야, 엄마. 남자도 예민한 사람은 그렇지 않아. 에너지의 문제라고. 말하 자면 의식의 확장이야. 루터도 눈앞에서 사람이 죽는 것을 보고 충격을 받 아서 에너지를 가졌고, 의식의 확장이 일어난 거야. 성별의 문제가 아니야. 남자도 섬세한 사람 많아. 그들의 의식은 고차원적이라고. 고차원적인 에너

지는 고차원적인 사람을 찾지. 그런 사람들은 착한 사람을 찾아. 같은 부류의 사람이 모이는 모임을 좋아해. 그렇게 소규모지만 괜찮은 사람들의 모임이 되고, 서로 비슷한 사람끼리 모이면서 공격적인 사람은 빼게 되지.

승현의 말처럼 공격적 에너지를 가진 사람들은 외롭다. 타인이 그 사람을 기피하기 때문이다. 이해관계 때문에 함께 있지만, 그 관계마저 끝나면 썰물처럼 빠져나간다. 불편하면 만나지 않는다. 동물들을 보라. 풀 뜯는 동물들은 조화롭게 살아간다. 그러나 육식 동물인 사자나 늑대는 그들끼리만 어울린다. 초식 동물이 두루두루 어울리는 것과 달리. 그렇지만 육식 동물도 배고프지 않으면 잡아먹지 않는다. 다른 의미에서 그것은 서로 공존한다고 할 수 있다. 그나마 늑대는 집단적인 성격을 가졌다. 거기에 모성애도 강하고. 다만 육식 동물이 언제 배가 고플지 모르니까 피하는 것이다.

- 진현 언니는 내(동생)가 밉고 싫은데 참는 거야. 얼마나 참는데. 언니는 나에게 집착하는 거야. 밤새도록 전화하고, 테니스 치는 것을 감시하고, 내가 딴 곳에서 치는 것을 참을 수 없어 하는 거야. 언니는 에너지가 많은 거야. 집착하고, 신경 쓰는 것이 그렇잖아. 나는 그런 에너지가 없어. 나는 아무 생각이 안 난다고. 언니는 인동 할머니(시어머니)와 똑같아. 둘 다 너무 에너지가 많은 사람들이야. 언니가 여행사 차리기 전에 밤새도록 여행사만 생각했다잖아. 그것이 에너지가 많은 증거라고.

*

어제 캐나다 큰언니(미도 고모, 아버지
큰누나의 딸)의 큰아들이 스키를 타다가 죽었다고 연락
이 왔다. 언니네 큰손자가 18살, 작은손자가 초등생이었다고. 영
존이(고모의 막내아들)와 정란이(고모의 막내딸)가 울었다고. 그들은 사연
이 많았다. 그 큰언니는 내게 가장 부러운 사람이었다. 그들은 나에
게 꿈을 주었고, 두려움을 주었으며, 희망을 주었던 사람들이었다.
고모부는 아버지와 같은 학교를 다녔다. 아버지는 기계과. 고모부는
건축과. 고모부는 그때 이미 결혼한 상태였는데 부인이 바로 아버지
의 누나였다. 그때는 일제 강점기라 대부분의 여성들은 일찍 결혼을
했다. 일본군에 잡혀가지 않도록 부모들이 애를 쓴 것이다. 고모가
고모부보다 세 살 많았다. 고모부는 토요일이 되면 아버지를 꼬드겨
서 처갓집으로 왔다가 갔다. 그 후 시절이 좋아져서 해방이 이루어
졌다. 해방 이후 고모부는 도청에 자리를 잡았고 아버지는 철도청에
서 기관사를 했다.

우리는 중소도시 소제동 초가집에서 살았고, 고모네는 부자 동네
인 대흥동에 있는 신흥 주택가의 새로 지은 양옥집에서 살았다. 나
는 고모네 집을 자주 갔다. 그 집에는 우리 집에 없는 것이 많았다.
전화와 텔레비전이 있었다. 대형 오토바이도 있었다. 그 집은 수도
가 있었고, 반대로 우리 집은 우물에서 길어 먹었다. 그 집 대문을
넘어 현관에 가면 언니들이 치는 탁구대가 있어서 언나 남자친구

들이 모여서 탁구를 쳤다. 안방에는 전축이 있어 언니들이 모여 최신 춤을 추고 놀았다. 거실에 의자가 있었고, 방 찬장에 예쁜 검은색 바탕의 꽃무늬 찻잔이 진열되었다. 나는 신비의 그릇을 그곳에서 보았다. 큰 안방 건너편 거실을 거치면 다다미방이 있었다. 다다미방 말고 현관 쪽에는 복도가 있었는데, 그 복도에 쌀가마를 천장 높이까지 채웠다. 그 당시 쌀가마는 중요했다. 대부분 보리밥으로 대충 식사를 때우는 집이 많았다. 고모네는 쌀을 듬뿍 담아 밥을 많이 했다. 누룽지가 생기면 설탕을 솔솔 뿌려서 일하는 식모 아줌마가 쟁반에 긁어 놓았다. 먹고 싶은 사람들은 그것을 이물개로 먹었다. 나는 그것을 쉽게 갖다 먹지 못했다. 그 집 식구들을 따라서 조용히 왔다 갔다만 했다. 작은언니가 그래도 부드럽게 나를 대해주는 편이었다. 다른 사람들은 내성적이고 배타적이며 냉기가 돌았다. 나이가 어린 정순이와 작은언니가 그중에서 그나마 편하게 느껴졌다. 그 둘은 아무래도 고모 쪽을 닮아서 서글서글하고 까칠하지 않았다. 큰언니는 바쁘고 나이 차이도 많아서 만나는 일이 없었다. 큰언니는 학교에서 공부를 잘하는 학교의 대대장으로, 모든 학교의 학생들을 대표하는 구령과 선발대의 선두 일을 맡았다. 그 당시 학교 교육은 무슨 군사 훈련하듯 학생들을 동원했다. 공설 운동장에 모였다가 구령에 맞춰 행진하곤 했다. 정자 언니는 그들 또래 학생들 사이에서 모르는 사람이 없었다. 남학생들에게 언니는 최고의 인기 여학생이었다. 얼굴이나 용모도 수려했다. 성격은 대인배처럼 활달했다. 고모는 그 딸을 당신의 분신처럼 칭찬했고, 기대를 많이 했다.

고모가 여학교에 가서 대학 지원서로 지방 대학 가정과를 하려 하
니까 학교 교장 선생님이 고모를 불러 그래서는 안 된다고 했다. 이
렇게 똑똑한 학생은 서울에 있는 학교로, 그것도 정치과를 보내야
마땅하다고 설득했다. 결국 연대 정외과로 입학원서를 썼고 그 학교
에 입학했고 졸업했다. 졸업을 하자마자 언니는 결혼을 하기로 했
다. 고모는 결혼 과정을 아버지와 엄마에게 말했다.

- 정자가 결혼할 사람으로 금은방을 하는 부잣집 외아들을 데리고 왔어. 올
  케. 애 아버지가 절대 안 된다고 지금 싸우고 있어. 장사꾼 집안이라서 안
  된다고 싸운다니까? 그런데 고등학교 때부터 알고 지낸 남학생이 있는데,
  가난하고 대학도 못 갔음에도 계속 따라다녀서 그 애가 불쌍해.
- 어느 때는 정자가 울고불고 결혼시켜달라면서 지 아버지 출근할 때 무릎을
  꿇고 야단이 났어. 싸워봐야 자식 이기는 놈 없다고, 아버지가 정자의 결혼
  을 허락할 수밖에 없는 거야. 허락이 떨어지자마자 그 집에서 농이며, 이불
  이며, 예단을 해오는데 난리가 났어.

어느 날 무슨 요리 집에서 약혼을 한다니까, 올케와 동생 애들도
그곳으로 데리고 오라고 고모가 말했다. 그 요리 집은 특별했다. 지
금 생각하면 일식집이었다. 내가 처음 먹어보는 요리들만 나왔다.
깨죽을 시작으로 요리가 계속 나왔던 것이었다.

언니는 곧 결혼했고 서울에 살림집을 차렸다. 그리고 언니는 대학
원에 다녔다. 내가 서울에 가면 언니가 나를 데리러 차를 가지고 서

울역으로 나왔다. 언니는 나를 자기네 집으로 데려갔다. 처음에는 홍대 근처에 있는 일반 주택이었다. 애기들은 이층 침대에서 나란히 잤고, 나는 바닥에 요를 깔고 잤다. 위층에서 자고 있는 애기가 내 쪽으로 오줌을 갈기려 할 때 언니가 애기를 데려가서 화장실에서 쉬야를 시켰다. 그 다음 언니의 집을 방문했을 때, 언니는 여의도 시범 아파트로 옮겨 간 상태였다. 처음으로 아파트라는 것이 생겼을 때였다. 수세식 변소도 신기했다. 형부가 낯설어서 좀처럼 기를 못 폈다. 다만 나는 결혼할 때부터 언니가 자기보다 좀 떨어지는 사람과 결혼을 한 것으로 생각했다. 언니는 연대를 나왔고 형부는 중앙대를 나왔으니 언니가 더 똑똑하고, 형부를 돈만 많은 사람으로 여겼다. 그런 결혼은 합리적이지 못하다고 나는 생각했다.

언니가 나를 멋진 승용차로 데리러 나온다는 사실 자체를 나는 별세계로 인식했다. 부잣집의 삶이 우리네와 확연히 다르다는 것을 확인했다. 그 후 나의 꿈은 나중에 멋진 승용차를 사는 것이 되었다. 추가하자면 운전할 때는 새하얀 목 티에 빨강 라인이 목선에 있는 그런 멋진 옷을 입고 운전을 하는 것이었다. 언니는 나에게 최선의 배려를 해주었다. 언니는 나의 아버지인 외삼촌을 좋아했고, 나의 엄마인 외숙모를 좋아했다. 방학이 되면 언니들은 우리 집으로 놀러 왔다. 하얀 쌀밥에 고추장을 넣고 비벼서 맵다고 하면서 맛있게 먹었다. 작은언니 정순이는 매운 고추장을 무척 좋아했다. 외숙모 고추장이 맛있다고.

큰언니가 시집을 갔고, 어쩌다가 만나면 언니는 내가 필요한 것들을 사 주었다. 그때 한창 배드민턴이 유행이었다. 언니는 그것을 한 세트 사주었다. 얼마나 신이 나던지…. 당시는 친구들이 자치기 놀이를 할 때였다. 또한 언니들이 쓰던 스케이트는 내 차지가 되었다. 내가 새로 살 때까지 나는 남동생과 함께 양말을 껴 신고 열심히 탔다.

큰언니가 서울에 자리 잡았을 때, 내 또래인 언니의 남동생은 중학교부터 언니의 집에서 유학 생활을 했다. 남동생은 과외도 많이 해서 그만큼 공부도 잘했다. 그는 경기 중학교에 합격했다. 그곳에서 경기고에 들어갔고, 이내 서울대학교에 입학했다. 언니와 형부가 장남인 남동생을 챙겨서 열심히 가르쳤다. 나는 경제적인 관계는 몰랐다. 그런데 고모부가 49세 되던 해 아프기 시작했다. 간암이었다. 고모부는 술과 담배를 안 했다. 아마 집안 내력으로 보였다. 고모부는 그해 간암으로 죽었다. 고모부의 형제가 모두 간암으로 갔다. 고모부의 어머니가 간이 약해서 자식들에게 간염이 유전된 것으로 알려졌다.

몇 해가 지나가면서 고모는 집을 팔았고, 고모 가족은 변두리 시골스런 집으로 옮겨졌다. 그사이 작은언니가 서울에서 중하쯤 되는 대학교를 졸업하고 결혼할 사람을 데리고 왔는데, 그때도 고모부는 반대했다. 고아라서 안 된다고. 절대 안 된다고. 그러나 결국 둘은 결혼해서 서울 변두리에 자리를 잡았다. 변두리에서 시작한 고모의 삶은 뭔가 그 집과 함께 기울어져 가는 느낌이 들었다. 고모부의 제사를 지내는 날은 내가 여름방학 끝날 때쯤 놀러 가는 날과 비슷한 느낌이었다. 제사날 새벽이 되면 약간 추워서 이불을 끌어다가 덮었다는 생각이 들었다. 그리고 조금 있다가 추석이 돌아왔었다. 추석쯤에 큰 언니네 사돈집에서 설탕 10kg짜리 한 포와 사과 한 상자를 보냈다. 그때 처음으로 부사를 맛보았다. 나는 그 사과가 그렇게 맛있을 수가 없었다. 내가 평생 먹어온 사과와는 너무나 달랐다. 아! 부잣집들은 이런 것을 먹고 사는 것이구나. 게다가 당시에는 설탕이 엄청 귀했다. 내가 국자에 설탕과 소다를 넣고 부풀려서 달고나를 해서 먹고 싶어도 우리 집에는 설탕이 없었다. 당시 고모 집에서는 라면이 유행이었다. 나는 보도 듣도 못한 음식이었다.

고모부가 살아 있을 때, 내 또래의 남자애들은 공기총을 가지고 동네 한 바퀴를 돌면서 새를 잡았다. 공기총으로 팡팡 쏘는 것을 즐겼다. 막내아들 영존이는 항상 멋진 바바리코트를 입고 바이올린을 배우러 다녔다. 그 집은 내가 볼 때 새로운 풍경이 많았다. 나는 그들의 삶 속을 보면서 '부자라는 것은 물질이 풍요롭고 새로운 세계를 탐방하는 것'이라 생각했다. 고모는 자기 애들(고모의 아들, 딸들)만의 놀이터에 나를 억지로 집어넣으려고 애썼다. "얘, 아무개야. 영숙이도 시켜 주거라. 너희들끼리만 하지 말아라."라고 말했다.

겨울이 되면 화투놀이를 많이 했다. 뽕 놀이를 해서 꼴찌가 일등한 사람한테 팔뚝을 맞았다. 나는 내 또래 남자애한테 오지게 맞았다. 팔목이 새빨갰다. 고모는 안쓰러워서 속이 상했고 살살 때리라고 야단을 쳤다. 하지만 그 남자애는 인정사정이 없었다. 신나게 때렸다. 나는 그들 무리에 낀 것만으로도 고마워했다. 더러는 정순이 언니가 살살 때리라고 말했다. 학기 중에 가끔, 내가 다니는 중학교 수업이 끝나면 고모네 집으로 갔다. 중학교 위치가 우리 집에서는 멀었고 고모네 집에서는 가까웠기 때문이다. 고모는 힘들 것이라면서 하룻밤 자고 학교에 가라고 했다. 나는 그 집에서 잠을 자고 학교에 가기로 했다. 이튿날, 고모는 맛있는 반찬을 도시락에 가득 채워주었다. 우리 집에서는 맨날 그 밥에 그 나물이지만, 고모는 아주 신경 써서 도시락 찬을 해주었다. 내가 도시락 찬을 펼치자 아이들이 "와!" 소리를 냈다. 그때 내 자존감이 올랐다. 나를 귀한 가문의 딸처럼, 귀한 사람으로 대접하는 아이들의 모습이 기분 좋았다. 다시 우리 집으로 돌아왔을 때, 다시 평민으로 내려간 것처럼 느껴졌다. 물론 직접 밥하고 설거지하며 용돈도 벌면서 살아야 하는 친구도 많았다. 그에 비해 우리 집은 밥 해주는 아줌마나 식모가 있어서 나를 그렇게 하찮은 존재로 느끼지는 않았다.

엄마는 하숙을 치르고 나름 경제적인 활동을 해서 경제력을 높이려 애썼다. 자식에게 열심히 학비를 대서 최고의 학교에 보내는 것이 당신의 꿈이었다. 당신이 못 배웠기 때문에 자식만큼은 꼭 가르치겠다는 마음이 강했다. 엄마는 매사를 절약하려고 애썼다. 절대로 허투루 허비하는 돈이 없었다. 그러나 책을 산다든가 학비를 내는 일은 다른 모든 것을 제쳐두고 돈을 주었다.

그런데 이야기를 하다 보니 삼천포로 빠져버렸다. 내가 어렸을 때의 일을 생각하니 내 마음속에 떠오르는 내 모습이 웃기고 즐거웠다. 내가 다시 죽었다가 살아나는 느낌이었다. 전생을 기억하고 죽은 뒤 다른 우주, 다른 세계에서 태어나 살고 있는 느낌이었다. 내가 쓰는 글이 과연 먼 후대에 어떤 의미로 나타나게 될지 생각해봤다. 과거의 삶, 현재의 삶, 미래의 삶에 나타나는 현상들은 전체적으로 비슷해 보였다. 다만 시대적 배경과 환경이 인간을 지배하고, 어떤 우주적 질서에 우리들은 순응하며 맞춰 살아야 하는 것으로 보였다. 우리는 이제 조금만 있으면 이 세계를 떠나야 할 사람들이다. 그래서 내가 살아온 세상을 기술하고 싶을 뿐이다. 예술작품에서 사실적 기능을 통해 그것의 아름다움을 표현하는 마음처럼.

어느 날 아버지가 몹시 괴로워했다. 그리고 산중으로 떠났다. 하루가 지나 아버지는 낭패한 모습으로 초췌하게 돌아왔다.

- 그것들이 자살을 했구먼. 산꼭대기에서 약을 먹고 둘이 자살을 했어. 서로 부둥켜안고 꼭대기에서 죽었더라고.

아버지가 그 시신을 모두 수습했다고 했다. 개명한 이름은 장미였다. 고모의 셋째 딸이었다. 내 큰 남동생(위암으로 죽음)과 같은 나이였다. 장미는 공부를 썩 잘하는 편이 아니었다. 재수를 해서 서울 하류 대학에 입학했다. 그리고 큰언니네 집에서 학교를 다녔다. 입학 후 연애를 했다. 남자는 깡패 집단처럼 주먹을 행사하는 집안의 아들이었다. 둘은 쉽게 연인 사이가 되었고 죽고 못 살았다. 남자는 학생도 아니었다. 장미는 순진하고 착했다. 마음씨도 고모네 집에서 제일로 좋았다. 둘은 결코 결혼할 수 없었다. 그러나 둘은 서로를 사랑했다. 결국 둘은 산꼭대기로 가서 약 먹고 자살했다. 어느 날, 고모 꿈속에서 장미가 나타났다. 자기 좀 구해달라고. 사방으로 수소문했다. 경찰에게도 알렸다. 고모는 점을 쳤다. 점괘에서는 그것들이 죽었다고 나왔다. 어느 날 등산객으로부터 그들의 시체를 발견했다는 연락이 왔다. 그 후 고모는 아버지에게 연락을 했다. 아버지는 시체를 찾기 위해 경찰들과 산으로 갔다. 아버지가 산꼭대기에 갔을 때, 시체는 없었다. 다만 그들이 입은 옷을 통해 그 두 사람임을 알았다. 아버지가 거기에 있는 모든 것을 수습했다. 그 후 고모는 둘의 영혼을 결혼시켜서, 그들의 세계에서 잘 살라는 뜻으로 굿을 했고 천도재를 올려주었다.

고모는 살고 있는 집을 떠나고 싶어 했다. 얼마 안 있어 집이 팔렸다. 고모는 서울 강남의 에이 아이 디 아파트로 이사를 갔다. 고모는 작은언니와 살림을 합쳐야 했다. 그때 작은 형부가 다니던 직장을 그만두고 사업을 시작했다. 나는 그들의 경제 관계를 몰랐다. 고모부가 돌아가신 후 고모 집의 모양새는 불안정했다. 뭔가 균형이 잡히지 않았다. 그때 나는 시골 중학교 교사였고, 방학이 되면 고모의 집으로 놀러 갔다. 서울역에서 내려서 무슨 버스를 타고 어디서 내리면 된다고 했다. 나는 서울이 낯설고 불편했다. 서울역에서 탄 버스는 남산을 한 바퀴 돌고 돌았다. 남산 중턱에서 버스 창 너머로 보이는 산비탈에 작은 집들이 옹기종기 붙어 있었다. 산을 지나서 나온 허허벌판에 아파트가 서 있었다. 규모는 컸다. 언니가 마중 나왔고, 언니를 따라 아파트로 들어갔다. 새롭고 신기했다. 붉은색 지붕인 아파트 중간층에 고모의 집이 있었다. 언니와 형부가 함께 살았다. 고모의 집은 안정되어 보였다.

형부는 가죽옷 사업을 했다. 나에게 그 옷 공장을 보여주었다. 공장은 남대문 시장 안에 있었고, 일하는 언니들이 가죽 제품을 재봉틀로 만들고 있었다. 형부는 만들어진 질 좋은 가죽 제품을 구경시켜 주었다. 그리고 그중에서 내게 어울리는 옷을 골라 주었다. 그것은 곤색 세무 윗자켓이었다. 가격은 비쌌다. 그 옷 가격이, 확실한 기억은 아니지만 내가 한 달 동안 교사로 근무해서 받은 월급과 거의 똑같았다. 그 옷을 사서 놀다가 우리 집으로 돌아왔다. 중소도시이기는 하나 주변이 대부분 농촌 지역이라 내가 사는 곳은 그래도 대도시 취급을 받았다. 고모는 그곳에서 오래 살았다. 자식을 전부 결혼까지 시켰다. 그러는 와중에 어떤 경제적 분란이 있었던 듯했다. 그래서 고모와 언니 가족은 분가해서 따로 살게 되었고, 그때 고모의 아들이 결혼해서 아들과 함께 살게 되었다. 내 또래인 그 남자애는 교수가 되었다. 그는 부잣집 딸과 결혼했다. 고모는 아들에게 사당동 아파트를 마련해 주었다. 언니 가족은 마산 자유 수출 지역에서 사업을 했다. 그리고 큰언니 가족은 캐나다로 이민을 갔다. 왜 갔을까? 이유는 몰랐다. 다만 우리나라 정세는 혼란했다. 박정희 정권이 끝났고, 새 정권이 들어서면서 데모가 연일 일어났다. 서민들은 제2의 6.25 사변이 일어날 수 있다고 난리였다. 그래서 큰언니 가족은 불안한 정세를 멀리하고자 한국을 떠났을지도 모른다. 큰언니 가족이 수원에 공장을 건설했다는 이야기도 들렸다. 돈이 많아서 캐나다에 가서 사업을 다시 벌려 놓았다고도 했다. 이민을 간 후 언니를 만나지는 못했다.

어느 날, 내가 안양에 살고 있을 때 국제 전화가 왔다. 나는 깜짝 놀랐다. 이민 간 큰언니였다. 나에게 파출부를 알선해서 보내 달라는 이야기를 했다. 파출부의 월급이 우리 남편보다도 많았다. 주변 사람들 중에 캐나다에 갈 사람을 물색했다. 한 사람을 섭외해서 보내기로 했는데, 연결이 잘 안 되어 무산되었다. 무슨 꿈속에서 물거품처럼 일어났다가 사그라드는 기분을 느꼈다. 기분이 불쾌했다. 그 당시 우리는 주공 13평의 노후된 연탄 아파트로 이사를 온 상태였다. 반면 고모의 아들은 새로 조성한, 깨끗하고 넓은 평수의 아파트를 분양받아 이사했다. 그의 새집은 마치 호텔 같았다. 넓고, 컸다. 가구들도 모두 새로 장만했다. 두 도어의 신제품 냉장고가 눈에 띄었다. 유리창은 보석처럼 찬란했다. 넓은 거실에는 햇빛이 찬란했고, 마치 운동장처럼 탁 트인 공간이 시원했다.

고모 식구들은 수시로 캐나다와 언니네 집을 오고 갔다. 고모는 캐나다를 왔다 갔다 했는데, 그때쯤 고모 동생인 우리 아버지가 폐암으로 병원에 입원했다. 우리 모두 아버지를 걱정했고 나는 수시로 울었다. 작은언니는 마산에서 올라왔다. 작은언니 가족은 캐나다 이민 절차를 밟고 있었다. 언니는 아버지 걱정을 하는 나에게 당신의 아버지(고모부)가 49살에 돌아가셨는데 네 아버지는 59살이니 그래도 10년은 더 살았다면서 위로를 했다. 그해 아버지는 돌아가셨고, 작은언니 가족은 캐나다로 이민을 가버렸다. 아버지가 퇴직을 하시면서 큰딸인 내가 너무 못살아서 가슴 아파하며 퇴직금 일부를 보태주어 19평 맨션으로 옮겨 살게 해주었다. 그 맨션은 우리들에게는 꿈의 집이었다. 그 집을 우리는 아직도 잊을 수 없었다. 최초로 뜨거운 목욕탕을 가질 수 있었다는 것에 기쁨이 컸다. 고모가 우리에게 아들이 쓰던 포니 차를 넘겨주고 싶어 했는데, 우리는 그것을 받아도 세금을 낼 수 없었다. 살고 있는 맨션의 관리비용도 감당하기 어려웠기 때문이다.

세월은 빠르게 지나갔다. 아이들은 무럭무럭 자랐다. 학부모가 된 나는 아이들을 서울에 있는 학교를 보내려고 애썼다. 그 사이 고모의 아들도 애들을 위해, 부인 친정의 도움을 받아 서울 강남 대치동, 미도 아파트로 이사를 가버렸다. 나는 청량리 고모의 가장 작은 집, 17평짜리 집을 남편 이름으로 사서 전세로 입주했다. 그렇게 서울 강남에 입성한 것이다. 그곳에서 작은애가 고3이 될 때까지를 버티고 살았다. 나는 아이들이 강남에서 열심히 공부해서 서울의 우수한 대학교에 들어갈 것이라 믿었다. 그러나 아이들은 남편이나 나처럼 열심히 공부를 해주지 않았다. 애들은 자기 마음대로 살았다. 부모의 마음과는 달랐다.

어느 날 나는 강북의 변두리 아파트를 분양받았다. 작은애가 압구정동 현대 고등학교를 다녔는데 고3 때 그냥 강북으로 이사를 가 버렸다. 그 결정에는 애들에 대한 내 분노가 있었을 것이라 생각한다. 너희들이 그렇게 공부에 뜻이 없다면 그곳을 떠나도 상관없을 것이라고 생각해 학교에서 가장 먼 동네로 이사를 가버렸던 것이다. 분명 작은애는 엄마에 대한 분노를 가졌을 것이었다. 다른 친구들은 학교가 멀어서 입시를 위해 학교 근처로 이사를 오는데, 엄마는 반대로 멀리멀리 이사를 가버렸다고. 학교에 가는 데 두 시간씩 걸린다고. 우리는 서로를 미워하며 살았던 것이다. 부모의 욕심과 애들의 마음은 항상 다른 길을 찾으며, 다르게 살아가고 있었던 것이다. 그래도 시간은 지나가고 있었다. 애들은 애들의 시간을 살았고, 부모는 부모의 시간을 살면서 지냈다.

애들이 중간 정도의 대학에 들어갔다. 애들은 강남에 살기를 원했다. 다니는 대학교가 멀었고, 강남에 있는 친구들이 많았다. 결국 빚을 내서 다시 살던 곳으로 이사를 왔다. 선박왕인 오나시스는 부자 동네 다락방에서 살면 부자가 될 수 있다고 강조했다. 그 책에서 본 구절을 생각하며 나는 강북 변두리를 떠났던 것이다. 그 후 고모는 손자 유학을 위해 강남에 있는 집을 팔았다. 그들은 좀 더 큰 아파트를 분양받아 경기도로 이사 갔다. 공기도 맑고 산수가 수려했다. 멀리서 이상한 소리가 들려왔다. 내가 동창회를 갔을 때 나를 잘 아는 친구가 말했다. 그 친구 오빠가 검사부장이었다. 그리고 그녀의 오빠와 큰언니의 남편이 고등학교 동기동창이었다. 친구 오빠는 공부를 잘했다. 돈 많은 형부가 그 친구 오빠를 가정교사로 초빙해서 자식들을 공부하도록 시켰다. 친구 오빠는 서울대에 들어갔고 검사부장까지 했다. 형부는 중앙대에 들어갔고 사업가가 되었다. 둘은 동기로서 잘 만났고, 연락을 주고받았다. 그래서 그들은 서로의 삶을 잘 알고 있었다.

내 친구는 나에게 말했다. "너네 큰언니, 형부와 이혼했다."고. 나는 금시초문이었다. 그것은 있을 수 없는 일이었다. 나는 당황했다. 큰언니는 고모의 태양이었다. 모든 동생과 친정 일을 그 언니가 해결해 왔다. 내 또래인 동생, 정순이 언니 밑에 막내 남동생, 막내 여동생들을 언니가 대학까지 가르쳤고, 결혼까지 시켰다. 그런데 그 막내 남동생, 여동생들이 이혼했다. 다시 그 둘이 재혼했다. 그 재혼을 그 언니가 맡았던 것이다. 그런데 그런 언니가 이혼했다니. 나는 믿을 수가 없었다. 그 집안은 조용했다. 언니는 아들 둘에 딸 하나를 낳고, 훌륭히 키웠다는 소식까지 들은 상태였다. 친구는 말했다. "너네 형부 소원은 여자가 상냥해서 형부를 왕처럼 떠받드는 여자를 만나는 것이다. 늘 그걸 입버릇처럼 말했다. 그러던 어느 날 돈 많은 형부에게 어떤 여자가 찰싹 들러붙어서 형부를 혀처럼 대접한다고. 그런데 그 여자가 형부 돈을 뜯어다가 자기 두 아들을 가르친다."고. 나는 기가 막혔다. 왜 고모부가 죽도록 결혼을 반대했는지 알 것만 같았다. 나는 동창에게 큰언니의 이혼 소식을 들었지만 그것을 입 밖으로 꺼낼 수 없었다. 그렇게 몇 년이 지났다. 드디어 고모가 그것을 알아차렸고, 그 스트레스로 얼마 있지 않아 암으로 돌아가셨다. 사진을 보며 고모가 우셨다고 했다. 네가 그럴 줄 몰랐다고. 너는 그래서는 안 되는 것이라고 외치면서.

시간은 또다시 흘러갔다. 나는 시간 강사로 눈코 뜰 새 없어서 어떻게 시간이 가는 줄 몰랐다. 그 사이 시간은 돈을 불렀고, 돈은 또다시 시간을 잡아먹으며 새로운 돈이 되었다. 그렇게 시간이 가면서 나에게도 여유가 생겼고, 남편의 혜택으로 골프를 치게 되었다. 우리는 함께 퇴직을 하게 되었고, 작은 골프 회원권도 살 수 있었다. 고모의 아들을 초빙해서 함께 골프를 쳤다. 그는 수학적으로 뛰어나 골프를 잘 쳤다. 나는 간신히 그의 뒤를 쫓아갈 뿐이었다. 나는 어쩌다가 경제적 상태가 좋아졌을 뿐이었다. 그는 나에게 말했다. "내가 너하고 골프를 칠 줄은 몰랐다."고. 그렇기는 그렇다. 나도 이렇게 될 줄은 몰랐으니까. 내가 용이 되기는 한 것 같았다. 그렇게 한두 번 교류를 했고, 나는 큰 언니에 대해 물었다. 잘 살고 있느냐고. 그때 그는 말했다. 그 집 식구들은 모두 큰언니가 항상 행복한 사람으로, 우리들이 감히 따를 수 없는 존재로 만들었다. 고모네 식구들은 나에게 정자 언니가 이혼한 적이 없는 것처럼 말했고, 그래서 행복한 사람이라 말했다. 나는 몇 년 전 그 사실을 동창에게 들어 이미 알고 있었는데….

- 응, 큰누나(정자 언니)는 지금 남아프리카에서 선교 활동을 하고 있어. 한 번 인터넷 사이트에 들어가 봐. 사진과 동영상으로 선교 활동을 하고 있는 것을 볼 수 있어.
- 그래? 그렇구나.

나는 언니가 불쌍했다. 나이 60이 넘어 이혼해서 할 일이 없구나. 애들은 모두 자기 갈 길을 갔을 테고, 고모도 죽고, 한국에 돌아와도 냉정한 남동생에게 돌아와 함께 살 수도 없을 터였다. 캐나다로 가서 혼자 사는 것도 그렇고. 결국 떠돌이 신세일 뿐인 것이었다. 그래서 아프리카에서 선교 활동을 하는 것으로 생각했다. 고모네 식구들은 허세가 많았다. 자신의 모습이 남에게 멋있고 화려하게 비치기를 바랐다. 실제로 화려했고, 그들이 원하는 삶을 살았다. 그들은 자기중심적이고, 자기 것에 집중했다. 그들은 뭔가를 가졌다가 필요 없을 때 그것을 남에게 주어버리곤 했다. 나는 농경 사회의 사회적 흐름과 유교로 사회를 지배했던 그 당시의 관습을 따른 것이 많았다. 물론 부모님 역시 그 관습들을 따라야 했고, 그것을 소중하게 여겨 자식인 나에게 따라오도록 교육했을 것이다. 어른들에게 공손하라면서 할아버지 할머니를 만나면 무조건 절을 하게 하거나, 어른들과 함께 식사를 할 때 어른들이 먼저 수저를 들고 식사를 입에 댄 후에야 식사를 할 수 있다고 가르치거나, 어른들이 외출하면 대문까지 따라가서 잘 갔다 오시라고 인사하는 것 등등의 일들을. 나이가 적은 사람들은 어른들의 행적을 쫓아야 하는, 자신의 시간과 자신의 삶이 없는 그런 삶 속에서 컸던 것이다.

그에 비해 고모의 가족은 서구적이고, 진취적이며, 새로운 학문과 문화에 매우 가깝게 접근한 집이었다. 고모의 집에 가면 모든 것이 신비했다. 농가에서 흔히 보는 쟁기가 있는 곳이 아니었다. 내 눈에 익숙한 것들은 농사 짓는 도구들이었다. 그런데 고모의 집에는 탁구대, 지저귀는 잉꼬새와 외래종 새들, 꽃을 피운 하와이 국화를 비롯한 외래종 꽃들이 가득한 화단과 화분까지 신기한 것이 많았다. 또한 거실의 찬장에 진열된 예쁜 찻잔들, 전화기의 신기한 벨 소리, 음반을 재생하는 전축의 화려한 음악, TV에서 나오는 서구적 배경과 빠른 이상한 말들, 내 또래가 들고 다니며 사냥을 즐기던 공기총 등 고모의 집에 있는 모든 것이 새로웠다. 그래서 그곳에 가고 싶었다. 낯설고 주눅 들어 말 한마디 못하던 나는 그곳에서 바보처럼 존재했고, 그림자처럼 행동했다. 그래도 틈만 생기면 그곳을 방문했고 그곳을 찾아갔다. 항상 따뜻하게 맞아주는 고모가 있어서 좋았다. 고모는 그 집에서 내 편을 들어주는 유일한 사람이었고, 그의 자식들을 혼낼 수 있는 사람이었다. 고모의 자녀들은 철저히 자기중심적이었지만 모두가 자유로웠다. 그들은 모두 서울로 유학했다. 큰언니와 내 또래 남자애는 한국 최고의 대학교를 졸업했고, 최고의 신랑과 신부 감을 얻어 최고의 자리를 잡은 사람으로 생각됐다. 그 후 큰언니는 평생을 캐나다에서 살면서 유명한 인사로 잡지에 등장했고, 화려한 삶을 살았다. 하지만 세월이 흘러 60대 후반에 큰언니의 삶은 어두워졌고, 큰언니가 이혼했다는 소식이 전해졌을 때 고모는 암에 걸렸다. 그리고 언니의 소식을 듣고 그 소식에 슬퍼하다가 돌아가셨다.

그렇게 몇 년이 지났다. 큰언니가 한국 지사장으로 있는 작은아들의 집에서 살고 있다는 소식이 전해졌다. 항상 두통에 시달리고 있다고 했다. 어느 날 우리가 큰언니를 초대해서 식사를 하려고 했는데, 언니는 캐나다로 갔다고 했다. 그 후 막내딸인 정란이에게 큰언니 잘 사느냐고 물으면 "응. 큰언니 캐나다에서 연금이 400만 원 이상이야. 재산도 많아."라고 자랑스럽게 말했다. 그들은 내가 큰언니의 이혼 소식을 모를 거라 생각했다. 나는 그들(고모네 식구)이 가식적이고 허영기가 심해서 어디서부터 어디까지가 진실인지 몰랐다. 검은색은 검다고, 빨강색은 빨갛다고 설명해야 하는데 그렇지 않아서 이해할 수가 없었다.

그리고 다시 한참 후에 캐나다에서 작은 형부가 왔다. 한국에 놀러왔다면서 전화를 했다. 마산에서 함께 살았던 기억도 있고 해서 한 번 만나서 식사하기로 약속했다. 그렇게 우리 집 근처 식당에서 정란이(고모의 막내딸) 부부와 캐나다에서 온 작은 형부, 우리 부부가 만나서 식사했다. 작은 형부는 큰언니 남편에 대한 자랑을 한껏 했다. 나는 속으로 그들을 욕했다. 이혼한 형부를 왜 그렇게 자랑을 하는 것인지 모르겠다고. 늦게 내 남동생이 참석했다. 우리는 즐겁게 식사를 했다. 식사가 끝나고 동생은 한국에 온 작은 형부에게 좋아하는 술과 몇 가지를 선물했다. 나는 작은 성의금을 주면서 언니에게 선물을 사가라고 말했다. 그리고 정란이 차로 모두가 떠났다. 그녀의 차는 외제 차였다.

- 남편 직장도 없는데 무슨 외제 차냐? 나는 그들을 이해할 수 없구나. 작은 형부가 이혼한 큰 형부를 자랑하다니.
- 누나, 큰누나(고모의 큰딸) 새로 **결혼했대**. 신랑이 컴퓨터 일호 박사래. 하와이에서 산대.
- 그건 또 무슨 소리? 나이가 칠십이 넘었는데?
- 영존이(고모의 둘째 아들)가 그러더라고.

나는 머리가 혼란해졌다. 그렇게 행복지수가 높았던 사람들이 이혼하고 새롭게 재혼해서 새 삶을 추구하는 것을 나는 이해할 수 없었다. 그들을 이해해보고자 그들의 삶이 진보적이기 때문이라는 생각까지 해보았다. 그들은 본래의 내적 본성에 따라 자기 마음을 따라서 삶을 추구하는 자유로운 사람이기 때문이라고. 그래서 서구적이고 감정적인 삶을 추구하는 것이라고 그들의 삶을 이해했다. 그들은 쉽게 이혼하고 다시 결혼했다. 나는 그들이 능력자로 보였다. 남들은 결혼 한 번을 못 해서 난리인데…. 정란이나 영존이가 더 먼저 이혼하고 재혼을 했기 때문에 고모는 그렇게 가슴 아파했다. 그리고 당신이 가장 믿었던, 그리고 희망이었던 큰딸마저 이혼했다는 소식을 듣고 그렇게 힘들어하다가 세상을 떠나갔던 것이다.

고모가 죽은 지 10년이 되었다. 갑자기 호영(남자 동생)이가 나에게 전화를 했다.

- 누나, 정자 누나(고모의 큰딸)의 큰아들이 죽었대.

- 응? 무슨 일로?

- 스키 타다가 캐나다에서 죽었대.

- 야, 안 됐다. 어쩐다냐? 그런데 어떻게 알았어?

- 지금 영존이가 우리 집에 있어. 그런데 정란이한테 국제 전화가 왔나 봐. 종섭이(큰언니의 아들)가 죽었는데, 그 아래로 큰애가 18살, 작은애가 초등학생이래. 그래서 전화 통화하던 영존이와 정란이가 울었어. 형(고모의 큰아들)과 호섭이(큰언니의 둘째 아들)가 캐나다로 떠난다나 봐.

　　　　　　　　　　　　　*

　　　　　　오늘은 줄기세포를 맞는 날이다. 내가
치료를 위해서 줄기세포를 맞을 줄은 상상도 못 했다. 허리 통증으
로 한 달 중 보름을 누워서 움직이지 못할 때, 머릿속에서 생각이
복잡하게 일어난다. 그럴 때는 슬퍼진다. 내 몸을 내가 어떻게 할 수
가 없는 것이다. 누군가의 보조를 받아야 화장실에 갈 수 있다. 집
안일을 전혀 할 수 없다. 아무도 없을 때 침대에서 내려오려면 내 몸
을 둥글게 말아서 내려와야 한다. 그리고 두 손과 발을 뻣뻣하게 움
직여야 화장실과 부엌으로 갈 수 있다. 벽과 벽을 붙잡고, 허리를 위
아래로 이동시켜 화장실 일을 보고, 물을 마시고 다시 아까 그 자세
를 완성해야 다시 침대로 돌아갈 수 있다. 그런 생활을 2주 정도 해
야 회복할 수 있었다. 그 사이 한방에서 침을 맞고 양약인 진통제를
먹으며 몸을 옮긴다. 보름 동안 움직이지 못하고 누워만 있으면 그
렇게 슬픈 존재일 수가 없다. '아! 인간이란 별 수가 없구나.'를 느낀
다. '가려면 빨리 가는 것이 좋겠구나.'도 함께 느낀다. 또한 '인간의
삶의 질이 얼마나 형편없는가.'를 느낀다. 하지만 시간이 흘러 몸이
회복되면 내가 언제 그런 적이 있었나 싶을 정도로 생각이 변한다.
다시 활기차게 활동한다. 테니스를 치고 골프를 치며 맛스런 음식을
만들어서 즐겁게 먹는 것이다. 이런 것이 행복이라고 느끼며, '그래
인생이 별거 있나? 이렇게 행복하게 아프지 않고 살면 되는 것이다.'

라고 생각한다.

그동안 허리 때문에 남편의 동창이 있는 종합 병원에서 진료를 받아 그 원인을 밝히려 했다. 날짜와 시간도 대충 맞춰 두었다. 하지만 차일피일 미루다가 내 친구 덕현이를 만났다. 그가 줄기세포를 맞았다 했다. 아픈 곳이 없지만 미리 했다고 했다. 나는 생각했다. 사진 찍고, 수술하고, 오랫동안 치료하는 것보다 자기 세포를 배양해서 줄기세포를 내 몸속에 투입하는 것이 더 괜찮아 보였다. 이미 실험용이나 치료 목적으로는 허가가 떨어진 상태였다. 적어도 불법으로 무슨 형사 조치가 일어나지는 않는 상태가 되었다. 나는 친구의 상태를 보고 수술보다 낫다고 생각했다. 그래서 병원을 찾았다. 그 병원 원장님은 나와 같은 대학교의 후배였다. 그는 서글서글하며 인상이 좋았다. 나는 그에게 물었다.

- 어떻게 줄기세포에 관심을 가지게 되었나요?
- 성형수술을 오랫동안 하다 보니 인간의 지방에 치료제가 있을 것 같다는 확신이 있었습니다. 성형수술에서 수술자의 피부를 이식해서 수술하는데 치료가 잘되는 것을 봤기 때문입니다. 피부 중에서도 지방 쪽에 치료제가 있을 것 같은 예감이 들었습니다.

그때 마침 황우석의 줄기세포에 관한 기사가 돌았다고 했다. 그 후 그 원장은 어디와 합작을 해서 그쪽으로 연구를 하려고 애썼지만 주변에서 알려주지를 않았다. 그래도 몇몇 관심 있는 사람들이 도움을 주었다. 그 결과 지방세포가 줄기세포의 치료제인 것을 발견했다. 아무도 지식을 공유하지 않아서 스스로 연구소를 차리고, 이쪽으로 연구해서 치료를 해보기로 했다. 우선 원장님 본인이 팔이 아파서 손을 들을 수가 없었다. 자기 지방을 추출해서 자기 팔에 스물네 방을 맞았다. 그 후 팔을 잘 돌리고 위로 아래로 잘 움직일 수 있게 되었다고 한다.

나는 그런 원장의 말을 듣고 줄기세포를 맞기로 했다. 비용은 비쌌지만 수술해서 나타나는 부작용보다는 나을 것으로 보였다. 상담 중에 어떤 사람이 골프 치다 쓰러져서 곧 그 병원으로 이송되었다고 한다. 뇌졸중이었다고. 다행히 그 사람은 이미 줄기세포를 배양해 놓았고, 곧 그 세포를 맞아 완치되었다고 했다.

정세는 시끄러웠다. 신문과 라디오는 박 대통령이 얼굴에 보톡스를 맞았다고 시끄러웠고, 김기춘 부부가 줄기세포를 맞았다고 시끄럽게 떠들면서 청문회를 하고 난리가 났다. 그리고 방송에 나오는 사람들을 보면, 정치적 인물이나 방송에 나오는 인물들이 흔히 그렇듯 어쩜 그리 얼굴이 반지르르하고 훤한지. 그랬다. 틀림없이 줄기세포를 맞고 나오는 것으로 보였다. 나이가 많아서 쭈글쭈글해져야 하는데 얼굴에서 빛이 났다. 분명 그들이 맞은 줄기세포의 영향으로 보였다. 그리고 '그것이 알고 싶다' 방송을 시청했다. 내가 본 것은 줄기세포를 맞고 죽은 사실이 나타난 장면이었다. 그 장면은 계속 내 기억 속에서 사라지지 않았다. 내가 줄기세포 배양을 하려고 수술실에 누워 있을 때도 그 장면이 나를 괴롭혔다. 게다가 복부에서 지방을 추출할 때 지방이 없어서 곤혹을 치렀다. 간신히 지방을 빼서 배양했다. 한 달 후, 혈액 속에 배양한 나의 지방세포를 투입했다. 그 때도 '과연 괜찮을까?' 생각했다. 첫날은 몸이 무거웠다. 땅속으로 나 자신이 꺼지는 것처럼 무거운 기분을 느꼈다. 하루하루 지나면서 몸이 점점 나아졌다. 몸이 나아지면서 새로운 것을 느끼기 시작했다. 그리고 다음과 같은 현상이 일어났다.

- 입안에 침이 마구 샘솟았다.
- 찬 물이 먹고 싶어졌다.
- 화장실 배설이 자주 일어났다.
- 어깨, 허리에서 버러지가 기어 돌아다니는 느낌이 나타났다.
- 처음 2~3일은 몸이 무거워서 운동할 때 힘들었다.
- 등산하고 돌아오니 어렸을 때 먹었던 국수와 신 김치가 먹고 싶었다.
- 어렸을 때 좋아하던 과자류를 먹고 싶었다.
- 계속 줄 방귀를 뀌었다.
- 허리통에 주사 맞고 다시 허리통이 나타났다.
- 남편은 평생 귤을 먹지 않았는데, 줄기세포를 맞더니 이번 겨울 귤을 몇 박스나 먹었다.
- 온갖 허드렛일을 오랫동안 했음에도 허리통증으로 눕지 않았다.

처음에는 죽음의 공포를 느꼈지만 두 번, 세 번째는 나 자신을 믿을 수 있었다. 이 시대 최고 연구 업적의 수혜자가 된 것 같아서 감사했다. 일단 허드렛일을 무서워하지 않고 마음대로 해도 허리통증에 시달리지 않게 되어 감사했다. 허드렛일을 할 때는 무거운 짐을 들어야 하니 도움을 청해야 하고, 작은 것이라도 몸을 조심해야 해서 도움을 청해 일을 처리하곤 했다. 그렇게 해도 허리통증은 수시로 나타났고, 고통을 호소했다. 그런데 이제 그런 일이 드물었다.

　나를 일으켜야 하는 일이 없어졌다. 더 큰 욕심을 부리면 안 된다고 생각했다. 이 정도면 만족하고 감사한 일이었다. 내 주변에 허리통증으로 고통받는 이들이 많았다. 그들은 심하면 허리디스크 때문에 외과 병원으로 직행하곤 했다. 허리에 스트로이드라는 통증 완화 주사를 자주, 수시로 맞았다. 그 주사를 자주 주입시키면 근육이 녹아 부작용이 나타나기 때문에 의료진들은 삼가라고 말했다. 그러나 통증이 심하면 어쩔 도리가 없기에 그들은 그 이완제를 맞는 것이다. 나는 그 친구들에게 줄기세포를 맞아보라고 했다. 하지만 그들은 나와 같이 죽음의 공포를 두려워했고, 그 어둠 속에서 벗어나지 못했다. 그들은 절대 줄기세포를 맞지 않았다. 거기에는 그 시술이 불법으로 치부될 가능성이 많다는 이유도 있었다. 치료 시술로 허가는 났지만, 합법적인 치료법으로 완전히 허용한 것은 아니었다. 내가 봤을 때 이 시술은 영원히 합법적인 치료가 되기 어려울 것 같았다. 만일 이 시술을 완전 허용한다면 병원 의사나 약사, 제약회사는 망하고 말 것이기 때문이다. 수술이 필요 없다면 외과 의사 역시 필요 없는 것 아니겠는가? 모든 병을 치료할 수 있는 방법이 있다면 다른 종류의 의료법은 소멸할 수밖에 없는 것이다.

하지만 나는 줄기세포를 맞는 것보다 중요한 것이 나 스스로 통증
을 이기고, 운동을 하고, 균형 잡힌 섭생을 해서 자력으로 자신의
건강을 챙기고 유지하는 것이라 생각한다. 내가 열심히 테니스를 치
고, 골프를 치며, 등산하고, 영양가 있는 음식을 먹었기 때문에 줄기
세포를 맞은 것이 더 효과적으로 허리통증을 줄여준 것이라 생각했
다. 의사들도 항상 말했다. 수술하기 전에 수술 준비를 하듯, 가장
먼저 해야 할 수술 준비는 몸을 좀 더 튼튼히 하는 것이라고. 때문
에 운동을 하고 영양가 있는 음식을 섭취해서 수술 후의 후유증과
면역력을 높여주는 것이 중요하다고 설명했다. 나는 아마 그 지혜를
실천했기 때문에 이번 시술의 효능도 뛰어났던 것이라 생각한다.

*

　　　　　우리가 살아가다 보면 복잡한 일에
엮이고 엮어서 삶이 힘들고, 피곤해지고 힘들어진다.
엄마는 아버지가 59세에 세상을 떠나자 경제적으로 활동하지 않았
다. 대부분의 삶을 외할머니와 외할아버지를 모시고 시골에서 살았
다. 외할머니와 외할아버지가 돌아가시고, 그곳에서 홀로 산 지 아
마 30년이 되었을 것이다. 엄마에게 보내는 용돈은 30만 원이었다.
그것은 엄마가 가진 집을 팔아서 작은 아파트를 샀을 때, 월세를 받
아 당신의 용돈으로 달라고 했던 것이다. 그것을 내가 관리해 주기
로 했다. 내 통장에서 엄마 통장으로 자동으로 삼십만 원씩 이체되

었다.

어느 해인가, 내게 들어와야 할 월세가 들어오지 않았다. 이상했다. 다시 확인했다. 몇 년 동안 월세가 들어오지 않았다. 갑자기 가슴이 뛰고 심장에서 열이 났다. 아파트를 확인했다. 세입자는 나를 요리조리 피했다. 이번엔 부동산 중개업자에게 확인을 부탁했다. 문제가 더 커졌다. 3년간, 관리비조차 한 번도 내지 않았다 했다. 이것은 또 웬 날벼락인가 생각했다. 그 작은 아파트는 시골에 있었다. 내가 수시로 내려갈 처지도 아니었다. 나는 머리가 아팠다. 세입자 놈은 보통 놈이 아니었다. 그때부터 나는 그놈을 집에서 끌어내야 했다. 하지만 나는 그때 무척 바빴다. 강의 준비와 강의 시간 외에 다른 것에 신경 쓸 시간이 없었다. 시간 강사는 강사끼리 하는 말로 인간이 아니었다. 학교의 요구에 따라 강의해야 했다. 그렇지 않으면 강의를 받을 수 없었다. 지방 어느 곳에서라도 강의가 들어오면 무조건 해줘야 강의 시간이 사라지지 않았다. 나는 동서남북, 나를 원하는 학교가 있으면 강의를 다녔다. 그런데 그 세입자 놈은 법을 이용해 세를 내지 않고, 관리비도 내지 않으며 나를 피해 계속 살아가고 있었다.

법무사에게 의뢰했다. 법무사는 먼저 100만 원을 송금하라 요구했다. 법무 비용을 지불했다. 나는 그러면 모든 것이 끝나는 줄 알았다. 그런데 그들은 서류만 꾸며서 나에게 법원에 제출하라 했다. 제출한 법원에서 세입자에게 출두 날짜를 요구하는 서류도 내가 받아야 했다. 정작 법무사가 하는 일은 별로 없었다. 그저 문구 작성만을 해주는 것이었다. 그렇게 세입자 놈과의 법적 싸움이 시작됐고 꼬박 일 년 반이 걸렸다. 그놈을 쫓아내는데 집달리가 왔고 100만 원이 추가로 소비되었다. 세를 못 받은 것이 거의 2,000만 원이었고, 법적 싸움의 비용과 관리비를 모두 내가 지불해야 했다. 이것저것 합쳐 손해 본 돈이 3,000만 원이었다. 그 후 나는 그 집을 전세로 세를 놓고 손해비용을 충당했다. 전세를 놓을 때 그 집을 수리해 주면서 비용이 또다시 추가되었다.

그런데 이번에 그 집이 전세로 바뀌면서 관리비 문제가 불거졌다. 관리리소 측에서 이자를 안 냈다며 이자에 이자를 붙여 74만 원을 추가로 내라고 연락을 한 것이다. 속에서 열이 났다. 나는 관리소로 달려갔다. 소장을 만나게 해달라고 말했다.

- 아니 내가 지난 3년간의 관리비를 집주인으로서 냈는데 무슨 이자를 내라 하느냐. 만약 이자를 내야 한다면 나도 할 말 해야겠다. 관리 사무소는 세입자가 삼 년간 관리비를 안 냈는데 왜 방치했느냐. 다른 아파트는 3개월만 지나도 수도와 전기가 단절되는데 이 동네는 그런 일이 한 번도 없었느냐. 관리소가 관리를 못 한 것까지 주인이 물어주게 하는 곳이 관리소냐.
- 나는 이곳에 관리소장으로 다시 왔다. 그런 것은 모른다.
- 그걸 모른다는 것이 관리소장이 할 말이냐?

화가 나고 성질이 나서 나는 그곳을 떠났다. 부동산에서는 내용증명을 보내서 법으로 해결하라 말했다. 나는 화가 났다. 법으로 하려면 또 법무사를 시켜야 하고, 법무 비용만 100만 원이 추가되기 때문이다. 차라리 관리비를 내고 마는 것이 합리적인 것이었다. 머릿속은 복잡했다. 남편은 그냥 돈을 지불하고 서울로 돌아가기를 바랐다. 마음속에서 관리사무소와 반씩 내기로 할까 하는 생각까지 일어났다. 그러나 내 맘 깊은 곳에서는 화가 멈추지 않았다. 일단 그대로 서울로 돌아왔다. 남편은 그것을 끝내지 않고 돌아오는 것을 못마땅하게 생각했다. 그래도 나는 돈을 주고 싶지 않았다. 그것을 법정으로 끌고 가 싸우려면 시간 낭비, 돈 낭비는 물론 나를 새로운 고통 속으로 몰아넣을 것이다. 그러나 우리의 삶이 그렇지 않나. 이것이 물러가면 새로운 골칫거리가 몰려오고, 그것이 끝나면 또다시 오는 것이다. 결국 모든 골칫거리를 놀이 삼아 부대끼고 살게 된다. 그래서 해보는 것이다. 이것이 아니더라도 다른 것이 오고 있을 것이니 물 흐르듯이 있으면 주어진 것을 거부하거나 부정하지 않고 흘러서 따라가 보겠다는 것이다.

*

나라의 분쟁은 작년부터 계속되었다. 촛불 집회와 태극기 집회는 시간이 갈수록 맞불 작전을 펼쳐 나라가 온통 시끄럽다. 나는 원래 보수파였다. 진보적 성향이 아니었다. 그렇다고 마냥 보수적인 것도 아니다. 성향은 보수적이지만 정치적 행태를 이번에 보면, 현재 보수 정당은 믿을 수도 믿고 싶지도 않았다. 그래서 나는 이제 중도를 표방하고 싶다. 누구든 국가를 위해, 국익에 힘쓰는 사람을 선출하고 싶을 뿐이다. 그런데 공산주의가 사라져가고 현실 속에서 왜 유독 우리나라만 공산주의가 성행하는 건지 모르겠다. 진보주의자들은 거의 공산주의를 찬양하고 있다는 사실이 두렵다. 여러 지역에 공산주의의 뿌리가 박혀 있어서 그렇다고 했다. 그 뿌리를 뽑을 수가 없다는 사실이 걱정인 것이다. 전교조도 그렇다. 역사적 사실을 좌파의 시선으로 왜곡한 교과서를 채택하도록 하는 것이 말이 되는가 말이다. 우편향이든 좌편향이든 모든 것이 자연스럽게 물 흐르듯이 이루어지기를 바라는데, 사람들이 너무 극단적으로 움직이고 있는 것이다. 그리고 폭력적으로 상대방을 비방하고, 편을 짜고, 가르고, 공격해서 승리를 이루려는 것이 사회를 더 혼란에 빠지게 하는 것이다. 아프리카의 코뿔소는 동족과 싸울 때 서로 다치거나 죽을 만큼은 치고받지 않는다. 그런데 인간은 끝장을 봐야만 하는 것이다. 머리가 뛰어난 인간이 동물보다 못한 것이다. 정치계, 언론계는 정말 쓰레기들의 집단으로 보인다. 어떻게든 집권하려고 온갖 비방과 술수를 써서 국가를 훼손하는 일을 일삼는 자들인 것이다.

*

언젠가부터 우리 딸들이 싸웠다. 의견의 충돌로 둘은 테니스를 치다가 갈등을 일으켰고, 둘의 모임이 혼

들리더니 드디어 흩어졌다. 언니는 양재 코트를 잡았고, 그 모임에 일요 모임에서 적당히 잘 칠 수 있는 동료들을 뽑아 매주 화요일 모임에 나갔다. 그들은 두어 달을 아주 재미있게 테니스를 쳤다. 언니는 코트를 잡고, 그날 먹을 간식을 싸가 그 모임에 참가하는 사람들에게 먹이면서 아주 재미있게 게임을 했다. 그런데 그 모임이 어느 날부터 깨져 서로 만나지 않았다. 나는 궁금했지만 묻지 않았다. 자매이고 나이도 연년생이라 어렸을 때부터 둘은 쌍둥이처럼 다녔다. 처음에는 '왜 쌍둥이들은 똑같이 입힐까? 따로따로 옷을 입혀서 더 효율적으로 옷을 입히면 경제적이지 않을까?' 하고 생각했다. 그런데 그렇지 않음을 알았다. 내가 분홍 잠바와 다른 색 잠바를 두 개 사 왔다. 작은애가 분홍색을 고르면 큰애가 자기가 입겠다고 했다. 그 다음 빨간색 바지와 다른 색 바지를 사면 둘이 서로 빨강색을 입겠다고 싸웠다. 결국 모양과 색이 똑같아야 싸우지 않았다. 어떤 것이든 쌍둥이처럼 똑같은 것을 사서 나누어야 했다. 어른이 되는 과정도 이런 현상이 일어나는 것인지, 그들의 보이지 않는 싸움이 시작되는 것이었다.

큰애의 아이가 이번에 초등학교에 입학한다. 나는 진현이가 너무 테니스 치는 것에 집중하고 있다는 생각이 들었다. 나는 큰딸에게 집안을 먼저 생각하라고, 애기들을 먼저 중하게 생각하라고 했다. 그러자 진현은 자신은 그렇게 하고 있다고, 엄마는 매일 자기만 나무란다고, 다른 사람들은 칭찬만 하는데 왜 엄마는 자기만 보면 나무라냐고 했다. 우리는 그렇게 말다툼을 했다. 나는 작은애한테 물었다.

　- 왜 화요 모임이 깨졌냐?

　그러자 작은애가 답했다.

　- 언니는 자신만 보면 화를 내고 지랄을 한다. 언니에게는 피해 의식이 있는
　　것 같다. 그동안 언니는 예쁘고(옛날에는 뚱뚱하고 못생겼다), 날씬하고, 공도 제
　　일 잘 쳤다. 그래서 사람들이 좋아했다. 그에 비해 자신은 뚱뚱하고, 성질도
　　더럽고, 공도 못 쳤는데, 공을 많이 치다보니 이제 몸도 날씬해지고 공도 잘
　　치니까 언니가 시샘과 질투가 나는 거라고. 그런데 사람들이 자신을 언니보
　　다 좋아하니까 더 참을 수가 없는 거란다. 그래서 자기만 보면 소리 지르고
　　난리를 쳐서 상대할 수가 없다고.
　- 한마디로 언니가 최고여야 하는데 관심이 나에게로 오니까 참을 수 없는
　　거라고. 언니가 주인공이어야 하는 거라고.

　작은애는 말했다. 언니보다 성격도 더럽고, 제멋대로인데 왜 사람
들은 자신을 더 좋아하는지 모르겠고, 그에 대한 피해 의식이 언니
에게 있다고. 그래서 자기만 보면 그렇게 지랄을 떠는 거라고.
　설날 연휴 때, 결혼도 안 한 내가 다른 팀에서 테니스를 친 것 때
문에 삐졌어. 언니 몰래 혼자 친 것을 참을 수 없다고. 언니는 시댁
에 가야 하니까. 그걸로 언니는 자기를 뒤통수쳤다고. 넌 항상 그런
다고. 쏘아붙였어.

그것으로 끝났다고 둘째는 생각했단다.

- 언니는 다른 사람들 있을 때는 나를 괴롭히지 않아. 그래서 함께 게임을 하
  면 이제 언니가 마음이 풀어졌구나 생각했어. 그러다가 집으로 올 때 언니
  차를 탔더니 또 계속 자기 말만 하면서 나를 괴롭히더라고. 할 수 없이 나
  는 차에서 내려서 걸어왔잖아. 집에 오면 언니는 계속 전화를 해. 나는 전화
  를 안 받아. 그러면 문자가 백만 번 온다고. 너 되게 웃긴다면서. 같이 게임
  하려면 전화 받으라고. 너 대회 함께 나가려면 전화 받으라고. 그렇게 10통,
  20통씩 전화를 해댄다고. 꼭 인동 할머니 같아. 똑같다고.

그러고는 언니의 뒷사정에 대해서도 입을 열었다.

- 사실 언니도 혼자 공치러 갔더라고. 술 먹으며 이야기하다가 나왔지. 언니
  도 언젠가 금요일에 혼자 공치려고 했더만. 공치려고 자기들끼리 팀을 만들
  었는데, 4시간짜리 빈 코트를 다른 사람이 가져간 거야, 그래서 2시간씩 하
  자고 했는데, 그것이 잘못되어 무산됐지. 그건 언니가 내 뒤통수를 친 거 아
  냐? 하지만 나는 그런 것 신경도 안 써. 그런데 언니는 내가 다른 곳에서 공
  을 치면 난리라고.
- 진현이는 테니스에 너무 집착하는구나. 가정이 있고 새끼가 있는데…. 미쳤
  구나, 미쳤어.
- 테니스에 미친 것이 아니야. 팀, 그리고 인간관계에 미친 거야. 로데오클럽
  신 기자는 회식을 가면 고기를 잘 구워. 유난히 고기를 맛있게 잘 굽는다
  고.
- 그렇게 잘 구우면 그네 집, 고깃집 하는 거 아니니?

- 모르겠네.
- 네가 알게 모르게 다른 데서 공을 치면 네 실력이 늘게 되지. 그리고 함께
  게임을 하다 보면 네 실력이 늘었다는 것을 언니가 알아채지.
- 어떤 사람이 나를 봐주는데, 아마 선수 출신 같아. 그 사람이 이렇게 치라
  고 그러면 나는 그렇게 쳐보는 거야. 다시 저렇게 치라고 하면 또다시 저렇
  게 친다고.

로데오 클럽에 허 씨, 안 씨 두 닭띠가 싸웠는데, 닭띠인 승현이가
그들을 풀어줬다고 한다. 그 클럽은 원래 여성을 안 받는다고 한다.
여성이 끼면 잡음이 생긴다는 이유에서였다. 그런데 그 사건 때문인
지는 몰라도 자기를 받아줬다고 했다.

- 내가 가서 사람들이 모여들고 있어. 기존엔 나이든 층이 많았는데 이제 젊
  은 층이 생기고 있는 거야. 기존 회원이었던 젊은 층은 뜸하게 왔는데, 내가
  입단하자 빠지지 않고 잘 나온다는 거야. 이번 주말에 클럽에서 코트는 두
  면인데, 회원은 7명이라 랠리만 주구장창 했어. 많은 게임을 할 수 있는데
  사람들이 이리저리 빠지는 거야. 결혼 행사, 집안 행사, 모임 등으로 틀어졌
  다고 안 나오는 등…. 그러니 회원이 없지. 나는 목적이 테니스를 치는 것이
  야. 그런데 테니스 친다고 라켓 들고 오는 여자들 중에는 이상한 여자가 많
  아요. 남자 꼬시고 딴짓하고. 그런데 나는 그냥 테니스만 좋아하는 그런 여
  자인 줄을 모두가 이제는 아는 거야. 이상한 여자가 아니라고. 내가 작년 12
  월부터 클럽에 나갔어. 그 클럽의 젊은 사람인 신 기자가 잘 안 나왔는데,

내가 나오고 나서는 재미있는 거야. 그래서 그가 매주 나오고 있어. 그리고 일이 커지고 있지. 아저씨들 게임할 때 즐거운 분위기가 아니었는데, 내가 분위기 살려. 딱이야. 내가 그런 거 잘하거든. "로데오클럽 이겨라!" 하면 그 아저씨들 짱 좋아해. "그럼, 새해 복 많이 받아라!"라고 답해줘.

승현은 그 다음 이야기도 했다.

- 어느 날 젊은 외과 의사가 나왔어. 그가 미국에 갔는데, 연수인지 뭔지 때문에. 하여튼 둘러보고 온다더니 와서 합류하겠대. 그날 저쪽 코트에 현대 전 직원들이 나왔어. 나이가 많이 드신 분들인데, 그쪽에 코트는 많은데 사람이 없는 거야. 그쪽에서 게임 제의가 들어와서 우리 김 아저씨 팀이 5:5 게임을 해서 이겼대. 외과 의사도 젊지만 씩씩해. 맨 첫날 회식 가서 그 의사 애도 고기를 구웠는데 잘 굽더라고. 나도 씩씩하잖아. 게임 끝나고 뒤풀이가 있으면 꼭 가잖아. 그래야 친해지니까. 나는 아가씨고 사람들이 나한테 실례할까 봐 뒤풀이에 가는 것을 주저할 거라 생각하는데, 나는 씩씩하잖아. 그래서 가면 잘 어울린다고. 나는 분위기 잘 띄우잖아. 젊은이들도 있고. 중간에 신 기자가 재미없어 안 나오다가 내가 나가고 나서부터는 꼭 나온다니까? 내가 처음 갔을 때 사람들이 날 남자로 생각했다고. 내가 처음 코트장에 갔을 때 신 기자는 나를 보고 레슨 받는 사람인지 클럽 사람인지 긴가민가 한 거야. 10분을 기다리고 또다시 10분을 기다려도 사람들이 안 나오는 거야. 그래서 내가 물었지. "혹시 로데오클럽 아니예요?" 그랬더니 그렇다고 하더라고. "그럼 같이 랠리 할래요?" 하니까 "그러지요." 그런데 공

이 없는 거야. 그래서 공이 없다 했더니 그가 새 공을 따서 치자고 했어. 우리는 그 공으로 계속 랠리를 쳤고 금방 친해졌어. 그 후 함께 뒤풀이로 밥 먹으러 가고 하니까 더 친해졌고. 어느 날은 눈이 와서 코트를 사용할 수가 없었어. 그래서 다른 곳에 코트를 잡았대. 클럽에서. 그런데 나는 차도 없어서 늘 사용하던 코트에 있었는데 신기자가 데리고 가겠다고 하더라고. 그래서 함께 갔어. 12시~4시까지 공치는 것인데, 2~3시부터 막걸리 파티가 열렸어. 오자마자 막걸리에 송이버섯을 먹었어. 술에 취한 채 취권으로 공을 쳤다니까.

결국 승현이와 진현이의 사이는 계속 벌어져갔다. 큰애는 큰애대로 어머니회에서 쳤고, 작은애는 작은애대로 다른 클럽에서 공을 쳤다. 처음부터 승현이는 어머니회 회원으로 들어가지 않았다. 그는 나이 많은 여성 클럽, 혹은 같은 또래들과 어울리지 않았고, 그 무리들을 싫어했다. 그는 남성적인 성격이 강했다. 여성들의 관점이나 취향을 좋아하지 않았다. 여성들이 추구하는 것을 싫어했고, 여성들과 만나면 늘 충돌이 생겼다. 한마디로 독특한 애였다. 승현이는 중고등학교 동창들과도 만나지 않았다. 그는 혼자 놀고 혼자 즐기는 것에 익숙했다. 다른 사람들과 함께 노는 것을 좋아하지 않았다. 그에 비해 진현이는 혼자 놀지를 못했다. 그는 사람을 끌어들였다. 또 사람들과 어울리는 것을 좋아했다. 사람들은 진현이를 잘 따랐다. 진현이의 집으로 사람들이 모였고, 진현이는 모인 사람들과 아주 잘 조화롭게 살았다.

나는 너무나 다른 이 애들이 둘로 나뉘어서 반반씩 성품을 나누어 가졌으면 얼마나 좋을까 생각했다. 큰애는 너무 사람들에게 휩쓸려 자기를 잃어버리고 군중들에게 흔들려 사는 것 같아서 안타깝고, 작은애는 너무 고립되어 혼자만 사는 것에 가치를 둔 탓에 대인관계가 조화롭지 못해 홀로 사는 모습이 안타까웠다. 작은애의 자기 의견만 주장하는 행동거지나 타인을 배려하지 못하는 것, 내 멋대로 살면 된다는 이기적 심보가 맘에 들지 않았다.

두 딸의 갈등은 심화되어 갔다. 보이지 않는 싸움은 계속 진행되었다. 그렇게 3주가 훌쩍 넘어갔다. 계속 지켜보면서 그들의 갈등이 완화되기를 바랐다. 그러나 그렇지 못했다. 어느 날 저녁, 나는 욱하는 마음이 생겼다. 그들의 싸움은 끝나질 않았다. 나는 참으려고 애썼다. 직접 말하는 것보다는 문자로 보내는 것이 마음을 다치지 않을 것 같아서 나는 아침에 핸드폰 문자를 보냈다.

- 아침부터 이런 말 하기 좀 그렇구나. 너랑 승현이가 싸우고 있다는 것을 알지만 너희끼리 해결해야 할 문제라 한 달 내내 별말 하지 않고 있었다. 그런데 테니스계에서 너네 둘이 싸워서 말을 안 하고 있는 것 같다는 소문이 이는 건 안 좋구나. 웅찬이와 예원이(손자, 손녀)가 싸워서 둘이 말을 안 하고 왕래가 없다고 하면 넌 좋겠느냐? 실제로 엄마 친구인 강영희 아줌마의 형제들은 서로 간의 왕래가 없었다. 그래서 그 아줌마의 엄마가 화목회를 만들어주고 세상을 떠났어. 그 후 다시 그 아줌마가 암으로 죽었을 때 아줌마 형제들이 보이지 않아 슬프더구나. 우리 집이 살려면 형제가 화목해야 한

다. 용수네 아빠 형제(내 고모의 아들)들도 안 만난다고 들었다. 그래서 동생이 중국에서 한국에 오면 호영 외삼촌(내 동생) 집에서 지내다가 중국으로 간다고 하더라. 너도 아는 미자 아줌마(동네 공치는 아줌마) 딸들도 서로 안 만난다고 들었다. 그들은 모두 서울대학교를 졸업하고 전문직을 가진 유능한 사람인데, 동생이 결혼할 때 언니가 안 왔다. 나는 둘 모두에게 책임 있다고 생각한다. 그중 형제간의 시기와 질투가 가장 큰 원인이 될 것이다. 그런데 너희 둘에게 그런 문제가 왜 생기나 모르겠구나. 돈도 안 생기고, 경제성도 없는데 왜 싸우냐고. 둘이 합쳐야 힘이 생기는 것을 명심하라. 형제 싸움으로 이상한 소문이 이 이상 내 귀에 들리면 가만두지 않을 거다. 너희 꼴 보기 싫으니 우린 멀리 떠날 거다. 이 동네에서는 낯이 뜨거워서 살 수가 없구나. 다만 큰 책임은 맏이에게 돌아감을 알았으면 하는구나. 우리 집이 살려면 형제가 화목해야 한다. 너도 알다시피, 내가 희생해서 후은이 가족(내 남동생의 가족)이 살아났다. 나는 네가 테니스에 계속 미쳐가는 것이 싫구나. 내 눈에는 그렇게 보인다. 너무 중독되면 모든 것이 파괴된다. 네가 가는 클럽 회원들은 나이가 많고 할 일을 끝낸 사람들이다. 너는 이제 애기가 학교에 입학하고 앞으로도 일할 시간이 많은 사람이다. 너는 그곳에 안 어울린다. 너는 그들과 공칠 때 시간을 그들의 십 분의 일만 시간을 써야 한다. 이 세상은 공평하다. 네가 그곳에서 즐긴 만큼 다른 곳에서 손해가 날 것임을 알았으면 좋겠다.

문자를 보낸 후 조금 있다가 큰딸이 나에게 전화를 했다. 갑자기 울음을 터트리며 나에게 반항했다. 자신이 뭘 그렇게 잘못했냐고.

다른 어머니 회원들은 자기를 그렇게 칭찬할 수가 없는데, 엄마는 칭찬 한 번 해준 적 없으면서 혼내기만 한다고. 자신이 뭘 그리 잘못했냐고. 엄마는 승현이만 사랑하고 자기는 매일 혼내기만 한다면서 펑펑 울었다.

- 그렇게 생각하면 미안하구나. 그렇게 생각했니?

한참 동안 전화기를 든 채 나는 반성했다. 내가 정말 너무한 거구나. 이제 우리 애도 나이가 많아졌구나. 이제 우리 애를 놓아줘야 할 때가, 제 맘대로 살 수 있게 해줘야 하는 때가 되었나 보구나. 나는 내 행동을 반성했다. 내가 우리 큰애 나이쯤 됐을 때, 아버지가 죽었다. 나는 우리 집의 장녀였다. 내 어머니가 나에게 어찌하라고 하거나 어떻게 해야 한다고 말해도, 그런 것을 쉬이 받아들일 수 있는 입장이 아니었다는 것을 생각해냈다.

'그래. 전부 내 잘못이구나.'

나는 반성했다. 그리고 큰딸에게 문자를 보냈다.

- 그래, 미안하구나. 내가 아직 에너지가 많아서 이러는구나. 시간이 가면 에너지가 점점 줄어들겠지만, 아직 너에게 관심이 많아서 이러는 거야. 힘이 없어지면서 무관심해질 거고. 우리도 이제 거리를 둘 때가 된 것 같구나. 네가 성장했으니.

- 저도 잘한 거 없는데요. 뭘. 죄송해요. 부모 입장이라면 그렇게 말할 수 있

겠구나 싶기도 해요. 아, 그리고 생각난 김에 하나 더 말씀드리면 나이 드신 분들하고 다니는 거 싫다고 하셨는지요? 내 고객이고 여행 손님이라 저는 같이 할 수밖에 없어요. 그분들한테 배울 점도 많고요.

- 다행이구나. 배울 점이 많아서. 네 회사가 번창하기를 빈다.

- 와…. 오늘 아침부터 울고 마음 불편하더니 차 사고도 제대로 나고, 아주 대박이네요.

나는 어이가 없었다. 다시 전화했다. 사람은 안 다쳤냐고. 사람만 다치치 않으면 됐다고. 나는 할 말이 없었다. 어미와 말다툼한 뒤 차 사고까지 일어났다 하니 내가 죄가 많구나 생각했다. 자식의 행동을 부모가 그르다 할 수 있고, 자식이 어미의 행동을 그르다 할 수 있다고 생각했는데, 이제는 아닌 것 같다는 생각이 드는 것이다. 매사에 그른 것은 그르다 하고 옳은 것은 옳다고 말하는 것이 내 신조였다. 그런데 오늘 상황은 그러지 못했다. 그른 것을 그르다 해서 자식의 내심을 알게 됐고, 거기다 사고까지 났다고 하니 위축이 되었다.

그러나 내가 어쩌겠는가? 이럴 때 나는 책을 읽는다. 『탄트라, 더 없는 깨달음』을 읽으며 이해를 구하는 것이다.

- 그저 기다려라. 만물은 개선될 수 없다. 그들은 이미 최고의 상태로 존재한다. 그대는 그저 그것을 즐기기만 하면 된다. 만물은 축제를 벌일 준비가 되어 있다. 아무것도 부족한것이 없다. 어리석은 행동에 빠지지 말라. 영적으

로 개선하고자 하는 노력은 가장 어리석은 행동 중의 하나다.

- 자연스러운 상태를 지켜라. 아무도 그것을 방해하거나 더럽힐 수 없다.

- 나무는 하늘을 향해 성장한다. 아프리카의 밀림에서는 나무들이 아주 높게 자란다. 숲이 너무 빽빽하기 때문에 높이 자라지 않으면 햇빛을 받을 수 없기 때문이다. 그래서 나무들은 점점 더 높이 자란다. 그들은 스스로 살 길을 찾는다. 나무조차 물을 발견한다. 그런데 그대는 왜 걱정하는가?

- 여유 있고 자연스러운 상태에 머문다는 것은 모든 일이 저절로 일어날 뿐, 그대는 행위자가 아니라는 뜻이다. 수용도 거부도 하지 않을 때 자의지(自意志)는 녹아 없어진다. 의지력이라는 개념 자체가 공허하고 무기력해진다. 간단하게 사라진다. 그리고 에고의 긍지 또한 무로 돌아간다.

- 모든 일은 제 스스로 일어난다. 이것이 만물의 본성이다.

나는 나를 달래고, 깨달은 사람들의 것을 이해해 보는 것이다. 그래서 모든 것은 스스로 자연스레 이루어지도록 기다리는 것이다. 강물이 강물의 흐름을 따라 흘러가게 내버려두는 것처럼. 강물이 가다가 굴곡져 있으면, 굴곡을 따라 느리게 둘러서 가듯이, 모두가 자연스럽게 강물을 따라 가는 것이다. 그리고 그 강물을 따라 가다 보면 바다까지 이르는 것처럼 우리도 끝까지 따라가는 것이 우리의 삶으로 이해하는 것이다.

*

아침 일찍 웅찬이와 예원이(내 손주들)가 왔다. 우리는 애기들을 데리고 예술의 전당 스케이트장에 가기로 했다. 애기들은 스키복으로 갈아입고 왔다. 우선 물과 간단히 먹을 과자를 챙겼다. 간이 스케이트장을 아주 잘 만들어 놓았다. 멋진 음악이 스케이트장에 울려 퍼졌다. 예원이가 멋지다고 소리쳤다. 날씨는 찼다. 우리(남편과 나)와 애기들 티켓을 샀다. 발사이즈에 맞춰서 스케이트를 받았다. 딱딱한 플라스틱 스케이트는 발을 꼭 죄여서 힘들었다. 웅찬이는 그런대로 발에 맞췄지만, 예원이는 가장 작은 사이즈도 컸다. 결국 신발 속에 두꺼운 양말을 끼워 넣었다.

11시 10분. 남편은 웅찬이를 데리고 스케이트장에 입장했다. 나는 예원이를 데리고 스케이트장에 입장했다. 우리는 각자 애기들을 데리고 스케이트장과 외부를 구분하고 있는 난간을 붙들고 걷기운동을 시켰다. 남편과 웅찬이가 먼저 난간을 잡고 걸어갔다. 나는 예원이를 붙들고 난간을 잡고 걷도록 시켰다. 예원이는 울었다. 바람이 세차게 얼굴을 스치고, 똑바로 서지를 못 해 미끄러졌다. 결국 "싫어, 무서워!" 하면서 울었다. 나는 살살 달래면서 예원이보다 더 작은 애기를 가리키고 "너도 할 수 있어, 저 애기 좀 봐."라는 말을 해서 용기를 주며 조금씩 발을 옮기게 했다. 예원이는 계속 "싫어, 무서워!" 했고, 발은 미끄러졌다. 손은 난간을 꼭 쥐고 있었다. 15분가량 얼음 위에 서 있었다. 발을 움직여 간신히 출입문 쪽으로 다시 돌아왔다. 그리고 스케이트장에서 나왔다. 그리고 예원이를 벤치에 앉혔다. 웅찬이는 할아버지와 한 바퀴 돌면서 걸었다. 이번엔 내가 웅찬이를 데리고 한 바퀴 걸어서 돌았다. 온몸이 땀으로 범벅이 되었다. 또다시 할아버지와 한 바퀴를 더 돌았다. 마지막에는 난간을 붙잡지 않고 걸을 정도가 되었다. 나는 사진을 찍어주고 칭찬을 해주었다. 장하다고. 웅찬이는 신이 났다.

처음에 나는 애기들과 미끄러져서 힘겨워했다. 스케이트를 타는 것도 오랜만의 일이고, 무엇보다 우리 나이가 육십의 중간을 넘지 않았나? 그래도 시간이 갈수록 익숙해져서 다행이었다. 손자를 데리고 스케이트를 타는 것은 쉽지 않았다. 손잡고 걷는 것 자체도 힘이 들었다. 나름 등산도 하고, 테니스도 쳐서 기초 체력이 있었기에 망정이지, 아니었으면 이렇게 손주들과 스케이트를 타지는 못했을 것이라는 생각이 들었다.

스케이트장 밖에는 애기 엄마들이 많았다. 특히 외국인들이 많았다. 서래마을의 불란서인들인 것 같았다. 애기 엄마들은 앉아서 이바구를 하며 놀았다. 애기 아빠들은 자기 애기를 데리고 스케이트를 가르치며 함께 스케이트를 탔다. 더 작은 애기가 자기도 스케이트를 타겠다고 아빠를 부르며 울기도 했다. 그 녀석은 걸음마도 잘 못 했다.

나는 요즘 애기들이 너무 어린이집에 갇혀 사는 것 같아서 안쓰러웠다. 부모들이 너무 바빠서 어린이집에 갇혀 있는 시간이 많은 것 같았다. 나는 되도록 휴일에는 손주들을 넓고 시원한 광장이나 공원 등으로 데려가서 바람을 쐬게 하고 싶었다. 애기엄마들이 자기 애들을 놀이카페로 데려가서 애들끼리 놀게 하고 엄마들끼리 이바구하는 것이 못마땅하다는 생각이 들었다. 애들에게 시원한 바람과 햇빛, 그리고 하늘을 구경시켜서 그들에게 꿈과 자유를 주고 싶었다.

*

나이가 들어, 우리 대부분은 퇴직했다. 남자들은 퇴직을 하면 만나는 사람이 없었다. 어쩌다 동창들이 남편에게 만나자 해도 만나지 않았다. 나이가 들면 남성들은 대부분 폐쇄적으로 변하는 것 같았다. 남편은 그래도 한두 명 정도 친한 친구들을 만났다. 그들과 함께 골프 치고 식사하며 차를 마셨다. 그 친구들은 전부 몸 어딘가를 수술한 친구들이었다. 발의 근육이 어그러져서 시술하고, 심장이 어그러져서 시술했다. 친구들은 무던했다. 그들은 가끔 이야기를 하는 중에 딴짓거리를 하며, 무의식 속에서 살았다. 남편이 이야기를 한 것을 듣지 못하고 자신의 무의식 속에서 존재했다. 계속하던 이야기가 끝이 났을 때, 그들은 딴소리를 했다. 그럴 때 남편은 난감했다. 그리고 다시 이야기를 되풀이했다.

그들은 무의식 속에 사는 것처럼 보였다. 그런 일은 자주 일어났다. 이야기의 진전이 되질 않았다. 남편은 만남이 황당했다. 친구들이 깨어있으면 그런 일이 없는데, 무의식 속에서 살기 때문에 똑같은 이야기를 묻고 답하는 걸 계속 되풀이해야 했다. 그는 스스로 조심했다. 자기만 깨어있다는 느낌이 들었다. 무의식 속의 상대방을 이해하고, 관대하게, 그 사람들을 이해해야만 했다. 물론 그 친구들의 잘못은 아니었다. 그들도 더 젊었을 때는 깨어 있었다. 다만 세월이 가고 나이가 들면서 자기도 모르게 무의식 속으로 빠져드는 것이었다.

친구 중에 모난 사람, 공격적인 사람들은 피하는 것이 좋았다. 그들은 굳이 만날 필요도 없었다. 무의식적인 친구들은 그동안 너무 편안하게, 자기중심적으로 살았다. 부모가 물려준 큰 재산을 가지고 살았다. 그들은 긴장된 삶이 없었다. 편히 쓰고만 살았다. 누구한테 억울한 일을 당할 일도 없었다. 그러니 긴장된 삶이 있을 수 없었다. 그런데 오히려 그러한 삶이 그 친구들을 망쳐 놓았다. 그 친구들은 습관적으로 멍하니 있었고, 눌눌한 삶을 살았다. 완벽하게 갖추어 진 삶 속에서 긴장할 필요 없이 생활을 누리기만 하면 되었다. 그런데 긴장할 필요 없는 삶은 분명 그들에게 좋지 않았다.

용인의 어느 빌딩 주인이 어느 날 갑자기 죽어버렸다. 그는 50억 빌딩의 주인으로 총각이었다. 부모로부터 받은 빌딩을 지키면서 편안하게, 긴장 없이 살았다. 그는 담배도 피우지 않았다. 그런데 갑자기 호흡이 곤란해서 병원에 들러 요양원으로 갔고, 가자마자 그곳에서 죽었다. 그들은 분명 편하게 무의식 속에서 생활하다가 그렇게 가 버린 것이다. 우리는 깨어나지 못한 사람들을 비방하거나 부족하다고 그들을 비난하면 안 된다. 그들은 다만 그들의 일을 모를 뿐이다. 우리는 그들을 이해하며 수용하는 것이 최선인 것이다. 그들을 비난하고 악의적으로 말하는 것은 결국 우리도 그들과 같음을 말하는 것이다.

*

　　　　　서울미술관을 방문했다. 친구들과 모임을 하면서. 비밀의 화원이 전시되었다. 프렌시스 호지슨 버넷이 집필한 동명의 동화 「비밀의 화원」은 고집스럽고 폐쇄적인 성격의 주인공인 메리가 부모의 죽음 이후, 고모부 댁에 머물면서 버려진 화원을 가꾸고, 그로 인해 그녀 주변이 행복해진다는 내용을 담고 있다.

　서울 미술관 특별 기획전 〈비밀의 화원〉은 동화 속의 이야기처럼 현대인들이 미술을 통해 지친 마음을 위로받고, 새로운 영감을 얻을 수 있도록 구성되었다. 이곳은 새로운 작가들이 만들어낸 신선하고 아름다운 이야기를 통해 새로운 영감과 휴식을 주는 감각적인 '예술 경험'의 장이 될 것이라고 설명했다.

　처음은 아름다운 방이었다. 편안한 의자. 식탁 위에는 벼가 담긴 화분. 찬란하게 반짝이는 꼬마전구가 붙은 레이스 줄로 장식된, 아름다운 공주방이었다. 그 다음 방에는 편안한 나무 조각으로 바닥을 깔아서 우리의 마음을 푸근하게 했고, 천장과 벽을 작은 불빛들로 장식한 화려한 공간을 보여주었다. 또한 의자에서 편하게 쉴 수 있도록 공간을 만들었다. 관람객이 주인공이 될 수 있도록. 화려한 붉은 열매와 붉은 줄기가 흰 수술로 감싼 열매 위로 용트림을 하며 뻗어 있고 분홍색, 노랑색의 아름다운 꽃송이들과 함께 청색의 베리류 열매와 초록색의 잎을 곁들여서 화려하고 아름다운, 환상의 세계를 불러일으키는 그림이 벽에 걸렸다.

그 다음은 어둠의 공간이 나왔다. 아름다운 별빛이 환상의 세계를 만들었다. 흰색, 초록색, 보라색, 하늘색, 노랑색의 불빛이 어둠을 장식했다. 우리는 그 꿈속의 불빛을 보며 즐거워했다. 그 다음은 사진전처럼 그림이 그림을 만들어냈다. 환상의 영화 같은 장면을 우리는 주인공이 되어 함께 했다. 신사임당의 화원을 선보였다. 신사임당의 친정 오죽헌의 뜰에서 피어나던 맨드라미, 가지, 오이와 나비, 방아깨비, 개구리, 쥐 등 온갖 동식물들이 묘사된 여러 작품들을 감상했다. 수박을 갉아 먹는 쥐들의 모습이 아름다웠다.

잠시 쉬었다. 아름다운 계단을 따라 내려갔다. 환상 속의 화장실이 그곳에 존재했다. 거울 속 공간이 나의 존재를 분류해서 딴 세상에 나타나게 했다.

외부에 설치된 공간에는 사람 네 명이 껴안은 뒷모습을 조각한 조각이 아름답게 서 있었다. 머리, 목, 등뼈, 날갯죽지, 엉덩이가 함께 맞붙는 부분, 무릎 뒤쪽, 발뒤꿈치 등을 선으로 아름답게 표현했다. 인간의 몸이 이렇게 아름답다는 것을 나는 처음으로 알았다. 진짜 인체의 아름다운 감상을 한 것이다. 도로 앞, 산 밑의 풍경도 한 폭의 그림이었다. 다닥다닥 붙은 양옥들이 산속과 산 밑에서 마치 예술 작품처럼 층을 이루었다.

산 쪽의 작은 식당에서 어묵탕과 우동을 맛있게 먹었다.

다시 서울 미술관 쪽으로 와서 석파정을 탐방했다. 그 건물은 철종 때 영의정을 지낸 김흥근의 별서였다. 이 별서가 대원군의 소유가 된 배경은 이러했다. 김흥근이 북문 밖 삼계동에 별서를 가지고 있었는데, 대원군이 이 별서에 반해서 이 건물을 사려고 하였으나 흥근은 거절하였다. 이에 대원군은 머리를 써서 흥근에게 하루만 빌려달라고 하여 허락을 얻어내고, 임금을 권해 이 별서에 임금이 묵도록 하였다. 흥근은 임금께서 계셨던 곳을 신하로서 감히 쓸 수 없다 하여 다시는 이 별서에 가지 않았고, 결국 이 별서는 대원군의 소유가 되었다 한다. 대원군은 앞산이 모두 바위라서 자신의 호를 석파(石坡)로 바꾸고 이곳에 있는 정자의 이름도 석파정(石坡停)으로 지었다고 한다. 정원 입구의 아름다운 소나무, 계곡과 산에 어우러져 있는 웅장한 바위들, 뒷산에 오르는 산책길과 그 아래 펼쳐진 기와집들, 층층이 내려가는 담장 등이 아름답게 펼쳐졌다.

다시 도로를 따라 산을 올랐다. 새로 조성한 무계원(武溪園)을 방문했다. 그곳은 전통문화공간으로 안평대군이 꿈을 꾼 도원과 흡사해 화가 안견에게 3일 동안 몽유도원도를 그리게 했고, 정자를 지어 시를 읊으며 활을 쏘았다는 유서 깊은 장소라 했다.

나는 오늘 특별한 예술 공부를 했다. 예술과 건축과 자연을 다시 공부했다. 모든 것이 보여주는 새로운 예술적 영감이 나에게도 보이기를 바랐다.

＊

나는 가끔 내 바로 아래 동서에게 전화를 하곤 한다. 나보다 한참 나이가 어리지만 의사소통이 잘 되는 편이다. 그는 아직 직장을 다니고 있어서 그가 바쁘지 않을 때 내가 전화한다. 보통은 저녁에 통화가 이루어진다. 우리는 젊어서부터 시어머니의 시중을 들었고, 시어머니의 이상한 행동을 보며 함께 시집살이를 했다. 그래서 서로 어려운 생활을 이야기하며 동감하는 경우가 많다. 남자들이 말하는 군대 동기처럼, 우리도 시집살이 동기라는 동질감을 가지고 있어 다른 동서들보다 더 친밀한 면이 있는 것이다.

어느 날 전화를 했다. 전화를 받지 않았다. 며칠 후 다시 전화했다.

- 며칠 전 전화했는데 받지를 않더라고.
- 아, 예. 그날은 일찍 자서 못 받은 거 같아요. 이번에 감기몸살이 오래 가더라고요. 요즘은 한 번 아프면 영 낫지를 않고, 다시 아파요. 약 먹어도 또다시 아파요. 무엇보다 일체 먹지를 못하니까요. 이번에는 물만 먹어도 토해서 죽었다가 살아났어요. 사무실 일도 너무 많고, 해도 해도 끝도 없어요. 하다 보면 성질이 나고요. 함께 일하는 애들보고 뭐라 할 수도 없고요. 진짜 해야 할 일을 두고, 모두 자기 일하느라 바빠요. 아니면 교회 일하고 앉아 있으니 속이 터져요. 요즘 애들 왜 그러는지 몰라요. 사무실 일과 민원이 밀려서 죽을 지경인데, 핸드폰 가지고 아예 책상 밑에 가서 딴짓만 하고 있으

니…. 말을 안 하자니 그렇고, 말하자니 그렇고…. 말했다가 서로 감정이 안 좋아지면 또 후회하고. 앞에서 일 처리를 잘 해줘야 하는데, 앞에서 제대로 안 하니까 계속 민원이 몰려오고, 스트레스받는다니까요. 그러거나 말거나 그들은 자기 일에만 열중해서 은행일, 집일, 교회 일만 하고 있어요. 내가 마음을 비워도 반복되는 일을 계속하다 보면 성질이 나요. 내가 잔소리하거나 치사해지지 않으려고 하는데, 내 목이 아프고 힘이 들어요. 그런데 이상한 놈까지 와서 악다구니를 하면 스트레스가 통제가 안 된다니까요.

- 이제 너도 내년이면 육십이잖아. 이제 우리 세포가 망가져서 그럴 거야.

- 할 일을 해주지 않는 직원을 보면 나도 모르게 짜증이 나요. 그렇게 스트레스를 많이 받아서 영 몸이 안 좋더라고요. 퇴근하고 집에 오니 몸이 얼음 같아서 토했어요. 차에서부터 매슥거리더라고요.

- 그럴 때는 병원에 간다 하고 조퇴를 해야지. 몸이 귀한 것인데….

- 내 마음대로 되지 않아 열을 받으면 또 스트레스를 받으니까 몸이 말이 아니네요.

- 그래. 일을 끝내고 집에 있어도 남편하고 싸울 일이 얼마나 많이 일어난다고. 여자들이 나중에 해도 된다 하면, 남자들은 당장 그것을 해야 된다 하고. 우리는 그것이 안 되는 걸 어떻게 해. 그 대신 우리는 집안일도 한 번 하면 이것저것 몸을 부숴가며 막 하잖아. 그런데 일하기 싫을 때는 죽어도 하기 싫잖아. 시집살이는 지금 당장, 항상 해야 하는 거잖아. 이제 우리는 아무 때나 하기가 싫어. 남자들은 또 대충하면 대충한다고 난리가 나고, 짜증을 낸다고. 이제 나이도 있으니까 알아서 대충 살자고. 기본적으로 아프지 않고, 하고 싶을 때 하고 하기 싫을 때는 하지 않으면서 적당히 사는 게 최

고여. 새끼들은 알아서 살라 하고.

- 나도 자식들 키우느라고 힘들었어요.

- 나도 그렇네. 넌 애들 키울 때 무엇이 제일로 힘들었는가?

- 먹이기를 할 수가 있나요, 입히기를 할 수가 있나요? 월급 타서 다 떼고 나면 5만 원 남는데. 럭키 치약 하나 사기가 힘들었어요.

- 친정에서 쌀 갖다 먹었을 거 아냐?

- 그때 광주 살았는데, 친정에 안 갔어요. 친정엄마가 화가 나서 왕래를 안 했어요.

- 너 삼촌하고 일찍 결혼했다고 엄마가 화가 많이 났구나.

- 네. 그래서 한참 동안, 수년간 친정하고 왕래를 안 했어요. 지금처럼 자주 왔다 갔다 하지는 않았지요.

- 고명딸이 죽일 놈 됐구나.

- 그때보다는 지금이 나은 거지요. 학원을 보낼 수가 있나, 먹을 걸 해결할 수가 있나? 광주와 전주에서 살 때는, 월급 타면 쌀만 샀어요. 그런데 반찬 살 것이 없었어요. 월급으로 15만 원에서 17만 원을 탔어요. 차 사고로 시어머니한테 10만 원씩을 붙였고요. 시어머니한테 돈 보내고 나머지 돈으로 뭔가를 사려고 하니 거지처럼 산 거지요.

- 나도 이십만 원을 탔는데 시댁 융자 얻어서 100만 원씩을 두 번 주니까 이자까지 주고 나면 십육만 원으로 살았다. 차비가 없어서 걸어서 다녔다. 우유 살 돈이 없어서 못 샀다. 할 수 없이 정부미 만사천 원씩 주고 10년을 먹고 살았다. 그래도 일 년이 지나면 빚이 생겼지.

- 돈이 없어서 병원을 못 갔어요. 광주에서 이가 아팠는데 약을 못 샀지요. 그

때 치료를 못 해서 지금까지 이가 아파요.

- 나도 그랬어. 어린이 대공원을 갔는데, 입장료 1,000원이 없어서 바깥만 구경하다가 왔다니까? 지금도 대공원 구경 못 했다고 밖에 있는 원숭이만 보았다고 말하고 다녀. 우리 애들 고등학생일 때 급식비를 못 주어서 도시락을 싸주기도 했고. 돈이 있어야 급식비를 주지. 도시락 싸서 다니는 애가 승현이 혼자였다고 하더라. 그래도 애들이 급식을 안 먹어서 대신 자기가 먹었다고 하더라고. 나도 돈이 모자라서 맨날 옆집에서 만 원씩 꾸어서 살았다니까.

- 승경(둘째네 큰아들)이에게 1,000원짜리 옷을 사 입혔더니 애들이 아저씨 옷 같은 이상한 옷 입었다고 흉을 본다고 하더라고요. 근데 왜 우리가 이런 우울한 이야기를 해요? 다 지나간 것인데….

- 그러게 말이야. 다 지나갔다. 우리는 죽지 않고 살아 있다. 남편도 술과 담배에 찌들었지만 살아 있는 것에 감사하자. 우리 아파트 산책하는 65세 이상의 과부가 많아. 나 65세 넘었는데도 남편이 살아 있는 거 보면 성공한 거라고.

- 형님. 젊을 때 먹고 싶은 거 있으면 먹고, 입고 싶은 거 있으면 사 입고 해야 하는 거더라고요. 늙으니 소화가 안 돼서 못 먹고, 이가 시원찮아서 못 먹잖아요. 제때에, 조건이 되면 좋은 거 먹고 좋은 거 사 입으면서 사는 게 좋아요.

- 그럼, 그럼.

- 가짜 이를 새로 해서 넣었더니, 그게 그렇게 아프고, 다른 이를 건드리니까 그것이 또 아파서 씹을 수가 없어요. 자꾸 헛구역질이 나더라구요. 아픈 이를 잘 간직하고 있을걸. 하도 아파서 그냥 작년 12월에 뺐더니 이가 엉망이

됐어요. 이가 참 중요하더라고요. 거기에 어금니가 수시로 아파서 빼다 보니 6개를 뺐어요. 이젠 한쪽으로만 간신히 씹을 수 있어요. 그런데 그 이도 시원찮아서 아프니까 괴로운 거예요. 못 씹으니까 위도 안 좋고, 계속 죽만 먹었더니 힘도 없어요. 거기다 몸살이 오니 물도 못 먹어요.

- 맞아, 맞아. 못 먹을 때는 네가 나에게 가르쳐준 날달걀에 들기름 한 수저 먹는 것이 최고더라고. 영양 보충으로는 그것이 짱이야. 우선 목으로 음식을 먹을 수 없잖아. 그럴 때 날달걀을 깨서 입에 넣고 눈 감고 삼키면 넘어가고, 다시 들기름 한 수저를 입에 넣고 꿀꺽 삼키면 되더라고. 그게 링겔 맞는 거보다 나을 거야.

- 태극기 집회나 촛불 집회는 언제 끝나요?

- 글쎄다. 나라가 망할까 봐 걱정이다. 각자 에너지가 많아서야. 모든 것을 후대에게 물려주고 간섭을 안 하는 게 옳은 거 같다는 생각이 드는데…. 너, 인동 어머니(시어머니) 뒤로 물러서서 있게 되든?

- 그건 그렇네요. 아무것도 안 하시고, 며느리들이 모두 알아서 하면 되는데…. 젊은이들이 하는 대로 따라가면 되는데…. 이번 제사 때 당신이 달걀 삶고, 두부 부치고, 산적을 해놓았어요. 나는 퇴근해서 갔지요. 가서 차례 챙기고 밥 먹고 왔어요. 편하고 좋았어요.

- 그럼 제사비도 안 받아야 되는 거 아냐?

- 자기(시어머니) 하는 대로 하는 양반인데… 우리가 말한다고 들을 양반도 아니잖아요.

- 그건 그려. 전화 왔구나. 그만 끊자.

- 네, 고마워요.

*

　　　　내가 편하고 좋은 것만 바라는, 그러한 시간만을 추구하며 집착하는 것은 분명 나에게 좋지 않을 것이다. 편안함은 나를 무력하게 했다. 나는 가진 것이 너무 많았다. 평생 자유를 위해서 싸웠고, 자유를 위해서 몸과 마음을 희생했다. 물론 국가적인 무엇이나 정치적인 것도 나를 구속하지는 않았다. 내가 혁명가도 아니고, 정치적 이념을 가진 것이 아니기 때문에 일반 시민으로서 있는 듯 없는 듯 법을 잘 지키고 살면 되었다. 단지 가정적으로 경제적 책임을 짊어진 채 내 가정을 지켜내기가 힘들었고, 시댁이나 친정의 살림살이를 돌봐야 하기 때문에 생기는 경제적 책임이 힘들었다. 적당한 책임을 완수한 지금도 비슷한 무게의 책임을 가지고 있지만, 아이들 교육 문제를 벗어나니 나름 경제적 자유를 가지게 되었다. 그 사실에 감사한다. 육십이 넘어 중반이 되니 몸은 허약해졌지만, 그래도 아직 쓸만하다는 사실에도 감사한다. 이제 마음껏 하고 싶은 것을 하고 살면 되는 것이다.

　그러나 젊을 때 가졌던 욕망은 사라졌다. 집착도 사라졌다. 마음에 허탈함이 강하게 남았다. 이럴 때 나는 극기 훈련으로 산행을 했다. 이번에는 관악산에 가자고 남편에게 말했다. 날씨가 아직 쌀쌀했다. TV에서는 육십 대, 칠십 대 노인이 산행을 하다가 죽었다고 자막으로 알렸다. 그걸 본 남편은 내가 자제하길 바랐다. 하지만 나는 속을 답답하게 하는 이 무력증에서 벗어나고 싶었다. 다행히 날이 풀렸다. 산행을 하는데 밥을 잘못 먹으면 낭패였다. 나는 보온 도시락에 매생이 떡국을 쌌다. 두껍게 옷을 입고 산을 탔다. 사람은 드문드문. 입구 바닥에 갈대포를 깔았다. 푹신해서 좋았다. 계곡은 얼음으로 덮였다. 간간히 맑은 물이 녹아내렸다. 바위를 덮었던 나뭇가지가 바위를 벗 삼아 서로 붙어 있었다. 그동안 한 번도 보지 못했던 통 바위가 산 전체에 자기 모습을 보여줬다. 웅장했다. 바위가 산 전체가 되었다. 놀라웠다. 대단했다. 통 바위를 따라 계곡물을 따라 올라갔다. 계곡 건너는 아직 눈으로 덮여 있었다. 양지에는 잔설만 남아 있었다. 우리는 가다가 힘들면 바위에 앉아 저 아래 펼쳐진 과천시를 내려다보았다. 산과 산 사이에 아파트와 집들이 줄지어 서 있었다. 그쪽을 배경으로 사진을 찍었다.

다시 산행을 했다. 땀이 나자 "이거야 이거."를 외쳤다. 나는 이렇게 극기 훈련을 해야 힘이 생겼다. 땀이 나면서 새 힘과 새로운 마음이 일어났다. 친구 중 하나가 산티아고 순례길을 서너 번 갔다 왔다고 했다. 나는 그 친구를 존경했다. 하지만 관악산에 오르면서 그 친구가 더 이상 부럽지 않았다. 바위 길을 걸으면 나와 바위가 서로 교감을 했다. 미끄럽게, 뾰족하게, 내 발을 자극하고 불편하게 하면 할수록 나는 즐거웠다.

'그래. 나는 이렇게 힘들게 사는 것이 내 삶을 즐겁게 하는 것이야. 더 기쁨을 가져다주는 힘이 되는 거야.'

오르고 또 올랐다. 지루하고 힘들었지만 몸은 가벼워지고, 마음도 깨끗해졌다. 왜 몸이 가벼워질까? 힘들어서 땀이 흐르지만, 몸속에 가득한 찌꺼기가 땀으로 씻겨나가면서 몸이 가벼워지는 것이리라. 오르는 것에 집중하면 마음도 세상과 멀어져서 씻기는 것일까?

산 정상에는 사람이 많았다. 꼭대기 바위에 관악산 629미터라고 기록되어 있었고, 사람들은 인증사진을 찍기 위해 붐볐다. 나는 산 꼭대기 위에 펼쳐진 파란 하늘을 보며 바위에 앉았다. 그리고 인증 샷을 찍었다. 다시는 못 올지도 모르니까. 그리고 기도했다. 제발 우리나라 사람들이 더 이상 싸우지 말고 서로 양보해서 국가가 더 이상 망가지지 않도록 해달라고. 그리고 우리 가정도 화목하고 매사 편안하게 해달라고.

*

저녁 모임이 있는 날이었다. 남편의 고교 동창 소모임으로, 부부 모임이었다. 호칭은 수서로 이사해서 수서댁, 수원으로 이사가서 수원댁, 우리 이웃에 사는 반포댁, 그리고 우리까지 총 네 팀이다. 이번에는 반포댁이 호스트였다. 식사 메뉴는 한정식으로 식당 '산들애'에서 만났다. 오랜만의 만남이었다. 서로 만나서 반갑다고 악수하고 자리에 앉았다.

- 이번에 촛불집회 주관자를 보니까 퇴진운동 대표자가 하더라. 이들은 직업 자체가 운동권이야. 문재인이 제일 문제야. 버스 대절하고 민주당에서 모든 것을 주관하는데, 전라도인 한화갑, 박지원은 또 아니야. 그들은 문재인 안

좋다고 하더라.

- 정동영은 완전 좌빨이더군. 사드 안 된다 하고. 국민의 당은 아니다.

- 복잡해. 정동영은 데모도 안 해. 인정을 못 받으니까 술수를 쓰는 거지. 원래 학교 다닐 때부터 이해관계를 따지면서 편승하던 애야.

- 박근혜를 뽑아주는 것이 아닌데…. 안희정은 어때?

- 공산당 골수래요. 영리한 사회주의자요. 정권 잡으면 어떻게 될지 모르는 거지요.

- (수원댁에게)애기 잘 보고 있어요?

- 애기가 할아버지만 보면 울어요. 이번에 애들이 러시아 출장 갔는데, 애기가 발진이 생겼어요. 밥상을 차리려면 애기가 "안고, 안고." 하면서 울어요. 자기를 안고 일하라고. 밥 좀 퍼서 먹으면 좋은데 안 하더라구요.

- 그러면 안 되지. 큰일 날 일이구먼. 부인을 위해야지.

- 안 봐줘요. 그래도 재활용 쓰레기 정리는 다 해줘요. 집안일도 다 도와줘요.

- 우리 친구 남편도 70 넘어서 집안일 도와주니까 안쓰럽다고 하더라고요. 시어머니가 96세라 일이 많다 보니 남편이 다 도와준다고 해요.

- 권수 씨(수원댁 남편), 이가 아픈 것은 스트레스받아서 아픈 거 아닙니까?

- 그렇지요. 병원 환자가 100명인데 당연히 스트레스받지요. 환자 수술하고 입원했는데, 당연히 아픈 사람들이 많지요. 할머니들이 왜 수술 했는데 더 아픈지 모르겠다면서 아프다고 하지요. 그동안은 아프다고 해도 별로 신경 안 썼는데, 내 이가 아파서 수술했더니 장난이 아니더라고요. 아픈 환자들 더 잘 해줘야겠어요.

- 내 친구 교장 선생님이 있는데, 퇴직하고 연금만 타는 것을 못 견뎌 하더니

만 볼링장을 차렸어. 차리는데 20억을 들였대. 볼링장 레일이 10개가 넘는데 돈이 아주 잘 벌린대. 월세가 980만 원이라냐? 그래서 친구에게 "이십억 원은 굉장한 돈이다. 돈이 잘 벌린다니 좋기는 한데, 20억 원을 먼저 회수해서 빚을 갚고 난 후에야 남는 돈이 네 돈이 될 것이다."라고 충고를 했지. 일 년에 이억 벌면 10년 후에나 돈을 다 갚을 수 있는 거라고. 어느 날 대학 동창 딸아이 결혼식장에서 그 친구랑 만났어. 결혼식 끝나고 자기 차를 타고 가자 해서 따라갔지. 그 친구 차가 기사 왕들 문양이 있는 브랜드야. 그가 말하길, "어차피 차를 하나 사야 하는데, 아들이 캐딜락이 좋다 해서 뽑았다."고. 나는 사업도 이제 막 시작했는데 차부터 뽑았다는 말에 걱정스러워서 마음이 불편했지. 그런데 그 친구가 홍대 앞에 볼링장을 또 차리고 싶다는 거야. 그리고 나에게 그럴 마음 없느냐 해서 나는 그냥 편히 연금 타면서 편히 쉬겠다 했어. 그렇게 새해가 되었고, 친구에게 잘 살고 있는지 안부도 물을 겸 전화를 해서 그쪽으로 놀러 가겠다고 했어. 그런데 머뭇머뭇하면서 미루는 거야. 다음 주 전화 하겠다기에 그러라고 했지. 그 다음주에 전화가 왔어. 자기에게 사정이 있다고. 자기가 지금 이가 다 빠졌다고. 틀니를 했는데 씹지를 못해서 지금 적응 중이라고. 음식을 먹을 수가 없으며 말도 헛나온다고. 그럼 다음에 만나자고 했어. 그리고 끊었어.

- 20억 대출이면 일 년에 이자가 8,000만 원이야. 거기에 임대료와 인건비 합쳐서 3억은 나가겠다. 사람들은 그걸 몰라. 거기에 감각 삼각비, 그거 굉장한 돈인데….

- 자기 말로 한 달에 순수익이 2,000만 원이라는데 모르지 뭐. 그 여동생이 이대 나왔는데 용인 시장으로 나왔다가 떨어졌어. 그 남편이 진보파로 있다

가 뭐 한자리하다가 그만 두었고. 학교 선생 할 때도 문방구를 하고, 옷 장사를 하더니 중간에 몽땅 말아 먹어서 빈털터리가 되었지. 그 친구는 돈에 대한 집착이 많아. 그러다가 간신히 하바로프스크에 교육관으로 5년 근무하고 돌아왔어. 머리가 좋아서 교장으로 승진하고 계속 근무하다가 퇴직한 거야. 그리고 볼링장을 차렸으니. 돈을 많이 벌었는데, 돈이 많으면 뭐할 거냐고. 끽해야 좋은 차, 좋은 집 사고, 젊은 여자도 사귀겠지. 돈은 쓸 만큼만 있으면 되는 건데….

- 어이~ 이번에 김 재벌(반포댁 남편)이 호스트인데 안주 좀 더 시켜도 되겠지요? 술안주로 낙지볶음과 홍어 무침, 그리고 술을 더 주세요.

우리는 술을 다시 돌리고, 새 안주를 먹었다. 이야기도 웬만큼 했고, 이제 서서히 자리를 마감할 때가 왔다. 남편은 미진한 것을 채우고 싶어 했다. 이 식당으로 들어오면서 우리는 나이트클럽 샴푸라는 간판을 보았다. 남편은 한 달 전부터 전철을 타면서 그 간판에 호기심을 보였다. 그날도 그곳에 가면 머리를 샴푸로 감듯이 온 것을 깨끗이 닦아줄 것이라며 호탕하게 웃었었다. 그런데 식당에서 9시가 마감이라고 알려왔다. 시간은 5분 남은 상태였다. 우리는 알았다 하고 끝내려 했다. 거기서 갑자기 남편이 말했다. "우리는 열심히 산 사람들인데 즐겁게 살아야 하지 않겠는가. 여기 오면서 간판을 보니까 누가 그 이름을 지었는지 샴푸라는 이름의 간판을 보았다." 이름 참 잘 지었다고, 그곳에 가면 우리들을 시원하게 해줄 것 같다면서 가보자고 제안했다. 갈 사람은 없어 보였다. 그런데 갑자기 권수 씨

(수원댁 남편)가 좋다고 했다.

우리는 밖으로 나갔다. 나이트클럽 샴푸를 찾았다. 대형 간판에 화려한 입구. 그곳에 서 있는 멋진 신사들은 조폭처럼 보였다. 우리는 멀리서 쭈뼛쭈뼛 서성댔다. 용감한 남편이 입구로 가려고 하는 것을 나는 제재했다. 아무래도 젊은이들만 가는 곳으로 보였다. 우리 같은 할머니 할아버지가 가면 물 흐리게 한다고 입장이 불가할 것 같았다. 그래도 남편은 기어이 입구 쪽으로 향했다. 그는 우리 친구들 부부 모임이 끝나고 왔는데 자리 좀 마련해달라고 청했다. 그들 중 대장이 머뭇머뭇하더니 "그러시죠." 했다. 남편은 모여 있는 우리 쪽으로 손짓을 했다. 오라고. 우리는 그곳으로 들어갔다.

한 사람이 우리를 안내하라고 지시했다. 내가 "이곳은 우리가 가는 곳이 아닌데요?" 했더니 "그렇기는 하지만 들어가시죠."라고 했다. 엘리베이터를 탔다. 그리고 내렸다. 그곳은 이집트 신전의 궁전처럼 거대하고 웅장했다. 벽과 기둥은 신전 벽처럼 화려한 빛으로 장식되어 있었다. 안내자를 따라 들어갔다. 대형 홀에 대형 스크린, 테이블에 놓여있는 작은 불빛이 손님을 유혹했다. 대학에 다녔을 때가 생각났다. 대형 극장식 나이트클럽에서 가수들이 노래하고 젊은이들이 함께 불렀던 그 시절로 나는 돌아갔다. 내 안에서 보이지 않는 즐거움이 일어났다. 그 분위기에 취해서 이 나이에도 뜨거운 열정이 생기기도 하는 것이구나 생각했다.

한 테이블에 앉았다. 불빛 이름은 오리라고 적혀 있었다. 주문자 받는 사람이 왔다. 두 테이블이니까 안주 2개에 테이블당 맥주 5병씩 총 10병을 시켜야 한다고 했다. 그렇게 주문했다. 그 넓은 홀에 손님은 없었다. 서빙하는 사람들만 우리 주변에 줄을 서 있었다. 대형 스크린에는 붉은빛과 푸른빛이 난무하면서 빠른 음악이 진동했다. 음악인지 발악인지 알 수가 없었다. 화면도 돌고 우리 머리도 돌고 온통 불빛으로 세상이 돌아가고 있었다. 조금 있다가 술과 안주가 나왔다. 마른 안주 한 사라와 과일 안주 한 사라가 나왔다. 대형 접시 속 안주는 화려했다. 느낌상 한 접시에 10만 원은 족히 할 것으로 예상되었다. 맥주는 작은 병으로 10병. 전부 수입품인 버드와이저였다. 보통 맥주 집에서 한 병에 5,000원 하는 물건인데, 여기서는 만 원 정도 할 듯싶었다. 모두가 잔을 따라 건배를 했다. 이미 우리는 배가 부른 상태였다. 맛있는 과일을 한 쪽씩 먹었다. 과일 종류는 많았다. 포도, 파인애플, 자몽, 레드향, 사과, 배, 딸기, 수박 등 과일이란 과일은 모두 거기에 있었다. 마른안주도 호두, 초콜릿, 육포, 쥐포, 젤리, 땅콩, 아몬드 등 맛있는 것들이 접시에 골고루 담겨 있었다.

우리는 그곳에서 한참을 어떻게 할 줄을 몰랐다. 무대는 화려했지만 춤추는 자가 없었다. 음악은 악을 썼고, 무대 조명은 현란했다. 하지만 테이블은 텅텅 비어 있었다. 우리 테이블인 오리만 차 있었다. 서빙하는 사람들이 저승사자처럼(영화 속에서 죽은 자를 데려간다는) 붉은빛 속에서 장승처럼 서 있었다. 다시 한 잔을 돌렸다. 취기가 돌았다. 서서히 취기가 돌기 시작하자 시끄럽던 귀가 둔감해졌다. 내 옆에 있는 반포댁은 귀를 막았다. 너무 시끄러워서 어지럽고 두통이 온다고 곤혹스러워했다. 반면에 시끄러움은 나를 편하게 했다. 내 옆에 있는 권수 씨(수원댁 남편)는 노래를 하고 싶다고, 원룸홀로 가면 어떻겠냐고 했다. 나는 그것은 안 된다고 반대했다. 그곳은 비쌀 것이라고 했다. 여기 이 자리는 한 십만 원쯤 하느냐 묻는 말에 아니라고 더 비싸다고 답했다. 내가 20년 전 인덕원 나이트클럽에(남편이 집에 있는 나를 불러서 갔다) 갔을 때 이십만 원을 내가 가계 수표로 결재했다고. 여기는 강남 한복판이라 더 비쌀 것이라고 했다. 우리는 그렇게 소곤거렸다.

조금 있다가 남편이 권수 씨를 데리고 마구잡이 춤을 추러 무대로 나갔다. 쑥스럽고, 불편하고, 뭔가 어울리지 못하는 듯싶었다. 그러다가 몽땅 나오라 했고, 수원댁과 내가 나가서 몸짓으로 어울려주었다. 아수라장 속에서 우리는 춤을 추었다. 나는 내가 아니었다. 남이 어쩌든 상관이 없어졌다. 몸이 돌고, 마음이 돌며, 내가 사라졌다. 기쁨이 일어났다. 그렇게 오랫동안 나를 잊고 춤을 추었다. 땀이 났고 속이 시원해졌으며 돈이 아깝지 않았다. 나는 용감해졌고, 남편은 더 용감해졌다. 잠시 쉬었다가 다시 추었고, 수서댁은 처음엔 자리보존하다가 이내 합류했다. 모두가 광란의 밤을 보냈다. 남편과 권수 씨는 무대 체질이었다. 둘은 붙어서 춤을 계속 추었다. 음악이 블루스로 바뀌면 부부들끼리 모두가 블루스를 추었다. 학교 다녔을 때 그때 모습대로 모두가 즐기며 춤추었다.

10시가 넘어갔다. 나는 남편에게 자제를 시킨 뒤 결제를 하고, 집이 멀어서 돌아가야 한다고 말했다. 서둘러 일어났다. 그런데 이미 누군가 결제를 했다는 말이 돌아왔다. 어? 이상했다. 그런 내 의문에 권수 씨가 이미 결제를 했고 맥주 5병을 더 시키고 조금 더 놀다 가겠다고 했다. 우리는 다시 그 테이블로 들어갔다. 전철 때문에 수서댁은 집으로 몰래 가버린 뒤였다. 우리는 테이블에 앉았다. 다시 무대장치가 변하고, 가수들 남녀 두 쌍이 예쁘게 춤을 추며 노래했다. 멋진 광경이었다. 하얀 속살을 드러내고, 하얀 자켓을 입고 아름다운 목소리로 짝을 맞춰 율동과 어우러지게 노래했다. 아름다운 조명과 밴드 음악이 그들을 뒷받침했다.

서서히 젊은이들이 자리를 차지하기 시작했다. 무대에서 노래에 맞춰 젊은이들이 춤을 추었다. 하얀 머리 할아버지들이 다시 나가서 젊은이들 옆에서 춤을 추었다. 나는 그들을 저지하려 애썼다. 그러나 그들은 그러거나 말거나 상관없이 춤을 추었다. 거의 12시가 넘어가려 했다. 나와 수원댁은 남편과 권수 씨를 붙들고 가야 한다면서 함께 클럽을 나왔다. 우리가 엘리베이터에 타자 인사하는 종업원에게 나는 고맙다고 인사했다. 이곳은 우리가 끼일 곳이 못 되는데 받아주는 것이 고마웠기 때문이다. 권수 씨가 다음엔 70~80 나이트클럽을 가자고 제안했다. 그 종업원은 웃으면서, 강남에는 없을 것이라 대답했다.

엘리베이터 문이 닫히자 나는 말했다. 우리 모두 땅속으로 가야 하는 나이인데 무슨 나이트클럽이냐고. 우리는 그렇게 그날을 마무리하고 집으로 돌아왔다. 이튿날 내가 찍은 광란의 밤 사진을 카톡으로 전송했다.

- ㅋ 광란의 밤 ㅋㅋ. 편히 쉬세요~^^(수원댁)

- 지하철 끊어질까 봐 인사도 못 하고 왔네요. 미안합니다. 덕분에 나이트라
  는 데도 가봤네요. 감사! 오늘도 행복하시길…^^(수서댁)

- 어제 우리도 모처럼 신나는 시간 가졌어요. 승현 엄마, 아빠 덕분에 흥겨운
  시간 즐거웠어요. ^*^(반포댁)

- 우리 남편 소원 풀어주어서 감사합니다. 백만 번 날 볶았거든요, 가자고. 갈
  사람이 있어야지요. ㅎㅎㅎ

남편은 계속 말했다. 신은 멀리 있는 게 아니라고. 이렇게 즐겁고 행복한 삶 속에 신이 있다고. 즐겁고 행복하게 사는 것이 바로 신이라면서.

그는 내 귀에 대고 계속 말했다. 우리는 지금 신처럼 살아가는 것이라고.

*

나는 지금 글을 쓰고 싶다. 그러나 과연 내가 쓰고 싶은 것이 있을까에 대해 생각했다. 어느 때는 쓰고자 앉았지만 아무 말도 쓰지 않았다. 신문에서는 촛불집회와 태극기 집회가 맞불 작전을 벌이며 싸우고 있다고 했다. 이럴 때 외국이 개입하면 더 혼란해지고, 부작용이 더 커질 터였다. 신문을 보면 머리가 시

끄럽다. 시리아 내전에서 러시아가 무기를 실험하며, 살상을 하고 있다는 보도를 보자 심적인 고통이 생겼다. 우리나라가 과연 온전할 것인지⋯. 이런 시국에 북한 김정은이 제 형 김정남을 VX 독극물로 죽였다는 내용이 뉴스에 보도되었고, 언론은 박 대통령이 탄핵 심판 최종 변론에 불참한다는 사실을 보도했다. 세계 언론에서, 특히 호주 언론은 "한국은 철 지난 이념 전쟁 때문에 일 년에 약 300조 정도의 돈이 새어나가고 있다."고 했다. 이것저것을 읽다 보면 숨이 막혔다. 어디서부터 잘못된 것인가? 온 세계가 공산주의가 잘못됐음을 시인하고 모두가 공산주의를 멀리하는데 왜 우리나라만 공산주의를 찬양하는가. 그것을 알 수가 없는 것이다. 일찍이 전교조들이 좌편향으로 교육을 시켜서 그런 것인지도 모른다. 젊은이들은 그쪽을 찬양하고 있으니⋯. 스탈린의 실체가 자신을 위한 것이지 인민을 위한 것이 아님을 알 텐데도 공산주의를 찬양하는 것이 이해할 수 없는 것이다. 남로당 계열 박헌영이나 이승엽 등도 그렇게 공산주의를 찬양했지만, 결국 그들의 조직에서 종파주의 청산으로 처형되었다.

인간들의 파벌 싸움에서 서로를 죽이고 죽임을 당하는 것이 당연한 것인가? 정치권의 패권 다툼에 서민들만 죽음으로 몰리고 있는 것이다. 제발 모두가 자제하고 양보해서 국가가 살아나기를 빌 뿐이다. 나라를 계속 파벌 싸움으로 몰고 있는 정치계가 정말 지겹다. 이제 어디가 진실을 이야기하는지를 모르겠다. 한쪽으로 치우치는 것이 나라를 더 나락으로 몰고 가는 것인데 그걸 모르는 것 같아 안

타깝다. 제대로 된 지도자가 얼른 나타났으면 좋겠다는 생각만 들 뿐이다.

*

갑자기 카톡이 왔다. 친구 시어머니가 돌아가셨다는 것이었다. 친구에게 함께 가자고 카톡을 보냈다.

- 어이 친구, 영이네 시어머니 돌아가셨대. 너 갈래? 나는 가볼까 해서. 서울 중앙대 병원이라더라고.
- 응.
- 경부선 고속터미널 앞쪽 버스 정류장으로 오시오.

우리는 만나서 영안실을 찾았다. 고인의 명복을 빌고 자리에 앉았다. 영이는 핼쑥했다. 전날 중환자실에 들러 시어머니를 뵙고 차 타고 시골로 내려갔는데, 집에 도착하자마자 시어머니가 돌아가셔서 다시 올라왔다고. 손님은 많지 않았다. 그에 비해 홀은 너무 넓었다. 조금 작은 홀을 빌려도 됐을 것처럼 보였다. 아들들이 이제 모두 나이가 70이 넘었고 전부 퇴직했기에 많은 손님이 오지는 않을 것이었다.

우리 앞쪽 테이블을 가리키며 큰 아주버님과 큰 며느리라고 나에게 친구가 알려 주었다. 큰형님은 검은 옷은 입었으나 모양새는 손님이었다. 고인의 가족처럼 보이지는 않았다. 이상했다. 친구도 형님이 아무것도 모르고 세세한 것을 관리하지 않는다고, 시아주버님이 모든 것을 주관하고 관장한다고 했다. 큰형님은 교인들과 조용히 이야기를 주고받으며 편안하게 이야기를 하고 있었다. 조금 있다가 형님이 일어섰고, 교인들과 함께 그 자리를 떠났다. 형님은 분명 손님처럼 보였다. 유유히 병원을 빠져나갔다. 시어머니를 어쨌든 96세까지 모셨으니 우리는 큰형님을 훌륭하다고 칭찬했다. 요즘은 시어머니를 모시기 힘들어서 웬만하면 요양원으로 모시는데, 한집에서 함께 살며 모셨다는 것이 대단했다. 그러자 친구는 말했다.

- 시아주버님이 교과서라, 모시는 것을 책임지고 지켰어. 아파트가 비좁아. 41평인데 그곳에서 아들, 딸 둘, 형님 부부, 시어머니까지 6명이 살았어. 오늘부로 제사는 끝났어. 병원에 오면서 남편보고 말했어. 제사가 이제 끝났다고. 기제사가 돌아오면 시골에서 모두 해왔어.
- 모두?
- 응. 엊그제 기제사가 돌아올 것을 생각해서 부침이랑 여러 가지를 준비하고 있는데, 갑자기 다음날 기제사를 지내겠다는 연락이 큰집에서 왔어. 갑자기 급해진 거야. 그날 이것저것 부쳐서 준비하는데 밤을 샜어. 다 끝나니까 새벽 4시가 넘더라고. 준비한 것을 모두 박스에 넣고 묶어서 새벽차 타고 큰집으로 왔어. 그러니까 큰엄마가 곧 밥을 준비하더라. 그리고 제사를 지냈지. 끝나고 설거지하고 바로 다시 시골로 내려왔어.

- 일을 마무리하려면 점심 때잖아.

- 그래도 점심 먹고 가라는 말이 없었어. 그래서 그대로 내려왔지. 기제사를 지내고 집에 오면 먹을 것이 없어. 남편은 그 부침이 없냐고 물어. 모두 다 싸서 가져갔느냐고. 그렇지. 사람이 많은데. 밤새 지지고 볶아서 다 가져갈 수밖에 없어. 남편은 아쉬워서 "에이~ 조금이라도 남겨서 나 술 한 잔만 먹게 하지 그랬냐고." 말해. 큰형님은 제사 지내고 누구에게 음식 싸주는 것을 못 해. 해보지도 않았고.

- 그렇구나. 너 애 많이 썼다.

- 큰엄마가 기독교 신자니까 이제 제사 지낼 일은 정말 없겠네. 70 넘은 큰 시누이는 어머니 쓰러지고 나서 한 번도 병원에 안 왔는데, 돌아가셔도 안 오네?

- 그도 이상하구나. 무슨 일이 있었나?

- 나도 몰라.

- 그렇구나.

- 어머니가 재산을 분배할 때 큰형님네와 막내아들만 주었고, 자기네는 둘째 아들이라 찬밥이었음을 알았어. 그래서 큰 시아주버니가 시어머니 모시라는 소리를 못 한 거여.

- 이제 전부 다 끝나서 속이 시원하겠다.

- 시어머니가 쓰러져서 중환자실에 모셨는데, 오랫동안 입원해 계시기만 하니까 저번에 빨리 안 가신다고 큰 며느리가 울고불고해서 혼이 났어. 여러 가지로 심리적으로 복잡했어.

- 그렇겠구먼.

다시 손님들이 몰려왔다. 우리는 인사하고 그곳을 빠져나왔다. 길거리에는 꽃다발을 들고 오가는 사람들이 많았다. 한창 졸업과 입학 시즌인 것 같았다. 우리는 카페에 들렀다. 카페는 2층에 있었다. 적당히 조용하면서도 분위기가 좋았다. 커피와 주스를 시켜서 먹었다.

- 친구야, 우리 정말 웃기지? 우리는 우리 동네였던 대전역 카페에서 평생을 즐기고 놀고, 모였다가, 헤어지고, 헤어졌다가 다시 모이곤 했는데…. 어느 날부터 강남에 있는 카페에서 놀고, 먹고, 헤어지네. 그것도 육십을 훌쩍 넘기고부터.

우리는 그랬다. 나는 여기에서 삼십 년을 살아서 그렇고, 친구들은 우리 동네에 딸들이 사니까 그렇다. 애기 봐주러, 혹은 김치 담아주러, 집 봐 주느라고. 친구들은 시골에서 왔다 갔다 했지만 만나고 먹고 하는 곳은 서울 한복판이었다. 늘 서울 한복판에서 놀았다. 그것은 우리가 성공한 것이라고 나는 이해했다. 서울 한복판은 뉴욕의 맨해튼이나 북경, 런던 거리, 파리 거리와 비슷한 거리였기 때문이다. 세계적으로 도시화가 진행되었고, 그곳에 있으나 서울에 있으나 똑같음을 나는 느끼는 것이다. 예전에는 그 외국의 거리가 특별하고 우리나라가 그들보다 뒤처졌다고 생각했지만, 이십세기가 넘어가면서 세계적인 도시는 그렇게 똑같을 수가 없었다. 오히려 지하철이나 시내버스는 외국의 도시보다 서울이 더 쾌적하고, 살기 편한 곳으로 인정받았다.

나는 서울을 사랑했다. 어느 도시보다 훌륭하다고 자부했다. 나는 파리의 세느강, 런던의 템즈강, 맨해튼의 허드슨강보다 한강을 좋아했다. 강수량도 풍부하고, 맑고, 깨끗하며, 강의 폭도 넓었다. 수없이 많은 한강 다리도 나는 사랑했다. 이런 도시에서 내가 살아가고 있음에 나는 감사했다.

- 예전에는 학벌, 학벌 했는데 요즘은 학벌의 시대는 아닌 것 같아.

- 그럼, 그럼.

- 우리 외삼촌이 죽었어. 그 부인이 도망을 갔지. 그 외삼촌 아들을 외할머니가 키운 거야. 그 손자는 고등학교만 졸업했어. 돈이 있어야 대학을 보내지. 결국 그 손자는 트럭을 몰고 다니면서 생선 장수를 했어. 그랬던 손자가 이제는 아들딸 낳고, 큰 아파트에서 얼마나 잘 사는지 몰라. 나는 그 외삼촌 아들을 보면 예뻐 죽겠어. 너무 잘 살아서. 그렇게 기특할 수가 없는 거야.

- 정말 훌륭하다. 훌륭해.

- 야, 우리 친구들 보면 힘들어. 그 ㅎ 아들 있잖아. 사업 세 번 하고 10억은 날려 먹었잖아. 원체 부자라 그렇지, 보통 사람이었으면 길바닥에 나앉았지.

- 야, 그 ㅂ 있잖아. 나는 걔를 이해할 수 없어. 그네 아들 법학과 졸업하고, 다시 석사과정 끝마쳤다고. 그런데 또다시 유학 갔잖아. 그 아들이 33살이란다. 그 아들이 이번에 런던으로 유학을 갔는데, 건축과 학부로 유학 갔단다. 아버지가 내일모레면 80세인데, 엄마가 문제야. 집 팔아서 남은 돈 아들 유학비로 몽땅 쓰는 거 아닌지 모르겠다.

- 이제는 엄마가 좀 강해야 해. 무조건 착한 엄마는 곤란하다고. 잘못하면 공부를 취미로 하는 자식 만드는 거라고. 독립을 시키는 엄마가 되어야 하는데. 33살 유학생 아들? 잘못하면 결혼도 힘들어. 그런 사람에게 누가 시집을 오냐고.

- 그럼, 그럼.

- 우리 남편 친구 아들들 중에 공부를 취미로 하는 사람 많아. 모두 유학생이고, 취직도 못 해서 계속 유학하고…. 그렇게 공부만 하는 거라고. 모두 엄마가 송금해주는 돈으로 공부하고 먹고 사는 거라고. 거기에 결혼까지 해봐. 생활 자금도 지원하는 거야. 아직은 엄마들이 어려서 직업을 가지고 있지만 조금 있으면 퇴직할 건데.

- 그것도 몰라. 우리 시대처럼 계속 공부하면 언젠가 경제성이 생기고 훌륭한 사람이 될 거라는 것인데…. 지금 시대가 어떤 시대인 줄을 모르는 거야. 답답한 거지.

- 내 딸이 셋 아닌가. 그런데 딸 시어머니들이 한결같이 며느리가 돈 버는 것을 좋아해. 시어머니들이 서로 애기를 돌봐준다잖아. 큰애가 학교 다닐 때 내가 돈 주면 지가 집 얻고, 모든 걸 다했어. 그때 내가 시골에서 선생을 하니까 도와줄 수가 없었어. 그런데 큰애가 학원 강사로 아르바이트를 하고 수학 학원 방송을 찍어서 완판을 했다고. 한 달에 용돈 50만 원 이상을 벌었어.

- 아이고, 훌륭하구나. 훌륭해.

- 야, 애기 데리러 갈 시간이다. 우리 나가자.

우리는 그곳에서 나와 어린이집으로 손자 데리러 갔다. 인생은 별게 아니라는 생각이 들었다. 죽음은 죽음이고, 살아갈 사람들은 살아서 일을 해야 하는 것이다. 우리의 일상은 단조롭고, 그날이 그날같은 시간이 지나갔다. 오늘이 내일이고, 내일이 오늘과 모레를 이어주던 것인데, 어느새 나는 머리가 하얗고 몸이 굽어 있었다. 나는 그 과정을 기록하면서 내가 언제, 어떻게 사그라들 듯이 없어지는가를 남기고 싶은 것이다. 모두 부질없는 일이기는 하다. 언젠가 내 눈이 보이지 않는 날이 올 것이고, 글을 쓸 수 없는 날이 오고 있음을 알고 있다. 눈을 뜨기는 떴는데 상이 맺히지를 않고, 두 눈이 다래끼로 부풀어 올라서 시야가 흐릿해 보고 싶어도 보지 못하는 눈이 될 것이다. 나는 더 늙으면 그런 상태가 될 것이라 생각했다. 이럴 때를 대비하여 내가 살았던 모습을 기록하면, 몇백 년 후에 이 글을 읽는 그 누군가 내 삶과 자신의 삶을 비교해보지 않을까 생각했다. 내가 몽테뉴 수상록을 읽으며 그랬던 것처럼.

*

3월 초에는 모든 사람이 바빴다. 고속도로 진입로부터 차가 막혔다. 2월 말까지 졸업식이 있었을 테고, 3월부터는 입학식이라 그런 것 같았다. 우리는 겨울 내내 편안하게, 눌하게 살다가 작년에 약속했던 골프 날짜에 골프장을 예약했다. 그리고 그 시간을 맞추기 위해 새벽부터 집을 나섰다. 밤새 비가 왔지만 다행히 그쳤다. 바닥은 시멘트가 꾸덕꾸덕 말라가고 있었다. 그래도 날씨는 찼다. 겨울옷을 챙겨 가방에 넣었더니 무거웠다. 바쁘게 모든 것을 준비하다 보니 잊어버리는 것이 많았다. 시간에 맞추기 위해 우리는 서둘러 갔다. 새벽이라 어두웠다.

골프장 쪽 산으로 진입할 때쯤, 높은 곳이라 비가 눈으로 변했던 모양이다. 길바닥에 눈이 쌓여 있었다. 차가 언덕을 잘 오르지 못했다. 그래도 구불구불 천천히 산비탈을 기어이 올랐다. 산 중턱에서 그만 차가 멈췄고, 헛바퀴만 돌았다. 난감했다. 우리는 용을 썼다. 그곳을 벗어나려 애를 썼다. 그렇게 십여 분을 차와 눈과 우리가 용을 써서 벗어났다. 주변은 온통 하얀 눈으로 꽃나무가 되어 있었다. 조심조심 산비탈을 타고 클럽하우스로 갔다. 사람은 없었다.

지키는 사람과 클럽 임원이 안내했다. 오늘은 골프를 칠 수 없다고. 아무리 우리에게 연락을 해도 전화를 받지 않았다고. 남편의 핸드폰은 꺼져 있었고, 내 핸드폰은 옛날 것으로 011번이라 전화 자체가 안 되었다고.

나는 곧 친구 부부에게 전화했다. 다시 집으로 돌아가라고. 눈이 쌓여서 공을 칠 수 없다고. 우리는 집으로 차를 돌렸다. 날은 서서히 밝아졌다. 차를 타고 조심조심 눈길을 내려왔다. 중간에 눈 숲을 찍은 사진을 친구에게 보내주었다. 차 안에서 찍은 풍경은 한겨울에 찍은 영화 장면 같았다. 평지 공터에서, 우리가 운동하며 먹기 위해 싸 왔던 간식을 먹고 가기로 했다. 달걀과 팥빵을 먹었다. 참외와 커피도 한 잔 했다. 이렇게 된 거 서울로 다시 돌아가느니 시골 엄마(친정엄마) 집으로 가자고 했다. 이미 한참을 남쪽으로 내려왔으니 그것이 쉬울 듯했다. 다음 주 초에 가기로 했는데, 지금 가면 훨 좋을 듯했다. 대충 아침 요기를 하고 떠났다.

엄마에게 사정을 말했다. 골프를 칠 수 없어서 그쪽으로 가겠다고. 그러라고. 시골길이 많이 변해서 우리는 내비게이션을 켜야 했다. 우리가 아는 길들은 사라진 상태였다. 내비는 새 길로 안내했다.

- 엄마, 뭘 사갈까요?
- 아녀, 아무것도 사 오지 마. 호영이가 다 사 왔어.

나는 슈퍼에 들려 소주 한 병과 바나나 우유 한 세트를 샀다. 소주는 시아버지 산소에 들러 인사를 하기 위해서였고 우유는 엄마에게 주기 위해서였다.

- 엄마 나 왔어요.
- 엉, 그려?
- 우선 시아버지 묘소에 갔다 올게요. 이것은 바나나 우유요.
- 에이~ 뭐하러 사 왔냐? 소주 있는감?
- 사 왔어요. 갔다 올게요.

대문 앞 저 멀리 앞산은 온통 흰 눈으로 덮여 있었다. 족히 산 높이가 700~800미터는 더 될 것이라 했다. 하얀 설산이 장관이었다. 뒷산도 꽤 높았다. 내가 어렸을 때부터 늘 보던 산이지만, 산의 규모는 크고 장관이었다. 마을 길을 따라 걸어 남쪽 끝자락에 있는 시아버지 묘소를 찾았다. 산 끝에 묘가 있었다. 그 옆은 밭이었다. 밭둑 밑에 길이 있었다. 산자락 밑에 사람들은 밭을 만들고 그곳에 인삼을 심었다. 인삼밭은 제법 컸다. 그 경계선에 내가 심은 주목 나무가 작은 숲을 이루었다. 오래전에 심은 주목들이 서로 엉겨서 숲이 되었다. 만일 그곳에 그 나무가 없었다면 인삼밭이 되었을 터였다. 주목이 그 경계선을 만들어 주어서 좋았다. 산소는 잘 정비되어 있었다. 일 년에 두 번 친정엄마가 사람을 시켜서 벌초했다. 이 땅을 내가 외할아버지한테 얻어내서 시아버지 묘를 쓴 것도 모두 인연으로 보였다.

우리는 술을 따르고 시아버지에게 빌었다. 백씨 가문이 모두 건강하고, 서로 형제끼리 의좋게 살게 해달라고. 그리고 우리 막내딸 시집 좀 보내 달라고. 조상님이 있든 없든 나는 그렇게 기도를 했고 소주를 주변 묘소에 뿌렸다. 절을 하고 다시 마을 입구로 돌아왔다. 집들은 모두 낡았다. 예전에는 외할아버지 집이 빨간 양철집으로 유명했는데, 이제 모두가 세상을 떠나버린 곳이 되었다. 큰 외삼촌, 큰 외숙모도 이미 세상을 떴으니 말이다. 맏딸인 엄마가 그곳에서 외할머니와 외할아버지를 마지막까지 지키셨다. 우리 아버지는 그분들에 비해 더 일찍 가셨으니 말이다.

이제 엄마도 연세가 많으시니 스스로 자신을 추스르며 죽음을 기다렸다. 옆집 할머니가 엊그제 돌아가셨다면서 말씀이 많았다. 죽기전, 그들은 이야기했다. 만일 내가 죽으면 누구누구에게 돈을 얼마받아야한다고. 꼭 자식들에게 말해달라고. 그 다음날 그 친구는 죽었다. 엄마는 죽은 사람에게 부조금만 보냈다. 다리가 아프니까 움직일 수가 없었다. 이웃이니 그 집 딸이 엄마를 보러 오려니 했다. 그런데 다음 날 그 친구 식구가 모두 사라졌다. 그 친구가 한 말을전할 수 없었다. 그 후 엄마는 걱정이 많아졌다. 자기 돈 오천만 원이 사라질 수도 있을 것 같았다. 그가 애지중지 만들어서 가지고 있던 것들이 사라질 수 있었다. 엄마는 아들에게 전화했다. 오천을 은행에서 가져가라고. 아들은 속으로 좋았을 것이다. 그 후 다시 나에게 전화했다. 나는 말했다.

- 그동안 서너 번 사업한다고 말아먹어서 엄청 걱정하고, 그 빚 갚느라고 그렇게 고생했는데. 그 귀한 돈, 또 아들에게 주고 속 썩이다 돌아가시려고 그래요? 엄마가 지금 89세지만 100세까지 사실지도 모르는데. 돈이 힘인데.

주고 싶으면 하다못해 반만 주라고 했다. 그 후 엄마와 아들 사이에 밀당이 있었다. 주겠다 했으니 아들은 가져가고 싶을 것이고, 엄마는 주려 하다가 안 되겠다 싶어 못 주겠다고 했다. 그 사이에 복잡한 사연이 생겼을 것이다. 어느 날 다시 나에게 전화가 왔다. 당장자기에게 내려와서 돈을 가져가라고. 나는 그러겠다 했지만, 솔직히그것도 싫었다. 엄마 입장에서는 아들이나 막내딸이 살살 돈을 꾸어가고 이자도 안 주는 것이 싫었던 모양이다. 나는 만일 빌렸다면 이자를 철저히 송금했을 것이었다. 엄마는 노인이지만 그런 것이 중요했으리라. 이런저런 이유로 우리는 엄마한테 왔다.

산소를 들러 엄마 집으로 돌아왔다. 예전의 화려한 외갓집이 아니었다. 지붕은 썩어가고 있었다. 비가 안 새는 게 용했다. 그래도 엄마가 기거하는 벽은 이번에 거금을 들여 새로 따뜻하게 했다. 한 평 반 넓이에 모든 것이 있었다. TV, 싱크대, 벽장, 냉장고, 이불, 바닥깔개, 요강 등. 엄마가 손을 뻗으면 전부 닿아야 했다. 건넛방에 있는 수세식 화장실까지 가려면 몸을 써야 했는데, 엄마는 그것이 힘들었다. 지팡이에 의지하고 다리를 써서 움직이기도 힘들었다. 그래도 당신은 "이렇게 혼자 내 맘대로 살아서 좋구나."라고 말했다. 그럼 나는 "그럼, 그럼. 엄마, 요양원에 가면 엄마 맘대로 못살아. 지금 훌륭하게 살고 있는 거야." 했다.

엄마는 방으로 우리를 들게 해서 요구르트를 먹게 했다. 그래야 당신 마음이 편하다면서. 우리는 엄마를 차에 태웠다. 읍내 면사무소 쪽으로 이동했다. 가까운 곳에 신협이 있었다. 나는 내 통장으로 엄마의 돈을 옮기는 것이 싫었다. 고민했다. 나는 엄마 통장을 정리해서 달라고 요청했다. 엄마가 돈을 천만 원씩 묶어 넣어서 8월, 10월, 12월, 내년 2월 이렇게 돈이 이자와 함께 나와야 오천이 되었다. 엄마는 그것이 당신이 죽으면 어떻게 될지 몰라 모두 처리하고 싶은 것이었다. 신협에서도 내가 다른 통장으로 돈을 옮기는 것을 싫어할 것이다. 나는 신협 직원에게 체크카드를 만들어달라고 요청했다. 엄마가 사용하는 자율 통장만 엄마에게 주고, 나머지는 그 상태로 그 대로를 내가 보관하기로 했다. 그러면 이자가 그대로 채워지고, 허투루 돈이 흩어지지 않을 것이다. 엄마도 안심이 되고, 신협도 그 돈이 살아있어서 좋을 것이었다.

엄마가 아들에게 말하길 "큰누나가 돈을 쓸데가 있다는구나. 큰누나는 이자도 잘 내고, 큰 매형이 정년퇴직을 해서 집 팔면 준다는구나." 했다. 그렇게 말했더니 "누나가 삐지면 큰일 나니까 누나 주세요." 하더라고. 막내도 이미 천만 원 빌려 갔는데, 다시 논을 사야 한다고 했단다. 논을 사야 도시민이 농민 자격을 얻을 수 있다고. 그런데 본인한테 돈을 빌려달라고 할까 봐 걱정이란다. 그래서 돈이 없는 게 당신은 편하다고 했다.

돈은 요물이었다. 많이 가진 이는 많은 대로 돈이 필요하고, 가난한 사람은 가난한 대로 돈이 필요했다. 사실 나도 여기저기 돈이 필요하다. 그러나 나는 엄마 돈을 쓰고 싶지 않았다. 그래서 은행이나 친구한테 빌려서 썼다. 엄마 돈이니까 당연히 내 돈이라 생각하며 쓰는 순간, 동생들과 똑같은 마음으로 써버릴 것 같았다. 나는 이럴 때일수록 마음을 다잡아, 이래서는 안 된다고 주문을 건다. 만약 돈이 필요하면 내 방법대로 빚을 내서 써야 한다고. 아마 남동생은 내가 빌려 쓰고 있는 것으로 이해했을 것이다. 내심 불편하지만 선의의 거짓말이 모두를 이롭게 할 것으로 믿는다.

우리는 부지런히 일을 처리했다. 그리고 엄마를 시골집에 모셔다 주었다. 간식으로 먹으려던 단팥빵 한 봉지를 남겨주고 다음 주 토요일에 막내 여동생 가족과 함께 와서 시아버지 묘 옆 나머지 땅에 나무를 심기로 했다고 말했다. 그때 와서 자고 갈 것이라며 인사를 하고 서울로 돌아왔다. 엄마의 마지막 인생이 서서히 사그라들고 있었다. 그래도 당신 스스로 씩씩하게 살고 있음에 감사했다. 날마다 전화로 자식들을 괴롭히지 않았다. 아주 가끔 아들에게 "나 병원에 가야 하는데 왜 안 오냐?"고 데모하는 수준이었다. 나는 나이가 들기도 했고 너무 멀리 살아서 차 타고 오라 소리를 못 한다고 했다. 동생들은 나보다 나이가 한참 아래라(열 살이 넘게 차이나니) 그래도 젊은 축에 속해 엄마의 데모는 그들에게 잘 먹혔다.

＊

남편은 웅찬이(외손자) 입학식이 궁금했다. 그가 젊은 시절, 애들 입학에는 관심이 없어 보였다. 그는 관료로서 최선을 다했고, 국가를 위한 주역으로서 산 사람이었다. 그 당시 분위기로 가정은 그가 맡은 일 다음 순위에 불과했다. 손자 웅찬이의 정서와 외할아버지의 정서는 비슷했다. 서로 좋아하고 둘이서 잘 놀았다. 큰애가 입학식장 사진을 찍어 핸드폰으로 보냈다. 많은 입학생이 강당에 모였다. 한가운데 선생님을 보고 있는 웅찬이가 찍혀 있었다. 남편은 웃었다. 흐뭇하고 기분이 좋았다. "고놈 잘 생겼구나." 했다.

맨 앞에 담임 선생님이 찍혔다. 나이가 들어 보였다. 내가 아침에 문자 보냈다.

- 아빠가 웅찬이 학교 간다고 엄청 궁금해하고 있단다.
- 엄마~ 아직 안 왔는데 우리 2층 침대하고 책상 해서 139만 원(입학 기념 선물)이에요.^^
- 그래 알았어. 엄마 카드 결재하면 안 될까? 오늘 엄마가 눈 다래끼가 심해서 약 먹고, 찜질방 간 탓에(고름 빠지라고) 네 전화를 못 받았구나. 139만 원 송금했다.
- 감사합니당.^^*^^

언제부턴가 나는 큰딸 가족과 거리를 두기로 했다. 너무 가깝게 지내다 보면 딸에게 잔소리를 하는 경우가 늘어났다. 나는 모든 것이 칼처럼 철저해야 했다. 예를 들어 웅찬이가 학교 가는 날이면 몇 달 전부터 학교 갈 채비를 나는 해줬을 것이다. 그러면 적어도 학교 가기 전에 책상과 침대가 갖춰졌을 것이고 모든 준비를 끝냈을 것이다. 하지만 그는 그러지 않았다. 내가 돈을 줄 테니 빨리 해주라고 작년 하반기부터 이야기했고, 올 초에도 여러 번 이야기했지만 그는 그럴 거라고만 했다. 결국 입학식이 끝나고도 책상은 오지 않았다. 오려면 아직도 멀었다. 그는 우리에게 물건 배달이 많아서 그렇다고 말했다. 나는 그것이 아니라 주문이 늦었으니 당연한 것이라고 생각했다. 사람은 제 각각 다르게 생각했고, 다르게 행동했다. 칼 같은 사람들이 아무리 칼 같아도 일이 안 풀릴 수 있고, 무딘 사람들이 무뎌서 일 처리가 안 되는 것 같아도 일은 잘 처리되어서 결국 굴러 갔다. 내가 전자라면 우리 큰딸은 후자였다. 나는 확실해야 하므로 말과 가슴이 팔딱팔딱 뛰는 형이라면, 딸아이는 느리지만 자기 맘대로 천천히 어그러지지 않을 정도로 일을 성사시켰다. 작년에 알래스카 크루즈로 여행 가는 일도 그랬다.

여행 시기는 다가오는데 말이 없었다. 아직 여행사가 인터넷에 안 띄웠다고. 나는 그 애만 믿고 있다가는 여행을 갈 수 없을 것 같다고 생각했다. 인터넷을 뒤졌다. 그리고 하나투어 말고, 모두투어도 아니고, 한진을 알아보라고. 그래서 한진 투어로 갔다. 그것도 모두 현지 구경 티케팅을 하고 가야 하는데, 가서 하면 된다고 하지 않았다. 결국 가서 새로 티케팅을 한다고 이중 작업을 했고 돈도 더 들었다. 나는 속으로 딸을 욕했다. 왜 그것을 정확히 알아보지 않아 속을 썩이는지 모르겠다고. 다른 사람들도 나같이 해주면 누가 더 이상 고객으로 여행사를 찾겠냐고 말이다. 우리는 분명 스타일이 달랐다. 스타일이 다르니 일이 쉽게 조화롭게 되지 않았다. 큰딸이 학교 다닐 때 나는 그를 혼내는 일이 많았다. 지금 생각하면 스타일이 다를 뿐이었다. 맞지 않아도 너무 맞지 않아서 나와 그는 더 힘들었던 것이다.

그는 초등학생 때부터 학교가 파해도 집에 오지 않았다. 친구 집을 찾으며 돌아다녔다. 눈 빠지게 기다리다가 그를 찾으러 다녔던 생각이 났다. 고학년이 되면서 동생과 똑같이 테니스 레슨을 했는데,

동생은 정확히 그 시간에 레슨을 했다. 그러나 언니는 항상 늦어서 레슨 시간을 까먹었다. 어느 날은 너무 늦어서 레슨을 받지 못했다. 나는 그를 코트 뒤 숲속으로 데리고 가서 종아리를 때려주었다. 그는 그렇게 매일 혼나면서 눈치를 보며 살았고, 나는 감시자로서 그를 감시하고 제시간에 맞추게 하려고 애쓰는 자였다. 우리는 좋은 관계가 아니었다. 그는 분명 자유로운 영혼으로 제멋대로였고, 나는 사회의 틀에 맞추려고 억압하는 감시자일 뿐이었다. 우리는 그렇게 서로 엇갈리는 자세로 공존했다. 그는 그대로 힘들었고, 나는 나대로 힘든 삶을 공유하며 살았던 것이다.

그는 매사에 호기심이 많았다. 가지고 싶은 거, 먹고 싶은 거, 남이 가진 것들을 탐색하고 자기도 즐기고 싶어 했다. 나는 그런 것을 무시했다. 돈도 없고, 남의 것을 탐내는 일에는 관심도 없었다. 나는 오로지 내일 내가 필요한 것에만 집중했다. 큰딸은 자기가 필요한 것은 무엇이든 자기 맘대로 취하려 했고, 탐내는 것에 집중했다. 내가 중요시 여기는 공부에는 관심이 없었다. 나는 그것이 못마땅해서 미쳐 죽었다. 딸애 스스로 공부하는 것은 있을 수 없었다. 그는 언제고 내 눈을 피해서 딴짓을 했다. 공부는 늘 뒷전이었다. 남편과 나는 공부가 최고의 일이자 업이라 생각했다. 이렇듯 큰딸과 나는 생각 자체가 달랐다.

나는 큰딸에게 마음을 비우려고 애썼다. 공부에 대한 열정보다 제대로 된 가치관을 반듯하게 세워주는 것이 최대의 목적이 되었다. 남편이 청와대에서 검도를 오랫동안 배워 4단이 되었다. 그러면 가르칠 수 있는 자격을 얻을 수 있는데, 체육센터에서 검도를 가르쳤다. 이때다 싶어 나는 두 아이를 아빠 따라 검도장으로 보냈다. '그래, 마음만이라도 올바르게 키워보자.' 생각했다. 학교 가기 전인 5시에 애들을 깨웠다. 아빠가 애들을 데리고 검도장으로 갔다. 처음 간 날, 날씨가 추워서 검도장도 추웠다. 내가 데려갔을 때 애들은 발이 시려서 오들오들 떨었다. 나는 속 썩이는 큰딸이 맨바닥에서 추워하는 꼴을 보고 속이 시원했다.

'그래, 이거야. 정신이라도 바르게 하는 것이야.'

속 썩인다는 말 안에는 공부에 뜻이 없는 것, 호기심에 집착하는 것, 자기 주관이 없이 이리저리 휘둘리면서 생각 없이 사는 것이 들어 있었다. 고등학생이면 어느 정도 철이 드는데, 그는 그렇지 못했다. 다른 사람들은 아이가 자율학습을 하기 때문에 도시락을 두 개씩 쌌지만, 나는 검도 갔다 와서 바로 책가방을 가지고 학교에 가야 하기 때문에 아침과 점심으로 먹을 도시락 2개를 싸주었다. 그렇게 정신적 수양을 시키면 큰애가 사회의 틀 밖으로 이탈하지 않도록 노력했고, 그럭저럭 잘 자랐다. 이제는 어엿한 학부형이 되었고, 제 아들 웅찬이는 그와는 다른 모습으로 태어났다. 정말 내가 바란 그런 손자의 모습을 보여서 대견했다. 아마 그놈도 제 어미 때문에 속을 썩일 것이었다. 고놈은 제 외할아버지 모습과 닮았다.

웅찬이는 나름 정확했다. 웅찬이가 다니는 어린이집에서 견학을 갔다. 도시락을 싸서 보내야 했다. 그런데 웅찬이 엄마는 모르고 도시락을 싸주지 않고 보냈다. 그러자 웅찬이는 한 달 내내 왜 도시락을 안 싸주었냐고 엄마를 볶았다. 엄마는 그 아들에게 들볶여서 지겨웠다. 나는 속으로 쾌재를 불렀다. '너 좀 당해봐라. 나는 너에게 평생을 당했으니.'라며.

대여섯 살 때쯤, 웅찬이는 우리 집에 와서, 신발을 차곡차곡 정리하고 들어왔다. 그것도 외할아버지를 닮은 모습이었다. 그런데 어느 날부터 우리 집에 온 웅찬이는 신발을 벗어 던진 채 거실로 들어왔다. 습관으로 자리 잡지 않는 것은 엄마의 탓이라는 것을 느꼈다. 내가 그네 집을 방문했을 때, 그의 집 현관은 신과 잡동사니가 한가득이었고, 뒤죽박죽 엉켜서 수세미가 되어 있었다. 역시 애기는 엄마를 닮아간다고 생각했다. 교육이란 어느 것이 옳은 것인지에 대해 생각했다. 삶도 그랬다.

작은딸은 시키는 대로, 옳은 것을 따르는 편이었다. 그른 것은 하지 않고 올바른 것을 시키면 그대로 했다. 나와 비슷한 성향이 있어서 좋았다. 그는 적당히 잘 자라 주어서 고마웠다. 작은딸은 주관이 뚜렷했다. 그의 말들은 틀리지 않았다. 흰색은 흰색이고 검은색은 검게 보였다. 그러나 그는 사람들의 그릇된 점을 그릇됐다고 공격하며 쏘아붙여서 상대방을 당황하게 만들었다. 사람들은 그를 피했다. 그는 자기중심적이고 자기애에 강했다. 아이와 함께할 때는 그 자신 아이가 되기에 아이들에게는 인기가 있었다. 그러나 성인을 대할 때는 그 사람의 잘못을 끄집어내서 공격했다. 특히 여성들을 못 견뎌 했다. 그는 여자 친구가 없었다. 여성들을 싫어했다. 그는 남성들에게 호의적이었다. 여성들과는 서로 사랑하거나 공존하지 못했고, 조화롭게 존재하지 못했다. 나는 그것을 시집 못 간 스트레스로 해석했다. 사람이 적당한 나이에 결혼하고 애기를 낳아서 기르는 것이 그 사람의 됨됨이를 만들어내는 것이라고 생각했다.

지난 삶을 되돌아보면, 분명 작은딸은 속 썩이는 일이 없었다. 우리는 우호적이었고 별다른 충돌 없이 살았었다. 그런데 나이가 들어서 시집을 못 가니 그의 성격은 더 더러워졌고 내 속을 태웠다. 나는 그가 더 나이 들어 낙오자가 될까 봐 속이 탔다. 다행히 제가 좋아하는 남자가 생겼다니 그것이 감사하고 고마웠다.

자식들이란 모두 부모의 애물단지라는 말이 맞는 것 같았다. 인간에게 주어지는 고통의 양은 크든 작든 모두에게 그 무게가 같다는 말도 맞는 것 같았다. 한 놈이 속을 썩이면 다른 놈이 괜찮고, 다른 놈이 속을 썩이면 또 그 한 놈이 괜찮았다. 그래서 어느 종교계에서 "삶이란 항상 고통."이라 말했던 것이 아닐까. 이것저것 다 떠나서 우리 모두 사랑의 눈으로 보면 사랑으로 보일 것이었다. 내 눈앞의 자식들을 사랑으로, 살아 존재함에 감사하기로. 주변 친지, 친구 자식들이 이런저런 이유로 세상을 얼마나 많이 떠나갔던가를 생각했다. 나는 그런 일 없음에 감사하기로 했다. 좋은 놈은 좋은 대로 부족한 놈은 부족한 대로 이해하고 사랑하기로 했다.

내가 쓴 글은 읽으면 말이 되지 않았다. 말이 서로 엇갈려서 소통이 되질 못했다. 말하려는 초점이 없고 무엇을 말하려 하는지가 없었다. 내가 항상 그 말을 쓰고 사는데도, 평생을 말하고 살았는데도 말이 안 된다니. 도저히 이해할 수 없었다. 남편은 내 글을 읽고 수

정해주면서 나에게 말했다. "주어와 술어가 없다."고. 그랬다. 내가 쓴 글이지만 무슨 생각으로 썼는지 알 수 없었다. 말의 줄기가 없었고, 말의 뿌리가 없었다. 그렇다고 말을 없애기는 싫었다. 나는 그냥 말을 하므로 더 익숙해지기를 바랐다. 언젠가 더 익숙해져서 화가처럼 잘 그려질 때가 있을 것이라고 믿을 뿐이었다.

*

테니스클럽 모임은 날마다 모였다. 코트가 단지 내에 있었다. 오후 4시가 되면 회원들이 모여서 테니스를 쳤다. 젊은 여성 회원이 많았다. 코트 면은 2면이 있었다. 한 면은 코치 두 명이 레슨을 했다. 다른 한 면은 오후 3~4시경부터 여성 회원들이 사용했다. 남성 회원들은 퇴근 후 공을 쳤다. 운동이 끝나면 여성들은 바빴다. 장을 봐서 집으로 가야 했다. 아이들을 돌보고 저녁을 준비하고 식구들을 챙겼다. 나는 강의가 끝나면 부리나케 집으로 돌아왔다. 오자마자 운동복으로 갈아입고 코트로 달려나갔다. 코트에는 이미 회원들이 나오는 순서대로 짝을 만들어 게임을 하고 있었다. 다음 차례를 기다리는 회원 속에서 나도 기다리거나, 코치가 사용하는 면에 레슨자가 늦으면 그쪽으로 가서 미리 랠리를 하며 몸을 풀었다.

한 게임이 끝나면 다음 조 회원들이 그 코트로 들어가서 게임을 했다. 회원은 다양했다. 잘하는 사람, 조금 못하는 사람, 공 치는 것이 재미있는 사람, 공의 구질이 재미없는 사람 등등. 각각의 공은 치는 맛이 달랐다. 그러나 사람들의 속마음에는 치고 싶은 사람과 치기 싫은 사람들이 있는 것이었다. 그래도 그곳 여성 회원들은 보통 삼십 년이 넘도록 공을 친 사람들이었다. 웬만한 남성 회원들이 대들었다가는 쪽을 못 썼다. 여성들은 조금씩이지만 삼십 년 이상 테니스공을 친 사람들이니, 거의 달인에 가까웠다. 공을 높이 띄워서, 혹은 아주 낮게, 세게, 약하게 등으로 상대방이 받을 수 없도록 하려고 애써도 회원들은 모두 잘 받아넘겼다.

그들은 상대방에게 어떻게 보내야 내 공을 받을 수 없을까에만 집중했다. 게임 스코어가 상대방에게 밀리면 참을 수 없어 하는 사람들이 많았다. 매 게임에 이겨야 하는, 욕심이 많은 사람들이 많았다. 욕심이 많은 사람들끼리 붙으면 말 그대로 장관이었다. 질 수 없다는 사람들의 욕심이 팽배해서 그 게임에서 공을 치고 있는 사람들은 라인 시비로 옥신각신했다. 나는 그들의 욕심 중심에 서면 숨통이 막혔다. 상대방의 공은 배배 꼬여서 구질이 불쾌했다. 나는 깨끗하고 상쾌한 맛이 있는 구질이 좋았다. 이기는 데 목적이 있는 욕심 많은 구질은 공을 칠 때마다 불쾌하고 다시는 치고 싶지 않았다. 상큼한 구질로 최선을 해서 공격하면 받는 이도 즐겁고 공격자도 즐거워 치고받는 재미가 났다. 그중 누가 실점을 하든 양쪽 모두 통쾌하고 즐거웠다. 그때는 접전을 벌여도 서로 파이널까지 최선을 다하며 게임을 했고, 지는 팀이나 이기는 팀이나 즐겁게 게임을 마쳤다.

그러나 이런 팀과 게임을 하는 것은 결코 쉽지 않았다. 꼭 한두 명의 구질이 요상하거나 욕심이 많아서 게임의 흐름을 흐트러지게 했다. 게임이 즐겁고 통쾌하게 이어지는 일은 거의 없었다. 그냥 대충 편을 짜서 순서대로 게임에 들어갔고 게임이 운영되었다. 그래서 젊었을 때는 사람들이 다시 소모임 조직해서 잘 치는 사람끼리 다른 코트를 빌려 그들끼리 공을 쳤다. 그러다가 싸움이 일어나고, 저희들끼리 새로 작당해서 모임이 흩어졌다 다시 모였다 했다. 더러는 남성들과 모임을 가졌고, 그들 사이에 분쟁이 일어났다. 남성들과 모임을 가졌다가 썸씽이 생겼다느니, 아니라느니 별별 이야기가 코트에 퍼지기도 했다.

세월은 흘러갔다. 나이들도 많았다. 딸, 아들이 결혼했다. 손주를 봐줘야 했다. 여성 회원들은 몸이 부실해졌다. 무릎을 수술해서 못 나왔느니, 애기 보느라 못 나왔느니, 남편이 퇴직을 했는데 놀아주어야 해서 못 나왔느니, 이곳을 떠나 먼 곳으로 이사를 가서 못나가게 됐느니… 하면서 이래저래 회원은 줄어들었다. 적을 두고 있는 회원은 모두 아홉 명이었다. 그중 아픈 사람, 애기 보는 사람이 고정으로 빠지고, 아직 직장에 있는 사람들은 힘겹게 나왔다. 거기에 여행을 가는 자와 일이 있는 사람들이 빠지고 나면 네 명을 채우기가 어려웠다. 네 명이 채워져야 테니스 게임을 할 수 있었다. 우리 남편이 퇴직을 하자마자 여성 회원으로 입단시켰다. 남편은 실력이 한참 모자랐다. 나는 모자란 실력을 대신해 회원들에게 술과 저녁을 사게 했다. 우리는 시간이 나면 술과 밥을 샀다. 그게 벌써 십 년이 넘었다. 날마다 테니스를 쳤고 함께 놀다 보니 세월에 따라 실력도 늘었다. 이제 남편도 비슷한 수준으로 공을 쳤다. 더 늦게 온 여성 회원도 이제 실력이 늘어서 모두가 비슷했다. 이제 남편이나 늦게 온 여성 회원이나 중요한 멤버가 되었다. 그들이 없으면 게임을 할 수 없을 것이었다.

*

요즘 시국은 복잡했다. 한국이라는 나라가 과연 온전히 이 어려움을 이겨낼 수 있을까 하는 걱정이 컸다. 제발 분열된 국민이 자제를 하고 국가를 위해서 모두가 합심하기를 바랐다. 권력다툼은 옛날이나 지금이나 똑같았다. 역사는 계속 반복되는 것 같았다. 신문에 나타나는 기사는 이랬다.

- 낮엔 반탄(反彈), 밤엔 찬탄(贊彈) '태극기 對 촛불' 갈라진 3·1절.
- 태극기 집회 최대인원 참가. 3시간 뒤엔 촛불집회 열려… 경찰, 610대 차벽으로 차단. 우려했던 대형 충돌은 없어.
- 트럼프 '김정은 미쳤다' 생각. 그래서 북핵(北核) 위협 더욱 걱정.
- 결혼 축하보다 장례식 조문을 더 자주 가야 하는 시대로 바뀌고 있다.
- 문재인 촛불 들고 '적폐청산' 안희정, 안철수는 촛불 안 가고 대통합을.
- 박원순, 서울광장 '탄핵 반대 텐트'만 고발. 세월호 텐트는 단순 점유로, 탄

핵 텐트는 갈등 유발로.

- 경제 번영 약속하는 대통령감이 없다. 대선 후보들 공약은 재벌의 경영권 규제에만 집중했다.

- 5566교(校) 중 단 1곳도 그냥 두지 않았다. 전국 유일하게 교육부 교과서 채택한 문명고(高) 입학식 무산. 전교조 등 '철회하라' 행패. 민변은 소송 지원. 학부모· 학생 가세 교육계 '다양성 내세우며 국정화 반대하더니 다양성 짓누르나'

- 학교 무단 침입한 좌파단체, 교장·이사장에 '철회해라, xx야.'

- '투자·M&A 큰 그림 누가 그리나' 혼돈의 삼성.

- '말 그대로 내우외환… 그래도 미래 향한 비상구를 찾는다'

- 소비 석 달 연속 감소. 1만 원 롤케이크도 안 팔린다.

- 이게 시진핑이 외친 자유무역인가. 두 달 전(前) 다보스포럼서 '자유무역 수호' 역설했던 시진핑 사드 핑계로 한국에 노골적인 경제보복. 本色 드러내 '北核에 대한 방어 무기인데 치졸하고도 오만한 횡포'

누가 이런 한국을 두려워하랴. 촛불 부대는 '나라를 바로 잡겠다는 선의'를, 태극기 부대는 '나라를 구출하겠다는 선의'를 전면에 내세웠다. 헌법재판소 탄핵 심판 결정을 존중하겠다는 의사 표명은 거부한다. 마음에 들지 않으면 한쪽은 혁명의 길로, 다른 한쪽은 아스팔트에 피를 칠하겠다고 공언하고 있다. 애국심은 어디다 버렸는가. 100년 전, 전 세계의 없신여김을 받던 조선은 끝내 망국(亡國)을 맞았다. 나는 제발 망국으로 치닫지 않기를 바랐다. 100년 전, 1910년

8월 22일 대한제국 내각 총리대신 이완용과 일제 통감 데라우치 사이에 이루어졌던 국치일 같은 일이 더 이상 일어나지 않기를 바랐다. 그 당시 경술국치 조약이 성사된 과정은, 순종에게 경술국치 조약 서명을 강요한 윤덕영의 매수 과정이라고도 볼 수 있다. 일본은 그에게 50만 원을 주었고, 그 외 협력자들에게는 3천만 원의 범위 내에서 나누어 주도록 명시했다. 결국 국가가 일본에게 돈으로 매수되는 과정이었던 것이다.

지금도 돈으로 매수하고 매도하며 정치권을 움직이려는 사람들이 있을 것이다. 그러나 남의 나랏돈을 이용해서 국가를 팔아버리는 작업이 없기를 바란다.

*

나는 내가 살고 있는 집을, 우리 동네를 사랑했다. 언젠가는 이곳도 모두가 무너져서 새로운 아파트가 세워질 것이고, 모두가 변화할 것이지만 말이다. 나는 이곳을 기억하고 간직하고 싶어졌다. 저녁은 어두웠다. 나는 저녁을 다 먹었고, 식구들은 아직 식사하는 중이었다. 집을 나서니 보슬보슬 보슬비가 왔다. 저녁 때 먹었던 삼겹살은 세일을 했기에 싼 맛에 먹는다고 생각했는데, 생각보다 맛도 좋았다. 나는 그 삼겹살을 다시 한 팩을 더 사고 싶어서 집을 나섰다. 어둑한 아파트 사잇길은 봄비에 젖었다. 주차장 위에 있는 언덕의 산은 물론 가로등에 비친 소나무도 안개비에 촉촉했다. 언덕 아래는 이미 차가 다 찼다. 차 지붕에서 빗물이 떨어졌다. 차 사이로 빠져나와 천천히 가게 쪽으로 향하는 내리막길을 내려갔다. 이곳이 언젠가 사라질 것이라 생각해 폰 사진을 찍었다. 언덕길 아래쪽으로 뻗은 양쪽 가게, 그 사이에 있는 자동차 도로, 그 끝에 서 있는 주유소와 병원, 약국 등이 사진에 찍혔다. 그리고 양옆으로 나주곰탕, GS 25, 떡집, 부동산, 어학원, 대찬 돼지국밥, 어학원, 예뻐서 좋은 집, 빵집, 아이스크림 집 등의 간판이 즐비했다. 이곳은 언젠가 사라질 곳이었다. 내가 삼십 년을 다녔던 길들이 사라져서 새 모습으로 변했듯이, 이곳도 그럴 것이다. 어느 문방구 아저씨의 말이, 예전에 이곳은 산 끝자락에 판자촌들이 즐비했다고 한다. 미도산 정상에 애기들이 소풍을 왔다고. 주유소와 베스킨라빈스 아이스크림 집 사이의 거리는 복개 공사한 곳이라고. 도로 밑에는 개천이 흐른다고. 비가 많이 오면 그 개천물이 불어서 서원초등학교에 배를 타고 갔다고.

그것은 삼십 년 전 이야기였다. 비에 흙탕물이 부풀어 올랐다는 말들은 먼 과거의 언어일 뿐이었다. 지금은 복개 공사로 생긴 길은 번화가로, 주변에는 상가가 번창했다. 병원, 식당, 학원, 맥주집, 마트 등으로 꽉 차 있었다. 하기사, 내가 삼십 년 전 처음 잠원동에 이사 왔을 때도 그랬다. 밤이면 황소개구리가 밭두렁에서 얼마나 크게 우는지 밤잠을 설쳤다. 여름이 되면 고속도로 주변에 심은 나무에서 매미가 울어댔다. 그 매미들은 고약했다. 사람들은 한국 매미가 아니라 했다. 외국 매미들이라 더 시끄럽게 운다고 했다. 그 당시 시골 매미 소리는 매우 온순하게 들렸다. 여름이 되면 우리 집 꼬마들은 연못에서 조그만 민물조개를 잡아다가 열대어 어항 속에 넣곤 했다. 며칠 후 어항 속은 조개로 가득 찼다. 나는 깜짝 놀랐다. 어항 속은 온통 조개들이었다. 나는 겁이 났다. 물고기가 위험했다. 다시 그 조개들을 건져서 애들에게 연못 속에 갖다 넣으라 했다.

우리 집은 아파트 단지 내의 17평짜리 아파트였다. 교회가 옆에 있었다. 작은 아파트는 몇 동 없었다. 주변은 모두가 평수가 큰 아파트였다. 길을 가다 '어? 저 사람 어디서 많이 봤는데, 누구지?' 하면 그는 유명한 탤런트, 아니면 영화배우였다. 항상 화면으로 보았고 내 눈에 익숙한 사람이 옆집에 함께 살지만 그는 나를 모르는 그런 느낌. 그래서 "아하! 그 사람이 유명한 탤런트구나!"를 외치며 지나갔다. 집은 작지만 따뜻하고 시원했다. 아파트 담장을 넘으면 물을 가둔 밭과 밭두렁 길이 이어졌다. 그 길을 한참을 따라나가면 뉴코아 백화점이 도로 건너편에 있었다. 백화점이 있는 방향은 우리 집에서 서쪽이었다. 나는 가끔 복도에 서서 서쪽 하늘로 지는 석양을 쳐다보았다. 그쪽은 건물이 없었다. 멀리 백화점만 보였다. 시골이든 서울이든 석양은 똑같이 찬란했다. 그런데 느낌은 달랐다. 시골은 석양과 더 친해지는 느낌이 났고, 서울은 석양과 멀어지는 느낌이 났다. 왜 그럴까? 복잡한 자동차, 복잡한 집들이 우리 마음 한가운데를 차지하고 있고 너무 많은 물건들이 지저분하게 꽉 차서 자연인 하늘과 별과 석양이 들어설 곳이 없어서일까? 여하튼 태양도, 달도, 별도 보이지 않았다. 그것들은 그대로 자기 자리를 지키고 있지만, 내 눈에 그것들은 보이지 않았다.

우리는 가끔 아파트 단지 울타리를 벗어나서 길모퉁이를 따라 걸어 나갔다. 골목길 울타리에 호박꽃이 피었고, 나팔꽃이 피었다. 허름한 울타리 사이에 원주민들이 살았다. 사람들은 옹기종기 모여 있었고, 또 많았다. 새로 전철역이 생겼다. 길 건너 공터에는 포장마차들이 가득했다. 저녁이 되면 포장마차 단지가 조성되었고, 주변에 사는 사람들은 그곳에서 모여서 안주와 술을 먹었다. 옆에 앉은 사람들 모두가 화면에 나왔던 사람들이었다. 그 후 몇 년이 지나서 그곳에서 살인사건이 발생했다. 그 다음 날부터 그곳에 있는 모든 포장마차가 철거되었다.

그곳에는 쭉쭉 뻗은 키 큰 나무들이 있었다. 군데군데 2층 기와집도 있었다. 사람들은 그 집 주인들이 돈을 더 받아 내려고 팔지 않고 계속 머물고 있다고 말했다. 우리 아파트 단지를 벗어나, 다른 아파트 단지를 지나 새 골목으로 들어가면 깊숙한 곳에 웅장한 기와집이 있었다. 나는 담 너머로 그 집을 훔쳐보았다. 그 집을 보면, 어느 소설 속에 나온 우물이 있는 집이 생각났다. 대문도 옛날 우리가 살던 대문이었다. 나무문에 문양이 있는 쇠철을 박아 모양을 낸 웅장한 대문이 그 집을 장식했다. 기와도 굵고 투박했다. 벽을 잇는 검정색 벽돌이 담장 겸 집 벽이 됐다. 벽에는 창문이 박혀 있었다. 나는 그 집에 누가 살까 궁금했다. 사람이 사는 것처럼 보였는데, 정작 사람은 보지 못했다. 대문 사이로 그 집안을 보고 싶지만 그럴 수는 없었다. 검은 기와에 검은 벽돌집이라 왠지 무서워 보였다. 그 기와집은 뭔가 속사정이 많아 보였다. 나는 그 길을 갈 때마다 새로운 공상을 했고, 신기하다고 벽과 기와를 쳐다보았다.

고층 아파트 속에 빠진 집들은 그 기와집 말고도 나란히 몇 채가 붙어있었다. 허름하면서도 견고히 손잡고 서 있었다. 낡은 집에는 사람이 없는 것 같기도 했다. 골목을 오가는 아이들은 있었다. 그들을 지나 다른 골목을 통해 그 거리를 지나면 넓은 새 도로가 나왔다. 신호등을 지나면 한강과 이어지는 토끼굴이 있었다. 그 굴다리를 지나면 넓고 시원한 한강이 보였다. 한강을 샛길로 산책하면 금세 배가 고팠다. 우리는 애들을 데리고 아까 그 검은 기와집을 돌아 우리 아파트로 돌아왔다. 여름은 덥고 쪄서 힘들었다. 겨울은 강바람이 세차서 힘들었다. 그렇게 십여 년을 사는 동안 서서히 일반 주택은 사라졌다. 어느 날 그 검정 기와집은 새 아파트 조성으로 흡수되어 간 곳도 없이 사라졌다.

우리가 이사 오기 전 한강은 자주 얼었다가 풀렸다 했다. 사람들은 그렇게 얼어붙은 한강에서 스케이트를 타고 놀았다. 지금 한강은 얼지를 않는다. 그 시절에는 한강이 얼어서 그 위에서 스케이트를 탔다는 것을 믿을 사람이 있을까 생각하게 했다. 그런데 그곳에 슬픈 사연이 있다. 내 친한 친구의 아들이 한강에서 스케이트를 타다가 빠져서 죽었다는 사실이다. 그 친구는 그 애기 때문에 평생 가슴에 멍에를 안고 살았다. 그 친구 말이, 아이가 물에 빠져 죽었을 때 시체를 찾았다고. 시체를 잠수부들이 찾았는데 미리 찾아서 숨기고, 돈거래를 했다고. 슬프고 안타까운 일을 두고 돈거래를 했다고. 그래서 너무너무 슬펐다고. 이런 일을 보면 인간의 사악함을 알 수 있었다.

그 친구의 집은 우리 집에서 남쪽에 있었다. 그의 집은 주공 3단지였다. 주공 3단지는 언덕배기였다. 줄지어 굴곡이 져서 그 집을 찾아가려면 길 건너 단지 내의 길을 구불구불 내려가야 했다. 그 친구 집은 제일 남쪽 끝자락에 있었다. 그 밑에 테니스 코트가 딸려 있었다. 그 옆에는 계곡물과 수챗물이 섞여서 악취가 났다. 벚꽃과 아름드리나무로 길을 장식했다. 아파트 단지는 무척 컸다. 경부 고속도로를 끼고 있었고, 고속도로 옆은 나무숲으로 조성되었다. 하나하나 단지가 조성되어 땅은 넓었다. 단지 내 모든 길의 양옆으로 벚꽃을 심었고, 내가 이사 왔을 때도 삼십 년이 넘은 아파트였다. 봄이 되면 온천지가 벚꽃이었다. 멀리 벚꽃놀이를 갈 필요가 없었다. 그는 말했다. 자기 동네가 반포동에서 달동네라고. 가난한 달동네가 뭐가 좋으냐고. 그네 집은 낮지만 넓었다. 우리 집은 고층이라 높지만, 비좁았다. 나는 세를 들어 살았고, 그는 자기 집을 가지고 살았다.

우리는 서로 조용하고 정서가 잘 맞았다. 수시로 만나고 수시로 국수를 해 먹었다. 우리 남편은 우리와 연배가 비슷했지만, 그네 남편은 연배가 높아서 한세대 위인 선배가 됐다. 그네 남편은 회사의 사장이었다. 경제적으로 우리보다는 많이 나았다. 우리는 시골에 가다 고속버스에서 만나기도 했고, 서울로 돌아오는 고속버스를 약속도 하지 않았는데 함께 타기도 했다. 그네 시집 시댁 행사는 우리 시댁의 행사와 날짜가 똑같았다. 시댁을 왔다 갔다 하는 사이 세월은 빠르게 흘렀다.

나는 국립도서관까지 걸어 다녔다. 그곳은 차를 타기도 애매했다. 나는 우리 아파트 단지를 건너 친구네 아파트 단지 쪽으로 걸어갔다. 사거리를 건너서 오물이 섞인 냇물을 따라 뚝 길을 걸었다. 한참을 지루하게 덤불 속을 걸어서 성모 병원 쪽 길로 가다가 다시 건널목을 지나 잡목이 우거진 산 밑을 걸어서 언덕에 있는 국립중앙도서관으로 들어갔다. 나는 그 길을 십 년 넘게 걸었다. 비가 오면 잡초가 섞이고, 오물이 섞인 물 옆 뚝길을 걸으면 진흙이 붙었다. 어느때는 공사 팻말이 붙었고, 천변에 벽을 쳐서, 쪽 길을 만들어, 한참을 비좁게 걸어 다니기도 했다. 그래도 세월은 다시 흘러갔다. 서서히 주변 환경이 달라졌다. 천변 모두 복개 공사를 하기 시작했다. 오랫동안 공사를 했다 그리고 그 위로 자동차 길이 나타났다. 어느날, 국립중앙도서관 아래 조달청과 붙은 산벼랑이 모두 사라졌다. 그 위에 호남 고속터미널과 강남 신세계 백화점이 들어왔다. 변화는 급속으로 이루어졌다. 자고 나면 금세 새 모습으로 바뀌었다.

나는 그사이 아파트를 처음 분양받았다. 추첨해서 받은 아파트는 변두리 상봉동 아파트로 사람들이 신청하지 않아서 저절로 분양받은 아파트였다. 나는 당첨된 것이 기뻤다. 그러나 분양금이 없었다. 나를 도와줄 사람이 아무도 없었다. 1차로 넣을 분양금은 2,800만 원이었다. 남편 월급 40개월 치였는데, 마련하기 쉬운 돈이 아니었다. 남편에게 은행 가서 빌려오라고 부탁을 했다. 남편의 직위가 서 기관이니 빌려올 수 있다고 생각했다. 주거래 은행은 국민은행이었다. 그곳으로 월급이 지급되었다. 그런데 은행 직원은 최대 500만 원까지만 빌려줄 수 있다고 했다. 나는 서글펐다. 속으로 욕했다. 위대한 직책도 의미가 없구나. 담보 잡혀도 500만 원이 한계니…. 그때부터 나는 더 돈에 대한 집착이 생겼다. 사십 넘어 오십에 가까운데 분양금을 넣을 수 없었기 때문이다. 나는 테니스를 함께 치는 멤버들에게 이자를 주고 돈을 빌렸다. 2,800만 원에 대한 이자를 2부로 얻었다. 이자는 56만 원쯤으로 꽤 비쌌다. 물론 은행이자도 19%였지만 우리는 애초에 돈을 빌릴 수가 없었다. 이자가 비싸도 빌려주었음에 감사했다. 그렇게 분양받은 집으로 이사하는 과정은 험난했다.

어렵게 상봉동으로 이사 갔다. 처음에는 행복했다. 막내가 고3인데도 나는 이사를 갔다. 압구정동 현대고를 다녔기 때문에 그는 엄마를 욕했다. 다른 사람은 학교 옆으로 이사하는데 자기는 두 시간 버스 타고 가야 하는 곳으로 이사를 왔다고. 나는 "어차피 서울대, 연·고대도 못 들어갈 거면서 멀리서 못 다닐 게 뭐냐고. 나는 강남에 살면 너희가 모두가 공부 잘 해서 좋은 대학에 들어갈 줄 알았는데 그렇지도 못 했잖느냐."고 그들을 욕했다. 하지만 시간이 가면서 가족 모두 불평불만이 늘어났다. 딸은 학교가 멀다고, 남편은 과천 청사가 멀다고 불평을 했다. 하지만 불평을 하든 말든 세월은 빠르게 지나갔다.

세월이 지나 몇 년 후 어그러지던 마음들은 다 사라지고, 시간을 아끼기 위해 다시 강남으로 집을 옮기기로 했다. 강남에서 싸고 빛을 얻어서 충당할 수 있는 곳을 찾았다. 하지만 우리가 찾는 집은 없었다. 무조건 팔겠다는 집을 사겠다는 마음으로 선불을 부동산에 주고 갔다. 주인은 예상 금액보다 더 달라고 요구했다. 우리는 더 주고 집을 샀다. 그리고 은행 빚을 최대로 내고 집을 옮겼다. 우리가 살던 집은 최대한 싸게 팔았다. 사는 사람들이 더 싸게 불러서 결국 더 싸게 팔았다. 그리고 이곳으로 이사를 왔다. 직장이나 학교가 가까워져서 모두 즐거워했다. 하지만 경제는 더 쪼들렸다. 월급의 반이 대출 이자로 나갔다. 우리가 살던 잠원동과 지금 사는 반포동은 문화권이 달랐다. 잠원동은 신사동 쪽의 문화권이었다. 여기는 교대역 문화권으로 버스, 전철 노선, 주민센터, 학교, 식당, 병원 등 우리가 이용하는 곳이 달랐다.

우리는 아파트 뒷산으로 날마다 산책할 수 있어서 좋았다. 아파트 단지 벽을 타고 계단을 밟고 오르면 산이었다. 처음에 이사 와서 나는 황홀했다. 이렇게 근처에 산이 있는 줄 몰랐다. 왕이 살던 창덕궁 못지않았다. 넓고 큰 산이었다. 서쪽으로 성모병원이, 큰길 건너에는 국립중앙도서관이, 북쪽으로 메리어트 호텔과 신세계백화점이, 그 옆에 강남 고속터미널이 있었고, 남쪽으로 법원단지(지방 법원, 고등 법원, 대법원), 동쪽으로는 삼호가든과 삼풍백화점이 있었다. 지금은 새로 건설된 리체 아파트 단지와 구 삼호가든이 함께 있다. 지금은 한창 건설 중인 삼호가든 3차 아파트가 태어나려 하고 있었다. 온 세계를 놀라게 했던 삼풍백화점. 그것이 무너져서 많은 사람이 죽었고, 각종 사연들로 사람들을 놀라게 했던 곳에 아크로비스타 아파트가 세워져 새 사람들이 살고 있었다.

이사 오자마자 산에 올랐다. 남쪽 끝 울타리를 타고 법원 경계 쪽으로 야트막하게 산을 탔다. 작은 소나무들이 내 배꼽 위로 솟아 있었다. 새로 심은 소나무들이 많았다. 새로 조성한 것이었다. 키 작은 소나무를 따라 오르고 오르면 등성이 쪽에 큰 나무숲이 나왔다. 정상에서 잠시 쉬었다가 벤치 근처에서 체조를 했다. 서울 시가지가 보였다. 이른 새벽에는 할아버지들이 정상에 설치된 벤치에 앉았다. 그들의 인원은 꽤 많았다. 아직 이른 새벽이라 어둠이 남아 있었다. 그들의 이야기는 체조하는 우리들의 귀에 계속 들려왔다. 4·19 때 무엇이 어땠다는 둥, 내가 독일에서 얼마를 있었다는 둥, 6.25 참전 용사였다는 둥…. 그 밖의 이야기도 많았다. 미국에 출장을 갔을 때라든가 대동아전쟁이 어떻고 하는 이야기가 들려왔다. 그들의 말속에는 그들의 역사가 있었다.

어둠이 걷혀 갔다. 우리는 법원 경계를 따라 산을 내려왔다. 도로를 내서 산이 뚝 잘린 부분에 계단이 있었다. 그 아래로 수녀원 숙소가 숲속에 자리했다. 다시 그 경계를 따라가면 수녀원 공터에 테니스장이 있었다. 다시 언덕을 넘으면 성모 병원이 산자락을 따라 자리하고 있었다. 그리고 오르막과 내리막을 여러 번 오르고 내리면, 우리 집 쪽 큰 숲이 나왔다. 산이 깊어 하늘이 보이지 않았다. 이런 산 중턱에 아파트를 짓다니 놀라웠다. 이곳은 은행 조합원들이 가장 좋은 곳에 건설사와 결탁해서 지었다는 소문이 돌았다. 그 당시 은행이 모든 돈을 움직이고 있었고, 건설사가 허가를 받아서 서로 돈 주고 돈 먹는 결탁을 한 것이 아닌가 하는 생각이 들었다. 나중에 그 건설사 회장은 감옥에 갔다고 한다. 그 회사의 힘이 막강해서 이곳에 이렇게 아파트를 지을 수 있었을 것이다.

우리 집은 잠원동 집보다 넓었다. 오십이 넘어 빚을 잔뜩 지고 마련했으니 끝까지 지켜보는 것이 내 의무였다. 친구들은 시골에 있으면 시골에 있는 대로, 서울에 있으면 서울에 있는 대로 넓고 큰 집에 살았다. 그들은 이제 여유로웠다. 반면 나는 이십 년이 된 차를 한 번씩 남편과 나누어 탔다. 내가 강의가 필요해서 새벽부터 가는 날은 남편이 양보했다. 남편이 출장 가는 날은 내가 양보했다. 그래도 내가 산 내 집에서 산다는 것은 나를 행복하게 했다. 월급의 대부분은 집 담보에 들어갔지만, 나는 그곳에서 희망을 보았고 꿈을 먹고 살았다.

일요일 아침에 베란다를 열면 작은 언덕배기 야트막한 산벼랑이 창으로 들어왔다. 봄이 되면 하얀 찔레꽃과 봉숭아 꽃들이 유리창 속으로 비쳤다. 화단에서 자란 하얀 목련과 자주색 목련이 창 속으로 엉금엉금 기어들었다. 남편은 그 꽃이 피면 꽃 잔치를 벌이자 했다. 멋진 와인으로, 아니면 톡 쏘는 소주잔으로 잔치를 해야 했다. 세월은 빠르게 지나갔다. 그 사이 사건들은 많았다. 그중 태풍 곤파스가 2010년 9월 2일에 찾아왔다. 태풍의 위력은 대단했다. 모든 나무들이 뽑히고, 부러졌다. 옆에 있던 자동차들이 나무에 찌그러졌다. 간판과 전깃줄이 모두 파괴되었다. 고층 베란다 유리창이 파손되었다. 그때 우리 집 뒷산의 우거진 숲속에 있던 나무들이 모두 뽑

허 사라졌다. 특히 숲속에 조성한 주민들의 놀이터, 체육 기구들이 설치된 곳에 있던 키 큰 나무들이 모두 쓰러졌다. 아파트와 한강 바람, 호텔과 높은 병원 건물이 복합적으로 만들어낸 골바람이 산을 쑥대밭으로 만들었다. 나는 그것을 보고 재앙은 인간을 삼키는 것이라고 생각했다. 뒷산은 벌건 흙을 드러냈다. 사람들이 쉴 수가 없었다. 주민들의 도움을 받아 묘목을 다시 심었다. 벚나무와 철쭉나무로 장식하고, 단풍나무와 소나무를 심었다. 일 년을 지나 이 년, 이제 칠 년이 넘었다. 뒷산은 제법 산다운 모습을 갖추기 시작했다. 봄이 되면 멀리까지 벚꽃 잔치를 가지 않아도 충분했다.

그 후 산은 다시 변화했다. 우리가 다니는 산과 도로 건너편 서초경찰서 뒷산을 이어주는 다리를 놓았다. 다리 이름은 누에다리였다. 옛날에 이 지역은 뽕나무가 많아서 누에를 많이 치던 곳으로 이름도 잠원(蠶園)이었다. 그 유래를 따라서 누에다리를 만들었고, 다리 모양도 누에의 형상을 닮도록 제작했다. 누에머리와 몸통에 흰 점박이를 박고 쇠철을 둥글게 말아 누에의 몸을 만들었다. 그리고 그 위에 예쁜 조명 전구를 설치했다. 어둠이 짙어지면 빨강, 초록, 노랑, 파랑, 보라 등의 불빛이 반짝였다. 다리 밑에는 오고가는 차들이 도로를 꽉 채웠다. 남서쪽에 관악산 꼭대기가 보였고, 북쪽에는 남산이 보였다. 길은 남북으로 뻗어서 시원했다.

남쪽으로 난 길은 우면산 예술의전당으로 향했다. 북쪽으로 난 길은 한강으로 이어졌다. 그 누에다리 옆에는 뽕나무를 심었다. 봄이 되면 검정 오돌개(오디)가 열렸다. 그 옆에 누에 조각상을 설치하고 누에의 유래를 설명했다. 여기에 몽마르뜨 공원을 조성해 놓았다. 변두리는 소나무밭으로 사람들이 산책할 수 있었다. 그 밑에 트랙을 조성해 걷거나, 뛰기 좋게 만들었다. 그리고 소나무길 언덕 밑더 안쪽에 운동장을 만들고, 넓고 큰 풀밭을 조성하여 아이들이 뛰어놀게 했다. 그 사이사이에 운동기구를 설치했다. 사람들은 뛰고 걸었다. 운동장에서. 혹은 소나무 길 위에서. 공원 서쪽에는 서래마을이 있었다. 그 마을은 불란서 사람들이 많이 살았다. 그곳은 꼭 프랑스의 몽마르뜨 언덕처럼 솟아 있었다. 휴일이 되면 불란서 사람들이 모였고, 어른들도 아이들과 함께 공차기를 했다.

어느 날 웅찬이와 예원이를 데리고 몽마르뜨 공원으로 놀러 갔다. 그곳에는 토끼들이 살고 있었다. 아이들은 토끼를 찾아다니며 당근이나 양배추를 주었다. 그날은 날씨가 따뜻했는데, 어째서인지 토끼가 한 마리도 보이지 않았다. 아이들은 결국 토끼 친구를 찾지 못했다. 그 대신 풀을 뜯고, 공차기를 하고, 뒹굴뒹굴 놀면서 흙장난을 했다. 저 멀리 프랑스 아이들이 있었다. 형제로 보였는데, 형은 좀 컸다. 축구복을 입고 공을 멋지게 혼자 찼다. 동생은 아직 작아서 형과 함께 놀지 못했다. 나는 그 애를 불렀다. 그리고 함께 놀자고 손짓했다. 어떤 아이가 웅찬이에게 개미집을 주었다. 그 속에 개미를 잡아서 넣으면 개미들이 돌아다니는 것을 볼 수 있었다. 웅찬이는 개미가 무서웠다. 예원이는 개미를 보면 무서워서 울었다. 개미는 흙 속을 파고들었다. 불란서 애는 개미를 무서워하지 않았다. 나는 웅찬이 또래의 아이에게 물었다. "너 몇 살이야?" 그 애는 못 알아들었다. "하우 올드?" 다시 물었다. 그는 손가락 네 개를 폈다. "아하." 나는 웅찬이를 가리키며 손가락 다섯 개를 펴고 다섯 살, 예원이를 가리키며 손가락 세 개를 펴고 세 살이라 말했다. 그는 고개를 끄덕끄덕했다. 나는 개미집을 보여주고 개미를 잡아 그 집에 넣으라고 말했다. 애들은 개미를 찾았다. 그 애는 언덕에서 개미를 외쳤다. "개미, 개미, 개미." 우리는 그쪽으로 갔다. 그곳에 개미가 무더기로 있었다. 예원이는 무섭다고 울었다. 웅찬이는 무서워서 손을 못 댔다. 반면 그 아이는 씩씩했다. 개미를 손으로 집어서 개미집에 넣었다. 웅찬이는 풀을 뜯어 넣고 개미가 먹어야 한다고 했다. 그들은 어느새 함께 노는 친구가 되었다. 그 애는 웅찬이와 예원이를 부를 때마다 개미를 외쳤다. 서로 흩어져 있다가 "개미! 개미!" 하면 그들은 모였고, 또다시 흩어졌다가 모이면서 개미 친구가 되었다. 그들은 뜨거운 햇빛 속에서 어울리며 개미 찾기 놀이를 했다. 개미를 통 속에 넣었다가 불쌍하다고 다시 놓아주었다. 심심하면 그들은 또다시 개미를 찾았다. 그 아이는 꼬물꼬물 돌아다니는 개미를 콩알 줍듯 씩씩하게 잘도 잡았다. 나이가 위인 웅찬이도 그를 따라잡으려고 애썼지만 무서워서 도망갔다. 그러다 간신히 개미를 잡았다. 손에서 꼬물거리는 개미를 잡아서 통에 넣었다. 그렇게 하루 낮을 보내고 헤어졌다. 그들은 개미를 부르며, 바이바이를 하고 헤어졌다.

어느 날 산책을 하는데 젊은이들이 누에다리 위에서 짜장면을 먹고 있었다. 아니? 이곳에도 배달이 된다고? 나는 언제 한 번 시켜 먹어보자고 생각했다. 그리고 어느 해 5월 중순, 나는 돗자리를 소나무 숲에 깔았다. 그리고 아이들과 축구공을 찼다. 멀리 보내기, 가깝게 달려가기, 풀밭에서 달리고 뛰고를 계속했다. 우리는 한참을 놀다가 점심에 짜장면을 시켜 먹자고 제안했다. 어떻게 주문할 것인가를 남편이 물었다. 나는 핸드폰으로 주문배달 앱을 찾았다. 가장 가까운 중국집을 찾았다. 그 중국집에서 애들이 좋아하는 짜장면과 군만두를 시켰다. 곧 짜장면이 배달되었다. 우리는 솔밭에서 주문한 음식을 맛있게 먹었다. 역시 우리나라는 최고의 배달문화를 가지고 있다고 생각했다.

세월은 우리가 사는 곳을 또다시 변화시켰다. 자기가 사는 동네를 달동네라고 부르던 친구의 집은 최고의 집으로 다시 태어났다. 반포동 자이 아파트가 되었다. 그곳은 내가 갈 수 없는 화려한 곳이 되었다. 그곳에는 산책하고 명상하기 좋은 산책로가 있었다. 굴곡이 많았고 울퉁불퉁했던 단지들이 호텔처럼 반듯해졌고, 하늘 높이 솟아 빌딩 숲으로 이루어졌다. 나는 내가 살던 기억을 쫓아 그쪽 은행을 찾았고, 그곳에서 은행 일을 가끔 보며 단지 내의 산책길을 이용했다. 졸졸 흐르는 시냇물을 인공으로 만들었다. 주변에는 잘생긴 나무들을 잘 배치해서 주민들에게 안락함을 주었다. 그곳은 분명 명품다운 면모를 갖춘 넓고 쾌적한 아파트 단지가 되었다.

새 아파트의 가격은 어마어마했다. 월급쟁이는 평생 만질 수도, 가질 수도 없는 돈이 그 아파트 가격이었다. 친구는 평생 그 아파트에서 살았고, 그 아파트가 친구에게 대박을 안겨 주었다. 남편은 이미 연로해서 힘이 빠졌다. 남편은 어린 부인을 위해 애를 많이 썼다.

자기가 먼저 가도 부인과 자식은 살아야 하기에, 그는 그 자이 아파트를 팔아서 작은 빌딩을 샀다. 그 건물에서 그들이 살 수 있도록 했다. 그들은 압구정동으로 이사를 갔다.

우리는 모이면 가끔 이 동네에 대해 말하고, 이 동네의 옛 모습을 그리며 추억을 이야기했다. 지금도 이곳은 계속 변화하고 있지만, 이곳에서 살아가는 우리는 그것을 알아채지 못한다. 어느 한 곳이 몽땅 사라졌다가 다시 솟는다고 해도 처음부터 있었던 것처럼 착각하고 살아가는 것이다.

*

어느 날, 큰딸의 집에 애기를 보러 갔다. 큰딸의 집은 우리 아파트 길 건너에 있는 다른 아파트였다. 나는 현관에 들어서자마자 기절할 뻔했다. 운동화, 슬리퍼, 어른 신, 애기 신, 비닐덩이, 우산, 쓰레기봉투 등이 모두 엉겨 붙어서 현관을 장식했다. 현관을 지나 안방으로 들어갔다. 속옷, 겉옷, 바지 윗도리, 내복, 양말, 수건, 잠옷, 머플러 등 모든 옷들이 지금 막 빨래통에서 쏟아져 나온 것처럼 구겨진 상태로 이불 옆에 뭉텅이로 자리하고 있었다. 넓은 라텍스 침대 위에는 연초록 덮개가, 다시 그 위에 초록 덮개, 분홍베개, 체크 커버가 있었고, 그 위에서 예원이가 자고 있었다. 그 옆에는 하늘색 이불이 있고, 그 위에서 웅찬이가 곰돌이를 안고 벽 쪽에 앉아 있었다. 벽 옆에 있는 검정 소파는 하얀 내장을 드러냈다. 소파에는 보라색 천이 씌워져 있었는데, 소파에서 흘러나온 하얀 내장과 곰돌이가 뒤섞여서 뒹굴었다.

창 옆으로 있는 책상을 책과 썩은 물이 들어있는 어항, 휴지, 연필, 색연필, 그림 그리다 만 종이, 읽다 만 책, 먹다 남은 소시지, 빵조각, 야쿠르트 먹다 만 것, 과자 부스러기들이 장식하고 있었다. 책상 밑에는 모든 책이 엉겨서 누웠다 섰다 했다. 책은 거꾸로 꽂힌 것 바로 꽂힌 것들이 엉겨 붙어 있었다. 그 옆 바닥에는 핀, 책, 머리띠, 옷, 양말, 소꿉놀이 장난감, 자동차, 로봇, 총, 칼 등이 뒤섞인 채 자신을 드러냈다. 발로 물건을 치워야 내가 서 있을 공간이 생겼다.

집안을 가득 채운 물건을 어떻게 치워야 할지 감을 잡을 수 없었다. 마치 하늘에서 내려온 쓰레기 폭탄이 그대로 주저앉은 느낌이었다. 내가 옛날에 처음으로 시외삼촌 댁을 방문했을 때도 이랬다. 현관에 들어서면서 물건을 발로 밀면서 내 발 디딜 곳을 만들어야 했다. 당시 시외삼촌 부부는 교사였다. 넷째 동서의 집을 방문했을 때도 그랬다. 금속폭탄이 거실 한복판에 떨어져 폭격을 맞은 게 아닐까 하는 의문이 들었다. 그 집도 귀걸이, 목걸이가 장난감과 함께 어우러져 거실 바닥을 장식하고 있었다. 넷째 동서와 삼촌도 맞벌이 부부였다. 그런데 내 딸의 집이 그들의 집처럼 내 발 디딜 곳을 만들어야 들어갈 수 있을 줄은 생각 못 했다.

나는 어찌할 바를 몰랐다. 나 역시 정리정돈을 혐오했다. 비생산적인 행동이라고 비난하며 혐오하는 일이었다. 그런 내가 딸의 집을 보고 충격받았다. 어떻게 이런 쓰레기통에서 살아가는지 이해할 수 없었다. 갑자기 치매에 걸린 한 할머니가 생각났다. 그 할머니는 매일 쓰레기를 모았다. 쓰레기를 주워 집안에 모았다. 안방에, 부엌에, 집안 통로에⋯. 쓰레기가 집에 산더미처럼 쌓여서 잘 수도 없고 지나갈 수도 없으며, 자기가 밥 먹을 데도 없었다. 집안이 쓰레기로 가득했다. 그 집은 쓰레기가 주인이었다. 그런데 큰애의 집이 그랬다. 집안 물건이 집의 주인이었다.

나는 딸의 생활상에 어이없어할 뿐, 내가 어떻게 해야 할지 몰랐다. 그래도 최대한 정신을 다잡고 우선 현관문 근처에 있는 쓰레기를 분류했다. 신은 신대로, 우산은 우산대로. 신을 신과 정리할 신을 정리해서 질서 있게 정렬했다. 깨끗했다. 그 다음 내장이 나온 소파를 버렸다. 이불을 정리하고 쌓여 있는 옷들과 소품, 장난감을 정리했다. 책상 위에 있는 책을 모두 쓸어서 내렸다. 그렇게 책을 모아 진열하고 정리정돈 했다. 이내 모양이 갖춰졌다. 그리고 돌아왔다.

다음 날 아침, 그 집에 다시 갔을 때 나는 기절할 뻔했다. 어제 정리한 모습이 아니라 정리하기 전의 원래 모습으로 돌아온 것이다. 다시 물건이 주인이 되었다. 나는 딸에게 실망했다. 내 입에서 잔소리가 폭포처럼 쏟아졌다. 널브러진 빨래 속에서 양말 뭉텅이를 비닐에 모아놓고 빨래를 정리했다. 그리고 대충 모양을 정리해서 집안에 공간을 만들어 쉴 수 있게 했다. "얘야, 이 양말 뭉치는 저녁에 텔레비전 보면서 짝을 맞추렴." 하고 말해두었다. 하지만 다음 날도 어김없이 그 양말 뭉치는 흩어진 채 안방을 장식하고 있었다. 나는 그 양말을 모아 짝을 맞췄다. 그것은 게임이었다. 흰색, 붉은색, 반짝이, 네스 달린 양말, 아빠 것, 엄마 것… 양말은 끝이 없었다. 심지어 반은 짝이 없었다. 다양한 크기의 양말을 나는 구분하기가 어려웠다. 그것은 점점 어려운 게임이 되었다.

딸애는 하라 하면 한다고 대답만 했다. 그 다음 날이 되면 원래대로 돌아왔다. 결국 나는 제안했다. 이제부터 세탁기에 양말을 넣을 때 짝을 맞춰 통째로 넣으라고. 말릴 때는 넓은 소쿠리에 뭉쳐서 말리라고. 양말은 실내에서 신는 것이라 큰 때가 묻지 않으니까.

나는 내 딸을 이해하려 애썼다. 우리 테니스 멤버가 직장 다니는 아들 하나 있는데 아침 11시에 일어난다고. 파출부를 두고 청소를 시킨다고 했다. 또 다른 친구는 부부가 함께 사는데도 파출부를 불러서 매일 청소시킨다고. 그들에 비해 내 딸은 바빴다. 아침을 해서 남편에게 먹이고 출근시켰다. 그 다음 애들에게 아침을 먹이고 아들 놈은 초등학교에, 딸은 어린이집에 데려다주었다. 그러면서 수시로 여행사 일을 했다. 날마다 전화 받고 티켓팅 하며, 수시로 컴퓨터 앞에 앉아서 일했다. 그리고 간신히 시간을 만들어서 테니스 클럽에 갔다. 그곳에서 테니스를 치며 즐겼다. 그에게는 그것이 가장 큰 기쁨이었다. 그는 때때로 테니스 치는 것을 자제할 수 없다고 말했다. 그래서 그는 모든 것을 까맣게 잊어버리고 테니스를 즐겼다. 나는 그런 그를 혼내며 집과 몸을 돌보라고 말했다. 그는 감기에 목이 쉬어 말을 하지 못했다. 그는 나를 싫어했다. 사십이 되어 가는데 누가 엄마의 잔소리가 듣고 싶겠는가 싶었다. 그래서 하고 싶은 말을 문자로 보냈다.

- 얘야, 옷 두껍게 입어라. 날씨가 춥다. 감기 앓으면 한 달 간다. 그러니 병원
  부터 가고.
- 정리는 안 됐는데 침대 먼저 도착했어요! 애들이 진짜 좋아해요.
- 멋있다.

사실 나는 그 침대도 속이 터졌다. 웅찬이 입학 기념으로 침대와 책상을 사주겠다 했다. 입학 전 미리미리 준비해주고자 작년부터 주문하라 했다. 그는 그런다고만 했다. 세월은 지나갔다. 입학한 지 한참이 지나도록 준비되지 않았다. 그는 말했다. 입학 시즌이라 주문이 밀려서 그렇다고. 나는 속으로 욕했다. 주문이 늦어서지 무슨 입학시즌이라 그런 거냐고. 아직 책상은 오지도 못했다.

나는 그 애의 리듬을 읽었다. 나는 그와 다른 점이 많았다. 나는 모든 일을 신속하고 빠르게 처리하길 원했다. 하지만 그는 그러지 못했다. 일이 늦어지면 나는 속이 터졌지만, 그는 그렇지 않았다. 그래도 세상은 잘 돌아갔다. 나는 정확하고 빠르고 신속한 것을 좋아했다. 그런데 그는 느리고 부정확하며 천천히 일을 진행했다. 우리는 서로 다른 것이 많았다. 그래서 그의 학창시절을 함께 보내는 것이 힘들었다. 나는 공부에 집중했고, 그는 자기 관심거리에 집중했다. 우리는 달라도 너무 달랐다. 사람들은 나와 내 큰딸이 비슷하다고 말했다. 하지만 우리는 성격이 달라도 너무 달랐다. 그래서 그와

나 사이에는 틀어지는 일이 많았고, 그는 분명 엄마를 싫어할 것이었다. 나는 되도록 그와 거리를 두고 살아야 했다. 그래야 그도 저스스로 자유롭게 살아갈 것이다. 그와 가까워질수록 나는 간섭하고, 잔소리하고, 그를 혼내는 일에 집중하게 될 것이고, 그러면 그와 사이가 안 좋아질 것이 뻔하기 때문이었다. 나는 반성해야 했다. 내성격과 내 생각의 틀에 그를 맞춰서는 안 되는 것이다. 나는 조용히 그를 보조하고 그가 못하는 것을 도와주는 사람이 되기로 했다.

내 큰딸과의 관계를 이야기하다가 우리의 차이점을 발견했다. 그리고 거의 40년을 함께 지낸 내 딸에 대해 너무 몰랐다는 점이 신기했다. 같은 집에 살았고 내가 낳은 내 딸임에도 이렇게 다를 수 있다는 사실을 모르고 있었다니! 큰딸은 아이들이 원하는 모든 것을 해주는 엄마였고, 좋은 엄마였다. 예원이는 어린이집에 갈 때 말했다.

- 나 하얀 드레스 입고 갈 거야.
- 오늘 날씨가 추운데?
- 그래도 하얀 드레스 입을 거야.
- 이 양말 신고.
- 싫어, 반짝이 양말 신을 거야. 머리띠는 이것 아니야, 분홍색이야. 신, 이거 아니야. 저거 신을 거야.

예원이와 엄마는 아침에 시간이 촉박한데도 옷과 신, 머리핀에 집중하며 다투었다. 입었다가 벗었다가, 다시 예원이 마음에 드는 것으로 바꾸는 일을 계속했다. 내가 딸들을 키우던 시대와는 너무도 달랐다. 우리는 바꿔 입을 옷이 없었다. 달랑 두 벌이라 한 벌이 마르면 그 다음에 입을 수 있었다. 반면 요즘 애들은 가진 게 너무 많았다. 할머니가 사주고, 엄마가 사주고, 애기가 원해서 사주고, 성당 친구 애기가 입었던 옷을 한 아름 받고… 그래서 방이 옷 천지였다. 그 옷들이 뭉쳐서 쓰레기 뭉텅이가 되는 것이다. 가진 게 많아서 그럴까. 물건 귀한 줄을 몰랐다. 요즘 사람들은 특히 그랬다. 신도 너무 많았다. 운동화, 구두, 슬리퍼, 축구화, 공룡 운동화 등…. 어떻게 애기들을 교육하는 것이 옳은 것인가에 대해 다시 생각하게 했다.

요즘 젊은이 나름의 교육철학도 분명 있을 것이다. 그래서일까. 시대가 바뀌니 우리가 가진 교육철학은 구시대적 사고가 되고 말았다. 그들도 그들 나름대로 살아가는 방식이 있고, 무엇보다 그들의 애이니 이래라저래라할 수도 없는 것이다. 이제는 그들과 어떻게 조화롭고 행복하게 살 수 있을 것인가를 생각해야 하는 것이었다. 그들의 말과 행동을 이해해주는 것이 방법이리라. 이해함으로써 어떤 큰 변란이 생긴다던가 경제적인 손실이 생긴다던가 하는 것만 아니면 되는 것이다.

다른 동에 사는 한 친구가 이 시대(20세기)에 결혼한 아들과 함께 살았다. 나는 그 친구가 위대해 보였다. 그 친구가 참 착하다고 생각했다. 그의 남편이 막내아들이었지만, 그는 시어머니를 오랫동안 모셨다. 돌아가실 때까지. 그래서 그가 복을 받아서 아들과 함께 살 수 있는 것이라고 생각했다. "아들의 집이 크니 잘됐구나. 서로 보면서 사는 것이 힘든데. 친구야, 넌 대단하구나!" 그렇게 위로를 했다. 그러다 애기가 하나둘 늘어났다. 집이 비좁았다. 그가 컴퓨터를 킬 공간이 없었다. 나는 그에게 드레스룸 쪽을 개조하고 네 공간을 만들어 보라고 권했다. 그렇게 세월은 흘러갔다. 어느 날 슬픈 소식이 들려왔다. 그네 아들은 미국에서 공부하다가 같은 학교에 다니는 여학생과 연애해서 결혼했다. 그 여학생은 미국으로 이민 간 한국 여학생이었다. 둘째가 태어나서 그 며느리는 미국 친정으로 요양 차 떠났다. 아들은 한국에서 회사를 다녔다. 몇 개월이 지나도 그 며느리는 한국에 오지 않았다. 결국 회사 다니던 아들은 미국으로 가겠다고 했다. 그곳에 애기와 부인이 있으니 안 갈 수도 없었다. 그렇게 아들은 미국으로 가기 위한 수속을 밟았다. 아들은 부모보다 자기 가정이 더 소중할 수밖에 없었다. 친구는 사랑하는 아들을 잡을 수 없었다. 나는 그 상황이 슬펐다. 손자들도 쉽게 볼 수 없는 지경이 된 게 안타까웠다. 우리 나이대 사람들은 손자 얼굴 보는 재미로 살았다. 내 자식을 키울 때는 사는데 바빠서 내 애가 예쁜지도 몰랐다. 그런데 손자들은 그렇게 예쁠 수가 없으니 말이다. 그런데 그렇게 사랑스런 손자를 더 이상 못 보다니….

　요즘은 부모세대와 자식 세대가 함께 살기 어려웠다. 서로의 다름을 인정하고 참는 것이 쉽지 않은 것이다. 옛날에는 부모가 갑이고 자식은 을로, 자식은 무조건 부모의 말을 수용해야만 했다. 그것은 어떤 일을 당해도 을인 자식이 마음속에서 삭혀야만 했을 뿐이다. 표면상으론 항상 평화로웠다. 각각 독립적 존재인 부모와 자식이 서로를 존중하고 질서를 지키며 좁은 공간에서 함께 사는 것은 정말로 어려울 것이다. 시골에서 농사를 지으면서 사는 것은 그래도 좋았다. 서로 할 일이 많았기 때문이다. 일이 끝나면 짧은 시간 동안 함께 식사를 하고, 다시 한참 일한 뒤 잠깐 쉬다가 잠을 자게 되는 것이다. 그렇기에 서로 대화를 하며 갈등을 일으킬 일이 적었다. 빨리 다른 일을 해야 하는 상황이었기 때문이다. 물론 시골 노인들도 농사를 지으면서 잔소리를 많이 했다. 그리고 자기주장도 강했다. 다만 젊은이들이 멀리멀리 도망가서 일을 했던 것이다.

그러나 요즘은 세상이 험악해서 막되먹은 자식들도 있었다. 친정엄마의 옆집이 그랬다. 옆집 아주머니가 농사 지으며 살고 있는 집으로 아들 가족이 퇴직을 하고 들어왔다. 그 아들은 연로한 어머니를 요양원으로 보냈다. 아들끼리 돈을 모아 요양비를 내고는, 가지 않겠다고 하는 어머니를 강제로 요양원으로 보냈다. 그 아들은 그 동네에서 나쁜 놈이 됐다. 노인들은 그놈을 욕했다. 어머니 재산을 욕심냈고, 어머니가 좋아하는 농사일을 그가 차지했다고.

요즘은 우리가 상상할 수 없는 일들이 일어난다. 부모자식임에도 각자의 이익을 위해서만 행동하고, 그것으로 서로에게 상처를 준다. 그리고 그 상처로 인해 죽음에 이르기까지 하는 것을 보면 안타까웠다.

나는 좀 더 자연스럽게 살아가는 것에 집중해 보려 한다. 그리고 가장 자연스럽게 살 수 있음에 감사했다. 지금도 우리 동네는 변하고 있고, 계속 변화를 기다리고 있었다.

　　　　　서둘러서 아침 식사를 했다. 아무래도 큰딸의 집에 가서 도와줘야 할 것 같았다. 집을 나서니 초등생들이 뛰면서 학교로 갔다. 나도 뛰었다. 아침 8시가 넘었다. 아파트 단지를 빠져나와 샛길을 올라가서 딸의 집이 있는 아파트 단지로 들어갔다. 엘리베이터를 타고 올라가 현관문을 따고 들어갔다. 애기들은 이미 밥을 먹은 상태였다. 이불을 접고, 옷을 옷걸이에 걸으면서 칭찬을 했다.

　- 아이고 깨끗해졌네. 옷걸이에 옷을 걸으니 좋구나. 어항도 깨끗하고. 이렇
　　게 정리하고 사니 집이 넓어졌네. 예원이 얼른 옷 입고. 웅찬이는 주스 다
　　먹었어? 이리와 예원아. 옷 입자.
　- 나 이거 드레스 입을 거야. 할미, 머리는 이런 머리 해줘.
　- 나 그런 머리 못해.
　- 웅찬이 할머니랑 학교 가면 좋겠다.
　- 그래. 같이 가자.

　우리는 집을 나섰다. 학생들과 학부형이 함께 걸어갔다. 우리는 건널목에 섰다. 녹색 옷을 입은 어머니들이 길을 안내했다. 건널목에서 웅찬이 친구들이 손을 흔들었다. 손을 잡고 건널목을 건너면서 나는 말했다.

- 웅찬아, 아침에 일어나면 책 세 페이지 읽어? 그거 하면 할미가 너 좋아하
  는 맛있는 거 사줄게.
- 응, 오늘 읽으려고 했는데 할미가 와서 못 읽은 거야.
- 그래. 날마다 아침에 세 페이지씩 읽어. 그리고 할미에게 이야기해줘.
- 응.
- 그러면 오늘 할미가 너 좋아하는 거 사다 놓고 갈게. 너 딸기? 자몽? 아무
  거나 사다 놓을게. 학교가 다 왔네? 잘 갔다 와. 차 조심하고.

웅찬이를 배웅하고 돌아오면서 나는 농부의 집으로 갔다. 자몽,
시금치, 상추, 파프리카, 오이, 깻잎 등을 두 개씩 샀다. 한 봉지는 딸
이 쓸 것, 나머지 한 봉은 우리 것. 그렇게 사서 딸네에게 주었더니
좋아했다. 가자마자 냉장고를 열었다. 중간 칸하고 아래 야채박스를
꺼냈다. 온통 뒤죽박죽 쓰레기통이었다. 모두를 끄집어냈다. 그리고
정리했다. 더 많이 하면 허리에 탈이 생길 것이다. 두 칸만 정리하고
나머지는 내일 다시 하기로 했다. 집으로 돌아왔다. 지난 주는 딸의
집을 정리하고 시골에 가서 나무 심는 등 고생했다. 아직도 그 후유
증이 있었다. 함부로 몸을 쓰면 탈이 생겼다. 그리고 탈이 생기면 나
는 깨달음이 많아졌다.

- 이렇게 일어나서 화장실에 갈 수 있다니. 아이고, 고마워라.
- 이렇게 청소를 할 수 있다니, 이것도 고맙구나.
- 내가 시장을 봐서 딸에게 갖다 줄 수 있으니 이것도 고맙구만.

- 내가 웅찬이를 학교에 데려다줄 수 있으니 이것도 행복하구나.
- 내가 여기저기 청소할 수 있어서 고맙고, 직접 음식을 해서 모두와 함께 먹을 수 있으니 더욱 행복하구나.

나는 감사함을 다시 떠올리기 위해 허리가 아파서 힘들어하던 때를 기억해 본다.

- 허리를 못 쓰니 일어나지를 못했다.
- 침대 끝을 잡고 애기가 일어서듯이, 나도 일어서기를 몇 번씩 시도했다.
- 할 수 없이 무릎을 바닥에 대고 기어서 화장실로 향했다. 화장실 벽을 잡고 힘겹게 변기에 앉았다. 그러나 소변을 보고 나서 일어서지를 못했다. 결국 바닥을 짚고 방으로 돌아왔다.
- 날이 새면 한방 병원에 가야 했다. 동생이 나를 업고 한방 병원으로 갔고, 그곳에서 치료하고 집으로 돌아왔다. 일주일이 지나 열흘이 넘어야 거동할 수 있었다.
- 물컵을 옮길 수 없었다.
- 식탁을 차려낼 수 없었다.
- 허리와 다리 사이의 어디쯤이 나를 지탱할 수 없었다.

이런 통증을 겪은 후 나는 고마움을 깨달았다. 모든 사람들을 용서할 수 있었다. 검은색을 가졌든 붉은색을 좋아하든 나는 모든 사람을 사랑할 수 있었다. 그렇지만 통증이 사라지고 편안한 삶을 영

위하면, 내 안의 못된 것들이 복합적으로 일어나서 다른 사람들을 욕하게 만들었다. 얘는 이래서 안 좋고, 쟤는 저래서 안 좋다고 내 안의 속물들이 떠들어댔다. 그 속물들을 따라 나는 사악해졌다. 그러다가 다시 이런 통증이 생기면 모든 것을 용서했다. 왜 용서하고 사랑하는 마음만으로 살 수 없는 것인지…. 나는 나 자신을 이해하지 못했다.

이번에는 나의 통증을 기록했다. 사랑만 하는 사람이 되기 위해서다. 사랑하는 마음만 가질 수 있도록, 모두에게 고마움을 느낄 수 있도록 하기 위해서.

내 안에, 그것만을 간직하길 빌었다.

*

요즘 세월은 빠르고 역사는 더 빠르게 기록되고 있다. 나는 밀린 신문을 읽었다.

- 나라는 반드시 기운 뒤에야 외적이 와 무너뜨린다. 병자호란 겪은 인조 '적이 오기도 전에 나라는 병들었다' 통탄. 그때나 지금이나 우리는 외적과의 싸움엔 등신, 우리끼리 싸울 땐 귀신.
- 말레이시아의 재발견
- '대통령'의 悲運, 박근혜로 끝날 것인가?

- 돌아간 중국 크루즈船

신문을 보면 속이 답답하고 머리통이 터졌다. 왜 이렇게 사람들이 욕심만 채우려 할까 생각했다. 우리 모두 조금씩 내려놓고 자제하고 성찰해서 행복한 길을 찾았으면 좋겠다.

나라가 어둠 속으로 들어갈까 봐 조바심이 난다. 내가 운악산을 오를 때, 민영환이 일본에게 항복한 것이 슬퍼 자살한 곳임을 알리는 바위가 있었다. 넓고 큰 바위로, 큰물이 흘러내리는 폭포였다. 100년 전의 일이 다시 되풀이되는 것 같아 내 마음은 무겁고 힘들었다. 제발 우리 모두가 지혜롭게 대처하여 나라에 변란이 없기를 바랐다. 나라를 구하겠다는 자는 없고 대통령이 되겠다는 자들만 득실거리고 있지만.

＊

나는 수시로 딸의 집을 들러서 집 정리를 해주기로 마음먹었다. 먼저 카톡을 보냈다.

- 옷걸이 2개 주문해 주세요. 현관 입구 정리함을 천장 높이로 주문해 주세요. 지금처럼 그렇게 정리하면서 살면 됩니다. 정리하면서 너에게 잔소리하는 것을 용서하세요.

- 옷걸이는 주문했고요. 입구 정리함은 치수 재고 주문해놓을게요. 엄마가 수고가 많으십니다. 용서가 어딨겠어요. 감사할 따름입니다.
- 당분간은 되도록 물건을 사지 않으면 좋겠다. 물건이 너무 많아서 쓰레기통이 되는 거야. 네 성격에 버리지도 못할 거고. 치우는 성격도 아니잖니. 양말, 모자 등 소품들은 많아야 7개, 웬만하면 2~3개 이상은 안 된다고 생각하렴. 그리고 너 테니스 모자도 너무 많아. 그거 다 돈이잖아. 누가 주었으면 그만 사는 게 좋아. 안 사는 게 돈이 만드는 것이지. 그게 멋있는 거지.

  나는 큰딸을 데리고 바로 백화점으로 갔다. 벽에 있던 소파니 뭐니 대부분을 없앴다. 벽 쪽에 붙일 책장 두 개를 샀다. 또 책도 읽고 밥도 먹고 컴퓨터도 사용할 수 있는 식탁과 의자를 샀다. 그리고 배달시켰다. 큰애한테 인터넷으로 사라 하면, 그 애는 아마 서너 달 미룰 것이고. 그렇게 되면 1학기가 다 끝나갈 때나 물건이 들어올 것이기 때문이다. 며칠 후 배달 온 책장에 책을 꽂고 식탁에서 책을 읽는 모습을 사진으로 찍어서 카톡으로 보냈다. 주변은 여전히 지저분했다.

  정리정돈도 습관이었다. 그런데 나는 한 번도 정리정돈을 위해서 산 적이 없었다. 나는 내 딸을 들여다보면서 반성했다. 내 딸의 모습이 바로 젊을 때의 내 모습이었다. 나는 내 모습을 바꾸듯 내 딸을 변화시켜야 했다. 나는 평생 부모님과 사회, 학교, 주변으로부터 공부가 제일 중요하다고 배웠다. 주변 친척이나 내 친족 모두 학문이 중요하고 학문을 통해서 성공하는 것이 꿈이고 성공이었다. 그래서 나에게 물건을 치우고 정리하고 청소하는 것은 중요하지 않았다. 청소보다 공부가 중요했다. 청소를 하기 전에 학교에 가야 했고, 학교 근무시간이 끝나면 밥하고 당장 눈에 보이는 청소와 빨래에 치중했다. 집 정리는 뒷전이었다. 그렇게 나이가 들어갔다. 옆집 아줌마는 나이도 어린데 살림을 알뜰히 잘했다. 나는 그를 따를 수가 없었다. 그는 생활의 달인이었다. 나도 그처럼 해보기 위해 노력해 보았지만 쉽지 않았다. 지금은 나이가 많아서 조금만 움직이면 허리통이 심했다. 이제 가장 중요한 것은 정리정돈 잘하고 청소 잘하는 것이었다. 옛날에는 눈만 뜨면 책을 읽는 것이 제일 중요했고, 그것이 성공이라 생각했다. 이제는 눈만 뜨면 정리정돈과 청소하는 것이 제일 중요하다 생각했다. 그렇게 시간을 보내다 보니, 이제는 어떻게 치워야 하는지 보이기 시작했다. 전에는 청소를 하고 싶어도 어떻게 해야 할지를 몰랐다.

나는 되도록 물건을 안 샀다. 살 돈도 없었고. 부엌살림도 십 년 이십 년이 된 것이 많았다. 그나마도 누가 준 것들이지 내가 사지는 않았다. 가구도 모두가 십 년, 이십 년이 넘어서 떨어지고 헤어져서 정말 못 쓸 때나 사는 편이었다. 지금 집에 있는 가구들이나 가전제품들도 옆집 친구가 세 번 바꿀 때 나는 한 번도 안 바꿨다. 그러나 요즘 젊은이들은 새 제품에 대한 유혹을 이기지 못하고 그것들을 사고야 말았다. 옷, 신발, 모자, 소품 등을 내 딸은 좋아했다. 그런데 내 딸은 산 물건을 정리하지 못했다. 새로 산 물건과 그들이 평소 입고 다니는 옷들이 섞여 방 한가운데서 레슬링을 하고 있었다. 그곳은 말 그대로 쓰레기장이었다.

　나는 기절초풍했다. 어찌 이럴 수가 있는 것인가? 거기에 애들이 끼고 자는 큰 곰 인형과 애들이 뒤집어쓰고 자는 이불이 빨래와 뒤섞였을 때 나는 숨통이 막혔다. 이것은 내 잘못이구나. 내가 도와줘야 하겠구나. 그때부터 나는 그를 도와주고 치워주며 잔소리를 했다. 그는 괴로워했다. 내 잔소리는 장난이 아니었다. 그는 삐졌고, 나도 삐졌다. 우리는 서로 감정을 조절해야 했다. 남편은 딸의 삶에 간섭하지 말라고, 허리도 아픈데 상관하지 말라고 했다. 그 말을 들은 나는 잔소리를 하지 않으려고 노력했다.

　며칠 후, 다시 카톡에 찍힌 책장과 식탁을 봤다. 주변에 덤으로 찍힌 공간은 여전히 쓰레기통처럼 보였다. 다시 가서 정리해줘야겠다고 생각했다. 그러면서도 문자로는

　- 아이구, 멋있어요! 이모 집을 사진으로 찍어서 카톡으로 보낼게. 여기 보이
　　는 다이소 소쿠리 사다가 이모처럼 정리하세요. 이모네 거실, 부엌, 식탁 등
　　을 보고, 이모 집을 표본으로 삼아 정리해보자고.
　- 알겠습니다.

　그날 이후 주말을 끼고 그는 정리정돈을 했다. 책장과 식탁, 이층 침대, 거실 등을 깨끗이 치우고 사진을 보내왔다. 그 주말에 여동생 가족과 우리는 엄마가 있는 시골로 향했다. 시골엔 온천지가 봄기운으로 가득했다. 서울에서는 사드 배치, 북한의 미사일, 촛불 시위 등

온통 국가가 뒤집히는 소리만 들렸다. 앞산의 산꼭대기는 하얀 눈이 덮여 있었고, 동네 한가운데는 조용했다. 시골 사람들은 눈에 띄지 않았다. 저 멀리 논에다 두엄을 뿌리는 아저씨만 보였다.

우리는 곧 엄마 집으로 들어갔다. 마당은 넓었다. 우리가 타고 간 차를 마당에 주차했다. 우리가 간다는 전화를 받은 엄마는 방문을 열고 우리가 오기를 눈 빠지게 기다렸다. 이것들이 언제 오냐면서. 우리는 몸과 마음을 정리하고 엄마를 차에 태워 읍내로 나갔다. 근처 농장에는 사람들이 가득했다. 가장 큰 대림농장으로 들어갔다. 묘목들이 많았다. 제부는 우리가 심을 나무들을 골랐다. 근처 농기구 가게에 들려, 밭에서 쓸 부직포와 사용할 도구들, 핀과 망치 등을 샀다. 그리고 옆에 있는 슈퍼에 들러 사람들이 일하면서 먹을 막걸리와 새우깡도 사서 밭으로 돌아왔다. 우리는 시아버지 묘소에 술을 올리고 절을 했다. 속으로 나는 기도했다. 제발 시댁 형제가 사이좋게, 편안하게 살게 해달라고.

내가 젊었을 때 외할아버지는 땅이 많았다. 나는 결혼해서 땅이 필요했다. 시댁 어른들은 이북이 고향이었다. 당장 돌아가시면 묻힐 땅이 없었다. 열 살이 어린 우리 아버지는 "걱정 마라. 내가 네 시아버지 돌아가시면 잘 모셔드릴게." 하셨는데, 정작 아버지가 10년 먼저 저세상에 가버리셨다. 결국 나는 외할아버지에게 부탁했다. 나에게 땅을 좀 달라고. 세월은 빠르게 지나갔다. 어느 날 외할아버지가 돌아가셨다. 돌아가시기 전, 아들들에게 땅을 나눠줄 때 둘째 외삼촌에게 부탁했다. 그 땅을 나에게 주라고. 둘째 외삼촌에게 땅을 받아 우리 시아버지의 묘를 세웠고, 그곳이 지금 우리가 서 있는 곳이었다. 하나의 역사가 이루어진 곳이었다.

묘는 마을 입구에 있었다. 묘 뒤에는 산이 있는데, 그 산 끝자락에 위치해 있었다. 주변은 온통 밭이었다. 예전에는 이곳도 높은 산처럼 보였다. 이 작은 산 비알밭이 어릴 적엔 보라색 꽃으로 가득했다. 그 도라지를 캐면 우리 집에서는 날마다 도라지 반찬이 올라왔었다. 시아버지의 묘는 그 언저리에 있었다. 묘 앞으로 예쁘게 지은 통나무집이 보였다. 그리고 넓은 들과 밭이 서쪽 끝 높은 산까지 한없이 펼쳐졌다. 우리는 높은 뒷산의 끝에 서서 서쪽 끝 높은 앞산을 바라보았다. 산속의 넓은 공간임에도 나갈 수 없는 감옥 속에 있는 것처럼 보였다.

바람은 차지만 신선했다. 산꼭대기에는 아직 하얀 눈이 쌓여 있었다. 눈을 쓸고 내려온 바람은 상큼한 레몬 향처럼 우리를 즐겁게 했다. 우리는 묘에 올린 막걸리로 출출한 배를 달랬다. 일을 시작하기 위해 제부가 그림을 그리면서 설명했다. 밭 넓이의 삼 분의 이쯤까지 삽으로 길게 직사각형을 그렸다. 그 금을 따라 삽을 깊게 파서, 퍼낸 흙을 가운데에 올렸다. 적당히 깊게 파서 사람이 다닐 수 있는 골을 만들라고 했다. 그리고 가운데 흙으로 된 둔덕을 만들라고. 남자들은 산 밑에서, 여자들은 그 반대쪽에서 흙을 파기 시작했다. 한 시간가량 흙을 팠다. 제부가

- 역시 공부 잘하는 사람들은 달라요. 형님이 판 곳은 이렇게 자로 잰 듯 깨

꼿이 잘 파였어요. 공부 못하는 사람들은 삐뚤빼뚤 모양이 틀어졌어요.

- 하. 역시 그러네요. 우리는 공부를 못해서 땅도 잘 못 파는군요. 그런데 이렇게 땅을 곱게 잘 파면 심은 식물이 잘 자라고, 땅을 잘 못 파면 식물이 잘 자라지 못할까요?

우리는 계속 웃으면서 땅을 팠다. 시간이 많이 흘렀다. 금강산도 식후경이라고, 밥 먹고 하자는 이야기가 나왔다. 확실히 배가 고팠다. 다시 엄마를 모시고 읍내로 나갔다. 엄마가 좋아하는 중국집을 찾았다. 그런데 중국집이 휴일이었다. 근처에 있는 기사식당을 찾았다. 식당 주인은 할머니와 할아버지였다. 조금 있다가 멋진 아가씨가 들어왔다. 주인 할머니는 설명했다. 외국에서 온 처자라고. 그들은 여기서 택배 일을 하는데, 밤새워 일을 한단다. 일당은 7만 원. "아니, 어쩌다 여기까지 왔어요?" 하니까 그들은 우즈베키스탄에서 왔다고 답했다. 그들은 밤새 일하고 퇴근하는데 밤새 추위에 떨었다고. 추워서 어쩔 줄을 모른다고 했다. 나는 그들이 불쌍했다. 남의 나라에서 돈을 벌어간다는 사실이. 우리나라도 삼십 년 전에는 그랬다. 독일에서 간호사로 일해서 번 돈을 한국으로 송금하는 일이 많았다. 캐나다나 다른 부유한 나라에서 잡일을 하고 부모에게 송금했다. 이제는 우리나라가 외국인 노동자를 끌어들일 정도로 부자 나라가 되었음에 감사했다.

그곳에서 점심을 먹고 다시 밭으로 왔다. 그곳에 사는 팔십이 넘은 이모가 우리들이 어떻게 일을 하는지 감시하기 위해 들렀다. 우리는 파던 땅을 계속 팠다. 땅이 제법 모양을 갖추었다. 솟은 땅을 골랐다. 자로 재서 부직포를 잘랐다. 솟은 땅에 부직포를 깔았다. 군데군데 표지에 따라 부직포가 움직이지 못하도록 핀으로 고정시켰다. 제부는 망치로 핀을 꽂았다. 여동생은 망치로 할 필요 없다면서 발로 핀을 꽂았다. 발이 빨랐다. 그 모습을 본 제부는 "다 네가 해라!"라며 성질을 냈다. 그 모습을 본 나는 제발 대장님 말을 들어주라고 했다. 옆에 서 있던 이모는 "지랄들 하네. 그렇게 자로 재서 언제 하냐? 무슨 놈의 농사를 그렇게 해?" 하고 핀잔을 줬다. 제부는 이모의 말을 듣더니 비과학적으로 농사를 져서 농촌의 경제성이 없다고 투덜댔다. 잠깐 들렀던 이모는 곧 그곳을 떠나갔다. 우리는 저녁에 삼겹살 먹으러 오시라고 말했다.

이모는 농사를 잘했다. 소 농사도 잘 했다. 팔십을 넘겼고 수술도 서너 번 했지만 항상 운동을 하며 산 밑을 걸었다. 이모는 운동을 안 하면 몸이 오그라든다 말했다. 소를 여러 마리 키웠고, 새끼를 이모가 다 받았다. 새끼를 키워 어미로 만들었고, 어미가 새끼를 낳으면 다시 어미가 될 때까지 키웠다. 그렇게 큰 소가 다시 새끼를 낳게 했다. 365일을 소에게 밥 주고 똥을 치우며 소 엄마가 됐다. 이모는 가족 모임에도 나오지 않았다. 오로지 소 엄마로 살았다. 소를 팔아 아들 집을 사주고 자기 집을 지었다. 그는 초등학교 졸업한 것을 자랑하며 대단한 일로 여겼다. 그는 날마다 담벼락으로 책가방을 던졌고, 몰래 학교로 도망가서 공부했다고 했다. 그래도 6년 개근상을 탔다고.

우리는 부직포를 넓게 펴서 새로 만든 둔덕에 깔고, 바람에 날리지 않게 철사 핀을 꽂았다. 제부는 그 부직포 간격을 줄자로 재서 나무를 심었다. 잘 자랄 수 있는 호두나무를 중심에 심고, 사이사이에 아로니아 나무를 채웠다. 나무는 가늘고 작았다. 호두가 열리려면 십 년은 걸릴 것이었다. 나는 호두가 너무 많이 열리면 어떻게 하느냐고 물었다. 제부는 호두는 손자인 웅찬이가 먹을 것이라 말했다. 우리 대에는 열매를 못 보겠지만, 우리의 뒤를 있는 사람이라도 그 열매를 딸 것이라는 사실에 기뻤다.

일을 마치고 시골집으로 돌아갔다. 거동을 못 하는 엄마의 집은 말이 아니었다. 동생은 집안을 한바탕 뒤집은 뒤 싹 정리했다. 나는 부엌살림을 닦고 씻었다. 동생은 시원스레 버리고 태우며 정리했다. 그들은 정리정돈의 달인이었다. 그들의 전원주택은 항상 빛이 났다. 마당의 잔디밭이나 주변에 심은 나무, 화분들, 실내에 배치된 가구와 가재도구들은 호텔같이 빛나고 깨끗했다. 엄마의 집도 그들이 만지고 치우고 수선했다. 제부의 손은 빠르고, 정확하며, 깨끗했다. 동생 가족에게는 항상 고마운 마음뿐이었다. 우리는 해주고 싶어도 기술이 없었다. 손이 느리고 둔했다. 무엇을 어떻게 치워야 할지도 몰랐다. 깨끗이 치운 방에 우리 모두 누웠다. 난생처음의 삽질에 밭 고르기를 했다. 몸이 뻐근했고, 눈이 감겼다.

잠시 쉬었다가 저녁상을 차렸다. 삼겹살에 소주 한 잔. 맛은 최고였다. 농부들의 즐거움을 느꼈다. 동생은 밥을 먹으면서, 제부가 퇴직할 때 자동차로 미국 여행을 하자고 제안했다. 꼭 4년 남았다고.

정말 갈 수 있을지 의문이었다. 그들은 모시고 갈 테니 가야 한다고 말했고. 나는 몸이 말을 들어야 한다고 답했다. 결국 가계약 형식으로 약속을 했다. 그날 저녁은 그렇게 행복하게 보내고 잠을 잤다.

이튿날, 나는 허리 통증으로 지팡이를 짚어야 거동할 수 있었다. 나를 다시 관찰하면서 반성하기 시작했다. 어제 그렇게 삽질하고 밭일을 한 것이 나에게 그렇게 무리가 되는 것이었나? 농사꾼은 평생을 힘들게 일하면서 살아가던데? 왜 나는 할 수 없는 것인가?

몸은 쇳덩이처럼 무거웠다. 내 몸을 어찌할 수 없었다. 서지도, 앉지도 못해서 도움을 받아야 했다. 머릿속이 복잡했다. 이럴 때 나는 새로운 깨달음을 가졌다. 남이 필요한 것들은 모두 주자. 주변 사람들을 만나면 무조건 다 잘해주자고. 그들이 있었기 때문에 내가 행복했던 것이라고. 내가 모든 것을 해주고 싶어도 얼마나 더 해줄 수 있을지 알 수 없는 상태이라고.

그렇게 반성은 계속되었다. 허리통증과 함께.

*

이번 주 토요일은 예술의 전당에서 문화사랑방이 개최되는 날이었다. 친구와 함께 음악감상실에 들어갔다. 드보르작의 '신세계로부터'가 울렸다. 화면에는 프라하가 보였다. 아름다운 시가지가 펼쳐졌다. 붉은 지붕, 아름다운 강이 시가지를 장식했다. 그 프라하를 구경하고 그곳에 머무르고 싶다는 충동이 일어났다. 옛 추억과 사진이 겹쳤다. 다시 모차르트의 음악이 흘렀고, 그 사이 친구들이 많아졌다. 친구는 영화 「조지아 오키프」를 상영하면서 그에 대해 설명했다.

20세기 미국의 대표적이며 독보적인 화가. 1887년 위스콘신주 선 프레리 농장에서 태어났다. 고등학교에 들어갈 무렵 화가가 될 것을 결심했다. 하지만 현실은 쉽지 않았다. 시카고 예술대학을 졸업하고 화가의 길을 걸으려 했지만 여의치 않았다. 결국 미술 교사를 하면서 자신의 그림을 그렸다. 교편을 잡았던 서부 지역의 광활한 자연환경이 많은 영감을 주었다. 그는 꽃을 그렸다. 그 그림은 도발적이고 독창적인 그림이었다. 그 그림을 친구를 통해 스티글리츠에게 선보였다.

스티클리츠는 뉴욕 중심가에서 291 화랑을 경영했다. 조지아 오키프와 스티글리츠는 만난 지 얼마 되지 않아 연인이 되었고, 동거했다. 스티글리츠는 유부남에다 스무 살 연상이었다. 사람들은 그녀의 작품을 작품 그 자체로 평가하지 않았다. 스티글리츠와의 불륜에 초점을 맞추고, 꽃 그림에서 관능과 색정을 찾았다. 그녀는 화가보다 정부로 알려졌다. 거기에 스티글리츠는 그녀의 초상과 누드 사진 등을 작품 삼아 전시회를 가졌다. 전시회는 성황이었다. 그만큼 조지아 오키프의 평판은 나빠졌지만, 아이러니하게도 그의 그림은 더 잘 팔렸다.

결국 둘은 결혼했다. 결혼식 없이 법적 신고만 했다. 그 후 조지아 오키프가 자기의 정체성을 찾기 위해서 미술에 3년이나 몰두하는 동안, 스티글리츠는 조지아 오키프보다 18살 어린 도로시 노먼과 바람을 피웠다. 사랑하는 이의 배신으로 그녀는 병마에 시달리고 우울증에 빠졌다. 그녀는 그것을 그림으로 극복했다. 그 후 두 사람은 부부가 아닌 예술적 동지가 되었다.

그녀는 뉴멕시코를 알게 된 후 사막의 풍경을 내면화하여 표현했다. 그녀는 자연을 탐미했다. 그녀는 결코 자신을 잃어버리지 않았다. 그림에 몰두한 그녀는 강인함과 예술성으로 자신의 정체성을 찾았다.

그녀는 98세까지 장수했다. 조지아 오키프가 죽은 후, 광산이었던 산타페는 예술의 도시가 되었다.

영화가 끝나자 우리는 모여서 떡을 먹고 우유와 옥수수를 먹었다. 감상실에서 음식을 먹으면 안 된다는 표지가 창문에 붙어 있었다. 기계 조작 기술자가 오면 우리는 먹던 것을 숨겼다. 옆 감상실에서는 오페라 소리가 요란했다. 그곳은 사람이 많았다. 가끔 우리에게 소리가 크다고 비난을 했다. 그러면 우리는 그들을 욕했다. 그 사람들이 감상하는 소리가 우리보다 더 크다고. 실제로 오페라 소리는 신경질적인 고음으로 내 머리를 자극했다. 우리보다 나이 든 사람이 많았다. 남자들도 많았다. 그들은 주말마다 그 방을 사용했다. 우리는 한 달에 한 번 이 방을 사용했다. 참가자 수와 사용하는 횟수에서 우리는 그들에게 밀렸다. 그래서 그 큰 방을 그들에게 빼앗겼다. 오후 2시가 되면 우리는 그 방을 비워줘야 했다. 우리는 잡담을 하다가 시간이 되어 나왔다.

- 이번에 점심은 내가 살게.

- 아니야. 아침에 내가 산다고 말해뒀어.

- 그래? 그럼 그러시든지요.

그렇게 우리는 즐겁게 식사를 하고 다음을 기약했다.

*

3월은 빠르게 지나갔다. 작년에 대학 동창 모임에서 해외여행을 가자보자고 약속했다. 새해가 되자마자 친구들은 그동안 모은 돈을 합해서 함께 의논하고 베트남과 앙코르와트를 여행하기로 결정하고 패키지 상품을 선택했다. 어느새 여행 날짜가 코앞으로 다가왔다. 출국일은 3월 23일 오전 8시. 동창들은 공항에서 모이기로 했다. 친구들은 새벽부터 공항버스를 타고 이동할 것이니, 아마 식사할 시간은 없을 것이다. 나는 단팥빵과 우유, 삶은 달걀을 준비했다. 공항에서 친구들을 만나자마자 하나씩 주고 먹으라 했다. 한 친구가 "안 그래도 빵을 사러 가려고 했는데."라고 말하며 맛있게 먹었다. 우리는 공항심사를 받기 전, 항공권을 발급받기 위해 줄을 선 상태에서 그것을 먹었다. 사람들은 많았고 시간은 촉박했다. 음식점에서 밥 먹을 시간은 없었다. 빵과 삶은 달걀은 친구들의 주린 배를 채워주었다. 식사로 충분했다.

기내로 들어갔다. 자리를 잡았다. 신문을 보았다. 비행기가 이륙

하려 할 때 느끼는 긴장감은 옛날이나 지금이나 똑같이 생겼다. 내가 이 비행기로 잘못될 수도 있다는 우려가 나를 지배했다. 비행기는 하늘 속으로 날아갔다. 나는 귀가 멍멍할 때까지 눈을 꼭 감고 있었다. '떵떵' 하는 신호가 왔다. 모든 사람들이 긴장을 풀었다. 나도 긴장을 풀고 보던 신문을 마저 읽었다.

기내 직원들은 빠르게 움직였다. 그들은 우리에게 물수건을 주었고. 이내 식사 주문을 받았다. 나는 소고기 야채 볶음을 시켰다. 친구들과 함께 맥주를 시켜 맛있게 먹었다. 이것이 여행 아닌가? 이제야 여행이 시작되는 기분을 느꼈다.

하노이에 도착했다. 현지 가이드를 만났다. 버스를 탔다. 한국 가이드가 동승했다. 베트남에 대해 설명했다. 나는 그사이 날씨를 확인했다. '베트남, 28℃ 80% 습도'. 무더운 날씨였다.

- 신짜오? 안녕하십니까? 하노이에서 170㎞ 떨어져 있는 하롱베이는 경제적 수도입니다. 베트남의 여름 엄청 덥습니다. 평균 기온은 40℃, 체감 기온은 50℃에 달합니다. 식수는 꼼꼼하게 챙기시기 바랍니다. 어지간한 물은 석회석이 녹아 있는 물이기 때문입니다. 식수는 3~4달러 정도입니다.

원주민 가이드의 이름은 원희, 한국인 가이드의 이름은 유명주라 했다. 두 사람은 빠른 속도로 말을 이어갔다. 공무원 월급은 한국 돈으로 30~40만 원이고, 핸드폰 60만 원 정도. 공무원 월급 두 달치에 해당하기 때문에 핸드폰을 잃어버리지 않게 조심해야 한다. 외출한 뒤에는 손을 깨끗이 씻어라. 세균의 종류가 다르다. 북쪽 강은 홍강이고 남쪽 강은 메콩강이다.

호치민시는 주로 농사를 지으며, 대부분 직장인들의 출근 시간은 7시 반이고 퇴근 시간은 오후 4시 반이다.

아래는 내가 여행을 마치고 정리한 내용이다.

- 바딘 광장 구경 : 베트남 독립선언이 이루어졌던 곳. 베트남의 독립과 통일을 이룬 호치민의 묘소가 있다. 모든 국민이 그를 존경한다.
- 옥산사 : 성인 반쑤옹을 추모하는 곳. 반쑤옹은 베트남의 문학과 학문계에서 위대한 사람.
- 호안끼엠 호수 : 하노이의 시내 중심가에 있다. 명군의 침략을 물리친 레 타이 투 왕이 잃어버린 검을 찾았는데, 거대한 이 호수의 거북이가 검을 찾아 주었다고 한다. 현재 이곳은 하노이 시민의 휴식 공간이다.
- 하노이 스트리트카를 타고 구경 : 한국의 60년대 시장이 그대로 재현되고 있었다. 옷 매장, 장난감 매장, 조명 전구 매장, 안경 매장, 식품 매장 등 36거리 구경.
- 하롱베이로 이동 : 3시간 30분이 소요됨. 석식으로 삼겹살 정식. 미나리, 상추, 고추, 된장 등 맛이 일품. 신선한 야채가 특히 일품.
- 빈펄 하롱베이 리조트 투숙 : 호수 위의 호텔. 럭셔리. 일행 모두 왕비님이 되었다.
- 조식 뷔페 : 환상적으로, 쌀국수가 일품. 배추김치, 열무김치도 일품.
- 크루즈 탑승, 하롱베이 관광 : '하롱베이'는 용이 내려온다는 뜻으로, 용의

입에서 나온 보석과 구슬이 바다로 떨어지면서 침략자를 물리쳤다고 함. 유네스코 세계유산 등재. 3,000여 개의 섬과 기암이 바다 위에 솟아 있다. 바다와 섬, 바위가 첩첩이 겹쳐있는 것이 천상의 세계로 보였다.

- 천궁 동굴 : 4개의 종유석 기둥이 떠받치고 있는 동굴로, 하늘의 지붕으로 불릴 만큼 웅장하고 아름다운 동굴.

- 하롱베이 비경 구경 : 스피드 보트 타고 하늘 정원이 보이는 곳을 탐방. 낙타봉, 연꽃 바위, 항루원 등을 관광.

- 베트남 : 천 년 동안 중국이 지배. 그 후 80년 동안을 프랑스가 지배. 베트남의 한자어는 '쯔놈이'로, 영어 같아서 읽을 수 있다.

- 빠 : 쌀국수. 6성조 ph"(뻥), Co"(껌 : 밥집)

- 바딘 광장 : 1948년 9월 2일 독립. 한국 여의도 : 1945년 8월 15일 해방.

- 베트남. 프랑스식 집. 공산국가. 사유재산. 방이 4개 이상인 큰 집은 세금이 많다. 보통 1층에는 방이 없다. 거실과 주방, 식당 및 2층으로 올라가는 계단으로 구성되어 있음. 2층은 방. 천장이 높다. 봉은 설치 못 한다. 공기 순환 잘 되라고. 수도시설이 안 좋다.

- 은행 못 믿어 집에 금고를 설치하고 달러나 금덩이를 보관. 한국 금고가 최고 인기.

- 노천카페 : 남자들 3~4명 차 마시고 호박씨 까먹는다. 여자들이 일한다. 대중교통은 없다. 지상 철도나 버스도 없다. 빈부 격차가 심하고 공직자 부정부패가 심하다. 공무원의 월급은 한국 돈으로 30만 원 정도인데 골프채, 외제 차를 소유. 36거리는 한국의 광장 시장 같다. 그 시장은 36가지 품목. 개발을 묶었다.

- GNP 2배, 6% 경제 성장이 목표. 새마을 운동으로 미래를 향해 간다. 하루 2시간 청소, 물걸레, 다림질 6번 하고 16일에 9만 원(한국의 이틀 분량).

- 한국 주재원들 : 골프 치고, 에마이 커피 먹고…. 한국에 가면 손에 물 묻히고 살 수는 있을까 걱정.

- 한류 : 드라마의 영향. 하노이에 가면 태양이 있다. 3개 채널이 한국 것. 그곳 여성들은 한국 남자 좋아한다. 능력 있고, 재벌이 많고, 부성애가 있다고. 여기는 남자와 나이 차이 많은 것이 별거 아니라고 생각한다. 20살 차이까지는 괜찮다고.

- 하노이에 야타족이 많다. 한국 손님 오면 오빠 하면서 데려간다. 가라오케 30분, 발가벗겨 보낸다. 사람이 안 오면 200만 원 주어야 사람을 찾는다.

- 이곳은 미원 열풍이다. 고춧가루, 소금, 미원을 섞으면 맛있다고. 과일, 소금, 미원을 섞어서 먹는다. 한류 열풍으로 하노이 대학에 한국어과를 신설하고, 제2외국어로 채택하기도 함.

- 한국 음식으로는 치맥, 파리바게뜨가 유명함. 이곳에도 명품 열풍이 있다. 어르신이 없다. 전쟁으로 많이 죽었다고. 뚱뚱한 사람도 별로 없다. 고기는 조금씩 먹는다. 병원이 없다. 노니 차로 대체한다. 평균 수명은 76세. 행복 지수는 2번째. 뱀을 싫어한다. 태풍이나 홍수로 인해 바나나가 귀하다. 바나나 잎은 천연 방부제 역할을 한다고 한다. 바나나 칼륨이 많다.

- 구시가지는 36거리. 아오자이는 전통 옷. 모든 것을 드러낸다. 농 모자는 여자만 쓴다. 유두화를 조금씩 끓여서 먹이면 살인죄가 적용된다. 사약의 원료라고. 만약 먹었을 경우에는 구체초로 해독.

- '라이따이한'은 대한민국 사람과 베트남인이 만나서 낳은 아이를 뜻한다.

말 자체의 의미는 짐승들의 이름을 딴 잡종. 베트남 전쟁 시대, 맹호부대가 왔고 위로 차 가수 현미와 김세레나가 왔다. '월남에서 돌아온 김상사'라는 노래가 유명했다. 그 당시 군인과 한국기업이 남쪽으로 들어왔다. 그들은 대포소리에 두려움이 있었다. 그때 한진 기업의 한 어르신(당시에는 청년)이 아가씨와 연애했다. 어르신은 아들 낳고 사랑하는 여자와 100일을 소소하지만 행복하게 지냈다. 그때 이상한 소문이 들렸다. 전쟁이 끝났다. 철수해야 한다고. 전쟁은 끝났고, 사람들은 죽어갔다. 모두 철수했다. 그 어르신은 아들과 아내를 데려갈 수 없었다. 방법이 없었다. 한진 직원들은 모든 것을 정리하고 모은 돈 2,000달러를 주고 철수했다. 어르신은 아내에게 한국 주소와 할머니 주소를 가르쳐주고 눈물의 이별을 했다. 한국에 온 어르신은 방법을 찾기 시작했다. 1975년 4월 30일 베트남은 공산국가로 통일되었다. 이 당시 박정희는 반공주의를 표방하며 공산국가와 문을 닫고 오가지 못하게 했다. 어르신의 부모는 결혼을 해서 대를 이어야 한다고 강조했다. 결국 그는 한국에서 결혼했다. 30이 넘었으니까.

1992년, 베트남과 한국이 수교했다. 그는 기뻤다. 그는 대한항공을 타고 가서 아내와 아들을 찾았다. 찾을 수 없었다. 다시 두 번, 세 번을 찾았다. 없었다. 곰곰이 생각했다. 주변의 한진 중견 간부들을 찾고, 방직 공장 친구를 찾고, 그러다가 아버지 친구분이자 방직 공장을 해서 성공한 분을 찾았다. 그는 아버지 친구분을 찾아가 호소했다. 자기 아들과 아내를 찾아달라고. 도와달라고. 친구분은 찾아준다고 답했다. 그 역시 계속 찾고 또 찾았다. 베트남은 소수민족이 53개로, 지역감정과 민족적 갈등이 심했다. 관련이 없으면 무관심했다.

39번째 방문하면서, 비행기 안에서 이번이 마지막이라고, 못 찾으면 끝이라 생각했다. 그런데 찾지 못했다. 그 후 얼마 있다가 아버지 친구가 아들을 찾은 것 같다고 전화했다. 다시 베트남으로 갔다. 통역사를 데리고 아들이 있다는 곳으로 차를 빌려 서둘러서 달려갔다. 그곳은 차로 20시간이 걸렸다. 그곳은 중부지방의 한 고무 농장이었다. 그는 심장이 벌렁벌렁했다. 기쁜 눈물이 쏟아졌다. 아들이라는 그 청년을 만났다. 깜짝 놀랐다. 삐쩍 말랐다. 매를 맞아서 온몸이 시뻘겋다. 아들과 비슷해 보였다. "네 이름이 ○○이니? 한국 사람이니?" 그 청년은 머리를 설렁설렁 흔들었다. "내가 너를 만나려고 40번이나 베트남을 오갔다. 넌 똑같이 내 아들처럼 생겼구나. 나는 너를 도와줬으면 좋겠구나." 그는 그 청년의 집으로 따라 들어갔다. 집이 아니었다. 사람이 사는 곳이 아니라 마구간에 바나나 잎을 깔고 덮고 자는 곳이었다. 그 어르신은 다시 물었다. "너 이름이 ○○이니? 한국 사람?" 그러자 청년이 답했다. "아닙니다." 어르신은 "그럼 왜 한국 이름인데? 나는 내일 이 농장을 떠난다. 다시 너를 만나러 오마." 그날 청년은 잠을 못 잤다. 그날 밤, 어르신의 손을 잡고 그 청년은 오열을 했다. 어르신은 오열 소리에 '이게 무슨 소리?' 하며 깼다. "아버지 왜 지금 오셨습니까?" 하고 그 청년은 울었다. 그는 100일 기념 가족사진을 보여 주었다. 그 어르신은 아내의 모습을 보고, 아들을 보며, "내 아들!" 하며 통곡했다. "엄마는?" 하고 묻자 1975년 공산화 숙청 작업으로 남쪽으로 이동했고, 부르주아 계급으로 몰려 숙청당할 뻔했다고. 그 당시 간첩 숙청 사업으로, 사랑하는 가족을 위해 고무보트에 타 다른 곳으로 이동했고, 각 나라로 흩어졌다. 원양어선으로 출국했고, 외국에서 입국 허락을 허락받았다. 그들은 공산화 국가에서 살아서는 안 되었다. 라이따한도 죽어야 했다. 남자들의 전우회는 특별했다. 이국땅에서 총부리 겨누고 싸우다가 전우가 죽으면 눈이 뒤집혔다. 칼로 유부녀의 눈알을 파서 죽이고, 가슴을 쳐서 죽였다. 귀를 자르고 죽였다. 32만 명이 참전했고, 5만의 사상자가 발생했다. 3천 구의 시신이 널려 있었다. 베트콩은 한국군을 증오했다. 한국인을 잊지 말자 했다. 6.25 때 미군이 우리를 도와주었고, 그때 군인의 애기로 태어났다. 그들은 한국에서 왕따가 되었고 놀림을 받았다. 그들은 갈보라면서 여자들을 멸시했다. 라이따한도 그랬다. 라이따이한을 이모가 고무농장에 팔았다. 이곳은 여자가 필요 없었다. 틈만 나면 엄마를 만나러 갔다. 엄마는 여기 아파, 저기 아파 하는 아들에게 조금만 참자고 했다. 그러던 어느 날, 엄마는 스트레스로 말라리아에 걸려 죽었다. 아버지는 오지 않았다. 그리움은 원망과 미움으로 뒤바뀌었다. 아들은 아버지를 이해할 수 없었다.

이튿날 아버지는 아들을 돈 주고 고무농장에서 샀다. 그는 국적이 없었다. 아버지는 국적을 만들어주었다. 학교에 들어갔다. 할아버지 친구네 공장에서 일을 배웠다. 6개월 동안 일했다. 돈을 벌어 고무농장에서 동료 친구들을 빼왔다. 할아버지 친구는 라이따한을 받아 주었다. 소문이 자자했다. 방직 공장에서 라이따한을 받아준다고. 일하고 잠자면서 그 청년은 공부했다. 월반제도로 3년 만에 고등학교 과정까지 졸업했다. 아들은 한국에 가지 않겠다고 말했다. 대신 제봉틀 한 대를 사달라고. 아버지는 독일제 제봉틀 한 대를 선물했다. 그리고 할아버지 친구에게 일 좀 가르쳐달라고 부탁했다. 그 청년은 똑똑했다. 할아버지 친구의 공장에서 일을 배웠다.

어느 날 아버지가 베트남으로 왔다. 아들은 아버지를 대우호텔 오성급 컨

베이션에 모셨다. 한글로 된 플래카드가 휘날렸다. "아버지 환영합니다."라고 적혀 있었다. 아들은 말했다. "성공하면 모실게요." 그러자 아버지는 "내 동생이 서울에 있는데, 아버지와 아들은 헤어지면 안 된다고 했다."면서 아들의 손을 잡고 한국 법인장으로 데려갔다. 사장님은 정중히 인사하고 그 회사에서 라이따이한 500명이 일을 하도록 받아주기로 했다. 라이따이한이 아버지 손을 잡고 "이분은 우리의, 나의 아버지이십니다."라고 외쳤다. 그 아버지는 라이따이한을 가슴에 모두 안고 "내 아들들아. 내 딸들아. 사랑해."라고 외쳤다. 그리고 그 아들이 "이 5층 건물도 샀어요."라고 말했다. 아버지는 한국에 200명의 라이따한을 오게 하려고 가족회의를 열었다. 모두가 반대했다. 아버지는 마음의 10%만 한국에 남기고 나머지 90%는 베트남에 남기겠다고 했다. 못다 한 것을 그곳에서 보내겠다고.

이곳 사람들은 라이따이한을 좋은 의미로 바꾸고 그들을 부러워했다. 그들은 날아다니며, 달리면서 일했다. 사장님들은 감동했다. 그들이 받는 월급은 먹는 거, 입는 것 등에 사용되었고 그들의 생활 수준은 달라졌다. 때깔 역시 달라졌다. 그들은 잘 생겼고 돈 잘 벌어서 결혼 0순위 후보가 되었다. 2002년, MBC에서 장한 아버지상을 그 어르신에게 주었다. 그는 라이따이한 청년 모두를 미국에 데려갔다. 그것은 아버지의 사랑이며, 위대한 일이었다. 그 어르신은 베트남 아내의 상처를 떠올리며, 자기 아내와 비슷한 사정의 여성을 만나면 흰 봉투를 주고 그들의 상처를 달래주었다. 그리고 다시는 이 아름다운 하롱베이에 제2의 라이따이한 일화가 되풀이되지 않기를 빌었다.

  - 점심으로 분짜를 먹었다. 느억맘(젓갈의 한 종류. 항아리에 넣고 소금에 절인 것. 2년

숙성. 맑은 물이 나옴, 소스로 사용)으로 맛을 내어 새콤하게 맛을 냈다. 막 숯불에 구운 고기 완자를 국물에 넣어서 고기 맛이 일품이다.

- 공동묘지를 곁에 두고 산다. 묘지는 논이나 밭에 위치하며, 묘지가 크면 오래되지 않은 것이다. 매장하고 3년이 지나면 추려서 화장하여 작게 한다.

- 결혼식은 4일 동안 한다. 남자의 집에서 2일, 여자의 집에서 2일.

- 초상 : 검정색 옷을 입는 것 같지만 음악은 신나는 음악을 선정한다. 같이 어울려서 수의를 입힌다. 주머니에 돈을 넣는다. 3일장을 한다.

- 베트남의 수도 : 하노이. 이곳 사람들은 선생님을 존경한다. 11월 20일은 스승의 날로 선생님을 찾아가 인사한다.

- 학교, 병원은 국립이다. 월급은 30만 원.

- 중·고등학교는 시험치고 들어간다. 그래서 과외가 심하다. 선생님들은 투잡, 쓰리 잡을 한다. 학원이 없다. 족집게 선생님과 상담한다. 수도인 하노이 유학을 위해 과일, 케이크, 봉투를 준다.

- 재래시장 : 옷 수선, 재봉틀, 책 등이 많다. 교육 열정이 대단하다. 공무원 자녀로 유학 온 이들이 많다.

- 결혼을 위해 선을 볼 때, 처녀들은 "기사가 나온 줄 알았더니 의사가 나왔다."면서 선보는 자리를 박차고 나간다. 이곳은 기사가 의사보다 인기가 더 좋다.

- 캄보디아 : 90년 동안 불란서가 지배했다. 팁 문화가 있으며 보통 1달러. 세계에서 10번째로 못사는 나라로, 전체 인구의 9%만이 화장실을 갖추고 산다. 보통은 숲에서 볼일을 본다. 도로 포장율은 10% 정도. 제조 공장이 없다. 1차 산업만 이루어진다. 그래서 공해가 없다. 천 년의 역사를 담고 있는

세계 최대의 석조 사원인 앙코르와트가 이곳에 있다. 400년 동안 방치되어, 숲속에 있었다. 1860년 앙리무오 식물학자가 발견했다.

- 앙코르톰 유적 관광 : 타프롬은 자야바르만 7세가 그의 모친을 위해 건립한 사원으로 스펑 나무와 이행 나무가 사원을 집어삼킬 듯이 자라서 사원을 폐허로 만들고 있었다.

- 바이욘 사원 : 앙코르 문화의 대표적 사원. 자이바르만 7세가 12세기 말에 앙코르 중심에 건립한 불교 사원. 50개의 탑으로 구성되어 있다. 전부 하나의 바위에 조각을 해서 만들었다고.

- 바푸온 : 두 번째로 큰 건축물. 벽에는 코끼리 부대가 조각되어 있다. 알 수 없는 조각들이 많지만, 아직 그 그림의 역사는 밝혀지지 않았다.

- 코끼리 테라스 : 왕궁으로 가는 관문인 코끼리 부대 조각상이 줄지어 있었다. 그곳은 전쟁에 출정하기 전에 장군들이 모이는 곳이라고. 왕은 제단에서 그들의 충성 맹세를 듣는 곳일 것으로.

- 스마일 오브 앙코르 쇼 : 캄보디아 역사를 쇼로 한 눈에 봤다. 판타스틱. 감동적이었다.

- 이 나라는 발전기가 약하다. 도마뱀이 많다. 놀라지 마라. 사람들이 곤충을 먹고 산다. 이곳은 시골 마을 느낌이 난다. 친근감이 있다. 남자는 일 안 하고 놀고먹는다. 이곳은 물이 중요하다. 50%가 글을 모른다. 문맹인이 많다. 학교에 안 보낸다. 관심조차 없다. 전체 인구의 9%만 혜택을 받는다. 평균 수명은 55세. 병원과 공무원이 없는 나라다. 심지어 선생도 없다. 춥고 배고프다.

- "안녕하세요?"를 캄보디아어로 하면 "섭섭하이", "고맙습니다."는 "엇꾼"이라

고. 노동자의 한 달 월급은 100달러 정도.

- 802년 앙코르 왕조 건설. 1431년 타이의 침략으로 쇠퇴. 베트남의 침공으로 베트남이 지배. 19세기 중반 프랑스의 식민지가 되었다가 1953년 독립. 시하누크 국왕이 1970년까지 정치를 주도. 1970년 론놀 장군의 반란으로 크메르 공화국 수립. 다시 반란이 일어나 1975년 폴 포트가 프놈펜에 입성, 혁명을 추진. 1978년 베트남이 다시 침공. 훈센 등이 입성. 인민 공화국 수립. 1989년 사유재산 인정, 민영화 추진, 탈공산주의 추진. 1998년 왕자가 국회 의장이 되고 훈센이 총리가 되었다. 이로써 연립정부가 출범.

- 1년에 두 번 쌀농사. 1㎏에 500원~900원. 1960년대 공산화 열풍. 폴 포트 비상. 장학금으로 폴란드 유학. 공산국가 사상 추종. 똑같이 잘 먹고 잘 살자고 주장. 그는 중국 공산당과 러시아 공산 사상을 추종. 전과자인 10대 청소년들 15,000명을 데려다가 교육. 산속에서 밥 먹고 교육. "공산당 좋은 거야, 잘사는 거야."라면서 교육. 월맹전쟁 시작. 월맹군이 이겨서 공산국가를 세움. 호치민은 입지적 인물. 베트남전에 미군이 참여, 땅속에 있는 월맹군을 죽이지 못했다. 미국 닉슨은 베트콩을 없애지 못했다. 결국 캄보디아 론놀 장군에게 "너 총리 안 할래?" 물었다. 그가 쿠데타로 총리가 되었다. 미군은 정글에 들어갈 수 없었다. 미군은 화가 났다. 베트남을 폭탄으로 쑥대밭을 만들었다. 캄보디아의 론놀 장군에게 폭격 장소 지시. 론놀은 월맹군 좌표로 보고 폭탄을 투하했다. 열풍으로 바람에 캄보디아 국경으로. 캄보디아 총리에 대한 불만이 많다. 국민 20만과 군대가 그 폭탄 투하로 죽었다. 결국 총리는 물러났다.

위기에 빠졌을 때 총, 장갑차로 크메르루즈 군이 프놈펜에 입성. 론놀 장군

숙청. 시내에 본거지를 두고 학교에 고문실 설치. 만 명을 붙잡아서 죽였다. 다시 3만 명을 죽이고 체제를 정비했다. 안경 낀 사람, 손에 굳은살 없는 사람, 선생님, 간호사, 정치인, 군인 등 모든 지식인을 죽였다. 물고문하고, 장기 빼고, 의자에 앉혀서 모터와 드릴로 쑤시면서 모든 사실을 발설하게 했다. 그러면 잡아다가 5명씩 죽였다. 여자 고등학교에서. 프놈펜 한복판에서 만 명을 죽였고, 폴 포트 초상화를 걸었다. 그리고 그들은 베트남 국경까지 진격했다. 거기서 수만이 죽었다. 베트남이 다시 프놈펜 진격. 1981년 프놈펜 입성. 훈센에게 "너 총리 해라. 그 대신 앙코르에 대한 권리를 30년 동안 베트남에게 주라."고. 2016년부터 앙코르 관리 권한을 되돌려 받았다고. 이 나라는 지금도 지식인이 없다고. 국민은 죽어가고 있는데 아이들에게 글 배우지 말라고 한단다. 이곳은 노인이 없다고. 2000년 후반 16년 동안 기반이 잡혀간다 했다.

- 톤레삽 호수 : 호수는 황토색을 띤다. 건기라 배를 타고 한참을 갔다. 60년대 한국에서 폭우로 인해 생긴 흙탕물처럼 생겼다. 쪽배를 탔다. 수상 가옥이 옹기종기 모여서 동네를 이루었다. 바람에 날리는 빨래는 깨끗했다. 이렇게 황토물임에도 빨래는 새하얗게 널려 있었다. 신기했다. 악어 양식장이 배에 설치되었다. 우리를 보고 아이들은 1달러를 외쳤다. 예쁜 소년과 소녀들이 물속으로 텀벙 빠지면서 달러를 외쳤다. 어느 배에서 남녀들이 맥주를 마시며 파티를 했다. 둥그런 함박에 꽃나무를 가득 심었다. 개와 고양이, 닭도 키웠다. 어느 쪽배는 물과 생활용품을 팔았다. 분명 그곳은 슈퍼일 것이다. 이곳에 사는 이들은 베트남 난민이라 했다. 베트남에서 조금씩 지원한다 했다. 그들은 시간적으로 여유로워 보였다. 오히려 우리가 관람하면서

여행 시간에 쫓기는 것이, 바보처럼 보였다.

여행을 갔다 와서 그 내용을 잊어버리지 않도록 기록해보려고 노력했다. 나는 짧은 시간에 너무 많은 것을 보면 모든 머릿속의 영상이 뒤집혔다. 하롱베이가 하노이가 되고, 하노이가 하롱베이가 되었다. 다른 사람들은 안 그러는데 나는 유독 불확실한 영상을 보관하고 있었다. 그 때문인지는 몰라도 학창시절에도 공부하기가 힘들었다. 친구들은 나에게 머리가 나쁘다거나, 죽어라 노력을 해도 성적이 좋지 않다는 이야기를 하곤 했다. 그렇게 필사적으로 하다 보니, 어느새 나를 비방 하고 싶은 아이들의 무엇이 되어 있었다. 거기에 어리숙해서 그들이 작당해서 나를 비난하고 난도질을 해도 나는 그 의미를 몰랐다. 그렇게 학창시절을 보내면서 나는 내 영혼을 자유롭지 못하게 얽매고 살았던 것이다.

나는 학교 수업을 따라잡으려고 애쓰면서 살았다. 그러나 성적을 보면 항상 신통치를 않았다. 어쩌다가 성적이 잘 나와서 순위가 앞쪽에 있었다면, 그것은 내 마음과 몸을 해당 교과목에 집중하고 온전히 정신을 쏟아야만 했던 때였을 것이다.

나는 외우기를 못했다. 한번 들으면 곧 사라졌다. 그중에서도 언어적인 것은 더 심했다. 공부하기에는 절대로 불리한 조건이었다. 이런 내가 박사학위를 딸 정도로 공부를 했다는 사실이 자체가 신기할지도 모른다. 이런 나를 두고 사람들은 여러 가지 가설을 세웠을 것이다. 내가 박사학위를 땄다는 사실에 의문을 가지고 말할지도 모른다. 나는 그럴 때마다 문제투성이였던 것을 단지 극복했을 뿐이라고 설명한다.

이번에 대학 동창끼리 처음으로 여행을 하다 보니, 그동안 까맣게 잊어버렸던 것들이 기억 속에서 되살아났다. 나는 대학에 가서 실컷 노는 것이 목적이었다. 중·고등학교 때 나를 옭아맨 채 교과목에 모든 신경을 쏟아붓는 행동에서 해방되는 것이 내 꿈이었다. 그러나 대학에 들어갔을 때 나는 많이 실망했다. 일학년 때, 도무지 놀 시간이 없었기 때문이다. 교양 이수 과목이 많았다. 아침 9시부터 수업하고 저녁 6시에 끝나는 것이 대부분이었다. 나는 실망했다. 내 가슴속이 탁 트이는 놀 거리를 못 만났다. 불만이 생겼다. 어떻게 놀아야 하는지를 몰랐다. 대학의 놀 거리는 미팅하고 차 마시고, 음악 듣는 것이라 생각했다. 나는 그것을 대학 문화로 생각하고 날마다 그쪽으로 집중했다. 그것을 최상으로 생각했다.

어느 날 같은 과 여학생이지만 선배였던 사람이 나에게 물었다. "너 어제 뭐 하고 놀았니?" 친구들이랑 남학생 만나서 미팅했다니까 "그게 그렇게 재미난 일이니?" 하면서 내게 면박을 주는 것이었다. 가슴이 쿵 하면서 내가 엄청 잘못 살고 있는 것처럼 그는 나를 눌러 버렸다. 그 뒤 나는 그를 피했다. 그는 잘났고, 똑똑했으며, 과 구성원 모두를 장악했다. 나는 그가 무서웠고 그가 싫었다. 그가 나타나면 나는 피했다. 다음 해, 그는 너무 잘 나서 우리 학교를 다닐 수가 없었는지 그만두었다. 들려오는 소문에 따르면 그가 아나운서로 방송국에 취직했다고.

학년이 바뀌고, 시대적인 흐름으로 날마다 데모가 벌어졌다. 그래서 학교를 군인들이 지켰다. 학교는 휴강을 밥 먹듯 했다. 나는 교과목에 집중할 생각이 원래 없어서 마음이 편했고 자유로웠다. 시험을 볼 때는 대충 이름만 썼다. 그 다음 어디에 갈 일도 없었고, 뭔가 해야 할 일도 없었다. 나는 날마다 미팅 작당에 합세했다. 그것이 좋은지 나쁜 것인지도 몰랐다. 다만 대학 문화가 그렇다 생각했고, 그것이 최고의 놀이라 생각했다. 나는 수없이 만나고 수없이 헤어지는 것을 미팅으로 여겼다. 가끔씩 친구들에게 에프터 미팅이 왔다. 그들의 집에 남학생으로부터 전화가 오면 큰일이 났다. 나는 그 남학생들의 메시지를 받아 그 친구들에게 전달했다.

세월은 빨랐다. 4년은 후딱 지나갔다. 취직을 위해 다시 공부에 집중했다. 교사 순위 고사를 치르고 교사로 임용되었다. 그 사이 친구들은 하나둘 결혼을 했다. 5년이 되는 해, 나도 결혼을 했다. 아이를 낳고 조금 있다가 나는 사표를 냈다. 그 후 몇 년은 애 키우는 데 집중했다. 서서히 몸이 나른하고 빈혈과 무기력 증상이 나를 지배했다. 살은 계속 빠졌다. 몸이 계속 아프기 시작했다. 힘을 받을 수 있는 무언가가 필요했다. 그리고 어쩌다가 남편 친구 부인이 대학원을 다니고 있다는 걸 알게 되었다. 나는 다시 삶을 재정비 할 필요가 있다는 걸 느꼈다. 아픔을 안고 사느니 다른 아픔을 가지고 사는 것이 좋을 것 같았다. 그래서 대학원에 가보기로 마음먹었다. 토플을 준비해야 한다고 들었다. 나는 자신이 없었다. 내 머리가 어떤 상태인지 나는 잘 알았다. 10년 전으로 돌아가야 했다. 영어는 나에게 최악인 과목이었다. 그러나 처음처럼 시작했다.

　수없이 반복을 하며 나는 토플에 도전했다. 쓸모없는 짓거리로 허송세월을 보냈지만, 결국 모든 과정을 통과했다. 나중에는 공부에 재미를 붙였다. 그곳에 집중하는 것 자체가 행복했다. 이제는 책 들고 있는 것 자체가 행복하다. 내가 쉰다는 것은 책을 들고 있다는 것이다. 책이 있음으로 해서 소통할 수 있게 되는 것이다. 노는 것, 즐거운 것, 행복한 것 모두 책으로 해결할 수 있었다. 내가 태어나서 가장 즐겁고 행복한 길을 찾은 것 같아 나는 만족했다. 그리고 최대의 행복을 누리고 살 수 있어서 감사했다. 다만 눈의 시력이 약해져서 오랫동안 글을 볼 수 없는 것이 안타깝다. 눈에 필요한 영양소를 충실히 섭취해서 내 행복을 유지해보고자 노력할 것이다.

*

　　　　오늘은 4월 첫째 주 월요일이다. 큰딸에게는 아무래도 바쁜 날이 될 것 같았다. 아침밥을 서둘러 먹었다. 큰딸의 집으로 서둘러서 달려갔다. 우리 아파트 담장만 넘으면 두산 아파트가 나왔다. 엘리베이터를 타고 3층에 내려서 대문을 두드려 신호를 보내고 현관문을 열었다. 예원이가

　- 할머니!

- 응, 야, 너네 집 깨끗해져서 좋구나.

- 할머니! 이거 충전하면 붉은 불이 들어오고, 다 끝나면 파랑 불이 돼.

- 좋구나. 웅찬이는 밥 다 먹었어? 어제 너한테 키즈폰으로 전화했지?

- 응.

- 언제 했냐면 하부랑 관악산 꼭대기에 올라갔을 때야. 하늘의 좋은 기운을 너에게 보내려고 할머니가 전화했지. 이 사진 봐라. 여기가 산꼭대기야. 할머니랑 할아버지가 4시간 걸려서 올라간 산꼭대기. 이곳에 있는 좋은 기운을 너에게 보내려고 전화한 거야.

- 다음 주 휴일에 할머니랑 어디 갈 거니?

- 수영장.

- 난 안 가고 싶어.

- 그러면 안 되지. 너 수영복 따로 샀다며? 예원이.

- 그럼 조금만 놀자. 너무 많이 놀지 말고. 햄버거 먹고, 너 좋아하는 책 사고.

- 무슨 책?

- 78층 나무 이야기.

- 그래 그러자꾸나.

- 나 오늘 할머니랑 학교 갈 거야.

- 그래 그러자꾸나. 예원이는 엄마랑 어린이집 가고, 우리는 학교에 가자.

큰애는 말했다. 시어머니가 잠깐 집을 들렀다가 갔는데 깜짝 놀랐다고. 집 구조가 확 달라졌다고. 전부 정리정돈 잘 되어 있다고. 누가 해주었냐고 물어서 엄마가 정리해 주었다고 했더니 힘들었겠다고. 그래서 엄마에게 고맙게 생각한다고 전했다. 나는 딸에게 지금처럼 정리하려고 애쓰면 된다고 답했다. 우리는 갈림길에서 헤어졌다. 웅찬이를 학교에 바래다주고 집으로 돌아왔다. 인생도 이렇게 정리하며 즐겁게 살면 될 것이었다.

*

　　　　　나는 무엇을 쓰고 싶은가에 대해 생각했다. 왜 쓰고 싶은가도 생각했다. 내가 쓴 것을 보면 나를 아는 사람들은 혐오할지도 모르고. 이런 글을 썼다는 것 자체를 질책할지도 모른다. 나는 그런 것은 상관없다. 내가 하고 싶은 것이 무엇인가를 찾았고, 내 삶을 써보고 싶었다. 쓴다는 것은 인간의 본능으로 보였다. 화가가 그림을 그리고 싶어 하듯이, 음악가가 음악을 연주하고 싶어 하듯이. 잘 하고 못하는 것은 상관없었다. 고대 유물을 보면, 알 수 없는 바위에 그들의 삶을 그림으로 그려놓았다. 그것이 인간의 본능일 것이다. 나는 나의 본성을 믿고 본성대로 살고 싶었다.

　아침부터 전화가 왔다. 친구가 호소했다.

- 아들이 며느리 아프다고 애기를 3일 동안 맡겨서 죽을 뻔했어. 애기가 낯설어서 잠을 안 자. 애기가 96세 어머니랑 싸워서 혼났어. 애기가 할머니를 싫다고 다섯 대 때리면, 할머니는 애기를 열 대 때리더라고.

- 아들이 제 아내를 보살핀다고 나에게 애기를 맡겨놓고, 저희들끼리 놀고 왔는데 화가 나더라고. 아무래도 내가 아들을 잘못 가르친 것 같아.

- 얘, 나도 우리 딸 잘못 가르친 것 같아. 큰 손주가 초등학교 입학했는데, 작은 손주까지 어린이집에 데려다줘야 하니까, 힘들어 하더라고. 그래서 내가 가서 한 아이를 데려다줘. 게다가 딸의 집에 가면 내가 아주 기절해. 집안이 엉망진창이니까. 그거 다 정리하고 힘들어서 허리 병 났다니까?

- 나도 며느리 집 치우다가 손 다쳐서 손가락 꿰맸잖냐? 우리가 너무 애들에게 공부, 공부만 주장해서 그럴까? 아니 우리 때도 우리 부모님이 공부, 공부 했지만 잘 치우고 살고 있잖냐?

- 요즘 애들이 다 그렇대. 나는 요즘 열심히 정리하며 사는 것이 습관이라 말하면서 딸의 집에 가서 연습시키는 중이야. 모든 것을 잘 접어서 넣을 데 없으면 창가로 눈에 보이게 쌓으라고. 딸애도 이제 쉽게 된다고 하더라고. 장난감은 장난감대로, 옷은 옷대로, 책은 책대로 모아서 차곡차곡 놓으라고 한다니까. 네 아들이 무엇을 좋아하는가를 찾아봐. 분명 있을 거라고.

- 우리 남동생 이번에 퇴직했잖아. 그래서 다시 사무실 찾고 했어. 직장 다니며 하던 일 계속하려고.

- 무엇을 하는데?

- 중장비 세일을 많이 했으니까 법인 회사 차려서 자기가 다니던 중장비 회사 것도 판매하고, 일본 것과 중국 것도 함께 판매하는 것이라더라. 하던 일이니까, 믿어 보는 거야. 연봉제라 퇴직금도 없어서, 결국 엄마 돈 갖다가 차리기로 했어. 5,000만 원에 이자 300만 원 주기로.

- 그래도 이자 내려면 힘들겠다.

- 일 년에 300만 원이니까, 중장비 한두 대 팔면 되겠지 뭐. 내가 옛날에 분양받은 상가에서 하기로 했으니까 망할 일은 없는 거야.
- 다행이구나.
- 5월 20일 강화도 가기로 딸에게 말했다. 내가 저들 시종도 아니고 나도 좀 쉬어야지. 그래야 저네 시어머니가 와서 애기를 돌봐 주지. 삼성 다니는 딸이 애기를 데리고 금요일마다 친정으로 오는데, 오기만 하면 그 딸은 퍼지고, 하루 종일 누워있다. 집안은 온통 애기용품과 저네 것이 바닥에 퍼져있다. 나는 그 애들 뒤치다꺼리로 정신이 없다. 나도 숨통을 쉬어야지. 그래서 그 날짜 미리 빼놓았다. 쉬려고.
- 잘 했다. 그날 등산해 보자고. 해수탕에 가서 몸도 풀고.

옛날 어머니들은 어땠을까? 어머니들도 힘들기는 마찬가지였을 것이다. 내가 시집가서 교직 생활을 했을 때 친정엄마는 내 딸을 돌봤다. 그래도 일하는 딸아이를 두었으니 어머니는 당연하다는 듯 애기를 돌봐주었을 것이다. 다른 점이 있다면 그 당시 어머니는 나보다 십오 년은 젊었다는 것이다. 젊었으니 일하는 것이 수월하지 않았을까 싶다. 내가 결혼할 때, 시어머니는 사십 대 후반이었다. 시어머니는 애기를 돌봐주기 싫어했고, 애기가 친정에 맡겨지는 것도 싫어했다. 그렇다고 어떻게 하고 싶지도 않았다. 며느리가 직장 다니는 것만큼은 싫지 않았던 것 같다. 그 당시 시어머니는 에너지가 충만했다. 그는 집안 모두를 장악했다. 새로 들어온 며느리도 당연히 당신의 지배하에 놓여야 했다. 나는 무조건 순종했다. 그것이 그 시대의 고귀한 관습이라고 이해했다.

그와 달리 요즘은 시어머니가 자식의 눈치를 보며 사는 시대가 되었다. 며느리가 상전이 되었다. 강남 친구들의 자식을 보면 그렇다. 시어머니는 며느리 집에 함부로 들어갈 수 없었다. 항상 미리 전화로 연락하고 시간 맞추어 들어가야 했다. 전날 며느리가 자기 집에서 점심을 먹자고 해서 이튿날 1시에 점심 식사하러 갔더니 며느리가 전화 안 하고 왔다고 성질을 내서 섭섭했다는 이야기도 들었다. 과거에는 있을 수 없는 일이었다.

나는 성질이 과격했다. 화가 날 일이 있으면 화를 내며 성질을 부렸다. 그러고 나서 반성했다. 이렇게 성질을 부리지 않고 타협했으면 좋았을 거라고. 나는 이미 이런 행동이 습관화되었다. 그래서 화가 나면 감정이 폭발했다. 나이 들면서 더 했다. 나는 자제하는 법을 배워야 했다. 매번 나는 큰딸이나 작은딸과 충돌했다. 나는 일방적으로 딸들을 깔아뭉개는 버릇이 있었다. 애들은 분명 그런 나를 싫어했을 것이다. 그러나 나는 엄마라는 자격으로 평생을 그렇게 살아왔던 것이다. 분명 나는 다시 깨어나야 하는 것이다. 상대방을 자극하지 않고 부드럽게 설득할 수 있는 방법은 얼마든지 있는데 나는 그 방법을 쓰지 못했다. 내 딸들을 지배하려는 경향이 짙은 것이다. 그것은 평생을 시어머니에게 지배받으면서 살고, 시어머니의 강압적인 성정을 내 안에 쌓아서, 딸들에게 쏟아내는 것이지 않을까? 결국 나는 나쁜 에너지를 배출해야 하는 것이다. 화를 새로운 에너지로 전환해야 했다. 그나마 산의 기운을 받으면, 내 몸의 나쁜 에너지가 순화되었다. 나를 스스로 버리는 연습을 하는 것만이 나를 찾고 나를 세우는 것이라 생각했다. 다행히 나는 산행을 즐겼다. 산을 타면 내가 없었다. 나무와 숲과 꽃과 하늘과 바다가 내 몸속으로 들어왔다가 가버렸다. 그것들이 가면, 나는 다시 그들을 만나러 가면 되었다.

나는 일주일에 한 번씩 산행을 하면서, 이것을 극기 훈련으로 생각했다. 산행을 통해서 나는 나를 찾았다. 산을 타면서 내 안의 모든 어두운 기운이 산의 기운을 타고 하늘 높이 날아가는 것이라 생각했다. 내 안에서 일어나는 뜨거운 열기가 모두 다 태워지기를 바랐다. 그래서 길고 긴 세월 속에서 얽히고설킨 모든 것이 조용히 사그라들어서, 이제는 한 줌의 재가 되었기를 바랐다. 그러면 나는 아무것도 가진 것이 없고, 남는 것도 없으며, 그저 이 세상 존재라는 의식만 있으리라. 어느 책에서 보았다.

- 순간에 머물러라. 그러면, 서서히 불안전함이 완전함 속으로 용해되는 것을 느낄 것이다.

이런 구절을 읽었다. 내 마음이 녹고 있는 것이다. 그동안 꽁꽁 얼었던 빙하가 녹아서 여유롭고 자연스러운 상태를 유지하는 것, 그것이 바로 태양의 에너지를 받는 것이리라.

*

　　　　　　1978, 1월 초. 만나고 있는 남자는 결혼을
하고자 하는 것도 아니고, 안 하고자 하는 것도 아니었다. 소식이
있는 것 같기도 하고 없는 것 같기도 했다. 전화가 울렸다가 사그라
들었다. 누가 전화했는지 알 수가 없었다. 전화가 따르릉 ~ 따르릉
울렸고 전화를 받으려고 수화기를 들면 전화는 이미 끊겨 있었다.
부모님은 그 남자가 우리 아이와 결혼하려는 것 같기도 하고, 결혼
안 할 것 같기도 해서 불안해하며 조바심을 가졌다. 나도 아무것도
확실하지 않았다. 그 남자의 태도는 종잡을 수 없었다. 주변 친구들
은 하나둘 결혼했다. 아이를 낳았고, 백일잔치에 나를 초대했다. 아
들을 낳았다고 좋아하는 친구들도 생겼다. 아무 일 없었던 것처럼
휴일이 지나면 나는 출근했다. 학생들의 잡무와 선배 선생님들의 잡
무를 거들며, 방학 근무조에서 일했다. 시간은 눌눌했다. 남선생들
은 난로 주변에서 잡담을 했다. 잡담은 길어졌다. 창 너머로 눈발이
비쳤다. 눈이 날리면서 스산한 기운이 몸속으로 스며들었다. 운동
장 너머 허름한 담장 위로 하얀 실눈을 실은 바람이 운동장 쪽으로
불어왔다. 마음은 쓸쓸했고, 텅 빈 공간이 마음속을 후볐다. 무엇인
가 새해가 되었을 때 채워주었으면 했다. 그러나 손에 닿는 것은 하
나도 없었다. 무엇인가가 가까이 오는 듯하다가 바닷물이 모래알을
씻어가듯이 사라져버렸다.
　　시간이 남으면 극장 구경을 갔다. 영화는 지루했다. 시간을 잡아

먹는 공간일 뿐이었다. 이곳은 내가 찾고자 하는 곳이 아니었다. 친구들과 음악 다실을 찾았다. 오래 이야기를 했다. 그 이야기들은 모두 허공으로 날아가 버렸다. 그 이야기는 삶을 말하지 못했고, 삶을 세우지도 못했다. 헛된 이야기는 지루했고, 짜증만 났다. 몸은 피곤했다. 다음날 일직을 위해 나는 친구들과 헤어졌다.

숙직교사와 교대를 했다. 할 일은 없었다. 방학 중이라 교과목을 연구할 필요도 없었고, 학생 생활 카드를 작성할 필요도 없었다. 주중 실력 테스트를 위해 시험지를 기름종이에 판서해서 소사에게 넘길 일도 없었다. 정해진 시간에 맞춰 오전에 한 번, 오후에 한 번 학교 건물이 잘 유지되고 있는지 관찰하면 되었다. 먼저 1학년 교실 건물을 거쳐, 2학년 교실 건물, 3학년 교실인 학교 본관 등에, 아무 일 없는가 쓱 돌아보았다. 그리고 지정된 장소에서 열쇠를 이용해 확인 작업을 하면 되었다. 날씨는 쌀쌀했다. 허연 눈발이 비처럼 운동장에 날렸다. 머릿속은 텅 비었다. 창밖에는 눈비가 지루하게 내렸다. 눈이었지만 내게는 비처럼 보였다. 저 멀리서 울려 퍼지는 군인들의 기합 소리가 바람에 날렸다. 저녁이 되면 새로 입대한 신병들과 헤어지는 부모들의 아우성이 섞여서 철로 위를 지나, 벌판을 넘어 학교 운동장으로 넘어왔다. 퇴근 시간에 들은 슬픈 아우성은 내 가슴을 슬프게 했다. 어쩌다 아침 출근길에 부대 담장 밑을 돌아 큰길로 접어들면, 동생 같은 신병들이 머리를 깎고 쌓았던 담장을 모두 헐었다. 한참 후 신병들이 파랗게 머리를 깎고 다시 담장을 쌓았다. 그들은 항상 헐었다가 쌓고, 쌓았다가 헐었다. 어느 날 신병으로 들어간 동생에게 편지가 왔다. 한 장교가 말했다.

- 너 이놈 잘생겼구나! 너 누나 있냐?
- 네! 있습니다.
- 누나 뭐하냐?
- 네! 선생님입니다.
- 그래? 나 좀 소개해 줘라.
- 네! 그러겠습니다.

그 뒤부터 그 장교는 동생에게 잘해준다고 편지했다. 언젠가 내가 그 장교를 만나줘야 한다고. 이 생각 저 생각을 하다 보면 시간은 지나갔다. 퇴근 시간이 다가오고, 다음 숙직자와 교대할 시간이 왔다. 교체할 선생님은 영어 선생님이었다. 이미 교대 시간이 30분이 넘었음에도 나타나지 않았다. 그는 제멋대로였다. 그는 자기중심적인 인물이었다. 고집불통에 앞뒤가 꽉 막혔다. 고수머리에 몸은 뚱뚱해서 숨을 가쁘게 쉬는 사람이었다. 자신이 가진 것은 무엇이든 최고급품이며 자랑스러운 것이라고 주장했다. 그의 자랑과 그의 아집은 들면 들을수록 역겨웠다. 그는 남의 편의를 봐주지 않았다. 자기가 하면 로맨스요, 남이 하면 불륜이 되는 사람이었다. 나는 그 선생이 싫었다. 통근 열차는 이미 떠나갔다. 그가 와야 내가 퇴근할 수 있었다. 교대 시간을 한 시간 넘기고 나서야 운동장 끝에 있는 교문에 그가 모습을 드러냈다. 이제야 안도의 숨을 쉬고 퇴근할 수 있었다.

*

　　1월 중순. 오후에 그 남자에게 전화를 걸었다. 우리는 아침에 출근 버스를 함께 탔다. 내 시간에 맞춰야 하기 때문에 내가 먼저 전화를 걸었다. 창밖에는 눈이 내렸다. 우리는 만났다. 어디를 갈까 고민했다. 눈이 많이 내려서 움직이기 힘들었다. 가까운 산을 올랐다. 하얀 눈이 계속 쏟아졌다. 하얀 눈을 온몸으로 받았다. 바닥에는 눈이 쌓였고, 지나간 발자국 위에 새 눈이 쌓였다. 나는 그 눈 위로 발을 디뎠다. 미끄러웠다. 얼음 위에 뿌려진 눈은 나를 흔들거리게 했다. 우리는 미끄러운 길을 손 잡고 걷고 걸었다. 그래도 많이 올라갔다. 그 남자는 둔했다. 나보다 훨씬 더 잘 미끄러졌다. 나는 유유히 걸어서 그 남자보다 빠르게 올랐다. 그 남자는 아마 내가 산을 오르는 모습을 보고 놀랐을 것이다. 한참을 올라 공원 전망대 위에 우리는 섰다. 시가지가 한눈에 들어왔다. 동쪽과 서쪽, 남쪽과 북쪽이 보였다. 우리가 다녔던 학교가 보였다. 옛날 학창시절을 생각했다. 운동에 뛰어났지만 음치라서 노래를 못했다는 기억이.

　날이 어둑해졌다. 시가지가 가로등 불빛으로 밝아졌다. 나는 아무 생각도 하지 않았다. 눈은 눈이고, 어둠은 어둠이라고. 우리는 어둠을 따라 내려갔다. 눈발은 아직 바람에 휘날리며 우리를 따라오고 있었다. 입에서 하얀 김이 흘러나왔다. 볼에 닿는 차가운 바람과 싸늘한 공기가 상쾌했다. 마음은 꿈결같이 부드럽고 유연했다. 마음은 새가 되어 하늘을 날아다녔다. 창공을 날아, 저 높은 산꼭대기를 넘어 저 깊고 푸른 바다 위를 훨훨 날아갔다. 가슴이 벅찼다. 빛이 보였다. 어둠은 어둠이 아니었다. 밝음으로 채워질 것이었다.

음악당이 나타났다. 그 남자는 나에게 노래를 부르라 했다. 나는 노래를 못 부른다고 했고, 그도 부르지 않았다. 내리막길은 험했다. 우리는 어둠 속에서 서로를 끌고 밀었다. 나무 사이를 붙잡고 몸을 의지하며 눈길을 따라 작은 전망대를 찾았다. 숨은 가팔랐다. 반면에 몸은 상쾌했다. 어둠 속 먼 곳에서 기운이 솟아났다. 빛의 흐름이 물결을 타고 산으로 왔다. 가까워진 시가지 불빛이 밝고 시원했다. 시선이 닿지 않는 변두리의 불빛은 새 빛으로 태어났다. 그들은 빛으로 우리를 반겼다. 우리의 세계에 그들의 빛이 엉겼다. 알 수 없는 우리의 잔치상이 차려졌다.

그는 나에게 노래를 부르라 했고, 선창했다. 나는 콧노래로 그의 노래를 따라 불렀다. 우리는 산행을 하면서 말하지 않았다. 할 말이 없었다. 그는 산을 보고 걸었고, 나는 땅을 보며 걸었다. 마음의 일은 몽매했다. 우리는 마음속에서 서로를 논리적으로 계산하거나 점을 쳐보거나 하는 법을 몰랐다. 나는 그런 계산법을 싫어했다. 나는 확실한 것을 좋아했다. 그 남자는 계산을 하는 것일까, 안 하는 것일까. 나는 그것을 알고 싶지 않았다. 나는 나만의 생각으로 나를 위해 살고 싶었다. 나는 부자도 아니고 가난하지도 않았다. 그냥 평범한 사람일 뿐이다. 말을 해야 하는데 할 말이 없는 것은 답답하고 숨 막히는 일이었다. 꼭 막힌 공간을 터지게 한 것은, 노래였다. 그것은 재미있었고, 또한 신이 났다. 나는 계속 남자의 노래를 따라 부르며 하산했다. 그리고 맛있는 식사와 차를 마시고 헤어졌다.

아침 통근 버스는 날마다 나를 태워 날랐다. 버스를 타고 내릴 때 나는 날마다 그 남자가 타고 있을지도 모른다고 생각했다. 그 남자는 그 버스와 상관없이 있기도 하고 없기도 했다. 우리는 서로 만난 적도 없고, 안 만난 적도 없이 그 버스를 타고 내렸다. 나는 혼자 그 남자가 있다고 생각하면 얼굴이 붉어져서 몸이 뜨거워졌고, 없다고 생각이 들면 미온적인 평온을 유지했다. 눈은 항상 창밖을 향하고 마음은 조바심으로 갈등을 일으켰다. 눈동자를 사람에게 보내는 것은 나에게 부담스러웠다. 그 남자를 만나면 어떻게 할지 고민했다. 그러나 그 남자는 내 앞에 나타나지 않았다. 몸은 항상 얼얼하여 열이 생겼고, 마음 구석에는 뭉쳐진 자존심이 날을 세웠다. 그 남자의 방향이 어느 쪽인지를 알 수 없어, 나는 답답했다. 그가 내 쪽으로 다가오면 불편하고 힘이 들었다. 반대로 그가 내게서 멀어지면, 부끄럽고 쑥스러웠던 감정이 속을 태웠고, 칼 무장으로 변화했다.

졸업 시즌이라 버스는 만원이었다. 우리 학교도 졸업식 날이라 학부형들이 차를 많이 탔다. 학부형들과 인사를 하고 교정에 들어섰다. 운동장은 의자로 가득 차 있었다. 나는 한복으로 갈아입었다. 졸업할 때 입었던 한복이었다. 빨강 치마에 노랑 저고리. 여선생은 네 명이었고, 나머지는 전부 남선생이었다. 남자 선생님들은 한복이 곱다고 칭찬했다. 반면 선배 여선생은 입을 쌜쭉거리며 내 옷차림을 흘겼다. 이거도 시샘 거리가 되는 것인가. 나는 그 여선생을 이해할 수가 없었다. 나는 그 여선생이 피곤했다. 나이든 노처녀라 더욱 그랬다. 나는 그 여선생을 대하기 힘들었다. 그 여선생은 나를 필요로 할 때는 간이 녹아나게 살살거렸다. 그러다가도 제가 필요치 않으면 그대로 내쳤다. 다른 남자 선생님이 나를 칭찬하는 꼴을 못 봤다. 나는 그 여선생이 무서웠다. 그가 항상 고요한 성품이기를 빌었다. 멀리 있는 그를 보면 그가 날 보기 전에 숨었다. 나는 그와 내가 서로 있는 듯 없는 듯하며 부딪히지 않기를 바랐다. 필요할 때만 따뜻하고 사랑스런 몸짓으로 나를 반기지 않기를 바랐다. 그런 몸짓은 또다시 나를 어디로 몰고 갈 것 같다는 생각을 하게 했다.

*

할머니 댁에 가기로 한 날이다. 해가 바뀌었고 할머니가 편찮으셔서, 엄마랑 나는 시장을 봐서 작은아버지가 사는 시골로 갔다. 할머니가 좋아하는 명태 6마리와 막과자를 사서 시내버스를 탔다. 도로에 접해 있는 산과 들에는 눈이 쌓여 있었다. 도로는 눈이 녹아 질퍽하게, 진흙처럼 골이 져 있었다. 버스는 달렸다. 시내를 빠져나가 산굽이를 돌고, 작은 마을에 섰다가 다시 떠나기를 계속했다. 창 너머 산중에 걸려 있는 철로로 기차가 지나 갔다. 버스와 기차는 한동안 달리기 연습을 했다. 버스는 산등성을 몇 굽이 넘어서 내려갔고 다시 올라가다가 구부러져서 내려갔다. 허 연 강줄기가 굽이쳐서 다리 밑으로 지나갔다. 그 다리를 건너면 곧 정류장이었다.

하차장이 된 정류장은 사람들로 붐볐다. 그곳에서 사람들은 버스 를 갈아탔다. 영동 방면, 원남 방면, 청산 방면, 속리산 방면, 양산 방면 등이 매표소에 적혀 있었다. 나는 방향 감각을 잃었다. 어느 버스를 타야 할지 몰랐다. 엄마가 표를 사 왔다. 차를 갈아탔다. 사 투리가 섞여 있었다. 버스에서 서성대며 차가 떠나기를 기다렸다. 차 는 삐그덕 거렸고, 엔진은 쉰 목소리로 부르릉거렸다. 기사는 손님 을 더 태우고자 기다렸다. 관리자가 빨리 떠나라고 손짓했다. 차 문 을 닫고 떠나려는데 손님이 차 문을 두드렸다. 문이 열리고 손님이 탔다. 이 차가 떠나야 기다리는 차가 이 자리로 올 터였다. 뒤꽁무니 에서 차장은 차를 두드리면서 호루라기로 떠나가라고 신호했다.

차는 더 한적한 시골길로 접어들었다. 산바람에 눈이 날렸다. 논 두렁 사이로 바람에 날리는 하얀 눈이 스쳤다. 차가운 기운이 내 몸 안으로 들왔다. 알 수 없는 슬픔도 따라 왔다. 춥다는 것은 슬픔을 주었다. 풍경은 스산했다. 엔진은 쉰 소리를 내며 냅다 달렸다. 산굽 이를 넘고 넘었다. 곧 첫 마을에 닿자 엄마가 스톱을 외쳤다. 달려나 가던 운전수는 돌발적으로 차를 세웠고, 엄마와 나는 넘어지지 않 으려고 의자 난간을 꼭 붙잡고 용을 썼다. 곧 하차했다. 문이 열리자 세찬 바람이 신장로에 휘몰아쳐서 우리를 훑어갔다. 숨이 막혔다. 얼른 차에서 멀어졌다. 차는 쉰 소리를 내며 빠르게 떠나갔다. 우리는 길을 건너 마을 입구로 들어갔다. 초입에서 냇가 옆에 난 길을 따라 마을 안으로 들어갔다. 사람들은 추워서 없었다. 냇물은 얼었고, 얼음 속에서 물이 졸졸 흘렀다. 마을 집 한두 채를 지나 곧 할머니 집에 닿았다. 벌써 어스름한 어둠이 깔리기 시작했다. 집은 옛날 초가집이 아니었다. 대문 앞에 있던 연꽃밭도 사라졌다. 대문을 열고 들어섰다. 현대식 새로 지은 양옥집이었다.

- 작은아버지! 작은아버지!

불러도 대답이 없었다. 마당을 지나 현관문을 열었다. 곧 작은아버지가 놀라워하며

- 형수님 오셨어요? 이리 오셔요.

우리는 실내로 들어갔다. 현관에는 신이 많았다. 거실로 들어갔다. 퀘퀘한 냄새와 청국장 냄새, 김치 냄새가 뒤섞여 썩은 내가 났다. 숨을 오그렸다가 입으로 숨을 쉬고 뱉었다. 그곳에서 적응하는 시간이 필요했다. 손영이가 어디서 놀다가 팔짝팔짝 뛰어왔다. 손영이가 해욱이를 데리고 와서

- 큰 엄마, 나 중학교에 보내준댔어.

- 그러니? 좋겠구나. 서방님, 어머니는요?

- 이쪽 방이에요.

거실을 거쳐 큰 방, 작은 방 등은 도시의 일반 아파트 형태로, 아담하지만 쓸모 있게 잘 지었다. 세배하러 할머니 방으로 갔다. 화로 불이 방구석에 있었다. 화로에는 갈치찌개가 올라가 있었다. 애기가 싼 똥과 갈치 냄새가 뒤섞여 구토증이 일었다. 옛날의 할머니 모습은 없었다. 이마와 볼은 검은 버섯이 덮었고, 앞머리 끝에는 종기가 부풀어 있었다. 옛날부터 푹 파인 주름의 골이 더 깊게 들어갔다. 낯빛은 검고 잿빛으로 보였다. 할머니는 살았으나 죽음이 빨리 오기를 바라는 삶이었다. 나는 할머니가 안타까웠다. 어둠이 가득한 칠흑 같은 삶 속에서도 살아있는 것이 신기했다.

따뜻한 아랫목은 선영이가 차지했다. 선영이는 하반신이 배배 꼬였다. 아랫도리가 물러 터졌다. 다리와 엉덩이가 분리되지 못했다. 그 모습은 사람이 아니라 짐승이었다. 고개는 갸우뚱했다. 눈동자는 살아 있었다. 그는 고개를 쳐들고 오가는 사람만 쳐다봤다. 눈은 퀭했고, 눈두덩은 부어있었다. 그는 눈치를 보며, 구걸하는 눈빛을 보냈다. 나는 과자 하나를 주었다. 가느다란 실 같은 손가락이 오징어처럼 흐늘거리며 내 쪽으로 뻗어왔다. 엄지와 검지의 사이로 과자가 잡혔다. 곧 입으로 과자가 들어갔다. 입술로 과자를 빨면서, 가는 손으로 입속으로 밀어 넣었다. 나는 그 꼴을 차마 보기 힘들었다.

나는 속으로 생각했다.

'너희 엄마도 벌 받을 일을 많이 하고 있구나. 죄를 따진다면 물론 작은아버지의 죄가 더 크지만 말이다.'

작은아버지는 죄를 지으며 살았다. 큰 부인한테 아들 둘, 딸 하나를 얻었다. 시집살이를 못 견딘 것인지, 아니면 작은아버지의 바람기를 참기 어려워서인지 작은엄마는 어느 날 집을 나갔다. 할머니의 시집살이도 대단했다. 내 어머니는 그 시집살이를 잘 견디며 힘들게 살아냈지만, 작은엄마는 그러지를 못했다. 할머니와 작은엄마의 갈등은 점점 심해졌고, 결국 파토가 난 것이었다. 그즈음 군청에 다니던 작은아버지는 바람을 피웠다. 소문에 의하면 중학교 동창이었던 여자라 했다. 그 여자가 시집가서 애기를 못 낳아 쫓겨났다고. 그러다가 작은아버지와 눈이 맞았다고. 결국 눈이 맞아 서울에서 살림을 차렸다고. 거기서 딸 둘을 낳았다고. 그러다가 둘이 또 쌈박질을 했다고. 거기서 낳은 딸을 데리고 시골집으로 데려왔다고. 그날 처음으로 나는 그들을 보았다. 두 집 애들은 서로 싸우고 할퀴었다. 가장 큰애인 손영이는 둘째 집 애들을 구박했다. 둘째네 큰애는 대여섯 살이었다. 열댓 살 먹은 손영이는 대여섯 살인 해욱이에게 설거지를 시키고 청소를 시켰다. 손이 작아 행주가 손에서 흘렀다. 물이 떨어지는 행주 끝을 붙잡고 그릇을 씻는다고 돌렸다. 나는 작은 손과 물 떨어지는 행주를 보고 눈물이 솟구쳤다. "어찌할꼬, 어찌할꼬." 입속에서 슬픈 소리만 흘러나왔다. 구체적인 내용은 몰랐다. 아마 그 애들 엄마가 시골에 왔을 때는 작은집 애들이 기가 살아 있었지만, 그 엄마가 서울로 가버린 뒤 기가 죽어서 큰집 애들에게 구박을 받는 것이라고 생각했다.

해욱이는 시무룩했다. 얼굴은 예쁘장해서 귀염성이 있었다. 머리에는 빵떡모자를 쓰고 있었다. 나는 모자를 벗겼다. 깜짝 놀랐다. 머리가 하나도 없었다.

- 아니, 해욱이 머리는?
- 응, 언니 머리에 이가 많아서 할머니가 모두 잘라 버렸어.
- 내가 눈이 안 보이는데, 머리에 서캐가 하얗게 껴서 어쩔 수 없이 머리를 깎았구나. 저녁마다 등불 밑에서 참빗으로 서캐를 잡는데도 그렇게 없어지질 않고 동생에게 옮기니…. 아무리 해도 도리가 없더구나.

기가 막혔다. 멀쩡한 계집애의 머리카락을 자르다니…. 나는 누구의 편도 들 수 없었다. 큰 집 애든 작은 집 애든 모두 작은아버지 애들인데…. 애들만 불쌍했다. 할머니는 두 집 애들을 모두 건사해야 했다. 손영이의 오빠는 어디를 갔는지 보이지 않았다. 큰 집 애들은 모두 학교에 가지 않았다. 나는 작은아버지를 이해할 수 없었다. 왜 애들을 학교에 보내지 않는지. 소문에 의하면 손영이의 오빠는 온 산을 헤매고 나쁜 친구들과 어울리면서 나쁜 일만 하고 다닌다 했다. 피도 안 마른 것이 담배를 피우고 술을 먹는다 했다. 눈에 들어오는 좋은 것들은 아는 친척 집에 들러 슬쩍슬쩍 주머니에 넣는다 했다.

해욱이가 동생을 일으켰다. 온몸이 흐느적거렸다. 온전히 살아남을 수 있을지 걱정이었다. 다시 땅바닥에 뉘었다. 꼬마는 사람이 아니라 산 짐승처럼 보였다. 내가 어떻게 할 수 없었다.

시간은 흘러갔다. 주변에 있는 친척 집으로 이동해서 세배를 드리고 집으로 가야 했다. 자리에서 일어났다. 할머니, 작은아버지, 손영이와 해욱이, 해욱이 동생을 한 번씩 안아주고 그곳을 떠났다. 그곳은 분명, 어둠으로 가득한 고통의 집이었고, 할머니는 그 고통을 짊어지고 살아가실 것이었다.

나는 어렸을 때 그 할머니 집에서 자랐다. 사랑방에는 할아버지가 계셨다. 할아버지는 친구들을 모았고, 날마다 정치 이야기로 싸웠다. 정치 싸움은 사랑문 밖까지 들렸다. 누가 어떻고, 누가 잘못이며, 누가 옳다고 말했다. 막내 고모(지금은 치매에 걸린 청량리 고모)는 막 치마를 입고 사랑채 가마솥에 불을 땠다. 가마솥 속에는 팥과 동부를 섞어 밀가루에 버무려서, 이스트로 반죽한 것이 들어 있었다. 그 밀가루 반죽을 삼베 보자기에 펼치고, 그 위에 그 반죽한 것을 넓게 펼친 뒤 솥뚜껑으로 덮었다. 한 시간 남짓 끓여서 뜸을 들였다. 그러면 풍선처럼 부풀어 오른 술빵이 되었다. 막내 삼촌은 뒷산에 가서 나무를 해서, 지게에 한 짐 지고 왔다. 큰 삼촌은 시간이 날 때마다 감나무 밑에 있는 나무 철봉 위에서 양어깨를 철봉에 걸치고 그네를 타듯 온몸을 앞뒤로 흔들었다. 발이 하늘 높이 올랐다. 나는 그 모습이 신기했다. 삼촌이 먼 하늘로 날아갈 것 같았다. 오랫동안 몸을 비틀고, 철봉으로 몸을 넘기고, 곤두박질을 했다. 몸과 살이 뒤틀렸다. 어깨 근육이 볼록볼록 생겼다.

나무를 해온 지게를 내려놓고 작은 삼촌은 감나무에 매단 검은 천 뭉치에 주먹을 날리며 뛰었다. 권투용 뭉치는 동그랗게 빙글빙글 돌았다. 그렇게 권투를 하면 땀이 비 오듯이 쏟아졌다. 큰 삼촌의 몸도 땀으로 젖었다. 둘은 젖은 몸을 우물가에 서서, 차가운 우물물을 바가지로 떠서 옷 입은 채로 머리부터 들어부었다. 그리고는 "아이 시원하다!"고 외쳤다. 나는 쪼그리고 앉아서 삼촌들의 얼굴을 보며 웃어댔다. 그때 고모가 나를 불렀다. 빵 먹으라고. 따끈따끈한 빵은 내 입에 찰싹 들러붙었다. 이스트의 소다 냄새가 나는 좋았다. 밭에서 딴 동부가 입에서 톡톡 터지는 맛이 일품이었다. 고모는 너무 많이 먹지 말라고, 짜구가 난다고 했다.

나는 고모의 치맛자락을 붙들고 다녔다. 장꽝(장독대)으로 갔다가 뒷곁으로 갔다가 앞마당을 거쳐 사랑채 부엌으로 가기도 했다. 대문 옆에는 돼지막이 있었다. 아침마다 고모는 밥찌꺼기와 뜸물, 고구마 썩은 것과 곡식이 물러진 것 등을 돼지 밥통에 넣어주었다. 돼지는 고모를 잘 따랐다. 제 어미처럼 밥 달라고 꿀꿀거렸다. 돼지막 옆에는 배나무가 있었다. 배는 많이, 또 실하게 열렸다. 할머니는 배를 따서 광에 숨겼다. 분명 제사용으로 사용했을 것이다.

광에는 별별 것이 다 있었다. 커다란 도가지는 내가 손댈 수 없었다. 광문 열쇠의 주인은 할머니였다. 어쩌다 할머니를 따라 광에 들어가면 어둡고 퀘퀘했다. 항아리들은 집채만큼이나 컸다. 신기한 것들이 많았다. 특히 재수용품이 많았다. 문어를 말린 피등어, 마른오징어, 산자, 곶감, 대추, 사과, 배, 마른 명태 등이 주류였다. 어둠 속에서 서성대면 귀신이 금방이라도 나올 것 같아서 무서웠다. 나는 할머니 치마를 꼭 붙잡고 따라다녔다. 이물개로 할머니가 좋아하는 박하사탕을 한 줌 얻어서 밖으로 나왔다. 할머니는 박하사탕을 좋아했다. 장에 나간 삼촌은 꼭 그 사탕을 사 들고 왔다.

한여름 더위가 한창이라 뜨거운 열기가 온몸을 데웠다. 햇볕 열기는 내 살을 태울 듯이 따가웠다. 할머니는 나를 뒷곁, 감나무 그늘에 멍석을 깔고 앉혔다. 그곳에서 삼촌이 밭에서 따온 수박과 참외를 양동이와 바가지에 담고 식혔다. 식은 참외와 수박을 잘라서 먹었다. 참외와 수박은 우리 집에서 먹은 것처럼 달지 않았다. 못난이 참외는 비릿했다. 나는 먹고 싶지 않았다. 수박을 잘랐다. 수박 속은 허옇게 보였고 군데군데 붉은 것이 박혔다. 그것도 비릿할 뿐 달지 않았다. 나는 먹다가 뱉었다. 다시 달게 생긴 것들을 골라서 먹어야 그나마 먹을 만했다. 왜 달지 않을까?

장독대 담장에는 뽕나무가 있었다. 뽕나무에서 열매가 열렸다. 그 열매를 우리는 오돌개라 불렀다. 오돌개는 처음에 새파랗다가, 완전히 익으면 마치 검은 피처럼 변했다. 익어서 떨어지면 항아리가 엉망이 됐다. 우리는 그것을 따서 먹었다. 부엌 옆구리에는 절구통을 놓았다. 그 절구통에 온갖 것을 찧고, 부비고, 갈았다. 고모는 절구통 위에 찐 빵을 올려놓고 내가 먹고 싶을 때 가져다 먹으라 했다. 그곳은 바람이 통하는 시원한 곳으로 사방으로 통했다. 내가 빵을 쥐고 우연히 장독대를 보면 항아리 밑에서 새빨간 독사 새끼가 혀를 낼름거렸다. 그곳에는 뱀이 많았다. 독 밑에 깔린 자갈 사이로 새끼 뱀이 보였다. 그 장독대를 지나면 나오는 사랑채 화장실은 두엄 무더기를 지나야 나오는 큰 화장실보다 훨씬 가까웠다. 나는 그 사랑채 화장실을 가고 싶지만 어둡고 컴컴한 곳으로 뱀이 나를 따라올 것 같아서 가지를 못 했다.

사랑채 화장실은 사랑채 손님들과 길 손님이 많이 드나들었다. 어느 날은 배가 몹시 아팠다. 가장 가까운 곳을 찾아야 했다. 사랑채 화장실로 뛰어갔다. 배 아픈 것이 쏟아졌다. 그리고 마무리를 해야 했다. 그런데 마무리할 것이 없었다. 그곳에는 아무것도 없었다. 나는 소리쳐서 고모, 삼촌, 할머니를 불렀지만 아무도 듣지 못했다. 나는 주변을 살폈다. 그곳에는 짚단이 있었다. 나는 그 짚단을 구겨서 간신히 마무리를 했다. 그리고 나왔다. 나는 할머니에게 그 이야기를 했다. 신문지가 없었다고. 그러자 할머니는 예전에 다 그렇게 살았다고 말했다. 생활의 편리함이 우리의 감각을 죽일 수 있는 것이었다. 진정으로 필요한 것을 얻을 때, 우리는 필요한 것만큼 무엇인가를 잃어버리면서 살아간다. 그리고 다시는 그 감각을 되찾을 수 없는 것이었다.

나는 가끔 공원 산책을 하면서 예쁜 낙엽을 주울 때, 급하면 그 낙엽으로 손자들의 찐득한 손을 비벼서 닦아주었다. 낙엽은 종이 대용으로 그만이었다. 그것은 적당한 물기가 스며 있고, 적당히 질기며, 그것을 비벼서 닦으면 고유한 나뭇잎 향내가 났다. 또한 공해가 되지 않아 좋았다. 닦아버린 것을 나무 밑은 물론 어디든지 슬쩍 버려도 문제가 되지 않았다. 천연 종이가 되고, 이상한 약품을 처리해서 해가 되지도 않았다. 낙엽 종이를 보면, 그 옛날 어렸을 때 내가 화장실에서 마무리를 하기 위해 썼던 지푸라기 종이를 생각하게 했다.

세월은 흘러갔다. 내가 철이 들고 나이가 들어갈 때였다. 내가 살아온 여러 가지가 뒤죽박죽 엉키기 시작했다. 그때는 이미 막내 고모가 결혼했고, 큰 삼촌도 결혼한 상태였다. 철이 막 들어갈 때쯤, 할머니 집을 가면 더 이상 예전의 할머니는 존재하지 않았다. 어릴 때의 나는 사랑만 받았는데, 철이 든 후부터는 그렇지 못했다. 큰 삼촌의 애기가 할머니의 사랑을 독차지했다. 나는 그곳에서 천덕꾸러기로, 사랑을 주기도 귀찮은 아이로 머물렀다. 삼촌의 애기가 예뻐서 손톱을 깎아준다는 것이 손톱 밑까지 잘랐다. 손에서 시뻘건 피가 솟구쳤다. 할머니가 기겁을 하며 나를 혼냈다. 나는 서러웠다. 평생 할머니한테 받아왔던 사랑이 순식간에 사라졌다. 그동안 받았던 사랑이 증오로 변해갔다. 나는 그곳을 떠나고 싶었다. 다시는 할머니 집에 가고 싶지 않았다.

집에 와서 그동안 서러웠던 자질구레한 일들을 엄마에게 고자질했다. 엄마는 그 일을 듣고는 나에게 말했다. 아버지의 진짜 엄마는 아버지가 일곱 살 때 돌아가셨다고. 지금 할머니는 할아버지가 새로 장가가서 데려온 할머니라고. 두 분이 결혼해서 낳은 것이 막내 고모, 큰 삼촌, 작은 삼촌이라고. 세산 고모가 아버지의 제일 큰 누나고, 두 번째 고모가 대흥동 고모고, 아버지가 막내라고. 나는 어지러웠다. 그동안 살아왔던 삶이 무질서로 바뀌는 기분이었다. 진실이 더 이상 진실이 아니라는 것이 나를 혼란하게 만들었다. 내 세상에 금이 생기기 시작했다. 세상은 더 이상 맑고 투명할 수 없었다. 진짜 할머니와 가짜 할머니로 나누는 이분법이 내 머릿속에 생겼다.

세월은 갔다. 할머니 집은 시간이 흐를수록 시끄러워졌다. 할아버지와 할머니 사이에 분쟁이 일어났다. 할아버지는 재산을 나누어서 아버지에게 주고 싶었고, 할머니는 당신이 모두 차지하고자 했다. 둘은 시끄럽게 싸우고 또 싸웠다. 하지만 할아버지는 할머니를 이길 수 없었다. 둘의 분쟁은 결국 할아버지가 그 집을 나오는 것으로 끝났다. 중소도시인 우리 집으로 할아버지가 옮겨왔다. 할아버지는 외로웠다. 어느 날부터 할아버지는 거리를 까먹었다. 기억력도 떨어졌다. 내일이 오늘이고 오늘이 내일이 되었다. 우리는 할아버지를 감시하고 뒤를 밟으며 따라다녀야 했다. 혼자가 된 세산 고모가 우리 집으로 와서 할아버지를 돌보며 지켜보았다. 나는 할아버지의 털 스웨터에 이름표를 달았다. 눈에 띄면 잡아 뜯는 통에 이름표를 등 뒤쪽에 붙여서 할아버지가 알지 못하게 했다. 큰고모랑 할아버지는 자주 싸웠다.

- 에이, 아버지! 그러면 안 되신다니까요?

- 뭘, 내가 어째서?

- 그러다가 집 잃어버리신다니까요.

- 내가 어째서. 나 아무렇지도 않아.

- 아버지 그만 가시라니까요?

- 아니 나 동생네 갈련다.

- 아버지 술 그만 자시라니까요?

- 아니다. 딱 한 잔만 먹을란다.

- 지금 많이 자셨다니까요?

- 내가 언제 먹었다고 그러느냐?

큰고모랑 할아버지는 자고 나면 싸웠다. 큰고모는 할아버지 뒤를 졸졸 따라다녔다. 아버지는 출근하고, 엄마는 하숙 치르느라 바빴다. 어느 가을날, 내가 학교 갔다 오니 집이 발칵 뒤집혔다. 할아버지가 사라져서 찾을 수가 없었다. 아버지는 온 동네와 경찰서에 신고했다. 이튿날 할아버지가 교통사고를 당했다는 게 알려졌다. 큰고모가 잠깐 한눈파는 사이에 감쪽같이 없어졌고, 할아버지는 자기 여동생 집을 찾아가다가 사고를 당한 것이라고 했다. 이름표를 찾아서 아버지에게 연락이 왔다. 모두가 애달파 했고, 큰고모가 제일 많이 울었다. 그때 당시 대흥동 고모는 이미 큰일을 치른 적이 있었다. 그 일을 치른 지 몇 달이 채 되지 않았을 때였다. 그로부터 몇 개월 전 고모부가 간암으로 돌아가셨다. 그때 고모부 나이가 49세였다. 애들은 주렁주렁 많아서 고모 혼자서는 주체할 수가 없었다. 대흥동 고모 역시 자기 설움과 더불어 할아버지의 부고에 영정을 보며 울음을 주체하지 못했다. 쌀쌀한 가을이었다.

우리 집과 맞붙어있는 강변은 비도 눈도 아닌 진눈깨비가 휘날렸다. 담 뚝에 즐비하게 서 있는 수양버들 가지가 진눈깨비를 맞으며 세찬 북쪽 바람에 쏠려서 하늘 높이 날렸다. 아버지 친구들이 빠르게 움직였다. 마당 한가운데에 연탄을 수북하게 쌓아 올렸다. 연탄이 시뻘겋게 타도록 만들었다. 아버지 친구들이 모였다. 장작처럼 쌓아 올린 불덩이들이 마당 가운데서 열기를 품었다. 부엌에서는 음식 준비를 했다. 마당과 마루, 방에서는 상차림이 계속되었고, 손님은 밀물 듯이 밀려 들어왔다. 일하는 애와 아줌마들, 엄마 친구들이 손님을 받았다. 한쪽에서는 아저씨들이 담요를 깔고 화투를 쳤다. 아버지와 작은아버지, 삼촌은 마루에서 손님을 받고 절을 했다. 연탄불이 사그라지면 아저씨가 다시 불을 살렸다. 새벽녘에는 잔치국수를 말아서 주변 사람들에게 돌렸다. 며칠 밤을 그렇게 날 새며 장례를 치렀다.

큰고모는 상식을 올리는 간이 빈소를 마루에 해달라고 요구했다. 아버지가 여기는 시골이 아니라서 그러면 안 된다고 말렸다. 큰고모는 막무가내로 할아버지 상식을 해야 한다고 고집을 부렸다. 큰고모는 새벽이 되면 밥을 해서 빈소로 가져갔다. 상식을 올리고 아이고 소리를 내며 곡을 했다. 아버지는 고모에게 작은 소리로 곡을 해달라고 간곡하게 부탁했다. 오랫동안 고모는 빈소를 지키며 곡을 했다. 할아버지의 재산 분권 투쟁은 수포로 돌아갔고, 할아버지의 재산은 할머니가 차지했다. 조금이지만 아버지의 성함이 들어가 있는 것이 있었고, 그런 것들은 결국 아버지에게 돌아왔다. 할머니 집은 오랫동안 잠잠해서 조용하게 사는 것처럼 보였다.

시간은 흘러갔다. 다시 할머니 집이 시끄러워졌다. 할머니와 작은

아버지 사이에 싸움이 일어났다. 속내는 알 수 없었다. 할머니는 쫓겨났고, 큰아들이라는 이유로 우리 집에 맡겨졌다. 엄마는 할머니를 이해할 수 없었다. 할머니가 왜 당신의 아들과 싸우는지를 이해할 수 없었다. 그 당시 엄마는 다락 청소하다가 떨어져서 가슴뼈에 금이 간 상태였다. 병원에서 움직이면 안 되는 상태라고 설명했다. 뼈가 붙을 수 있게 조심하라 일렀다.

내가 학교에 갔다 오면 할머니는 구석방에서 죽은 듯이 누워 있었다. 나는 할머니가 불쌍했다. 이것저것 챙겨주고 먹을 것을 사다가 챙겨주었다. 엄마는 내가 갖다 주려는 것을 가로채서는 주지 못하게 했다. 나는 엄마를 이해할 수 없었다. 나는 할머니가 불쌍했다. 그러나 엄마와 할머니의 사이는 멀고도 멀었다. 엄마는 할머니 집으로 시집을 와서 개고생을 했다고, 어린 시동생과 시누이 등살에 피눈물을 삭혔다고 했다. 거기에 할아버지 재산까지 모두를 털렸고, 엄마가 아빠의 월급을 모아서 할아버지께 사준 땅도 모두 털어갔다는 사실이 참을 수 없었다. 더구나 할머니가 당신의 사랑하는 아들에게 쫓겨나서 엄마한테 왔다는 사실을 더욱 참을 수 없어 했다. 둘의 사이는 가까워지지 않았다. 할머니는 노쇠했고, 엄마 또한 나이가 들어 잘 움직이지 못했다. 서로 다른 방에서 움직였다. 엄마의 신경전은 할머니를 괴롭혔다. 나는 할머니가 불쌍했다. 그런 내 생각을 엄마는 더 참을 수 없어 했다. 나는 둘의 모습을 지켜보는 게 힘들었다. 나에게 베푼 할머니의 사랑 때문에 할머니를 돕고 싶었지만, 날카로운 엄마의 시선이 행동으로 옮기지 못하도록 했다. 나는 어쩌지 못했다.

둘의 관계는 악연처럼 보였다. 엄마는 노골적으로 할머니를 밀어 냈고, 밀쳐버렸다. 나는 엄마가 야속했다. 그러나 어쩌지 못했다. 할머니는 죄 많은 죄수처럼 죽은 듯이 누워 있었다. 나는 할머니가 좋아하는 라디오를 갖다 주었다. 할머니는 좋아했다. 할머니가 좋아하며 웃는 모습이 슬펐다. 머릿속의 고뇌는 그를 어둠의 고통 속으로 몰아갔다. 할머니는 똑똑한 양반이었다. 엄마는 글을 몰라 까막눈이었지만, 할머니는 글을 잘 알았다. 동네에 돌아다니는 고대 소설을 읽었고, 아줌마들에게 읽어주어서 모두가 좋아했다. 그가 모르는 일들은 없었다. 할머니는 음식과 바느질의 달인이기도 했다. 할머니에게는 동서가 셋이 있었는데, 그중에도 그가 으뜸이었다. 그러나 성격이 까탈스럽고 성질이 사나워서 모두가 그를 피했다고 한다. 들려오는 바에 의하면 할머니는 부잣집의 외동딸이었다고. 김 부잣집에서 곱게 공주처럼 자랐단다. 어려서 사돈을 맺어 똑똑한 신랑감을 얻었고, 할머니의 친정에서 사윗감을 동경에 유학 보내줬다고 했다. 나이가 차서 식을 올리려 했는데 그 신랑이 판서가 되고는 다른 사람에게 장가를 갔다고 했다. 유학 보낸 사위가 배반을 한 것이라고. 결국 나이가 차서 우리 할아버지에게 시집을 온 것이라 했다. 그리고 할머니의 아버지는 딸에 대한 미련과 애달픈 마음을 가지고 이 세상을 떠나갔다고.

할머니의 아버지가 죽었을 때 초상이 나서 집안이 뒤집혔는데, 할아버지가 항상 누워 있던 논두렁에 호랑이가 나타나서 밤낮 사흘을 누워 있던 자리를 지켰다고 한다. 사람들은 그 할아버지의 혼령이 나타나서 그곳을 지키는 것이 아니냐고 말했단다. 나는 아주 어렸을 때 할머니 손을 잡고 그 외갓집에 가려고 버스를 오랫동안 탔고, 완전히 지친 상태로 외갓집에 갔던 생각이 났다. 너무 어려서 그 집의 규모나 풍광은 생각이 나지 않았다. 신장로에서 먼지를 뒤집어썼으며, 너무 힘들어서 할머니가 나를 업고 갔다는 기억만 남았다.

엄마는 말했다. "네 할아버지는 부잣집 딸들만 아내로 삼았다. 네 진짜 할머니도 충북 청송의 부잣집 딸이었는데, 집이 아흔아홉 칸이었다."고. 나는 그 크기와 규모가 어떤지 가늠할 수 없었다. 다만 그 자손들이 독일로 유학을 갔고, 유학을 마치고 돌아와 서울에서 교수로 근무를 하고 있다는 소리만 들었다. 그 시대에 유학은 결코 쉽지 않았을 것으로 짐작했다.

어느 날, 시골에서 문제가 터졌다. 아버지 사촌 동생에게 작은아버지가 돈을 꾸어갔는데, 그 돈을 갚지 않는다면서 아버지에게 해결해달라고 말했다. 아버지는 정직하고 곧은 사람이라 이복동생의 소행을 참을 수 없었다. 당장 동생을 우리 집으로 소환했다.

- 네가 그럴 수가 있느냐? 사촌 형에게 돈을 빌렸으면 제날짜에 갚는 게 도리지 않는가? 당장 그 돈을 갚아라. 왜 스스로 신용을 떨어뜨리느냐? 그리고 어머니는 시골집이 편하신데, 왜 당신 집을 놔두고, 이곳으로 보내서 어머니를 지옥살이 시키느냐? 당장 모시고 가거라.

그렇게 할머니는 당신의 집으로 돌아가셨다. 그러나 세월이 흘러서 할머니도 세상을 떠나셨고, 아버지도 삼십 년 전에 이 세상을 뜨셨다. 그 후 세산 고모도 떠났고, 대흥동 고모도 떠났다. 나머지 사람들은 다음 차례를 기다리고 있을 뿐이다. 물론 우리도 언제 어떻게 떠나갈지 모른다.

*

1978년 1월 중순. 그동안 만나지 못한 친구 인선이를 아침 일찍 찾았다. 우리는 학창 시절 항상 함께 있는 날이 많았다. 그는 음악을 좋아했다. 그네 집에 가면 음반이 많았다. 새 노래가 나오면 즉시 구입했고, 그 노래를 흥얼거리며 즐겼다. 그의 아버지는 교수였다 어머니는 현모양처로 집안일과 자식들을 잘 건사했다. 그의 오빠는 우리보다 몇 년 선배였다. 오빠는 아주 잘생긴 호남형 남자였다. 나에게 그의 오빠는 그냥 오빠였다. 마음의 갈등이나 이성에게 느끼는 그 무엇은 생기지 않았다. 그의 남동생은 불완전한 청소년이었다. 일찍부터 학교에 취미가 없었다. 불량아 같았다. 그렇다고 어떤 내막이 드러나지는 않았다. 그런 것과 상관없이 그의 어머니는 상냥하고 친구들을 공주처럼 대접해 주었다. 아버지는 고집스럽고 주장이 센 분이나, 교수로서 자기의 역할에 충실했다. 그 집은 항상 평화롭고 여유로우며, 화기애애한 생활로 가득했다.

대학생 시절, 인선이는 먹는 것을 피했다. 살찌는 것을 방지하기 위해서 밥을 먹지 않았다. 옥수수나 강냉이 튀밥으로 식사를 대신했다. 동창들은 그를 혐오했다. 입으로 음식을 먹고, 화장실에 가서 토했다고. 나는 그런 것에 대범했다. 그것은 그의 생활 방법이고, 나에게 지장을 주는 것이 아니었으니까. 그는 뚱뚱한 몸이 날씬해지고부터 더욱 그런 식생활을 유지하며 자신의 몸매를 유지하는 데 집착했다. 그의 집에서 그는 외동딸로서 공주처럼 성장했다. 공주는 남을 잘 이해하지 못했다. 자신의 자존심과 자기만의 이해에 빠져 사람들과 충돌하는 경우가 자주 일어날 수 있었다. 나는 어렸을 때부터 인연을 가졌기 때문에 거부 반응이 없었다. 그는 원래 그런 아이려니 했다.

오랜만에 인선이의 집을 찾는 것은 쉽지 않았다. 주변 환경이 도로 개선으로 바뀌었고 집들도 모두 개축해서 찾기가 힘들었다. 그 당시에는 변두리에 아파트 단지가 조성되던 시대였다. 그래도 그의 집은 그대로 있었다. 그의 어머니에게 인사를 드렸다. 어머니는 몸이 퉁퉁 부어서 잘 움직이지 못했다. 다리 관절이 부어서 거동이 힘들었다. 그의 어머니가 불쌍했다. 인선이는 그런 어머니에게 툴툴댔다. 나는 그것이 못마땅했다. 그의 어머니를 도와주고 싶었지만 어떻게 해야 할지를 몰랐다.

  - 인선아 물 좀 가져와.

- 알았어.

- 약봉지 좀 갔다 줘.

- 여기 있어.

- 나 화장실 가련다.

- 이렇게 하면 되잖아.

인선이의 말투는 날카롭고 투박했다. 목소리는 잔뜩 부어서 짜증을 냈다. 그동안 어머니한테 시달림을 받았겠지만, 그래도 그동안 공주로 살아온 것을 생각하면 어머니한테 잘해야 할 터인데 인선은 그렇지 못했다. 그의 행동은 거칠고 털털했다. 집안은 예전처럼 깔끔하지 않았다. 방과 거실은 물건이 흐트러져서 온전하지 못했다. 우리는 학창시절처럼 푸른 하늘과 별과 꽃의 아름다움을 말할 수 없었다. 그의 얼굴은 퉁퉁 부어서 목멘 소리로 분통이 터졌다. 참을 수 없는 공기. 어둠과 그림자들이 그 집에 들어와 있었다.

우리는 다른 방으로 옮겼다. 우리들의 생활을 이야기했다. 그러자 그의 입에서 가슴 아픈 괴로운 이야기들이 쏙쏙 튀어나왔다. 그의 이야기는 자꾸만 우리의 생각을 슬퍼지게 하며, 두렵고 힘든 과정으로 자신감을 잃어버리게 하는 꼴이 되었다. 아무래도 우리는 서로 멀어지는 것이 나을 것 같았다. 그래야 우리의 기가 살아날 것이었다. 나는 다시 만날 날을 기약하며 그곳을 떠났다. 집에 와서도 쉽게 우울한 분위기를 벗어날 수 없었다. 이런 때는 무조건 눈을 감고 잠자는 것이 최고였다.

2017. 4. 15. 신문을 펼치면 금방 전쟁이 터질 것 같았다.

- 한반도 안보, '6차 핵실험' 뇌관 위에 서다

캄보디아 폴 포트 사건을 보면서 나는 정치인들이 정말로 쓰레기라는 것을 이해했다. 자신의 사리사욕과 권력에만 집중하며 모든 인간을 죽이는 것들로 이해했다. 진보 정치세력을 보면 폴 포트가 생각났다. 그런데 그 진보 세력을 지지하는 사람들이 우리들의 아들과 딸이니 세상이 우습다. 부모는 집안에서 정치 얘기를 할 수 없었다. 젊은이들의 공세에 우리는 밀렸다. 하도 싸워서 어머니들은 자식과 남편을 말려야 했다.

마오쩌둥을 보면, 그 또한 폴 포트와 다르지 않았다. 중공은 1921년 창당부터 1950년대 초까지 계속 모스크바에 재정적으로 의지하고 있었으며, 마오쩌둥을 비롯한 중공 지도자들은 권력 투쟁에서 이기기 위해 스탈린의 환심을 사야 했다. 마오쩌둥이 6.25 전쟁에 참전한 것도 스탈린에게 잘 보이려는 술책이었지만, 결국은 6.25 전쟁을 '세계 혁명'으로 확산시키려던 소련의 전략에 놀아난 것이었다. 그때 100만 명의 사상자를 내고 중국 경제는 파탄이 났다. 마오쩌둥은 스탈린의 지시를 충실히 수행하는 학생 같은 존재였다. 마오쩌둥은 스탈린이 죽은 후에야 스탈린으로부터 벗어날 수 있었다. 그리고 그는 문화대혁명을 일으켜 모택동 숭배 세력과 혁명을 향한 의지를 결합시켜 핏빛 혁명으로 만들었다. 그 혁명은 수많은 혁명 영웅, 전문가, 학자들을 희생시켰다. 슬로보단 밀로셰비치 역시 신유고연방의 대통령으로 세르비아 민족주의를 촉발시켜 내전을 주도하였다. 그는 발칸의 도살자로 인종청소를 벌이다가 2000년 민중봉기로 실각했다.

독재자들은 한결같이 집권과 권력 유지를 위해 수많은 사람들을 죽이고 희생시켰다. 그들은 꼭 명분을 달았다. 그들은 학생과 노동자, 농민을 선동했다. 그리고 그들을 하수인으로 만들어서 자신들을 신처럼 믿게 만들었다.

나는 진보 세력이 러시아, 중공, 북한과 연계해 공산당 혁명가로서 나라의 권력을 잡고 북한에 나라를 넘기는 것이 아닐까 걱정하는 마음이 커졌다. 나는 진정 국가를 위하는 사람이 대통령 되기를 희망한다. 강한 나라를 만들어줄 대통령이 이 나라의 정권을 잡아야 하는데….

다음 달에 있을 대통령 선거에서 제발 이념적 싸움을 일으키지 않았으면 좋겠다. 각자 소신껏, 자기가 좋아하는 사람들을 뽑되 모두가 통합적 사고를 가져서 이 땅에 6.25 사변 같은 전쟁이 또다시 일어나지 않기를 바랄 뿐이었다.

*

오늘은 문화 예술 공부하는 날. 서울

종로구 재동 헌법재판소 내에 있는 백송을 구경했다. 수명은 600년으로 추정된다고. 높이 17미터, 밑동 둘레가 4미터, 나무줄기는 2개로 갈라졌다. 한 눈에 봐도 흰색이 뚜렷했다. 백송은 희귀종이다. 중국 중부와 북부지역에만 분포하고 있으며 한국에서는 천연기념물로 지정되어 있다. 조선시대 중국을 왕래하던 사신들이 가져다 심은 것으로 보인다. 백송은 신성성과 순수성을 가진 것으로 알려졌다.

나는 친구들과 백인제 가옥으로 이동했다. 1913년 은행가인 한상룡이 건립한 후, 1944년 백인제 선생에게 소유권이 옮겨졌다. 그는 의술의 일인자였다. 그의 가족이 살던 가옥은 1977년 건축적, 역사적 가치를 인정받아 1977년 서울 민속 문화재로 지정되었다. 총 745평으로 2006년까지는 사람이 살았다. 행랑채, 사랑채, 안채, 바깥채(휴식), 별당, 별채(가족 휴식), 손님채 등이 있다. 사랑채는 주거지가 아니라 연회장으로 사용했다. 이곳은 일본풍, 서양풍 건축양식에 한국적인 정서를 가미했다. 이곳은 권력과 힘, 경제의 중심 역할을 했다. 별당채는 가장 높은 곳에 자리했다. 북촌이 한눈에 보이는 아름다운 풍경으로 유명하다. 마루는 50~60년 된 것을 복원했다. 여름을 위한 온돌방, 종이 반장, 연등 천장이 유명하다. 창은 온돌방에 앉아서도 밖을 볼 수 있는 눈높이 창, 그래서 눈꼽쟁이 창이라고도 불린다. 그 창을 통해서 정원과 오가는 사람들을 다 볼 수 있다고 한다. 그런데 밖에서는 안에 있는 사람을 볼 수 없다고. 눕던, 자던 안에 있는 사람의 행동은 관찰되지 않는다고 했다.

우리는 도자기 전시회로 이동해 말차를 마셨다. 크림을 탄 말차처럼 맛이 좋았다. 길은 한산했다. 거리마다 리모델링을 해 예쁘게 장식한 카페가 많았다. 그 다음 아름다운 정원이 있는 갤러리를 찾았다. 문이 닫혀 있었다. 주인 없는 정원에서 우리는 휴식을 취했다. 정원 한가운데에 잘생긴 소나무가 서 있었는데, 홀로 정원을 지켰다. 벚꽃과 이름 모를 꽃들, 지저귀는 새들과 함께 우리는 그곳에서 이야기를 했다. 하늘은 흐렸는데, 비가 왔다가 개서 햇빛이 빛났다.

그곳에서 한참을 있다가 광화문 쪽으로 나왔다. 거리는 화려했다. 연등제 행사로 화려한 등불이 일렬로 길가를 장식하고 있었다. 길을 따라 한복 입은 젊은이들이 온 거리를 휘젓고 다녔다. 빨강 치마, 옥색 치마, 분홍색, 검정색에 금박이 박힌 것은 물론 상감마마 옷을 입은 청년이나 한복을 입은 얼굴이 까만 외국인까지…. 아름다운 한복이 거리를 꽉 메웠다. 광화문이 아닌 다른 지역의 명절 풍경처럼 보였다. 젊음은 역시 아름다웠다. 그들은 신이 났다. 사진을 찍으며 걸었다. 젊은이들의 잔치가 퍼져 있었다. 다시금 전쟁이 날 것이라고 신문에서는 난리를 쳤지만, 서울 한복판인 광화문 거리는 옷의 잔치로 모두가 즐거웠다.

*

2015년 3월. 나는 집을 하나 사기로 했다. 가장 작은 집을 사기로. 일종의 저축 개념으로 생각했다. 파는 사람을 관찰했다. 얼굴은 넓었다. 인상은 온화하며 평범했다. 그런데 눈과 코에서 알 수 없는 부정적인 이미지가 보였다. 눈이 흐리고 탁했다. 몸 전체도 왠지 어두웠다. 그에 반해 성격은 강해 보였다. 무슨 일이든 똑 부러지게 처리할 것 같았다. 이런저런 서류작성을 하며 이야기가 시작되었다. 그는 말했다.

- 저는 이혼 했어요. 아이와 부인을 미국으로 보내서 유학을 시켰어요. 이제 외로워서 못 살겠으니 돌아와서 같이 살자고 했지요. 그런데 아이들과 부인이 싫다고 했어요. 그 말을 듣고 이제는 더 이상 학비를 보낼 수 없다고 했어요. 그랬더니 그쪽에서는 그래도 좋다고 했어요. 우리는 결국 이혼했어요.
- 아마 부인이 바람났을 거예요. 대부분 그렇게 헤어지더라구요.

요즘 아이를 가르친다고 부부들이 이산가족처럼 사는 것은 잘못된 일이라고 나는 강조했다. 아이들에게는 아이들의 삶이 있고 부모에게는 부모의 삶이 있는 것이지, 자식을 위해서 부모가 삶을 포기하고 올인 하는 것은 큰 잘못이라고 강조했다. 자식이 부모를 책임져주는 시대는 끝났다는 생각이 든다고도 말했다. 농경사회나 산업시대 때는 부모가 책임져 주었지만, 지금 시대는 그게 아니라고. 자식들 대학 보내주고 나면 끝이라고. 나머지는 그들이 스스로 삶을 개척하도록 만들어야 한다고. 그 남자도 그렇게 생각한다고. 그러면서 이야기를 꺼냈다.

그 남자 앞집에 병원 원장이 살았단다. 아들 둘이 있는데 뉴욕대학에 보냈다고. 학비는 물론 기타 비용까지 해서 엄청난 돈이 나갔다. 병원 원장은 경제적으로 힘들었다. 그래도 끝까지 버텨서 간신히 끝마쳤다. 큰아들이 돌아왔다. 어느 날 그는 그 원장에게 물었다. "아드님이 취직했습니까?" 그랬더니 "그렇습니다."라고 대답했다. 그런데 나중에 알고 보니 취직을 못 한 상태였다고. 오히려 저녁 늦게 술 먹고 돌아오는 것을 보았다고. 미국에서 자유롭게 살던 아이들은 한국에 돌아와서 적응하기도 힘들고, 오히려 낙오자가 되는 경우가 많았다.

　나는 그 남자에게 말했다. 외국 유학은 어머니들의 교육적 사치라고. 아이들을 헛된 교육적 욕심에 엄한 길로 밀어 넣는 것이라고. 또 그들이 지닌 외국 생활에 대한 로망을 실현시키기 위한 것일 뿐이며, 그것은 절대 지혜롭지 못한 처사라고 말했다. 그 남자도 여자가 잘못이라고 말했다. 말을 하면서 그 남자는 기운이 빠졌다. 말은 말일 뿐, 그는 모든 것을 잃어버린 인생이 되었다. 그는 매사가 힘들었다. 돈은 좀 벌고 있는 듯하나, 이제까지 쌓아왔던 모든 것이 허사가 된 것이다. 부동산 사장은 말했다. 갈 거라면 가족이 모두 함께 이민을 갔어야 한다고. 그러나 그곳에 가면 남자가 할 일이 없다고. 이공계는 기술적인 일을 찾을 수 있지만 보통 사람은 할 일이 없다고. 가져간 돈만 까먹는다고. 그렇게 이민을 간 사람들은 다시 한국으로 돌아오고 싶어도 돈이 없어서 돌아올 수 없다고. 유럽, 러시아, 미국 등지에서 석사, 박사 학위를 딴 사람들이 한국으로 돌아올

수 없어서 방황하며 살고 있다고. 차라리 한국에서 허드렛일하더라
도, 먹고 사는 것이 편하다고. 학벌이 높은 자국민도 취직하기 어려
운데 외국인을 취직 시키겠는가? 외국은 그렇게 먹고살기 힘든 곳이
라고 했다. 중·고등학교까지 자유롭게, 즐겁게 공부하는 것은 행복할
지 모르지만 자기가 뭘 해서 평생 먹고 살지에 관한 것은 대학 졸업
후 가장 큰 걱정이 될 일이라고. 설령 좋은 직장에 취직을 했어도 뿌
리를 내리고 사는 것은 쉽지 않은 것이라고도 말했다. 친구 아들이
연봉 30만 불을 받고 뉴욕 맨하튼에서 살고 있다고. 그렇게 많은 돈
을 받는 그도 방세 내고 생활비 내면 남는 돈이 별로 없다고.

버는 것이 중요한 것이 아니라 얼마나 아껴서 투자를 하고, 그 돈
을 불려 자기 생활을 충실히 하며 행복을 느끼는가가 중요하다고 우
리는 이야기했다.

*

사월 중순, 벚꽃은 비바람에 날려 금
방 사방으로 흩어졌다. 비에 떨어진 벚꽃 잎은 바닥을 장식해
꽃길로 만들었다. 비에 젖은 나무들은 금세 파란 어린잎을 크게 키
워냈다. 지금까지 내가 가지고 있었던 것들이 서서히 나에게서 멀어
져갔다. 나의 이름, 가족, 세상 속에서의 위치, 지위와 명예 등이 이
젠 나와 상관없는 일이 되어버렸다. 나는 서서히 바보가 되어갔다.

나는 바보가 되면서 나의 모든 정체성을 잃어버렸다. 그럼에도 모든 것이 편안했다. 나의 존재는 있어도 없어도 그만이었다. 갑자기 공주에 사는 강 선생에게 전화가 왔다. 강 선생은 나의 후배였다. 내가 그를 안 것은 동학사 세미나에서였다. 많은 후배가 있었다. 그 후배들은 한결같이 잘나고 똑똑하며 교만했다. 나는 대학 졸업 후 십 년이 지난 뒤 석사 과정으로 입학했다. 10년 아래 후배들과 함께 공부하는 것은 쉽지 않았다. 나는 최선을 다해서 공부하고자 노력했지만, 학문은 쉽게 나에게 접근하지 않았다. 책을 보면 그야말로 검은 것은 문자요, 흰 것은 종이로 보였다. 나 혼자 학문의 이치에 다가가려고 노력하는 것이었다.

시간은 흘러갔다. 공부에 심혈을 기울이는 것도 중요하지만, 학문적 행사와 학교 행사에 참여하는 것 역시 중요했다. 그때 마침 세미나가 있었고, 강 선생과 함께 기숙을 했다. 그곳에서 처음 만났다. 강 선생은 성품이 고왔다. 선천적으로 착해서 거절을 못 했다. 왠지 나와 정서가 잘 맞을 것 같은 예감이 들었다. 우리는 서서히 함께 어울렸다. 그는 김 교수님의 조교를 했다. 조교를 하며 그의 신랑을 공부시켰다. 신랑은 생물학 박사를 땄다. 그는 조교를 하고 시댁에서 기거했다. 시집살이를 하며 허드렛일을 모두 했다. 처음에 아들을 낳았다. 그의 시집은 작은 구멍가게를 했다. 아이를 돌보고 학교가 끝나면 슈퍼에서 심부름을 하고, 남편이 부족한 영어를 가르치며 공부시켰다. 조교를 해서 남편 학비를 댔다. 강 선생 아들이 초등학교 고학년이 되었을 때, 나는 애기 하나를 더 낳으라고 권했다. 그리고 어느 날 딸을 낳았다. 생활은 곤궁했다.

그의 남편은 쉽게 자리를 잡지 못했다. 때문에 강 선생은 집에서 논술과외를 했다. 학교에서는 강의를 했다. 우리는 함께 박사 학위를 받았다. 우리는 시간 강사를 하며 만났다. 그와 나는 만날 때마다 하소연을 하며 회포를 풀었다. 강 선생은 진짜 실력자였다. 모든 교수들은 그가 유능하고 실력 있는 사람임을 알았다. 그는 공부도 열심히 했다. 학문적으로 미비한 교수들은 그의 유능한 학문적 지식만을 이용했다. 그에게 논문에 대한 자료와 논문작업에 대한 지식만을 이용하고 요구했다. 그가 필요한 자리가 있어도 그를 뽑지 않았다. 그가 가까이 오는 것을 꺼려했다. 교수들은 자기에게 필요한 인재만 뽑았다. 학문과는 거리가 멀었다. 교수들끼리 작당했고, 그들끼리 잔치를 벌였다. 학문의 세계와는 멀고도 멀었다. 학문과 거리를 두고 그들끼리 색깔을 만들고 색깔이 비슷한 것들로 조합했다. 멀리서 보면 그런 것들이 보였다. 그 속이 흙탕물이라는 것이 보였다.

강 선생은 강의에서 잘리지 않도록 노력했다. 강의가 있어야 식구들이 먹고살 수 있을 터였다. 우리는 수시로 만났다. 강의가 있을 때마다 시간을 내서 만났고, 점심으로 특별음식을 먹었다. 그래 봐야 학교식당을 벗어나서 선지해장국을 먹는 것이 유일한 잔치상이었다. 우리는 바빴다. 이 학교에서 저 학교로 이동하며 시간강사를 했다. 차가 없으니 시내버스를 타야 했고, 학교 교문에서 강의실은 멀었다. 우리는 뛰어서 강의실까지 가야 했다. 시간을 내서 함께 점심을 먹을 수 있는 날은 한 학기에 한두 번 정도였다. 그것도 학생들 시험

기간일 때나 겨우 만날 수 있었다. 우리는 그렇게 세월을 보냈다.

　내 강의가 사라지면 강 선생은 내 강의 자리까지 찾아주는 고마운 선생이었다. 마음씨가 곱고 실력이 있으며 성실한 사람이라서 강 선생은 한 번 인연을 맺은 사람과 오래갔다. 어느 날 강 선생은 친정어머니 때문에 고민했다. 아버지가 어머니를 내쫓아버렸다. 아버지가 가진 여자에 대한 콤플렉스 때문이라 했다. 아버지의 엄마, 그러니까 강 선생의 친할머니가 남편이 죽자 자식을 남겨놓고 집을 나가버렸다. 장남인 아버지는 그때부터 고생고생하며 살았다. 어찌어찌하여 친정어머니랑 결혼을 했다. 당시에 친정어머니 집이 괜찮게 살았는지 조폐 공사에 입사까지 시켜줬다. 그리고 잘 살았다. 다만 여자는 고등학교까지만 보내겠다고 선언했다. 대학은 안 보낼 테니까 취직하라고. 강 선생은 동사무소 취직해서 주민등록 등본만 복사하는 사무원으로 있다가 안 되겠다 싶어서 아르바이트를 하며 대학을 다녔다고 한다. 이후 결혼을 했고, 남편과 살면서 아르바이트로 돈을 벌어 석사과정을 마치고, 조교 하면서 박사 학위를 땄다고. 아버지는 공부도 못하는 아들들을 서울의 후진 사립대학에 보냈다고 했다. 그리고 마지막에 아버지는 어머니를 내쫓았다고.

　그 집 딸들은 공부도 잘하고 똑똑했지만, 집에서 대학을 보내주지 않아 각자 알아서 대학을 다녔다. 강 선생의 여동생은 교편을 잡고 영어 선생을 했다. 어머니를 동생 집에서 기거하게 했다. 동생과 어머니는 토닥거리며 다투었다. 동생은 나이가 들었음에도 결혼을 못했다. 어느 날 강 선생이 동생에게 남자를 소개시켜줬다. 둘은 제각각 저가 잘났다고 말하며 헤어졌다. 몇 년 후 여동생이 석사과정을 마쳤다. 미국 연수를 했다. 교수 쪽으로 갈 것인가를 고민했다. 강 선생을 보니 별 수 없음을 깨닫고 그대로 교직 생활을 했다. 전에 선을 보았던 그 남자와 다시 선을 봤다. 즉시 좋다고. 둘은 결혼했다.

어머니는 그 집에서 그 작은딸 가족에게 밥을 해주며 살았다. 어머니는 시간이 나면 강 선생을 찾아와서 울었다. 일요일이 되어도 그 딸은 밥을 하지 않았고, 어머니가 밥을 해줘야 먹는다고. 강 선생은 시간 강사 비용을 떼어 어머니에게 용돈을 주었다. 징징 짜는 엄마가 불쌍했다. 세월은 흘러갔다. 여동생은 애기를 낳았다. 어머니는 집안일을 하면서 애기까지 키워야 했다. 어머니는 수시로 힘들다고 강 선생에게 울어댔다. 강 선생은 바쁘고 힘들지만 어찌할 수 없었다.

해마다 시부모 생신이 돌아오면 강 선생은 고통을 호소했다. 시어머니는 해마다 당신의 생일이 오면 잔치를 벌여야 한다고. 이모는 물론 동네 사람들까지 초청했다. 이번에는 봉고 차를 대절해서 남해안을 돌겠다고 했단다. 강 선생 강사비가 얼마라고… 그것마저 갚아먹는 시어머니를 나는 이해할 수 없었다. 그렇다고 당신 아들이 돈을 버는 것도 아니고. 거기에 시누이의 초 치는 소리는 사람을 죽일 지경이었다. 그래도 강 선생은 모두를 이겨나갔고 꿋꿋하게 살았다. 그는 눈만 뜨면 강의했고, 집에 와서는 논술 과외를 열심히 했다.

세월은 흘러갔다. 논술과외가 번창하면서 따로 아파트를 얻어서 과외를 했다. 그리고 빌린 아파트를 구매해 소유했다. 남편이 지방

대학 연구소 직원으로 가게 되면서 월급 백만 원을 받았다. 돈을 모아 남편에게 차를 사줬다. 어느 날 남편이 고통사고로 실명할 위기에 처했고, 강 선생에게는 고통이 일어났다. 그래도 위험한 시기를 잘 견뎌냈고, 다시 도시에 작은 아파트를 장만했다. 과외를 받는 학생 엄마의 농간으로 아파트를 처분해서 땅을 샀는데, 그 땅은 좋은 결과를 가져오지 못했다. 다시 남편이 서울 쪽으로 취직하면서 회사 지분 비로 땅을 저당 잡혀 일억 오천만 원을 가져갔다가 빚만 고스란히 강 선생에게 남겨졌다.

세월은 흘러갔다. 강 선생의 아버지가 고집스럽게 혼자 살다가 돌아가셨다. 있는 돈을 합쳐 강 선생은 어머니에게 작은 21평 아파트를 사드렸고 그곳에서 어머니가 편히 사시도록 했다. 여동생과 싸울 일이 없어서 좋았다. 어느 날 여동생이 어머니가 필요하다면서 용돈을 주고 모셔오기도 했다. 그의 어머니는 손재주가 뛰어났다. 종이학 접는 것을 배웠고, 어린이집에 가서 봉사도 했다. 노인정에 가서도 잘 적응하며 놀았다. 돌아가신 아버지의 집은 막내아들이 가지기로 했고, 부의금으로 수리해서 세를 놓아 어머니 통장으로 입금하게 만들었다.

세월은 흘러갔다. 강 선생의 남편은 있으나 마나 한 존재가 되었다. 그러다 나는 퇴직했고, 강 선생도 어느새 오십 대 중반, 강 선생의 남편은 오십 대 끝자락에 있었다. 강 선생의 남편은 작은 모 대학 연구소에서 적은 돈을 받으며 줄기세포를 연구했다. 십 년 전, 남편은 시어머니를 실험대상에 올려 치료한 적이 있었다. 시어머니가 무룤관절로 움직이지 못할 때였다. 걷지도, 일어서지도 못했다. 아들인 강 선생의 남편은 이러나저러나 움직이지 못하시니까 죽기 전에 줄기세포를 넣어보자고 했다. 그렇게 강 선생의 남편은 연구한 줄기세포를 어머니의 무릎에 넣었다. 그 줄기세포를 넣고 시어머니는 날마다 근지럽다고, 가려워서 힘들다고 했다.

그렇게 세월이 흘렀다. 줄기세포를 넣고 간지럽다고 말씀하시던 어머니가 걸을 수 있게 되었다. 시간이 갈수록 다리 관절이 온전해졌다. 그의 시어머니는 정상적으로 걸어 다니고 일상적인 일을 할 수 있게 되었다. 시어머니가 줄기세포 맞은 지 10년이 넘었다. 지금도 강 선생의 시어머니는 다리 관절이 좋은 상태이다. 그러나 이 방법은 불법이라 할 수 있는 일이 별로 없었다. 강 선생의 남편이 한 연구를 어떻게 의학적으로 연계할 수 없었다. 그것은 커다란 사회 문제를 일으킬 수 있는 문제였기 때문이다. 만일 그 연구가 결실을 맺게 된다면, 지금 존재하는 외과 의사는 필요 없어질 것이다. 수술할 일을 모두 줄기세포로 대체한다면 의사들의 삶이 망가질 것이었다. 사회적 혼란까지 찾아올 것이었다. 그래도 언젠가는 진실이 밝혀질 것이고, 새로운 의료방식이 생겨날 것이었다.

- 선생님 저예요. 마음도 시끄럽고 속상해서요. 선생님 일도 궁금하고요. 잘 살고 있는 거지요?
- 네, 선생님.
- 선생님 허리는요?

- 그때 줄기세포 맞고 나니 그럭저럭 괜찮아요. 그런데 이번에 동서가 허리에 좋은 한약을 먹으라고 해서 지금 먹고 있어요. 다른 때 같으면 한 달이나 두 달에 한 번은 누워서 열흘 이상을 꼼짝 못 하고 생활하는데, 이번엔 그런 일이 없었어요. 남편도 어렸을 때 편도선 수술로 목을 모두 도려내서 환절기에 고생을 많이 하는데, 줄기세포 맞은 후부터 고통에서 벗어났어요.
- 이번에 시외삼촌 외아들이 교통사고로 머리의 반을 다쳐서 두뇌가 거의 없대요. 몸은 모두 건전한데 머리 반 이상을 다쳐서요.
- 아이고 힘들겠다.
- 병원에서 어떻게 손을 쓸 수가 없대요.
- 저런.
- 그래서 시외삼촌에게 남편이 말했어요. 줄기세포를 맞아 보겠냐고요. 남편이 줄기세포를 계속 배양했어요. 외삼촌은 하고 싶어 하는데 며느리는 싫다는 거예요. 그러다 갑자기 죽으면 어떡하나 걱정도 되고요.
- 며느리도 몸만 성하고 머리가 없는 남편을 평생 보살피기 어렵지 않을까?
- 글쎄요. 물론 지금도 어려운 상태에요.
- 사실 나도 내 줄기세포이지만 '그것이 알고 싶다'라는 TV프로에서 줄기세포 맞고 죽었다는 것을 보고 걱정스러웠어. 이제 다 지나가고 괜찮아져서 그렇지. 그럼 시외삼촌 세포로 배양하는 것인가?
- 아니요. 모두 망가져서 안 된답니다. 태아에서 뽑는 배아 줄기세포예요. 시어머니도 시어머니 세포가 아니라 태아의 배아 줄기세포를 배양한 거래요.
- 그렇구나.

- 그런데 배양하는 게 힘들대요. 그때 오염이 올 수 있다고. 오염이 되면 바로 죽는대요.
- 그래 내가 맞은 줄기세포 병원도 연구소를 차렸고, 우리는 실험대상으로 허용된 것이지 아마 합법적인 치료는 아닌 것으로 알고 있어요.
- 그래도 이 나이에 남편이 대박이 났으니 얼마나 다행인지 몰라요.

강 선생의 남편은 화장품 회사에서 기능성 화장품을 생산하고 있었다. 사업주가 돈을 지원해서 약간의 주식을 가지고 월급 받는 형태의 연구원으로 일하고 있었다. 월급도 꽤 많았다. 다행이었다.

- 오늘 친정엄마 때문에 너무 속상했어요. 왜 나이가 들수록 그렇게 욕심이 많아지시는지 모르겠어요.
- 원래 나이 들면 친정엄마나 시어머니나 똑같잖아.
- 지금 친정엄마가 21평 아파트에 사시는데, 25평 새 아파트로 분양받아서 가고 싶다는 거예요. 나이가 75세라 21평 아파트에서도 혼자 충분히 살 수 있는데 말이에요. 집 없는 노인이 얼마나 많아요?
- 정말 그렇네.
- 내가 이렇게 바쁘고 힘들게 사는데, 이제까지 어머니라고 밑반찬 한 번 해다 주는 일이 없었어요. 얼마나 놀기를 좋아하는지 밑반찬 해줄 수 없다고 해요. 김장김치도 지난 7년 동안 내가 엄마에게 해다 주었어요. 어느 해에 김치를 해다 주니까 결국 네가 다 먹을 거라면서 세 통씩 해달라는 거예요. 그런데 정작 나는 그 김장김치 갖다 먹을 시간도 없어요. 그 김장김치 담으

려면 시어머니네 가서 돈 주고, 시간 내서 이틀 걸려 김치 담아오는데 친정 엄마는 공짜인 줄 알아요. 어느 때 화가 나서 한 통만 갖다 주었더니 세 통을 가져오라는 거예요. 나중에 알고 보니 두 통은 남동생네 주더라고요. 밑에 여동생한테는 돈을 받고 김치를 담아주면서 나한테는 김장김치 세 통을 받아내니 얼마나 화가 나는지….

- 강 선생은 너무 착해. 착하다 보니 그런 사태가 나는 거야.

- 친정엄마가 노인정에 가서 남의 애들과 비교하며 해달라는 것만 많고, 요구하는 것도 많아요. 힘들어서 죽겠어요. 이번에 엄마한테 한마디 했어요. 21평도 혼자 사는데 충분하다고요. 그랬더니 막내가 나에게 전화했어요. 엄마가 새 아파트에 살고 싶다는데 해주라고. 그럼 나중에 그 아파트 오를 거 아니냐고. "그럼 네가 다 사주고 관리하라고 하지 그랬어?"라는 말이 목구멍까지 올라왔어요.

- 강 선생은 너무나 착해. 그러니까 힘든 거야.

- 지금 어머니는 새 아파트 분양 못 하게 했다고 삐져있어요. 삐지면 3개월은 갈 거예요.

- 잘됐네. 삐지는 김에 강 선생도 삐져. 삐져서 소통 안 하면 강 선생도 편하겠네. 깨달음에 대해 다룬 어떤 책에서 부모를 버리라 했어. 힘들면 가족도 버리라 했어. 부모가 얼마나 자식을 괴롭히겠어? 부쳐도 자기 모든 것을 버리고 떠났잖아. 강 선생도 부모를 버려. 그렇다고 우리가 어머니를 쓰레기통에 구겨 넣는 것도 아니잖아? 마음속에서 버려. 그들이 욕심과 갈망과 요구를 스스로 책임지게.

- 새집을 분양받아서 어머니가 쓰고 나면, 아버지 집처럼 막내가 챙겨갈 거

라 생각하니 화가 나더라고요. 어머니가 딸은 시켜 먹고 아들한테는 주려고 혈안이 되어 있는 것이 화가 나더라고요. 과거에 일어났던 일들이 한꺼번에 생각이 나면서 너무 속상하고 섭섭한 거예요. 여동생하고 남동생은 너무 자기 잇속만 챙겨서 힘들어요.

- 모두 동물의 세계야. 이제부터 경계를 짓는 법을 공부해야 해.

- 그동안 아버지 집도 리모델링 해서 내가 관리했는데 세는 엄마 통장으로 들어가고…. 너무 힘들어요. 전기세, 수도세, 이런저런 계산을 일일이 시간 내서 하는 것도 짜증 나고. 시간과 기름값은 안 들어요?

- 노인들도 깨어야 하는데 갈수록 더 힘들게 하니 우리가 힘들지. 일단 모두 버리는 공부를 하는 거야. 우리가 살아야 하지 않는가? 부모든 형제든 내 자식이든, 서로 거리를 두고 경계를 짓는 공부를 하자고. 어머니가 삐진 것에 너무 애달파 하지 말고. 나도 삐져있음을 시간을 들여서 알게 하라고. 시간 간격을 두고 각자 자숙하는 시간을 가지는 거야.

- K 교수님도 이제는 아들에 대해 포기했나 봐요. D 교수님도 힘들구요. 아들이 이혼했어요. 딸은 나사렛대학에서 안하무인으로 행동하더니 결국 힘 있는 교수가 중문과를 없애버렸고요. 이제는 설 자리가 없어요. 딸이 너무 욕심이 많았어요.

- 모두가 힘들게 사는 것이 인생인가 봐. D 교수님도, 사모님도 욕심이 많고 했으니 딸이 그랬나 보다. 멀리 찾을 거 없어. 내 막내딸이 어렸을 때는 몰랐는데 크고 보니 시어머니랑 아주 똑같아. 못 말려. DNA는 어쩔 수 없나 봐.

- 선생님이랑 수다를 떠니까 속상한 것이 다 사라졌어요. 여름방학이든지 시

간 나면 날 잡아서 속상한 이야기들을 오랫동안 했으면 좋겠어요.

- 그럽시다. 건강하시오.

*

날씨는 흐렸다. 비가 왔다. 초목은 연초록으로 물들었다. 연산홍이 개화하려고 준비하고 있었다. 화단 바닥에 목련 잎이 떨어져서 경비 아저씨들이 잎을 쓸었다. 새들이 떨어진 목련 잎을 쪼았다. 먹을 것이 있는지 계속 쪼았다. 화단 위로 뾰족뾰족 올라오던 새싹들이 잎을 펼쳐서 화단을 초록으로 장식했다. 작지만 알 수 없는 꽃들이 화단 속에 숨어 꽃을 피웠다. 강 건너 사는 친구 P가 전화했다.

- 너 오늘 테니스 칠 수 없지?
- 응.
- 내가 너 그럴 줄 알고 전화했지. 차 마실 시간 있어?
- 엉.
- 나 지금 간다?
- 그래, 와.

조금 있다가 P가 왔다. 우리는 커피숍으로 들어갔다. 자리를 잡았다. 커피와 빵을 시켰다. 그는 여고 동창들을 만나서 식사를 하고 차를 마셨다고 했다.

　- 지금이 오후 4시인데 차를 마실 수 있는 거야?
　- 응.

　그는 구십 넘은 시어머니를 항상 보살폈다. 지금 시간이면 저녁을 준비할 시간이었고, 만나면서도 그 시간에 집으로 갈 사람이라 생각했다.

　- 오늘 영감님은?
　- 어디 갔어.
　- 그래서 시간이 좀 있구나. 시어머니는 건강하시고?
　- 응, 증손자랑 싸워서 죽겠어. 증손자가 한 대 때리면 할머니는 두 대, 세 대 때리면서 싸운다니까?
　- 외손자랑은?
　- 두 돌 넘은 외손자는 강해. 할머니에게 "오지마!" 소리쳐서 못 오게 해. 어쩌다가 외손자에게 "너 왕 할머니랑 같이 있어? 할머니 슈퍼 갔다 올게." 하면 "아니야." 하면서 미리 신 신고 있다니까?
　- 일 년 조금 넘은 손자는 혹 할머니가 자기 방에 가면 엿보지 않니?
　- 응. 엿봐. 할머니 방을 쳐다보지.
　- 그거야. 할머니랑 손자가 머리 부분이 동격인 거야. 할머니랑 손자가 심심

해서 친구가 되는 거지.

- 할머니 보고 싸우지 말고 방으로 가시라 해도 안 가.

- 그래, 그거야. 서로 때리면서 친구가 되는 거지. 우리 손자가 이번에 초등학
  교 입학했잖아. 내가 아침에 시간 있으면 딸네 집 가주거든? 딸애는 애들을
  거드는데 속 터져 죽는 줄 알았어. 먹는 거 챙기고 옷 입히는데 수없이 바
  꾸면서 입혀. 이 옷은 두꺼워서 싫다. 저 옷은 어째서 싫다. 이번에는 분홍
  드레스를 입고 가겠다. 양말은 쫄쫄이 양말에 은박이 박힌 것이어야 한다
  는 둥…. 키즈폰도 있다니까?

- 키즈폰?

- 이거야.

나는 손자랑 문자를 주고받은 것을 보여 주었다.

- 웅찬아 무슨 책 읽었니?

- 인물사.

- 누구 인물입니까?

- 이순신.

- 어떤 사람입니까?

- 이순신.

- 전화했는데 네가 안 받는구나.

- 몰랐어.

- 전화 주세요.

- 나웅찬 이달에 100점 맞았다며? 너 참 잘 했어요.

- 영어만.

- 그래도 참 잘 했어요.

- 알겠어.

- 웅찬아 할머니는 어른입니다. 그러니 "알겠어요."라고 답해야 합니다.

- 알겠어요.

- 네. 그렇게 하는 겁니다.

- 알겠어요.

- 78층 나무집 읽었니? 뭐가 재미있었니?

- 앤디랜디에서 났던 일 jdajot

- 무슨 뜻이야?

- 신나는 뜻.

- 그래? 어떻게 신나는 거야?

- 몰라.

- 원래 신나는 것은 즐거운 것, 행복한 것이라는 뜻이야. 78층 나무집에 오늘
  읽은 것 중 재미있는 것이 뭐야?

- 앤디 대 테리

- 그네들이 어떻게 하는데 재미있어?

- 웃겨.

- 어떻게 웃기는데?

- 비밀.

- 그래. 알았어.

그는 웅찬이와 문자한 내용을 보고는 말했다.

- 신기하다. 할머니랑 대화도 되고.

- 친구들은 누구누구 만났어?

- Y, K, J. Y는 경기도에 살아. 아들이 유학 공부 끝내고 이번에 강사로 자리
  잡았대.

- 잘 됐구나.

- 그 친구가 밥을 샀어.

- 미국에서 자리 잡는 것이 쉽지 않다는데….

- 모두가 그렇다고 하더라.

- J는 몸 좀 괜찮아? 몸 아픈지가 거의 4년 된 거 같은데.

- 아직 항암치료가 몇 번 더 있다고 하더라고. 이제 병과 함께 사는 거지 뭐.

- K는 선거 캠프에서 계속 활동하고 있고?

- 그럼, 그럼. 신이 났지.

- 그래 그거도 좋은 거야. 나는 그들이 무서운 공산주의가 아니기를 바라는
  거지. 러시아의 스탈린, 캄보디아의 폴 포트, 중공의 모택동, 세르비아의 라
  트코 믈라디치 같은 인간 도살자들이 아니기를 바랄 뿐이지.

- 그래. 이제는 모두가 자기가 좋아하는 사람을 뽑으면 되는 거야.

- 내가 다니는 미용실 원장은 골수 진보야. 나에게 물어 누구 찍을 거냐고 묻
  더라고. 나는 말했지. 원장은 원장 좋아하는 사람 찍고, 나는 나 좋아하는
  사람 찍으면 된다고. "그래도 누구 찍을 거냐고요."라고 하기에 나는 두 번
  째인 순위를 가질 사람을 찍는다고 했어. 첫째를 찍어 대통령이 되면 너무

교만해져서 안 된다고. 그래서 두 번째가 될 사람을 찍을 거라고.

- K는 우리 동기 중 누구를 만나냐?

- 그 친구는 우리 동기들을 안 만나.

- 왜?

- 너무 고루하고 답답하다고. 그 친구가 만나는 사람들은 따로 있나 봐. 그 친구 영감님이 이번에 유튜브 동영상으로 테너 음악을 찍었어. 여기, 이거야.

- 그런데 그렇게 잘 부르지 않는데 이렇게 유튜브를 찍었어?

- 그 친구가 남편이 행복하게 즐기면서 산다고 자랑했어.

- 그렇구나.

- 그 친구들은 너무 외부에서 많은 것을 찾는 거 같아.

- 그렇잖아도 사람들은 내 안의 나, 그 속에 나가 있고, 사랑이 있으며, 신이 있다고 깨달은 사람들은 말하더라고. 나는 그것이 진리라고 생각해. 그들처럼 조용히 그들의 행동을 따라 하면 그것이 그냥 자연스러워 보여.

저녁 시간이 한참 지났다. 밖은 아직 봄비가 보슬보슬 내리고 있었다. 날은 어둑해지고 있었다. 창 너머 건널목은 퇴근 사람들로 붐볐다. 갑자기 마음이 바빠졌다. 우리는 커피숍에서 일어났다. 그리고 헤어졌다. 우리도 이런 저녁 시간에 한가한 시간을 가질 수 있었다니 기뻤다.

*

나는 지금 다시 뭔가를 쓰고자 책상에 앉았다. 그러나 쓰고자 하는 것들이 생각나지 않았다. 어느 때는 너무 생각이 물밀 듯이 나타나서 쓸 수 없기도 했는데, 오늘 이상하게 머릿속이 하얗고 쓸 말이 생각나지 않았다. 몸은 무거웠다. 눈꺼풀도 무거워서 눈을 계속 덮고 있었다. 무엇인가 하고자 하는 의욕이 없는 것이었다. 손만 컴퓨터 자판을 두드렸다. 꼭 아이들이 하기 싫은 숙제를 하는 것 같았다. 아무래도 한숨 자고 나서 다시 시작해 봐야겠다.

오늘은 남편이 주장하는 불타는 금요일이다. 불타는 금요일에 남편은 항상 고민한다.

'불타는 금요일을 어떻게 보낼까?'

우선 오늘 오후에 테니스 게임을 신나게 할 것이다. 몸을 부수듯 신나게 접전을 벌일 것이다. 온몸의 기운을 소진한 후 특별한 무청 김치 파티를 할 것이다. 클럽 회장이 주관하는 무청 김치 파티가 열리면 나는 순대와 두부, 다른 별스런 종류의 음식을 찬조해서 파티를 열 것이다. 그것은 불타는 금요 잔치가 될 것이다. 그 다음은 내일 강화도 잔치 준비로 바빠질 것이다.

내일은 친정엄마 생신을 맞이해 어머니의 소원에 따라 강화도에서 어머니 형제와 우리 가족들이 모두 모여 잔치를 벌이기로 했다. 어쩌면 엄마의 마지막 생일잔치가 될지도 모른다. 엄마의 여든아홉 번째 생일. 나는 그 준비가 바쁜데도 마음의 동요가 일어나지 않았다. 준비도 하나도 하지 않았다. 무슨 밀린 숙제를 하는 애처럼 행동이 자꾸 느려졌다. 밀린 숙제를 하기 싫은데 어쩔 수 없이 하는 것처럼 행동하고 있었다. 그러면 안 되는데. 아무래도 눈을 붙이고 몸을 편안하게 쉬고서 일 처리를 해야겠다. 그때 엄마의 전화벨이 울렸다.

- 야, 너한테 미안하구나.

- 엄마는 딸한테 미안한 게 어디 있어?

- 그제는 영란(막내 여동생)이가 저녁에 퇴근하며 치킨을 사 와서 맛있게 먹었구나. 어제는 제 신랑이 갈비탕 삼 인분을 사 와서 맛있게 먹었고.

- 잘하셨네요. 근데, 왜 넷째 이모는 못 오신대?

- 내 생각에 막내 이모가 짐순이(넷째 이모)이 집 길 건너에 살지 않냐? 그런데 막내가 이번에 대수술을 했잖아. 그때 가보지도 않고, 전화도 하지 않았으니 보기가 민망해서 못 오는 거 같구나. 그것들은 왜 그 모양인지를 모르겠구나.

- 내가 같은 동네 사는 셋째 이모를 탓했으면 벌써 갈라섰을 거구만.

- 그거는 원래 그런가 보다 하니까 그렇지. 그것들은 너무 따져서 못 쓴다니까. 이번에 둘째 이모도 제사를 모두 원남 절로 모시기로 했는데 또 파토가 났다니까. 처음에 내가 다니는 절에서 삼백만 원을 내면 집 제사 전부 명절과 제삿날에 지내준다고 해서 그렇게 하기로 했잖아. 이모가 이제 꼬부라져서 제사를 못 하니까. 그런데 그 딸인 창순이가 너무 비싸다고 난리를 친 거야. 그래서 서울에 있는 절에 알아봤더니 그렇게 싼 곳이 없는 거야. 일 년

후 다시 원남 절에 맡기겠다고 모두들 해놓고, 이제 와서 창순이가 그 돈이 아까워서 못하겠다고. 제사할 때마다 조금씩 내겠다고 하더란다. 그 이모도 그렇더라고. 땅 판 돈도 있고, 집세도 받고 하는데, 왜 자식들에게 돈을 내라 해서 절을 가려고 하는지를 모르겠더라고. 죽으면 다 소용없는데 말이다. 남는 돈 다 자식들 돈이 될 텐데. 그것들도 모두 돈, 돈 하며 따져 싸니까 안 되는 거야.

- 막내 삼촌도 안 오고 송 선생만 온다며?

- 그래도 내 생일인 것을 알고 막내 외숙모에게 십만 원 주고 오랬다잖아. 와서 여기저기 누나나 형 그냥 보기가 뭣하니까 못 오는 거겠지. 그래도 내가 걱정이 많았어. 초대했는데 안 올까 봐. 요즘 먹거리가 많은데, 이 멀리까지 먹으려고 오려 하겠나 싶어 걱정을 많이 했어. 다행히 온다는 사람이 많아서 괜찮지만…. 네 돈 많이 쓰니까 걱정도 되는구나.

- 걱정 마셔요. 내일 영란이랑 잘 오셔요.

- 그려.

생일 잔치한 지가 이제 거의 10년은 된 것 같았다. 내가 힘들 때는 그것도 정말 큰 일이었다. 그런데 어느 날 엄마가 죽으면 끝이라는 생각을 했다. 주변 사람들이 하나둘 세상을 떠났다. 생일잔치 하면서 큰 외숙모가 가셨고, 엄마 사촌 남동생과 막내 이모부가 세상을 떠나셨다. 이제 나는 이별 잔치를 생일날 하게 되었다. 엄마가 저세상으로 가시더라도 슬프지 않게 이별하기 위한 잔치를 하는 것으로. 엄마는 말했다.

- 너희들 나만큼 살기도 힘들다.

- 그래요. 엄마만큼 살기도 힘듭니다.

　엄마의 생일이 이제는 우리의 축제가 되었다. 그동안 못 봤던 이모, 삼촌, 외숙모를 모시고 오는 아들들, 죽은 엄마를 대신해 오는 외숙모의 딸, 바빠서 못 만나는 우리 동생들과 그 떨거지들까지. 우리는 모여서 이곳저곳을 다니며 우리의 인생길도 돌아볼 것이다. 앞서가는 사람들의 인생길을 우리도 따라가면서, 그들의 발자취를 더 듬어 볼 것이다. 나는 느낀다. 모두 함께 걸어가는 것이 인생이라는 것을. 처음에는 다른 사람의 인생이 화려하고 특별해 보이지만 마지막 길은 모두가 평등하다는 것을. 거기에는 아무것도 없었다.

　아침 일찍 온 식구가 우리 집으로 차를 타고 왔다. 둘째 이모 가족과 이모의 아들, 막내 여동생 가족과 어머니, 남자 동생의 가족까지. 우리는 고속터미널 주차장으로 갔다. 시골에서 오는 손님을 마중하러 갔다. 막내 이모, 둘째 외삼촌 가족, 막내 삼촌과 숙모까지 총 12명이 참가했다. 시골 사람들은 배고프다고 했고 막내가 해온 떡으로 차 안에서 요기를 했다. 차 세 대에 사람들을 태웠다. 어머니와 둘째 이모, 둘째 외삼촌이 우리 차에 탔고, 외숙모 둘과 막내 이모가 막내의 차에, 남동생과 둘째 이모 아들이 남자들끼리 타겠다고 했다. 그렇게 각자 차를 타고 강화도 외포리항에서 만나기로. 우리 차는 강남을 떠나 올림픽대로에 진입했다. 차 안에서 한강이 보였다.

- 엄마 저것이 한강이에요.

- 그래 나도 알아.

- 지금 우리는 서쪽으로 한강 따라갑니다. 그동안은 설악산 쪽인 동쪽으로만 여행을 했어요.

- 그려.

- 저기 봐요. 건너편 길. 동쪽으로 가는 길은 꽉 막혔어요. 이쪽은 서쪽이라 다행히 길이 헐렁해요.

- 외삼촌, 제주도 땅 때문에 골치가 아프다면서요? 웬 제주도 땅입니까?

- 4년 전 친구들이 나를 제주도로 오라 해서 갔더니 1,065평 땅을 세 명이서 샀더라. 그중 200평을 나에게 산 가격으로 줄 테니 가지라고 했어. 그 셋은 이미 삼백 평 모자라게 나누어 집 세 채를 지었다. 그들은 돈이 좀 있는 친구들이었다. 그들은 일꾼을 데리고 제주도로 가서 집을 지었다. 제주도는 인건비가 비쌌다. 뭐든 서울보다 20~30%가 비쌌다. 나에게 준다는 땅 옆에 어느 노부부가 개를 70마리나 키웠다. 냄새나고 시끄럽고 어지러웠다. 그런데 그곳은 바닷가 언덕이었고 경치는 그만이었다. 그러나 그 노부부가 개 70마리를 없애지는 않을 것 같았다. 여러 곳을 알아보았는데 마지막으로 해양수산부가 관리하는 곳이라 해서 다시 알아보았다. 그들도 언제 없어질지 모른다고…. 결국 개 때문에 못 샀다.

그 후 두어 달이 지났다. 그 친구 사장들이 다시 제주도에 오라고 해서 갔더니, 일본 대기업 부인이 잔금을 못 준 땅을 삼촌에게 사라고. 가서 보니 땅은 좋았다. 600평이 넓고 반듯했다. 하지만 당장 돈이 없었다. 한 친구가 자기랑 반씩 하자고 제안했다. 그러나 삼촌은 직장 다닐 때 옆 직원들 둘이 땅을 사서 매일 싸우던 게 생각났다. 한 사람이 팔겠다 하면 다른 사람이 오를 땅을 왜 파냐고 싸웠다. 다른 사람이 팔려고 하면 그 또한 지금은 팔고 싶지 않다고 싸웠다. 그는 그런 일은 만들고 싶지 않아 둘이 하는 것은 싫다 했다.

부동산 업자는 그날로 결정을 해달라고 요구했다. 당장 고민했다. 다른 사장이 돈을 대주겠다고. 그리고 다른 곳에 전화해서 돈이 밤에 전달되어 다음 날 그 땅을 샀다. 2억에 샀다. 그런데 삼촌은 농지법을 몰라 과연 그 땅을 경제성 있게 활용할 수 있을 것인가에 대해 생각했다. 사장들이 아들 이름으로 사서 삼촌도 아들 이름으로 샀다. 그 후 그 옆으로 비행장이 들어온다고 해서 4배나 올랐다. 하지만 제주도 농지법에 의해 농사를 지어야 한다고. 삼촌은 그쪽으로 이전했다. 귤밭을 했다. 인건비가 700만 원 들면 수확에는 100만 원. 비행기 타고 가서 농사를 지었다.

삼촌이 이제까지 투자한 것이 다 잘되지 않았다. 제주도만 잘 되었다. 그러나 삼촌 나이가 조금 있으면 팔십이 되어간다. 과연 내 대에 이 땅이 돈이 되어 내가 쓸 수 있을지를 삼촌은 생각했다. 내 아들들만 좋은 일일 것 같았다. 당장 돈이 더 소모되고, 그 땅 살 때 모자란 돈을 빌려서 내 연금에서 이자만 나간다. 아무래도 지금은 현금 수입이 있는 투자를 해야 하는 것이 옳은 방법이었다. 지금 내가 쓸 용돈을 그 땅이 갉아먹는 것이었다.

- 삼촌 그냥 즐기세요. 옛날에 고스톱 좋아하셨잖아요? 제주도 땅도 하나의 게임이라 생각하세요. 제주도에 비행기 타고 농사 지러 간다 생각하고, 농사가 잘 안 되면 지는 게임이라 생각하고. 땅값이 오르면 이기는 게임이구나 하고요.

- 그러잖아도 밭 안에 묘지가 있는데, 이장해준다고 부동산이 말해놓고 해주지를 않는 거야. 요즘 그거 때문에 속을 썩이는구나. 제주도 이장비가 기지권 때문에 2천만 원이라는구나. 거기다 막내 이모가 자전거 사고로 죽었는데 보험사에서 돈을 주기로 해놓고 해가 바뀌어도 돈을 안 주는구나. 사고로 죽은 게 아니고 미리 몸이 아파서 그랬다고. 재적증명서 떼오라, 뭣을 떼오라면서 보험회사 직원이 갑질을 하는구나. 나를 살살 괴롭히는 것이 열통 터지게 하는 거야. 어떻게든 주지 않으려고. 갑질을 하면서 상대방을 성질 나게 해서 스스로 포기하게 만드는 것이더라고. 치료비도 안 주고. 우리가 낸 돈의 60퍼센트는 인건비로, 우리가 낸 돈으로 보험금을 주면서 그렇게 갑질하고 포기하게 하더구만. 절대로 보험을 들 일이 아니더구만. 그래서 이리저리 바쁘고 힘들었지.

서쪽이라도 강화도에 가까워지면서 차가 밀리기 시작했다. 차들이 인천에서 밀고 들어왔다. 나들이 차들과 관광버스들이 길을 메웠다. 천천히 초지대교를 건너면서 어른들에게 이곳이 바다라는 것을 알렸다. 섬은 자동차들로 꽉 찼다. 서해안에 바닷물이 물밀 듯이 밀려왔다. 노인들은 바다를 쳐다보며 즐거워했다. 갈매기가 하늘을 날았다. 하얀 갈매기는 사람을 쫓았다. 소풍 온 아이들은 갈매기에게 새우깡을 던졌다.

우리는 점심 때가 되어 조개 칼국수 집으로 들어갔다. 새우튀김과 칼국수를 시켜서 맛있게 먹었다. 다시 바닷가와 젓갈 시장을 돌아 돈대를 산책했다. 노인들은 바닷가에서 앉아 이바구를 했다. 어머니는 다리가 아파서 걸을 수가 없었고, 둘째 이모는 걷기는 하는데 귀가 들리지 않고 눈을 못 떴다. 둘은 각자의 이야기를 각자가 했다. 손을 잡고 큰 소리로 상대방이 듣거나 말거나 악을 쓰며 말했다.

한참이 지나 우리들은 숙소로 들어갔다. 손님들은 제각각 자기 집과 비교할 터였다. 조그마한 안방에 부엌과 화장실이 딸린 공간. 그리고 작은 방. 그 방 창을 내다보면 호수가 보였다. 많은 사람이 들어서니 방이 꽉 차서 공간이 없었다. 나는 오랫동안 비워둔 바닥을 물걸레질하여 먼지를 닦았다. 둘레에 쌓인 먼지를 대충 닦고, 보일러를 세게 올렸다. 아직 바닥은 차서 노인이 앉기 불편했다. 이불을 바닥에 펼치고 방석을 깔았다. 그 위에 신문을 깔고 떡, 과일, 빵을 펼쳤다. 자리에 눕고 싶은 사람은 눕히고 산책을 원하는 사람들은 호수가로 가게 했다. 그들은 모두 즐거워했다. 이야기가 오고 갔다.

- 이만하면 집이 괜찮구나. 산도 있고, 호수도 있고, 바다도 있어서 좋구나. 이 집을 어떻게 사게 되었냐?

- 어느 날 남편과 강화도 마니산을 갔지요. 산꼭대기에 오르니 바다가 좋고, 섬이 좋았어요. 우리가 하와이, 괌, 사이판을 가면 바닷가에 헐리우드 배우들 별장이 즐비해서 멋있고 아름답다 생각했는데, 그런 별장은 아니더라도

이곳에 와서 잠시 쉬고 즐길 수 있는 곳이 있으면 좋겠다고 생각했지요. 그 생각을 하자마자 바로 부동산에 가서 가장 작고 싼 집을 찾아달라고 했지요. 그것이 바로 이 집이에요. 이곳에 와서 우리는 힐링을 하고 서울로 돌아갑니다. 바다를 보면 바다가 품고 있는 생명을 느낍니다. 잔잔한 파도를 따라 흘러갔다가 파도를 따라 섬 안으로 들어오는 것이 생명의 숨결을 느끼게 합니다. 끝없이 오고가는 파도 속에 숨소리가 들리고, 어부들은 그 바다 속에서 고기를 낚고 어판 잔치를 즐깁니다. 나는 구경꾼이지만 그렇게 행복할 수가 없습니다. 그곳은 분명 바다의 생명과 바다의 신비들로 가득 찬 이 공간이 나를 신나게 하는 걸 겁니다. 인생의 행복은 이런 것이라 생각해요.
- 그래. 너 참 이 집 잘 샀구나. TV도 없고 아무것도 없어서 더욱 좋구나.

나는 사람들이 문명의 이기와 떨어지는 것을 불편하게 생각할 줄 알았는데 오히려 행복을 느껴서 이상했다. 저녁 시간이 되어 밥솥에 밥을 했다. 방은 따뜻하다 못해 뜨거웠다. 맨바닥에 신문을 깔았다. 전기 프라이팬에 LA갈비를 굽고, 된장찌개와 열무김치를 바닥에 놓았다. 동생이 김치의 명인 강○○의 김치를 사 왔다면서 먹어보라고 했다. 사람들은 둘러앉아 우리가 떠온 생선회, 밴댕이와 숭어를 맛있게 먹었다. 손님들은 숭어회를 즐겼다. 쫀득쫀득하고 싱싱해서 맛이 좋다고. 오랫동안 먹고 마시고 이바구 했다. 이런 것이 행복이라고 모두가 입을 모았다.

식사 후 원하는 사람들은 호숫가에 나가 산책을 했다. 밤 호수는 찬란했다. 하늘의 별도 찬란했다. 낚시꾼들이 호숫가를 메웠고, 우리는 호수 주변을 걸었다. 어둠은 깊었다. 멀리 어둠에 삼켜진 산이 호수로 몰려왔다. 산 밑에 깔린 불빛들이 호수로 모였고, 호수의 불빛이 되었다. 우리는 그 불빛을 따라 바람과 수면 위로 튀는 물고기, 출렁이는 파도를 보며 산책했다. 우리들의 발소리가 투박하게 호숫가 바닥을 두드렸다. 농막으로 쳐둔 창고에서 개가 짖어댔다. 두려워서 소리치는 것인지, 심심해서 소리치는 것인지 알 수 없었다. 남쪽 호숫가에는 야광 초록색 핀이 꽃처럼 줄지어 꽂혀 있었다. 낚시꾼들은 어둠 속에서 그 초록색 불심을 지키고 있었다.

우리는 면사무소를 지나 길을 따라 구 시장터로 향했다. 시장터 주변은 화려했던 옛 시절을 그대로 보여주었다. 자장면 집, 여인숙, 고향 갈비탕 집, 이발소, 약국, 전기 설비, 고깃간, 맛나 마트, 옷가게, 튀김 집, 농기구와 농약을 판매하는 집, 철물점, 문방구, 밥집, 해장국 등…. 그곳은 없는 것이 없었다. 화려한 장터는 서서히 몰락하고 있었다. 강화읍으로 가는 길이 트여서 그쪽에 사는 주민들이 읍으로 장을 보러 갔다. 산으로 막혀 있던 것이 도로가 나서 버스를 타고 가면 십 분 정도 걸렸다. 결국 이 오일장이 필요 없어진 것이다. 장터는 주변 사람들의 주차장이 됐다.

길을 비추는 가로등을 따라 골목길로 접어들었다. 논두렁과 밭두렁을 따라 우리 집 사잇길로 왔다. 호수와 붙어 있는 작은 산은 어둠에 삼켜졌다. 그 밑에 이어진 밭도 어둠으로 까맣게 물들었다. 누군가 플래시를 켜 걸어가야 할 길을 비추어 주었다. 손님들은 그 불빛을 쫓았다.

빌라의 모든 집은 불이 꺼져 있는 상태였다. 우리 집만 켜져 있었다. 엄마와 이모들은 이미 잠들어 있었다. 그들은 새벽 두세 시에 깨어나서 다시 이바구했다. 나는 눈을 감고 그들의 소리를 들었다. 그들은 옛날이야기로 꽃을 피웠다. 외삼촌 누구가 욕심이 많아서 학교 갔다 와서 다른 사람이 나무 한 짐을 해오면 그놈은 어렸을 때 두 짐을 해왔다는 둥, 누가 징그럽게 아껴서 밥을 못 얻어먹었다는 둥…. 잠은 오는데, 나는 잘 수가 없었다. 엄마의 목소리에서 쉿소리가 났다. 외숙모, 외삼촌, 이모, 여동생, 제부, 이종사촌, 남동생, 우리 남편 등은 눈만 감고 그들의 목소리를 들으며 새벽부터 자다 깨다를 반복했고, 다시 귀를 기울인 채 누워 있었다. 나중에는 막내 이모가 합세해서 소리를 냈다. 작년에 막내 이모부가 세상을 떠났다. 그 이모가 말했다.

- 어느 날 내가 집에 혼자 들어가면 집으로 전화가 와. 여보세요? 여보세요? 하면 가만히 있는 거야. 아무래도 지하 방에서 세 들어 사는 놈 같은 거야. 그래서 나는 전화를 끊어. 그럼 다시 전화가 오는 거야. 내가 여보세요? 여보세요? 하면 또 아무 대답이 없는 거야. 아무래도 그놈 같은데….

나는 잠자다가 갑자기 그 소리에 몸이 오그라드는 걸 느끼며 벌떡 일어나 말했다.

- 근데 이모, 아랫방 사람이 누구야?

- 우리 집 지하에 사는 사람.

- 몇 년 살았는데?

- 30년.

- 그럼 이모부 돌아가신 거 알겠네?

- 응.

- 어떤 사람이야?

- 노름을 하고, 그 놀음판에서 들러리 하며 뜯어먹고 사는 사람 같아.

- 방세가 얼만데?

- 지하니까 일 년에 팔십만 원. 그런데 그놈, 이혼했어. 애들 데리고 여자가 나
  갔어. 잘 나갔지.

- 이모랑 몇 살 차이야?

- 열 살 넘어.

- 그럼 더 큰일이네. 이모가 이제 칠십 중반이 넘었는데. 그놈 아무래도 이모
  돈 있는 걸 알고 있네. 이모 당장 내보내.

- 그놈한테 나가라 했더니 돈 없어서 못 나간대.

- 그럼 이모가 그 집을 팔고 나가야지.

- 집은 요즘 잘 안 팔려.

- 그럼 세를 놓고 이모가 나가야지. 이모 그놈한테 돈 뺏기고 어떻게 될지도
  몰라. 위험해. 요즘 세상이 얼마나 무서운데?

내 말이 끝나자마자 주변에 있던 사람들이 벌떡 일어났다. 작년부
터 주의를 주어도 그 이모가 말을 안 듣는다고. 큰 외삼촌은 동생한

테 그렇게 일러도 말을 안 듣는다고. 외삼촌은 나를 붙들고 막내 이모를 설득하라고 간곡히 부탁했다.

- 이모 그러다가 돈 뺏기고 칼침 맞아. 그놈 이모가 돈 있는 거 알고 그거 뺏으려고 그러는 거야. 이모, 당장 다른 데로 이사 가거나 큰아들하고 같이 살아.
- 큰아들이 나랑 안 살려고 해. 걔가 불편하다고 싫대.
- 그럼 돈도 있겠다 아파트를 사셔. 관리비 적게 드는 거로. 20평짜리로. 이모, 어느 쪽으로 이사 가고 싶어?
- 판암동 쪽으로. 그곳에 전철이 있어서 좋아.
- 됐네.

나는 핸드폰으로 그쪽에 있는 아파트를 찾아보았다. 20평은 9,500만 원에 1억 500만 원 사이로 가격이 형성되어 있었다.

- 이모, 이쪽으로 이사 가셔. 가격은 구천오백만 원쯤 하네. 돈도 많겠다, 그쪽에 집 하나 사서 가셔. 이사 안 갔다가 이모 변란 겪으면 어떻게 하려고.
- 사실은 작은 집 또 있어서 세를 받고 있어.
- 괜찮아. 아파트 작은 거 더 산다고 돈을 내는 게 아녀요. 그 아파트가 오르면 오른 것만큼 세금을 내는 거야. 안 오르면 안 내고. 그런데 이 아파트 25년 돼서 재건축으로 돈이 될 수도 있을 것 같네. 그러니 빨리 사야 해. 지금이 사고파는 시기야. 늦으면 사고파는 일이 없어. 이사 철이 지나니까요.
- 그래. 정 박사 말을 들어.

- 그러면 너 실패하지 않을 것 같네.

　나는 이모를 설득했다. 이것이 세 받는 거보다, 아니 저축해놓는 거보다 더 경제성이 있다고 설명했다. 그는 그때부터 걱정을 하기 시작했다. 어떻게 해야 하는지 고민했다. 시간은 금방 갔다.

　나는 일어나 밥을 했다. 신 김치에 콩나물과 두부를 넣고 끓였다. 바닥에 신문을 깔고 반찬을 진열했다. 떡과 빵, 먹던 갈비도 다시 데웠다. 노인들은 아침에 그 고기를 다시 즐겼다. 식사를 끝냈을 때는 7시 40분이었다. 젊은 측들은 웃었다. 모두 채비를 정리하고 교동도로 향했다. 대룡 시장을 구경하고, 바다를 통해 북한 땅을 쳐다봤다. 안개 속의 북한은 조용했다. 우리는 안심했다. 북한의 핵 개발로 국정과 외세가 시끄러워 우리는 항상 불안했다.

　다시 강화도 바닷가로 나왔다. 바닷물은 빠져 있었다. 갈매기와 뻘에 붙은 생물들이 진흙 속에서 무엇인가를 찾고 있었다. 노인들은 바다를 보고 "이게 바다여?"라며 계속 물었다. 노인들은 물이 투명하지 않다고 했다. 나는 이런 뻘 속에 먹을 것이 많다고 설명했다. 조금 있다가 그들은 배고프다고 했다. 아니 11시도 안 됐는데 배가 고프냐고 하니 막내 외숙모는 노인들이 새벽 세 시부터 이바구를 해서 그렇다고. 우리는 고등어구이 집으로 이동했다. 그곳에서 맛있게 고등어구이를 먹고 헤어졌다.

　서울팀과 시골팀으로 나누고, 다시 동구팀과 서구팀으로 나누어 헤어졌다. 내년에 엄마가 살아 있으면 다른 곳에서 생일잔치를 하자는 약속을 하고 안녕, 안녕을 외치고 헤어졌다.

*

　　　　내가 어릴 때 살던 초가집이 생각났다.
그곳은 수챗물이 담 사이에 흘러갔고 작은 수챗물과 걸어 다니는 길이 함께 붙어 있었다.

　수챗물은 골목 깊숙한 곳에서부터 검은 구정물이 되어 흘러갔다. 집집이 내보내는 부엌 오물이 그 수챗물에 합류해서 마을 전체를 휘돌아 각 집을 거쳐 작은 시내로 흘러내려 갔다. 그 물은 우리 집 삽작문 밑 담벼랑을 타고 내려갔다. 여름이면 새까만 오물이 썩어 냄새가 진동했다. 아버지는 삽작문 옆에 화단을 만들었다. 여름이면 빨간 달리아가 피었고, 잎이 넓은 칸나가 담장 위로 솟아올랐다. 새빨간 꽃이 잎과 함께 섞여 있었다. 가을이면 노랑 국화가 화단 전체를 수놓았다. 그래서인지 수챗물의 오물 냄새를 몰랐다. 가끔 장마 끝에 부풀어 오른 수채 때문에 삽작문을 열고 나가면 역한 냄새가 나서 구역질을 몇 번 하곤 했다.

　한여름에 비가 오면 나는 마루에 앉아 칸나 잎을 바라봤다. 칸나 잎은 나에게 꿈을 주었다. 이국적 냄새가 그렇게 좋을 수가 없었다. 알 수 없는 먼 나라를 상상하게 해주었다. 칸나를 보면 나는 희망을 느꼈다. 그것을 보면서 나는 비행기를 탔고, 기차를 탔으며, 바다를 봤다.

나는 그 칸나를 사랑했다.

당장은 볼 수 없는 여름 나라에 가는 꿈을 주었던 것이다.